Gilles Legardinier

Monsieur Thomas und das Geschenk der Liebe

Roman

Aus dem Französischen
von Doris Heinemann

GOLDMANN

Die französische Originalausgabe erschien 2015
unter dem Titel »Quelqu'un pour qui trembler!«
bei Fleuve Noir, département d'Univers Poche, Paris.

Der Verlag weist ausdrücklich darauf hin, dass im Text enthaltene externe Links vom Verlag nur bis zum Zeitpunkt der Buchveröffentlichung eingesehen werden konnten. Auf spätere Veränderungen hat der Verlag keinerlei Einfluss. Eine Haftung des Verlags ist daher ausgeschlossen.

Dieses Buch ist auch als E-Book erhältlich.

MIX
Papier aus verantwortungsvollen Quellen
FSC® C014496

Verlagsgruppe Random House FSC® N001967

1. Auflage
Deutsche Erstveröffentlichung April 2017

Umschlaggestaltung: UNO Werbeagentur, München
Umschlagmotiv: Elly Schuurman/Trevillion Images
FinePic®, München
Redaktion: Antje Steinhäuser
MR · Herstellung: KW
Satz: KompetenzCenter, Mönchengladbach
Druck und Bindung: GGP Media GmbH, Pößneck
Printed in Germany
ISBN: 978-3-442-48531-4
www.goldmann-verlag.de

Besuchen Sie den Goldmann Verlag im Netz

1

Es war dunkel und ein wenig frisch. Nach der Gluthitze des Tages genoss Thomas die angenehme Kühle. Es saß vorn auf einem Felsvorsprung über einem weltverlorenen Tal in Kaschmir, im Nordwesten Indiens, und betrachtete das Dorf Ambar, das sich unter ihm ausbreitete. Er kannte hier jeden Einwohner und jedes Haus. Aus einigen der an den Hängen klebenden Hütten stieg duftender Rauch auf, immer wieder vermischt mit Funken, die zu den Sternen emporflogen und bald nicht mehr von ihnen zu unterscheiden waren. Die Gespräche der Frauen am Brunnen, das Geräusch des Wassers in den Eimern und das Klappern der Blechgerätschaften zeugten von den Vorbereitungen für das Abendessen. Allerdings würden die heute Abend servierten Gerichte nichts mit denen gemein haben, die den kulinarischen Ruf Indiens begründen. Hier gab es keine prächtigen Paläste und Shiva-Tempel, keine bunte Menge und keinen einzigen auf einem Elefanten reitenden Touristen. Nur ein paar Menschen, die an dem Ort, den ihnen das Schicksal zugewiesen hatte, zu überleben versuchten.

Beim Anblick der Kinder und Hunde, die unter freudigem Gekreisch und Gebell miteinander spielten, lächelte Thomas. Schwer zu sagen, wer da wen jagte, doch Mensch und Tier wirkten gleichermaßen glücklich. Selbst in den unwirtlichsten Gegenden können sich die Menschen amüsieren, wenn ihnen das Leben nur die nötige Zeit dazu lässt.

Seit dem ersten Tag, an dem ihn der Dorfvorstand zu diesem

Aussichtspunkt hinaufgeführt hatte, um ihm die Lage des Dorfs zu zeigen, mochte Thomas diesen Ort. Nach vollbrachtem Tagewerk stieg er gern hier herauf, um sich auf die Steinbank zu setzen, die das Wetter in Tausenden von Jahren gemeißelt hatte. Tagsüber hatte man eine unendlich weite Sicht über die von Menschen geformten Landschaften und Grenzen hinweg bis hin zu den Ausläufern des Himalajas. Nachts sah man nur noch die Dorfbewohner im flackernden Licht ihrer Lampen. Die Dunkelheit zeigt einem oft das Wesentliche. In letzter Zeit zog sich Thomas noch häufiger auf diesen Ausguck zurück. Er brauchte Abstand, um nachzudenken. Besonders seit einigen Wochen.

Stimmen stiegen vom Dorf auf. Auch wenn Thomas nur einige Wörter verstehen konnte, er liebte die Melodie dieser Sprache. Sajani versuchte, ihre Kinder ins Haus zu schicken, damit sie endlich ihre Schulaufgaben machten. Der alte Kunal legte – wie jeden Tag um fast genau die gleiche Zeit – schimpfend die Steine zurück, die die Ziegen bei ihren Kapriolen von seinem Mäuerchen gestoßen hatten. Eine friedliche Dämmerung beschloss einen Tag ohne Katastrophen. Was in dieser Gegend einem Wunder gleichkam.

Im Licht des Vollmonds beobachtete Thomas sie bei ihren jeweiligen Tätigkeiten. Mit präzisen, raschen Gesten schärfte Kailash seine Werkzeuge für den nächsten Tag; Rekha reparierte das Gitter seines Hühnerstalls. Thomas hatte mit jedem von ihnen wichtige Momente erlebt. Er hatte sie behandelt und manchmal gerettet. Doch viel zu oft hatte er das Schlimmste nicht verhindern können. In Glück und Unglück hatte er an ihrer Seite extreme Gefühle erlebt, Gefühle, die an die Grenzen dessen führen, was wir wirklich sind, sobald alles Künstliche nutzlos geworden ist, wenn das Leben sich auf ein so starkes Konzentrat von Emotionen reduziert, dass es einem die Eingeweide und das Herz zerreißen kann.

Thomas hatte sich für diese tapferen Menschen oft ein leichteres Leben gewünscht, das sich im Laufe der Tage so abmildern würde, dass sie es mit weniger Leid genießen könnten. Aber wer entscheidet über das, was wir aushalten müssen? Wer hat die Macht, zwischen den Schicksalsschlägen Pausen eintreten zu lassen? Wer kann uns das Nichtwiedergutzumachende ersparen? In Indien ist der Glaube überall, doch die Götter haben wohl so viele Lasten zu tragen, dass sie nicht die ganze Zeit auf ein paar arme Teufel aufpassen können. Hier akzeptiert das jeder und hofft weiter. Wesentlich ist, dass man eine Zukunft hat, auch wenn sie nur aus dem nächsten Tag besteht.

Weil er tagtäglich mit dem Dringendsten völlig ausgelastet gewesen war, hatte sich Thomas nie wirklich die Zeit genommen, über die Tragweite dessen nachzudenken, was er in Ambar erlebt hatte, doch in den letzten Wochen stiegen all die Erinnerungen auf. Als wäre es jetzt an der Zeit, Bilanz zu ziehen.

Acht Jahre zuvor war er mit einem internationalen Ärzteteam in den Distrikt Kupwara gekommen, um der unter dem heftigen Grenzkonflikt mit Pakistan leidenden Bevölkerung beizustehen. Von genau der Stelle aus, an der er sich heute Abend befand, hatte er zum ersten Mal die in die Hänge getriebenen breiten Terrassen gesehen, auf denen die Bauern mühsam das Lebensnotwendigste anbauten. Er hatte diese unschuldigen Menschen beobachtet, die aufgerieben wurden zwischen einem Territorialkrieg, auf den sie keinen Einfluss hatten, und der Natur, die ihnen ihre Aufgabe auch keineswegs immer leicht machte. Von oben gesehen wirkten die Einheimischen wie Insekten, die sich auf dürren Ästchen abmühten. Warum gehen sie nicht weg?, hatte er sich anfangs gefragt. Warum verlassen sie diese gefährliche Region nicht, in der die Hindus in der Minderzahl sind und das Leben so hart ist? Seither hatte er sie kennengelernt und wusste, dass sie nichts mit Insekten gemein hatten und hier an ihrem Platz waren.

Das Ärzteteam hatte schließlich zusammengepackt und war gegangen. Er nicht. Eigentlich hatte er nur eine knappe Woche länger bleiben sollen, um sich um einen kleinen Jungen zu kümmern, der an starkem Fieber litt. Anders als viele andere war der Kleine durchgekommen, trotzdem war Thomas geblieben. Wieso, hatte er sich nie gefragt, bis vor Kurzem. Wahrscheinlich hatte er damals noch weniger Gründe gehabt zu gehen, als zu bleiben. Hier hatte er sich sofort nützlich gefühlt. Die Leute brauchten ihn. Mit der Zeit hatte dieser hellhäutige Mann schließlich seinen Platz gefunden. In tödlichen Wintern, brennenden Sommern und unter Monsunregenfällen, die alles mit sich rissen, hatte Thomas in Ambar den Wert des Lebens entdeckt. Und seine Zerbrechlichkeit.

Ein Rascheln in den Büschen riss Thomas aus seinen Überlegungen. Er drehte sich um und bohrte den Blick in die Dunkelheit. Sein Herz schlug schneller. Kein Zweifel, ganz in seiner Nähe hatte sich etwas bewegt. Mehr als alles andere fürchtete er, die Augen oder Reißzähne eines wilden Hundes aufblitzen zu sehen. Plötzlich wurde ihm bewusst, dass er den Knüppel vergessen hatte, den Kishan immer mitnahm, wenn er hier heraufkam. Alle Leute der Gegend fürchteten sich vor den wilden Hunden. Diese Teufel waren zu jeder Tollkühnheit fähig, vor allem wenn Futter oder eine leichte Beute winkten. Thomas hatte es einige Jahre zuvor, als er Neetu gerettet hatte, am eigenen Leibe erlebt. Während er die junge Frau nach ihrem schweren Sturz in einem Nachbartal zu stützen versuchte, hatte er gegen ein Rudel Hunde – manche behaupteten sogar, es seien Wölfe gewesen – kämpfen müssen, die vom Geruch ihres Blutes angelockt worden waren. Schreiend, um sich tretend und mit dem freien Arm fuchtelnd hatte er die Tiere so lange auf

Distanz halten können, bis seine Hilferufe gehört wurden. Er hasste es, sich an diese Geschichte zu erinnern, erstens weil er wirklich geglaubt hatte, die Hunde würden ihn zerreißen, und dann, weil er sich so lächerlich gefühlt hatte, als er da schreiend herumgefuchtelt hatte, kaum fähig, Neetu zu beschützen und die Situation wieder unter Kontrolle zu bekommen. Er hatte mit einem Mal erfahren, wie es ist, wenn man nichts mehr beherrscht und fürchtet, das Ende sei nahe. Er, der an die Kraft hehrer Ideen geglaubt hatte, hatte nüchtern feststellen müssen, dass die schönsten Ideale und ein reines Herz nichts gegen eine Horde streunender Hunde ausrichten können. Es hatte ihn zutiefst verängstigt. Sich daran zu erinnern, und sei es nur ganz kurz, ließ ein eisiges Frösteln über seinen Rücken gehen. Diese Erfahrung hatte zwei konkrete Konsequenzen für Thomas' Leben gehabt: Er hatte jetzt den – seiner Ansicht nach völlig unberechtigten – Ruf, ein tapferer Mann zu sein, und außerdem eine panische Angst vor Hunden, die bei den Kindern regelmäßig große Heiterkeit auslöste.

Wieder raschelte es in der Dunkelheit, ohne dass Thomas den Urheber des Geräuschs hätte ausmachen können. Er erschauerte. Adrenalin schoss durch seine Adern. Ohne seine Umgebung aus den Augen zu lassen, tastete er nach dem nächstbesten Stein. Der war viel zu klein und würde ihm nichts nützen, dennoch beruhigte er ihn. Ein Knacken. Nicht mehr aus dem Gebüsch, sondern vom Pfad her. Wenn diese verdammten Biester sich über den Pfad näherten, schnitten sie ihm den Weg ab. Keine Möglichkeit zur Flucht. Thomas, der Panik in sich aufsteigen fühlte, überlegte, welche Überlebenschancen er hätte, wenn er vom Felsvorsprung Richtung Dorf spränge. Er stellte sich schon vor, wie er auf das Dach einer Hütte stürzte, das seinem Gewicht sicher nicht standhalten würde. Plötzlich tauchte eine Gestalt aus dem Dunkel auf.

»Wenn ich gemein wäre, hätte ich ein Hundeknurren nachgeahmt … Du solltest dich mal sehen! Du bist bleicher als der Mond!«

Kishans Gesicht wurde von einem Lächeln erhellt.

»Du hast mir vielleicht eine Angst eingejagt«, sagte Thomas atemlos.

»Dann denkst du wenigstens beim nächsten Mal an den Knüppel.«

Thomas ging seinem Freund entgegen.

»Endlich bist du zurück.«

»Ich bin gerade erst angekommen. Rajat hat mir gesagt, dass er dich hier hinaufsteigen sah.«

»Du solltest doch gestern schon zurück sein. Ich habe mir Sorgen gemacht. Dein Vater sagte mir, dass du bis nach Srinagar musstest.«

»Ja. In einer wichtigen Angelegenheit.«

Thomas fragte nicht nach, doch es wunderte ihn, dass Kishan keinen Grund für seine Reise nannte. Normalerweise hatten sie keine Geheimnisse voreinander.

»Ich habe die Gelegenheit genutzt und beim Roten Kreuz in der Ambulanz vorbeigeschaut«, sagte Kishan. »Um etwas für unseren Arzneischrank mitzubringen.«

»Es war noch nicht dringend, aber danke.«

Die beiden Männer setzten sich, zum Tal gewandt, nebeneinander. Irgendwo unten begann eine Frau leise zu singen. Thomas seufzte, er war wirklich froh, nicht mehr mit seinen Gedanken allein zu sein.

»Heute Morgen habe ich den alten Paranjay besucht«, sagte er nach kurzem Schweigen.

»Wie ist sein Zustand?«

»Nicht schlecht, aber es wäre besser, wenn er näher am Dorf leben würde. Dieses Mal hat er noch Glück gehabt. Trotzdem, wenn wir ihn nicht eines Morgens tot in seiner Hütte finden wollen, müssen wir ihn im Auge behalten.«

»Mein Vater wird mit ihm sprechen. Wir finden einen Platz für ihn.«

Sie schwiegen eine Weile.

»Du kommst immer öfter hier herauf, nicht wahr?«, fragte Kishan plötzlich.

»Es tut mir gut.«

»Denkst du an diese Frau, zu Hause in eurem Land?«

Thomas senkte den Blick.

»Ich denke weniger an sie als an das, was sie wahrscheinlich erlebt hat, nachdem ich sie verlassen habe.«

Obwohl er normalerweise auch vor den direktesten Fragen nicht zurückschreckte, zögerte Kishan, bevor er fragte: »Mein Freund, weißt du, welchen Tag wir heute haben?«

»Nein.«

»Wir feiern Raksha Bandhan, das Fest der Brüderlichkeit.«

»Aber das habt ihr doch in den letzten Jahren nicht gefeiert …«

»Heute Abend ist es anders. Für die Brüder und Schwestern, für die, die nicht unbedingt derselben Familie entstammen, aber enge Beziehungen unterhalten, ist das der Tag, an dem man sich sagt, wie wichtig man füreinander ist.«

Thomas beäugte seinen Freund misstrauisch. Selbst im Halbdunkel konnte er seinen Blick auffangen.

»Wenn du mir mal wieder einen dieser Tränke anzudrehen versuchst, die ein ausgewachsenes Yak umwerfen …«

»Nein, Thomas, ich habe drei kleine Schwestern und einen jüngeren Bruder. Aber heute Abend möchte ich dir sagen, dass ich dich als meinen großen Bruder betrachte.«

Am Klang der Stimme merkte Thomas, dass es seinem Freund ernst damit war.

»Danke, Kishan. Das bedeutet mir enorm viel. Du weißt, wie wichtig auch du mir bist.«

Beide hatten das Bedürfnis, sich in die Arme zu schließen, doch das verbot ihnen ihr Schamgefühl.

»Der Tradition gemäß tauscht man am Raksha-Bandhan-Tag geflochtene Armbänder und manchmal auch Geschenke aus … Es ist natürlich vor allem symbolisch. Aber ich habe ein Geschenk für dich, Thomas. Ich glaube, es ist ein wichtiges Geschenk, auch wenn es dir das Leben nicht leichter machen wird …«

»Wenn es ein Welpe ist, behalt dein Geschenk!«

Sie lachten.

»Und ich, was kann ich dir schenken?«, überlegte Thomas dann. »Ah! Ich weiß! Ich schenke dir mein Schweizer Messer, das hat dir doch immer so gefallen. Aber du musst mir dafür ein Geldstück geben. Das ist in meinem Land so Sitte. Es heißt, wenn man etwas mit einer Schneide verschenkt, ohne ein Geldstück dafür zu bekommen, riskiert man es, die Freundschaft zu zerschneiden.«

Ausnahmsweise ging Kishan nicht auf den scherzhaften Ton ein, den sein Freund anzuschlagen versuchte. Er wirkte sehr konzentriert.

»Dein Messer ist ein sehr schönes Geschenk, aber bitte lass mich ausreden.«

Er schwieg kurz und fuhr dann fort: »In all den Jahren, die du nun schon bei uns im Dorf lebst, hast du mir viel beigebracht. Du weißt Tausende von Dingen, von denen ich nicht die geringste Ahnung habe. Aber heute Abend weiß ich etwas, das du nicht weißt und das dein Leben verändern wird.«

»Du beunruhigst mich …«

»Ich kenne dich, Bruder, und ich schwöre dir, es ist für mich seltsam zu wissen, dass dein Leben heute Abend auf den Kopf gestellt wird. Ich freue mich, dabei sein zu dürfen, auch wenn mir das, was dann folgt, Schmerz bereiten wird.«

»Wovon redest du? Du machst mir wirklich Angst.«

»Mein Stolz ist größer als meine Sorge, weil ich dem Schicksal mit meinem Geschenk helfe, dir deinen Weg zu zeigen. Und ich weiß, dass dieser Weg, der sich jetzt abzeichnet, der einzig richtige ist.«

Kishan zog einen Umschlag aus seiner Jacke und stand auf, um ihn Thomas wie eine Opfergabe mit beiden Händen zu überreichen.

»Das ist für dich.«

»Was ist das?«

»Mach ihn auf.«

Kishan richtete seine Taschenlampe auf den Umschlag. Am Schwanken des Lichtstrahls erkannte Thomas, dass die Hände seines Freundes zitterten. Er schlitzte den Umschlag auf und zog drei Blätter heraus. Im Lichtkreis erkannte Thomas das Foto eines jungen Mädchens. »Emma«. Unter dem Vornamen eine Adresse in Frankreich. Auf allen Seiten waren unterschiedlich große Fotos abgedruckt. Eine jüngere Emma auf einem Pony. Emma, fröhlich auf einer Geburtstagsparty. Emma als Pirat verkleidet. Eine ganz kleine Emma neben einer Sandburg, die größer ist als sie. Emma, auf einem Stuhl stehend und in einem Kochtopf rührend. Emma als junges Mädchen im langen Kleid mit Freunden auf einem Ball. Emma auf Skiern, strahlend und umrahmt von zwei Jungen, die sie auf die Wangen küssen …

Kishan kommentierte die Bilder: »Sie hat deine Augen, und ihr Haar hat dieselbe Farbe wie deins. Sieh mal da auf dem kleinen Pferd, sie hat genau deine Haltung. Und ihre Grübchen, erkennst du sie wieder? Sieben Monate nachdem du deine Freundin verlassen hast, ist sie zur Welt gekommen. Es gibt keinen Zweifel. Es ist so, wie es aussieht. Sie ist deine Tochter.«

Thomas antwortete nicht. Eine Sturzwelle ergoss sich in ihm und überflutete Herz und Hirn. Er hatte oft um die Kinder anderer geweint, doch jetzt weinte er zum ersten Mal um sein eigenes Kind. Mit brüchiger Stimme fragte er:

»Bist du deshalb bis nach Srinagar gegangen?«

»Ich wollte die Antwort auf die Frage finden, die dich quält, seit du diesem Kindheitsfreund begegnet bist. Ich habe gesehen, wie du reagiert hast, als er von deiner früheren Freundin und ihrem Kind sprach.«

»Wie hast du es angestellt?«

»Der Sohn eines Cousins meines Vaters ist beim Militär. Er hat Zugang zu einem Computer mit Internetanschluss. Er konnte recherchieren und mir die Ergebnisse ausdrucken.«

Thomas konnte den Blick nicht von den Fotos lösen. »Emma«. Auf wenigen eher unscharfen Bildern zeichneten sich die Jahre ab, in denen ein kleines Mädchen zur jungen Frau herangewachsen war. Auf einem der Abzüge erkannte er im Hintergrund die Mutter, Céline. Er fühlte einen Kloß im Hals. Seither hatte er für keine Frau mehr wirklich etwas empfunden. Warum hatte sie ihm nichts davon gesagt? Am schlimmsten wäre es gewesen, wenn sie es versucht hätte, aber vergeblich … Er hatte so oft den Einsatzort gewechselt. Es war Thomas unmöglich, sich auszumalen, was dieses kleine Mädchen und seine Mutter in der Zeit zwischen diesen Fotos erlebt haben mochten; schon bei dem Versuch wurde ihm schwindelig. Inzwischen war Emma etwa so alt wie Thomas, als er fortgegangen war. Das junge Mädchen wirkte fröhlich, die Mutter auch, doch was hatten sie durchmachen müssen, um ohne den Mann, der bei ihnen hätte sein müssen, im Leben voranzukommen? Thomas wischte sich die Augen. Seine Hände zitterten jetzt viel stärker als Kishans. Dieser zwang sich ein Lächeln ab.

»Und jetzt, Bruder, welchen Satz möchtest du auf keinen Fall hören?«

»Nein, Kishan, bitte nicht dieses Spiel … Nicht jetzt. Normalerweise stelle ich dir diese Frage.«

»Heute Abend bin ich an der Reihe. Und ich werde dir sagen, was du auf keinen Fall hören willst: Es bleibt dir hier nichts mehr zu tun. Du hast uns viel geschenkt. Du gehörst zu uns. Hier im Tal lobt jeder den Tag, an dem du beschlossen hast, bei uns zu bleiben. Ohne dich wäre meine kleine Schwester nicht mehr am Leben, und meine Frau wäre vor zwei Wintern gestorben. Wir alle schulden dir etwas. Du hast ohne Rücksicht auf dich selbst immer nur gegeben. Es wird sehr wehtun, wenn du fortgehst, aber jetzt musst du in dein Land zurückkehren. Seit du etwas von der Existenz deiner Tochter ahnst, bist du nicht mehr du selbst. Ich sehe es deutlich. Also geh zu ihr. Deine Zeit bei uns ist jetzt zu Ende. Wenn du länger bleibst, wird es dich nur zerstören.«

Thomas' Tränen begannen wieder zu fließen, ohne dass er es merkte. Eingesperrte Gefühle suchen sich ihren Weg, wie sie können.

»Trockne deine Tränen, mein Freund. Sie locken nur die wilden Hunde an, die dich verschlingen werden.«

»Spotte ruhig über mich, aber du hast deinen Knüppel auch vergessen.«

»Ich hatte anderes im Kopf, als ich hier heraufkam …«

Kishan sprang plötzlich auf und streckte den Finger aus.

»Da! Hinter dir! Ich sehe einen großen Hund mit gebleckten Zähnen!«

Thomas rannte den Hang hinunter, doch als er seinen Freund schallend lachen hörte, begriff er, dass es nur ein Scherz war, einer der vielen, die sie sich gern erlaubten.

»Innerhalb weniger Minuten enthüllst du mir Emmas Existenz und willst mir weismachen, dass mich Hunde angreifen. Du willst wohl ausprobieren, wie robust mein Herz ist?«

»Ich kenne dein Herz sehr genau, und ein Herzanfall wäre jetzt wirklich keine gute Idee, denn du bist der einzige Arzt im Umkreis von vierzig Kilometern!«

Kishan streckte Thomas die Hand hin, um ihm wieder auf den Pfad zu helfen.

»Komm. Mein Vater erwartet uns im Tal.«

Unmöglich zu sagen, von wem es ausging, doch jetzt wagten sie es, sich zu umarmen.

2

Die nächsten Tage erlebte Thomas wie in einem Wachtraum. Ort und Menschen waren noch dieselben, er jedoch nicht. Von nun an wirkte alles unwirklich. Die Entdeckung, dass er eine Tochter hatte, hatte ihn derart umgeworfen, dass er sich jetzt nur noch von den aufgewühlten Fluten treiben lassen konnte. Er fühlte sich wie ein Panzerkreuzer, dessen Maschinen mitten auf dem tobenden Meer ausgefallen waren. Jahrelang hatte er sich beherrscht, seine Zweifel verborgen, um andere zu beruhigen, auch dem Schlimmsten die Stirn geboten, doch Emmas Auftauchen hatte die eiserne Rüstung, die er sich geschmiedet hatte, aufgebrochen. Im Maschinenraum stand Wasser, und niemand mehr konnte das Schiff steuern. Überfordert und ohne jede Kontrollmöglichkeit wurde Thomas von gänzlich ungefilterten Emotionen überfallen, und alles, was von den Menschen kam, deren Leben er geteilt hatte, drang in sein Herz.

Zwei Tage vor seiner Abreise kamen alle Bewohner des Tals und sogar einige Menschen aus ferneren Gegenden in den zusammengezimmerten Schuppen, der als Versammlungssaal diente. Thomas wurde mit Liedern, Applaus und sogar Schreien empfangen. Alle hatten zu seinen Ehren ihre besten Kleider angelegt. Niyati trug ihren Festtags-Sari. Kishans Vater Darsheel, Dorfvorstand, Volksschullehrer und Besitzer der einzigen Schreibmaschine im Tal, hielt eine Rede, die Thomas nur in groben Zügen verstand. Dann forderte der Patriarch seinen Sohn vor den versammelten Dorfbewohnern auf, in deren

Sprache zu übersetzen, was er nun auf Französisch zu Thomas sagen werde – er war nicht wenig stolz darauf, diese Sprache zu sprechen.

Darsheel dankte dem Arzt für seine Hilfe und erinnerte an all das, was sie zusammen durchgemacht und aufgebaut hatten.

»Du hast uns viel Glück gebracht. Du schenktest mir auch das Vergnügen, wieder deine Sprache zu sprechen und sie den Meinigen zu vermitteln. Die Bücher, die du mir gabst, hüte ich wie Schätze. Unsere Schule wird von nun an deinen Namen tragen, aber wir werden nie vergessen, dass das Fenster klemmt, weil du es falsch eingesetzt hast!«

Vor der versammelten Gemeinde erzählte der Dorfvorstand eine Reihe von Anekdoten, die Thomas größtenteils schon vergessen hatte. Ein Lebensabschnitt, zusammengefasst in einigen fröhlichen Szenen, denn was Thomas an Ernsthaftem geleistet hatte, war ohnehin allen bekannt.

»Als du zu uns kamst, warst du ein großes Kind. Ich sah dich lernen und verstehen. Und heute gehst du als Mann.«

Bei diesen bewegenden Worten Darsheels lachten die Leute zu Thomas' Verwunderung immer noch lauthals.

»Nun ja«, gestand Kishan. »Ich übersetze ihnen nicht, was mein Vater sagt. Es ist zu persönlich. Ich erinnere sie lieber an die witzigen Sachen, die du bei uns angestellt hast. Viele wussten noch gar nicht, dass du an der Grenze eine Kugel abgekriegt hast und dass dir das Haus, das du dir gebaut hast, über dem Kopf zusammengebrochen ist. Was jedoch die Hunde angeht, da wissen alle Bescheid ...«

Zum Schluss seiner Rede packte Darsheel Thomas bei den Schultern und drückte ihn an sich.

»Du wirst uns fehlen. Wie immer dein Weg verlaufen mag, ich hoffe, er führt dich eines Tages wieder zu uns. Möge Ganeshas Weisheit über deinen Entscheidungen leuchten.«

Es hatte etwas Surreales, dass der Dorfvorstand und der Arzt mit Tränen in den Augen inmitten einer Menge standen, die sich vor Lachen bog. Thomas war immer beeindruckt gewesen von der Fähigkeit dieses großen Volkes, das Schicksal als Chance oder Lehre zu betrachten. Niemand verübelte ihm, dass er fortging. Es war das Beste, was er tun konnte, und alle schienen es viel selbstverständlicher hinzunehmen als er.

»Sie scheinen nicht sonderlich traurig darüber zu sein, dass ich gehe …«

»Wir haben ihnen erklärt, dass du nach Frankreich gehst, um zu deiner Familie zurückzukehren. Sie freuen sich für dich!«

Die Kinder brachten ihm selbst gebastelte Geschenke.

Am letzten Tag wunderten sich die Leute, dass Thomas immer noch im Dorf war. Viele sprachen mit ihm, wortreicher als je zuvor. Auch wenn Thomas nicht alles verstand, er würde nie ihre intensiven, wohlwollenden Blicke vergessen. Jeder schien ihm viel anzuvertrauen zu haben. Weil eine unmittelbar anstehende Trennung die Gefühle befreit. Weil die Menschen bis zum letzten Moment warten, bevor sie etwas auszusprechen wagen.

Am Morgen des Abfahrtstages gab es weder Zeremonien noch Gefühlsüberschwang. Alle waren wie gewöhnlich an ihre Arbeit gegangen. Nur Shefali hatte es so eingerichtet, dass sie noch im Dorf war, um Thomas Adieu sagen zu können. Thomas wusste, dass sie immer eine Schwäche für ihn gehabt hatte. Er hoffte, dass sie endlich heiraten würde, wenn er nicht mehr da wäre.

Darsheel, Kishan und Thomas sagten kein Wort, als sie in dem alten Geländewagen zum Flughafen fuhren. Bevor sie die Asphaltstraße erreichten, mussten sie eine lange Strecke über holprige und oft in einen Berghang hineingehauene Pisten zurücklegen. Alle möglichen Geräusche und die wegrutschenden und von unten gegen das Fahrzeug schlagenden Steine überbrückten das Schweigen. Durch die staubigen Fenster des hin und her geschüttelten Wagens sah Thomas die Landschaft vorübergleiten. Wie oft hatte er sie zu Fuß durchquert. Er hätte nie gedacht, dass er dieses Land eines Tages verlassen würde. Das Leben ist nie so, wie man es sich vorstellt.

Je näher sie der Ebene kamen, desto üppiger wurde die Vegetation und desto besser die Straße. Sie kamen schneller voran.

Als sie den Wagen schließlich vor der Flughafenhalle abgestellt hatten, griff Kishan nach Thomas' bescheidenem Gepäck und begleitete seinen desorientiert wirkenden Freund hinein.

»Schick deine Mailadresse an das Büro des Roten Kreuzes. Sie geben sie mir dann, wenn ich das nächste Mal hingehe. Wir sollen in einigen Monaten auch eine Internetverbindung bekommen. Dann melde ich mich bei dir!«

Im Tumult der Abflughalle klangen Kishans Worte erstickt und fern. Er musste Thomas' Gesicht zwischen die Hände nehmen, damit ihm dieser in die Augen sah.

»Ich wünsche dir viel Glück. Du erzählst uns dann alles!«

Die beiden Männer wechselten noch ein paar Worte. Beide wussten sich nicht zu verhalten. Thomas empfand die ganze Situation als unwirklich. Als sein Flug aufgerufen wurde, verabschiedete sich Darsheel herzlich von ihm, und Kishan umarmte ihn.

Und dann saß Thomas im Flugzeug, ohne recht zu wissen, wie er dorthin gekommen war. Ihm wurde bewusst, dass es bei den letzten Worten zwischen ihm und dem besten Freund, den er je gehabt hatte, um Ziegenzitzen gegangen war. Als das Flugzeug abhob, wurde ihm außerdem bewusst, dass er weder den Fluss Neelum noch den alten Paranjay noch einmal besucht hatte.

Bei der Zwischenlandung in Delhi war Thomas immer noch in diesem Schwebezustand. Der Marmorboden faszinierte ihn. Es war lange her, dass er eine so große, völlig ebene Fläche ohne Staub, Risse oder Geröll gesehen hatte. Um diesen Luxus auszukosten, schlurfte er in der Schlange für die Zollkontrolle mit den Füßen über den Boden. Zum ersten Mal seit Ewigkeiten riskierte er nicht mehr bei jedem Schritt einen umgeknickten Fuß. Als er, abwesend lächelnd, am Schalter ankam, hielt er dem Beamten mechanisch seinen abgenutzten Pass und die in all den Jahren völlig zerfledderten offiziellen Papiere entgegen.

Thomas sah sich um, als würde er eine längst vergessene Welt neu entdecken. Er wusste nicht genau, in welcher Hinsicht, aber er wusste, dass sich alles geändert hatte. Noch nie hatte er so viele so flache Bildschirme so viele Bilder verbreiten sehen. Eine Frau drehte sich um sich selbst und ließ eine unecht wirkende Haarpracht wirbeln. Ein Mann mit athletischem Oberkörper und wissendem Lächeln benutzte ein tastenloses Telefon, das kaum größer war als eine Tablettenschachtel. Eine Flut von Informationen und schrecklichen Nachrichtenbildern, unterbrochen von kitschigen Szenen und gespickt mit abgehackten Werbebotschaften in schreienden Farben. Dieser wilde Reigen ermüdete Thomas derart, dass er Kopfschmerzen bekam.

Nachdem er die Boarding-Kontrollen hinter sich gebracht hatte, überraschte ihn die Vielzahl der gleißend hellen Läden, die zu astronomischen Preisen Waren feilboten, deren Nutzen sich ihm in den seltensten Fällen erschloss. Nicht minder verblüfft war er über die erschreckend vielen Imbisstheken mit ihrem Überangebot unterschiedlichster Gerichte und Snacks, die er zu einem Großteil nie zuvor gesehen hatte. Der Vorrat jedes dieser Stände hätte gereicht, um die Bevölkerung von Ambar mehrere Wochen lang zu ernähren. Selbst auf der

Toilette blieb er nachdenklich vor den Lampen stehen, die die Wände beleuchteten und nahezu übergangslos zwischen allen Regenbogenfarben wechselten.

Als Thomas ins Flugzeug stieg, registrierte er alles, das Lächeln der Stewardessen, ihre perfekten Hochsteckfrisuren, die glänzenden Abzeichen der Piloten, das leise Klacken ihrer schönen Schuhe auf dem Boden, die Anzahl der Filme, die man durch Tippen auf den Bildschirm auswählen konnte, die Menüs, die Menge des dabei produzierten Abfalls und vor allem die unglaubliche Bequemlichkeit der Sitze im Vergleich zu den im Dorf gefertigten Hockern. Er fühlte sich wie ein Neuling in einer seltsamen Welt. Hatte ihn sein Aufenthalt im Dorf in eine dermaßen weit entfernte Dimension versetzt, dass sein früheres Leben so tief in sein Gedächtnis abgesunken war?

Während des Flugs konnte Thomas keinen Schlaf finden. Zum Teil, weil sein Sitznachbar ständig von einem Film zum anderen zappte und keinen zu Ende sah, aber vor allem, weil er zum ersten Mal mit dem allein war, was die Entdeckung von Emma in ihm ausgelöst hatte. Die Nachbeben breiteten sich immer weiter in seinem Denken aus und gestalteten seine innere Landschaft völlig neu. Von Kind an hatte er immer nützlich sein wollen. Bei seinen Entscheidungen hatte er sich ganz bewusst an dieser Richtschnur orientiert. Und so hatte sich Thomas zu einem Menschen geformt, der sich für die Gesundheit anderer Menschen einsetzte, und zwar unabhängig von deren politischen oder religiösen Überzeugungen. Das war es, was ihn am ehesten definierte, das war der Schlüssel zu ihm. Er war mit diesem Selbstbild im Einklang. Und dann hatte er sich mit einem Mal in der Rolle eines infamen Freundes und abwesenden Vaters wiedergefunden. Thomas hatte immer gedacht, er kenne sein Leben, und dennoch war ein wesentlicher Teil dieses Lebens ohne sein Wissen abgelaufen. Vater, von einem Tag zum anderen. Er hatte sich nie wirklich vorgestellt, Vater zu sein. Was für ein Vater konnte er sein? Was bedeutete es, ein Kind zu haben? Wo lag der Unterschied zwischen einem Erzeuger und einem Vater? Wozu war man nütze, wenn man mit zwei Jahrzehnten Verspätung kam? Hatte man Rechte über die, denen man das Leben geschenkt hatte? Oder nur Verpflichtungen ihnen gegenüber?

Er dachte auch an Céline und das, was er für sie empfunden hatte. Manche Erinnerungen tauchten wieder auf. Bestimmte Momente, Blicke, Schweigen. Er war selbst überrascht, wie lebendig sie noch in ihm waren, wo er doch gedacht hatte, er habe alles vergessen. Hatte er es glauben wollen, um nichts bereuen zu müssen?

Nur noch wenige Stunden, dann würde Thomas wieder in Frankreich sein, ohne die geringste Idee, wie er sein neues Leben angehen sollte, von dem er selbst wenige Tage zuvor noch nichts geahnt hatte. Er würde jetzt auf Sicht fliegen müssen. Seine überraschende Rückkehr hatte ihm keine Zeit gelassen, wieder mit Menschen in Kontakt zu treten, außer mit Franck, einem ehemaligen Kollegen. Aber welche Fragen sich Thomas auch stellen mochte, die Antwort hing immer von Emma ab, die von alledem nichts ahnte. Auch ihre Geschichte war ohne ihr Wissen geschrieben worden. Vielleicht geht es uns allen so. Obwohl Thomas nach Hause zurückkehrte, war es ein Sprung ins Ungewisse. Ein Sprung ins Leere, zwischen Schuld, Lust, Angst und Hoffnung. Kann man in einem solchen Fall überhaupt bereit sein?

Vor allem hoffte er, Kontakt zu Emma herstellen zu können. Seit Kishan ihm die Fotos geschenkt hatte, trug er sie ständig bei sich und sah sie immer wieder an. Er kannte sie bis in die winzigsten Details. Den psychopathischen Mörderblick des Ponys, die Anzahl der Knöpfe auf dem Piratenkostüm, die

Farbe der Kerzen auf dem Geburtstagskuchen. Er hätte mit geschlossenen Augen jeden Gegenstand beschreiben können, den Emma in der Hand hielt, und jedes Kleidungsstück, das sie trug. Er brannte darauf, sie in Wirklichkeit zu sehen. Er würde wahrscheinlich nicht sofort mit ihr sprechen, aber er sehnte sich danach, sie wenigstens anzusehen. Er brauchte es. Er wollte sie auf keinen Fall stören oder sich in ihr Leben drängen, aber er war entschlossen, ihr so nahe wie möglich zu kommen.

Das Flugzeug landete bei Sonnenaufgang in Paris. Thomas betrat die Ankunftshalle inmitten der Menschen, die sich lachend und gerührt in die Arme fielen. Auf ihn wartete niemand. Wahnsinn, wie viel verwundbarer man sich fühlt, wenn man allein ist. Fast schon beschämt schlängelte er sich diskret durch die Menge, über der Schulter die verblichene Sporttasche, in die sein ganzes Leben passte. Er ging durch die unendliche Flughafenhalle. Auch hier viele Bildschirme, riesige Parfümreklamen mit hochmütig blickenden Frauen und verführerisch lächelnden Männern. Thomas bewegte sich wie ein Zombie vorwärts. Nach den Blicken derer zu schließen, denen er begegnete, bewegte er sich nicht nur wie ein lebender Toter, sondern war in seinen verschlissenen, aus der Mode gekommenen Kleidungsstücken auch entsprechend kostümiert. Er trug das T-Shirt, auf das Kishan geschrieben hatte: *»Don't follow me, I'm lost.«* Kishan hatte es ihm geschenkt, weil die Kinder aus dem Tal die fatale Neigung hatten, Thomas, der sich ziemlich oft verirrte, vertrauensvoll zu folgen. In diesem Flughafen mit seinem Überfluss an Hinweisschildern verschärfte sich die Bedeutung dieser Botschaft auf seinem T-Shirt noch. Doch jetzt gab es kein Kind mehr, das Thomas nachlief. Es wurde ihm bald klar, dass er wieder lernen musste, in seiner Heimat zu leben, die nur sechs Stunden Zeitverschiebung, aber Lichtjahre von Ambar entfernt war.

Als er endlich den Fahrkartenautomaten für die RER-Tickets gefunden hatte, stand er ratlos davor. Der Mann, der hinter ihm Schlange stand, wurde ungeduldig. Thomas wagte es, ihn um Rat zu fragen, doch der Typ sah ihn nur verächtlich an und wechselte den Automaten. Da bot ihm ein junges Mädchen Hilfe an. Thomas hörte ihr nicht richtig zu, als sie ihm etwas erklärte. Er sah sie an. Sie hätte seine Tochter sein können.

Inmitten dieser eiligen, abweisenden Leute, angesichts dieser abstrusen Werbetafeln und obskuren Hinweisschilder kam ihm seine Reise plötzlich vor wie eine hoffnungslose Odyssee. Es wäre vergleichsweise weniger verrückt gewesen, das Tal von Kapoor zu Fuß über die Pässe erreichen zu wollen, und zwar mitten im Monsunregen und mit dem Risiko, jederzeit von einem Blitz erschlagen zu werden.

3

Von Indien war Thomas menschenüberfüllte und stauverstopfte Großstädte gewöhnt, aber Paris war ganz anders. So wenige Fahrräder und so viele Autos, die nur ihren Fahrer transportierten und die direkt vom Band gerollt zu sein schienen, so sauber waren sie! Keine nachlässig verschnürten Lasten, die in alle Richtungen herausragten und herunterzufallen drohten, keine Fahrerkabinen, in denen die Leute übereinandersaßen, keine Menschen auf den Dächern der Busse. Ampeln an allen Kreuzungen. In einer wohl geordneten Choreografie wartete jede Schlange, bis sie an der Reihe war. Klar abgegrenzte Bürgersteige. Wenige Kinder und kaum Alte, dafür viele Menschen in nüchternen Anzügen, die im Gehen den Blick auf ihr Smartphone richteten. Sie ignorierten ihre gesamte Umgebung, sogar die majestätischen Gebäude, die den Horizont versperrten und die Sonne verbargen.

Thomas verlief sich und kam deshalb zu spät im Restaurant an. Er fragte den Kellner, ob er erwartet werde. Der machte eine vage Handbewegung zu einem Tisch weiter hinten. Während Thomas den Raum durchquerte, bemerkte er, dass hier zwar die Küche nach nichts roch, dafür aber die Menschen nach Parfüm. Vielleicht nach dem von den Werbetafeln.

Als er ihn kommen sah, stand ein robust wirkender Mann auf und streckte ihm lächelnd die Hand entgegen.

»Monsieur Sellac! Da bist du ja endlich. Ehrlich, ich hätte nicht gedacht, dass ich dich je wiedersehen würde.«

Thomas war nicht mehr daran gewöhnt, seinen Nachnamen zu hören. Franck hatte sich im Aussehen verändert. Die beiden Männer hatten sich in Angola kennengelernt; sein früherer Kollege hatte sich damals um die Logistik der humanitären Einsätze gekümmert.

Während sie sich setzten, musterten sie sich eine Weile ganz offen. Beide schienen diesen prüfenden Blick nach all den Jahren für völlig natürlich zu halten. Francks Blick war wie immer, direkt und aufmerksam, doch ansonsten war er ein wenig in die Breite gegangen. Sein schönes Hemd spannte über dem Bauch. Er trug eine dicke Armbanduhr. An den Schläfen hatte er bereits erste weiße Härchen.

Der Unterschied zwischen den beiden sprang ins Auge. Ihm gegenüber wirkte Thomas noch schmaler, und seine für indische Verhältnisse so helle Haut noch verwitterter und sonnenverbrannter. Thomas war mit Sicherheit der schlechtestgekleidete Mann im ganzen Restaurant – vermutlich auch im ganzen Viertel –, und das Glas auf seiner alten Armbanduhr war zerkratzt und gesprungen.

»Wann haben wir uns zum letzten Mal gesehen?«, fragte Franck nachdenklich. »Vor zehn Jahren? Bei diesem Erdbeben in Asien?«

»Vor fast zwölf Jahren. Ich gratuliere dir zu deiner Stelle. Ein schöner Erfolg, und ein wirklich verdienter. Wie geht es deiner Frau und deinen Kindern? Sie müssen inzwischen groß sein.«

»Danke, meinen Kindern geht es gut, aber von meiner Ehe sind nur noch Unterhaltszahlungen übrig.«

»Tut mir leid.«

»So ist das Leben. Ich weiß nicht, wie du es fertiggebracht hast, so lange durchzuhalten. Also ich konnte nicht mehr, nach Afrika.«

Thomas beugte sich vor und fragte Franck in vertraulichem

Ton: »Als du von deinem Einsatz zurückgekommen bist, war dir da auch so, als würdest du ein fremdes Land betreten oder sogar eine Welt von Irren?«

»Absolut. Ich fand sie hirnrissig mit ihren Schlussverkäufen, ihren Fernsehsendungen und ihren Problemchen. Gestern hast du noch um ein bisschen Wasser gekämpft, und heute siehst du sie streiken, weil die Restaurant-Gutscheine abgeschafft werden sollen … Ich kam mir vor wie ein Außerirdischer! Völlig aus einer anderen Zeit! Und wenn ich bedenke, wie schnell sich unsere hübsche Kultur seit meiner Rückkehr weiterentwickelt hat, kann ich mir den Schock vorstellen, den du wahrscheinlich gerade erleidest. Aber keine Sorge, das dauert nicht lange. Jetzt geht meine neue Lebensgefährtin im Schlussverkauf shoppen, ich schau mir im Fernsehen Fußballspiele an, und wir haben eine Menge Problemchen. Wieso bist du zurückgekommen?«

Thomas zögerte.

»Vor langer Zeit, bevor ich fortging, habe ich eine junge Frau geliebt. Sie hieß Céline. Wir verstanden uns sehr gut, aber ich musste sie wegen meines ersten Einsatzes verlassen.«

»Du möchtest sie gern wiedersehen?«

»Nicht so sehr, dass ich deshalb zurückgekehrt wäre … Aber sie hat eine Tochter von mir bekommen. Ich habe es erst kürzlich erfahren. Und wegen dieses Kindes wollte ich zurück.«

»Tolle Überraschung … Wie alt ist die Kleine?«

»Gar nicht mehr so klein: Sie ist fast zwanzig.«

»Und wie hat sie reagiert, als sie erfuhr, dass du auf der Matte stehen würdest?«

»Sie weiß noch nichts davon. Vermutlich weiß sie übrigens nicht einmal, dass es mich gibt. Bestenfalls bin ich eine Leerstelle, schlimmstenfalls ein Schuft, der sie und ihre Mutter im Stich gelassen hat.«

Der Kellner kam, um die Bestellung aufzunehmen.

»Haben Sie schon gewählt?«

Franck antwortete wie aus der Pistole geschossen:

»Ein Tatar mit viel Kapern, bitte.«

Thomas hatte die Karte noch gar nicht aufgeschlagen.

»Zweimal, bitte.«

»Und zu trinken?«

»Eine Flasche von Ihrem hervorragenden Cahors«, bat Franck.

»In Ordnung!«

Thomas lachte.

»Ich habe seit mindestens acht Jahren weder Kapern noch rohes Fleisch gegessen – und schon gar nicht einen Cahors dazu getrunken …«

Franck lächelte leicht, kam aber auf ihr eigentliches Thema zu sprechen: »Was deine Bitte angeht, habe ich leider keine besonders guten Nachrichten. Ich schwöre dir, ich hab's versucht, ich habe mein ganzes Adressbuch abtelefoniert, aber Stellen sind rar. Es werden immer weniger Ärzte eingestellt, vor allem in den Krankenhäusern. Warum schließt du dich nicht einem NGO-Team an? Deine Erfahrungen wären bei der Vorbereitung der Einsätze sehr wertvoll. Und da gibt es wirklich Nachfrage …«

»Hast du nichts in meiner Gegend?«

»Nichts Annehmbares. Außerdem würde ich dir nicht raten, dich da zu vergraben. Selbst wenn du wegen deiner Tochter zurückgekommen bist, du musst auch an deine eigene Zukunft denken. Im Gesundheitswesen wird nicht mehr so gearbeitet wie vor deinem Weggang aus Frankreich. Auch dort haben die Betriebswirte die Idealisten verdrängt …«

»Ich verstehe. Schlussverkauf, Fußball im Fernsehen und die Problemchen …«

»Ich meine es ernst, mein Junge.«

»Was meinst du genau mit ›nichts Annehmbares‹?«

»Ehrlich, es lohnt nicht einmal, darüber zu sprechen. Lass mich einen Termin mit einem Freund im Ministerium für dich vereinbaren, der kennt jeden.«

»Die Stelle, von der du mir so abrätst, ist sie wenigstens in der Gegend, in die ich will?«

»Ich glaube, ja, aber wirklich …«

»Dann nehme ich sie.«

»Du weißt doch noch gar nicht, worum es sich handelt!«

»Für mich ist der Ort wichtiger als der Job.«

»Ich hab noch nicht mal die Stellenbeschreibung mitgebracht, weil die Stelle so uninteressant ist. Ich glaube, es ist eine Seniorenresidenz, was ganz Winziges. Da gehst du ein.«

»Wenn die Lage stimmt, ist es mir recht.«

Knurrend zückte Franck sein Smartphone und stellte eine Verbindung zu einem Spezialserver her. Nach wenigen Sekunden erschien die Stellenbeschreibung auf dem Display, und er hielt sie Thomas hin.

»Sieh selbst. Aber sei nicht blöd, ich kann etwas zehnmal Besseres für dich finden …«

»Leiter einer Seniorenresidenz, Public-Private Partnership, ständiges Personal (außer leitendem Angestellten): 1. Sechs Bewohner. Große Dienstwohnung. Einstellung ab sofort.«

»Gibt es eine Möglichkeit nachzusehen, wo genau sie ist?«

»Tipp auf den Button rechts.«

Als Thomas das Ergebnis sah, zögerte er keine Sekunde.

»Franck, das ist ideal. Vielen Dank! Du kannst dir gar nicht vorstellen, wie sehr mir das hilft.«

»Wenn du deinen Fehler einsiehst, gib mir Bescheid. All die Jahre im Einsatz, um in diesem verrückten Loch zu enden … Was willst du da bloß machen?«

»Sehen, ob das Schicksal mich noch will.«

4

Der Letzte, der Thomas die Haare geschnitten hatte, hieß Marish und war ein kurzsichtiger alter Mann, bei dem der Arzt auch noch eine Form von Parkinson festgestellt hatte. Seine Hände zitterten, aber er bestand darauf, Thomas zu »frisieren«, um ihm für seine Mühe zu danken. Dabei benutzte er die rostige Schere, die ihm auch beim Geflügelschlachten gute Dienste leistete. Kishan hatte über das Ergebnis sehr gelacht und ihm angeboten, das Ganze noch einmal abzuflämmen.

An diesem Morgen betrat Thomas den ersten Friseursalon, den er nach dem Verlassen des Bahnhofs gesehen hatte und der stolz als »Visagist und Haut Coiffeur« firmierte. Die Trommelfelle taten ihm weh, weil der Friseur so gegen diese »schreckliche Haar-Sabotage« wetterte, dessen bösartiger Urheber Thomas »massakriert« habe, bevor er nun von diesem hauptstädtischen Friseur »gerettet« wurde, und das für den Gegenwert von zehn Monatslöhnen eines indischen Arbeiters.

Einige Tage zuvor hatte das neue Schuljahr begonnen, und Thomas fühlte sich in seinen neuen Kleidern – Jeans, Schuhe, Poloshirt und Blouson – wie einer der Schüler, denen er begegnete. Jeder einzelne Teil seiner neuen Ausstattung kratzte, was ihm einen etwas seltsamen Gang verlieh. Beim Betrachten der Kinder war ihm aufgefallen, dass die jüngsten unter dem Gewicht vollgepackter Schulranzen schwankten, die weit über ihre Schultern hinausragten, während die größeren, deren Haar häufig mit einer Art Leim aufgerichtet worden war, nur kleine, manchmal mit seltsamen Inschriften bekritzelte Rucksäcke trugen. Als würden die Kinder hier, je weniger sie tragen konnten, desto mehr belastet.

Thomas war erleichtert, als er die Rue de la Liberté ohne allzu große Schwierigkeiten fand. Doch als er merkte, dass er gerade vor der Nummer 27 stand, wo doch das Heim die Hausnummer 371 hatte, beschleunigte er seinen Schritt.

Die Straße zog sich Richtung Westen, entfernte sich vom Stadtzentrum, durchquerte den Stadtrand, ließ auch bald die vereinzelten Wohnanlagen hinter sich, zog sich an einem Stadion entlang und verlief dann weiter zwischen Schuppen, Gebrauchtwarenläden und Reparaturwerkstätten hindurch. Zu seiner Verwunderung sah Thomas mehrere Fabrikgebäude, die zu Lagerhäusern für Privatkunden umgebaut worden waren. Diese Welt musste ja wirklich von materiellen Gütern überquellen, dass die Leute gezwungen waren, Container zu mieten, um ihre Besitztümer außerhalb der Wohnung aufzubewahren.

Je weiter Thomas vorankam, desto weniger Menschen sah er. Er war inzwischen ziemlich lange niemandem mehr begegnet, außer einer Katze und einem alten Karton, den der Wind vor sich hertrieb.

Na, zu Fuß können die alten Herrschaften jedenfalls nicht fliehen ..., dachte er.

In der Ferne zeichneten sich über den Industriegebäuden bewaldete Höhen ab, aber sie waren mit der schroffen, dürren Berglandschaft im Distrikt Kupwara nicht zu vergleichen.

Als Thomas endlich vor der Hausnummer 371 stand, zögerte er. Er sah noch einmal die Adresse auf den Unterlagen nach. Dass das Altenheim zwischen einer Autowerkstatt nebst Schrottplatz und einer offenbar stillgelegten Fabrik stand, war nicht das Überraschendste. Was Thomas wirklich verblüffte, waren die lebhaften Farben und der fröhlich lächelnde riesige

Teddybär, der an die Fassade der Seniorenresidenz gemalt war. Es schien ihm alles nicht zusammenzupassen. Er ging zum Haupteingang und klingelte. Sehr bald öffnete ihm eine Frau. Sie war ganz sicher jünger als er und wirkte charmant und eher willensstark. Ihr höfliches Lächeln konnte das Misstrauen in ihrem Blick nicht ganz verbergen.

»Guten Tag.«

»Guten Tag. Ich bin Thomas Sellac, der neue Direktor.«

»Willkommen. Ich bin Pauline Choplin, die hier zuständige Krankenschwester.«

Die junge Frau sah sich auf der Straße um und fragte: »Wo ist Ihr Wagen?«

»Ich bin zu Fuß gekommen.«

»Aus dem Stadtzentrum?«

»Ja.«

»Sie hätten anrufen sollen, dann hätte ich Sie abgeholt. Es ist weit …«

»Ich habe kein Handy.«

Mademoiselle Choplin konnte ihre Überraschung nicht verbergen. Der Mann vor ihr, dessen Blouson so neu war, dass das Etikett noch am Ärmel hing, war bestenfalls ein Sozialfall und schlimmstenfalls ein Serienmörder, der sie als Geisel nehmen würde, sie und alle Heimbewohner.

»Kommen Sie doch bitte herein«, sagte sie dennoch höflich.

»Ich weiß, ich komme zwei Stunden zu früh, aber ich dachte, mein Vorgänger würde froh sein, ein wenig Zeit zu gewinnen.«

»Das ist sehr nett von Ihnen, aber der ist schon im letzten Monat gegangen, auf die Minute genau zum Ende der Kündigungsfrist.«

»Aber dann …«

»Ja, seither sind wir allein, und wissen Sie was? Wir haben es überlebt. Ehrlich gesagt hatte ich sogar gehofft, es würde so bald gar kein Nachfolger kommen.«

Thomas erstarrte, als er sich im Eingangsbereich des Heims umsah. Noch mehr gemalte Teddybären, überall, und außerdem bunte Luftballons, lächelnde Blümchen und tanzende Kaninchen. Vom Boden bis zur Decke. Ein Kaleidoskop schreiender Farben, neben dem die Straßen von Bombay zu einem deprimierend farblosen Bild verblasst wären.

Pauline Choplin warf ihm einen besorgten Blick zu.

»Ich hoffe, Sie haben keine Allergie gegen kindgerechte Raumgestaltung …«

»Bisher hatte ich noch keinen Anfall. Haben Sie das alles hingemalt, weil alte Leute angeblich wieder zu Kindern werden?«

»Als die Fabrik nebenan geschlossen wurde, haben wir einfach nur die Räumlichkeiten der dazugehörigen Kinderkrippe übernommen. Sie werden sehen, anfangs möchte man noch eine Sonnenbrille aufsetzen, um nicht farbenblind zu werden, aber dann gewöhnt man sich daran. Und außerdem, Kinderkrippe oder Altenheim, wo ist da der Unterschied? Die Insassen halten Mittagsschlaf und tragen häufig Windeln!«

Die Krankenschwester lachte herzhaft, wurde jedoch schnell wieder ernst, als sie sah, dass ihr neuer Chef keine Miene verzog.

»Ich zeige Ihnen Ihr Büro. Ihre Dienstwohnung liegt darüber. Haben Sie an Gepäck nur diese eine Tasche?«

»Ja.«

Als er die junge Frau wieder staunen sah, fügte Thomas eilig hinzu: »Der Rest kommt später.«

Im Büro fand Thomas einen sehr sichtbar positionierten Stapel von Akten und Unterschriftenmappen vor, zwei Archivschränke und auf der Pinnwand, die die halbe Wand einnahm, eine beeindruckende Anzahl von Dienstanweisungen. Er bemerkte sofort den Computer und den Drucker. Die würde er brauchen.

»Ist der Rechner ans Internet angeschlossen?«

Die Krankenschwester wirkte ein wenig verwirrt von dieser Frage, nickte jedoch, als wäre nichts. Thomas las einige der Anweisungen. Er staunte über eine solche Papierverschwendung und so viel Formalismus.

»Ihr Vorgänger war ein Fan von ›kleinen Mitteilungen‹«, erklärte Pauline Choplin. »Er schrieb ständig welche, egal, worum es ging.«

»Ich verstehe. Für diese Krankheit gibt es sicher auch einen Namen …«

»Er war vermutlich ein guter Geschäftsführer. Aber in menschlicher Hinsicht … Selbst nach drei Jahren brachte er die Namen der Heimbewohner noch durcheinander.«

»Es sind sechs, nicht wahr?«

»Fünf. Madame Berzha hat uns verlassen, friedlich und im Schlaf. Die Belegschaft besteht heute also aus drei Frauen und zwei Männern. Von einundsiebzig bis achtundachtzig Jahren. Darf ich Sie etwas fragen?«

Es war lange her, dass eine Frau Thomas so offen in die Augen gesehen hatte. Verwirrt vertiefte er sich in eine Anweisung zum Befüllen der Flüssigseifenspender.

»Aber bitte.«

»Warum haben Sie sich für diese Stelle entschieden?«

»Ich habe Verwandte hier in der Gegend.«

Um weiteren Fragen vorzubeugen, tat Thomas so, als würde er sich für ein Memo über die Größe der Brotrationen interessieren.

»Wer kümmert sich um die Mahlzeiten?«

»Die Gemeinde lässt sie zweimal täglich liefern. Aber ich mache das Frühstück.«

»Gibt es Heimbewohner, die eine besondere Versorgung brauchen?«

»Sie sind noch relativ autonom. Drei von ihnen sind in ständiger ärztlicher Behandlung. Ich werde Ihnen ihre Akten zeigen, wenn Sie möchten. Sie sind der Erste, der sich für ihre medizinische Behandlung interessiert …«

»Wahrscheinlich gebe ich einen ziemlich dürftigen Geschäftsführer ab, aber ich bin von der Ausbildung her Arzt.«

»Welches Fachgebiet?«

»Verzweifelte Fälle am Ende der Welt.«

Sie brach in Lachen aus. Zum zweiten Mal seit Thomas' Ankunft, und er freute sich schon jetzt über die Spontaneität und Energie, die seine Mitarbeiterin ausstrahlte.

»Nun, Doktor, soll ich mit der Führung beginnen?«

5

Nach den Maßstäben Ambars wäre die Dienstwohnung geräumig genug gewesen für Kishan, seine Frau, seine drei Kinder, seine Eltern, seine Schwiegereltern und auch noch für den einen oder anderen Onkel. Thomas sah sich in seiner neuen Bleibe kurz um und stellte die Tasche in der Diele ab.

»Die Heimbewohner kommen nie hier herauf, Sie werden Ihre Ruhe haben. Es gibt sogar einen direkten Ausgang nach draußen, wenn Sie mögen, über die Treppe am Ende des Gangs.«

»Und das da, was ist das?«

»Eine weitere, kleinere Wohnung. Sie dient als Lager. Wir stellen dort Möbel ab. Manche stammen noch aus der Kinderkrippe.«

»Das Heim wirkt komfortabel.«

»Finden Sie? Nun, umso besser. Ihr Vorgänger fand es eng und veraltet … Ursprünglich war dieses Heim für ältere Menschen ein gemeinsames Pilotprojekt der Krankenkasse und der Gemeinde. Als die Fabrik stillgelegt wurde, kaufte die Stadt das Gebäude, um es umzubauen. Die Idee war gut: weniger Bewohner in einem familiäreren Rahmen. Doch die Krankenkasse hat sich immer mehr aus der Finanzierung zurückgezogen, und schließlich wurden die Bewohner aufgefordert zuzuzahlen.«

Thomas trat an eins der Fenster an der Rückfront des Gebäudes und staunte über das große Grundstück dahinter.

»Ist das ein Garten?«

»Ein ehemaliger Obstgarten, der sich bis zum Fluss hinunterzieht, das Ufer ist da unten bei der großen Weide. Die Renonce, angeblich ist sie reich an Forellen. Wenn Sie wollen, zeige ich sie Ihnen.«

»Warum nicht? Seit wann arbeiten Sie hier?«

»Seit der Eröffnung vor etwas mehr als drei Jahren. Vorher war ich im Krankenhaus, aber die Arbeitszeiten und die Atmosphäre wurden mir zu stressig. Außerdem wollte ich mehr Zeit für meinen kleinen Sohn haben. Als sein Vater uns verließ, kündigte ich, um diese Stelle hier anzutreten.«

Noch zwei Monate früher hätte Thomas die Geschichte vom Vater, der Frau und Kind verlässt, als banale soziale Wirklichkeit abgetan. Doch heute empfand er ganz anders.

»Wie alt ist Ihr Sohn?«

»Er wird bald acht.«

Fast hätte sich Thomas gewohnheitsmäßig nach seiner Gesundheit erkundigt, aber er hielt sich rechtzeitig zurück und fragte stattdessen: »Wissen die Heimbewohner, dass ein neuer Heimleiter ernannt wurde?«

»Machen Sie Witze? Natürlich wissen sie es! Ich bin sicher, seit der Sekunde, in der Sie dieses Haus betreten haben, spionieren sie Ihnen nach! Sie werden sehen, manchmal haben sie etwas sehr Kindliches, was mir übrigens sehr gefällt.«

»Sie haben mir nachspioniert? Im Ernst?«

»Natürlich. Ehrlich gesagt haben sie Ihren Vorgänger nie gemocht. Im letzten Winter hatte Monsieur Lanzac die Grippe, und er ist nur aufgestanden, weil er versuchen wollte, dem Direktor seine Bazillen anzuhängen. Es ist ihm schließlich sogar gelungen!«

»Charmant. Und Sie, wie dachten Sie über den früheren Heimleiter?«

»Darf ich ehrlich sein?«

»Das wäre eine gute Basis für unsere Zusammenarbeit.«

Kaum merklich veränderte sich die Haltung der jungen Frau.

»Er war nicht allzu …«

Sie zögerte, und da sie sah, dass Thomas auf die Antwort wartete, sagte sie scharf: »Er war ein karrierebesessener kleiner Bürokrat, der im sozialen Bereich nichts zu suchen hatte. Dieser Typ hat nie für jemand anderen als sich selbst gearbeitet.«

Nachdem sie dieses Urteil gefällt hatte, wurde Pauline sofort wieder liebenswürdig.

»Gehen wir wieder hinunter, ich möchte Ihnen die Heimbewohner vorstellen.«

6

Pauline Choplin führte Thomas in den Gemeinschaftsraum. Die Wände waren mit bunten Schlangenlinien und kleinen kuschelig runden Tieren bemalt, die für Kinder unter fünf Jahren sicher außerordentlich faszinierend waren. Als wäre sie ein kleines Mädchen, das einen Streich ausheckt, legte Pauline den Finger an die Lippen, um Thomas zum Schweigen zu ermahnen.

»Nun, Herr Direktor, soll ich jetzt unsere Heimbewohner holen?«

Thomas sah sie verständnislos an. Sie raunte ihm zu: »Jetzt müssen Sie sagen: ›Aber gern‹ oder ›Ich bitte darum‹.«

Er nickte und sagte laut und mit tiefer Stimme: »Ich bitte darum!«

Pauline bedeutete ihm, er solle lauschen. Das Geräusch einer Tür, die sich öffnete, dann einer weiteren. Sehr bald kam eine erste Gestalt angetrippelt. Eine gebeugte kleine Dame mit makellos weißem Haar trat über die Schwelle des Gemeinschaftsraums wie über die Ziellinie eines Zeitlupen-Rennens. Sie kam näher und besah sich dabei den Neuankömmling. Ihre Augen waren hell und ihr Blick weit lebhafter als die Bewegungen ihres Körpers. Sie streckte ihm die Hand entgegen.

»Guten Tag, Monsieur, ich heiße Françoise Quenon. Wissen Sie, heute Nacht bin ich um 2 Uhr 22, um 4 Uhr 44 und um 5 Uhr 55 aufgewacht, und Sie sind um 9 Uhr 09 angekommen …«

Ein zweiter Bewohner stürzte so schnell herbei, wie ein älterer Herr es eben kann, ging an der alten Dame vorbei und schüttelte Thomas kräftig die Hand.

»Francis Lanzac. Meine Freunde nennen mich ›Oberst‹. Achten Sie nicht auf sie, Doktor, sie ist verrückt. Sie sieht überall Zeichen des Übernatürlichen. Mit ihren albernen Uhrzeitgeschichten wird sie Ihnen verkünden, Sie seien der Antichrist und lediglich hier, um uns unsere Seelen und die Zitronenkekse zu rauben.«

Die alte Dame protestierte: »Schweig, Francis! Ich war zuerst hier. Und er ist nicht der Antichrist!«

»Was soll er denn deinen dämlichen Uhrzeiten zufolge sonst sein? Die Reinkarnation eines Radioweckers?«

Jetzt erschien ein zweiter Mann, der sich sehr würdig auf einen Stock stützte, mit zwei weiteren Frauen. Thomas war bald von den Heimbewohnern umringt, die sich betrugen wie Kindergartenkinder beim Besuch des Weihnachtsmanns. Vielleicht war es gar nicht so abwegig gewesen, sie in einer Kinderkrippe unterzubringen.

»Er ist sehr jung, und diese Schultern …«, setzte eine Dame mit perfekt onduliertem, bläulich schimmerndem Haar an.

»Auf jeden Fall sieht er sehr viel besser aus als unser letzter Direktor«, pflichtete ihr die Dritte bei.

»Na ja, das ist ja auch nicht schwer«, witzelte Francis.

Der Herr mit dem Gehstock trat näher und verneigte sich höflich vor Thomas.

»Ich grüße Sie. Ich habe einen Sohn in Ihrem Alter. Einmal im Jahr besucht er mich mit seiner Frau, jedes Mal mit einer anderen. Oder aber ich erkenne sie nicht wieder.«

Pauline griff ein: »Lassen Sie den Herrn Direktor doch mal zu Atem kommen. Wenn alle einverstanden sind, koche ich einen Schwarztee oder Kräutertee, wir setzen uns an den Tisch, und jeder kann sich in Ruhe vorstellen.«

»Tee? Dann muss ich wieder die ganze Nacht Pipi!«, erklärte Chantal, die Dame mit dem bläulichen Haar.

»Falls es Zitronenkekse gibt, darf Jean-Michel heute keinen bekommen, er hat gestern zwei genommen«, mischte sich die Dritte ein, Hélène.

Der Angeklagte, auf seinen Stock gestützt wie ein Aristokrat, der für sein offizielles Porträt Modell steht, verneigte sich wieder vor Thomas.

»Könnten wir nicht sagen, dass Ihre Ankunft hier alle Zähler auf null zurückstellt? Eine Art Amnestie. Dann bekäme ich auch einen Keks.«

»Sind diese Kekse denn so gut?«

Die fünf Heimbewohner seufzten im Chor.

»Pauline backt sie«, erklärte Francis. »Und nur wegen der Kekse versuchen wir nicht zu fliehen!«

»Solange ich sie nicht probiert habe, weiß ich nicht, was mir entgeht, also schenke ich Ihnen heute meinen.«

»Das ist sehr nett von Ihnen, aber warum sollte Jean-Michel noch mehr bekommen?«, protestierte Chantal.

7

Thomas war schon mehrmals von Leuten betrachtet worden, und aufs Gründlichste, insbesondere von den Kindern in Ambar, als er zum ersten Mal in ihr Dorf gekommen war. Bei dieser Gelegenheit hatte er übrigens auch seinen ersten Satz in Hindi gelernt: »Dein Hosenschlitz ist offen.« Die Erwachsenen hatten sich diskreter verhalten, aber die Kleinen hatten sich nicht geniert, sich vor ihm aufzubauen und ihn von Kopf bis Fuß genau zu mustern. Und so erging es ihm auch jetzt.

Pauline begann mit der Vorstellung: »Das ist Françoise, die Jüngste unter uns …«

Francis unterbrach sie.

»Das ist doch alles nur Gesums. Verzeihung, aber vielleicht könnten wir ihm die Liste von uns Alten mitsamt unseren Krankengeschichten ersparen. Sie haben ihm doch gesagt, Sie würden ihm unsere Akten zeigen. Wir hingegen bekommen keine Unterlagen über ihn. Also, Doktor, dürfen wir Ihnen Fragen stellen?«

»Aber gern.«

Chantal stürzte sich als Erste ins Gefecht.

»Sie sind ja ganz schön braungebrannt, wo waren Sie in Urlaub?«

»Ich komme nicht aus dem Urlaub, sondern aus Indien, wo ich gearbeitet habe.«

»Worin bestand Ihre Arbeit?«

»Ich habe Leute behandelt. Ich bin Arzt.«

Francis riss die Augen auf.

»Toll! Wie lange waren Sie bei den Indern?«

»Acht Jahre.«

»Waren Sie in einem Reservat?«, fragte Chantal. »Haben Sie mit Pfeil und Bogen Bisons gejagt?«

»Ich war nicht bei den Indianern, sondern bei den Indern. Im Land der heiligen Kühe.«

»Warum, zum Teufel, haben Sie acht Jahre mit Kühen zusammengelebt?«, fragte Hélène erstaunt.

»Ich wollte Ihnen nur einen weiteren Hinweis auf das Land geben. Ich wohnte in einem abgelegenen Tal im Süden Kaschmirs, in der Nähe der Grenze zu Pakistan.«

»Kaschmirpullis sind da sicher viel billiger als hier …«

»Haben Sie da auch Katzenfleisch gegessen?«, erkundigte sich Chantal.

»Die Inder essen keine Katzen.«

»Es sind die Eskimos, die Katzen essen!«, rief Jean-Michel.

»Die Eskimos essen auch keine Katzen«, stellte Thomas richtig.

Er begegnete dem Blick Paulines, die sich sichtlich über diese Wendung des Gesprächs amüsierte.

Hélène fragte: »Werden Sie erlauben, dass uns Théo weiterhin besucht?«

»Wer ist Théo?«

»Paulines Sohn. Er ist hinreißend, wir helfen ihm bei den Hausaufgaben, und er spielt mit uns.«

Pauline mischte sich etwas verlegen ein: »Der frühere Heimleiter war damit einverstanden, dass ich ihn mitbrachte, weil ich dann länger bleiben konnte …«

»Wenn allen so daran gelegen ist, wüsste ich nicht, warum man es ändern sollte.«

Francis fragte plötzlich: »Hatten Sie schon mal Sex zu dritt?«

Die vier Frauen protestierten vehement, und Jean-Michel verdrehte die Augen.

»Bitte verzeihen Sie ihm, Doktor, er ist ein Hornochse!«

»Aber er hat nichts mit den Kühen zu tun, mit denen Sie acht Jahre zusammengelebt haben«, erläuterte Hélène.

»Doktor, antworten Sie nicht, das geht keinen was an! Machen Sie doch, was Sie wollen, mit diesen Indern in ihren Tipis.«

Während sich jeder auf seine eigenen Irrwege begab und selbst Pauline noch nach dem roten Faden zu suchen schien, fragte Françoise sehr ruhig: »Und ansonsten, Doktor, haben Sie Kinder?«

8

Ein seltsamer erster Abend. Nachdem die fertigen Essenstabletts angeliefert und verteilt worden waren, war Pauline nach Hause gegangen. Als er die große Eingangstür hinter ihr schloss, spürte Thomas plötzlich etwas sehr Unangenehmes: echte Einsamkeit. Er konnte sich nicht erinnern, sie jemals derart heftig empfunden zu haben.

Die Bewohner waren in ihren jeweiligen Zimmern und würden erst am nächsten Morgen zum Frühstück wieder herauskommen. Thomas ging durch den Gang im Erdgeschoss. Hinter den geschlossenen Türen hörte er verschiedene Geräusche. Jean-Michel sah sich eine Quiz-Sendung an, bei der er die Antworten schneller zu geben versuchte als die Kandidaten. Das Spiel wurde von verschiedenen Geräuschen begleitet – einer Glocke, einer altmodisch quäkenden Autohupe, einer Pfeife und einem Beifall, der zu anhaltend war, um echt zu sein. Thomas verstand nicht einmal die Fragen, die sich um Berühmtheiten zu drehen schienen, von denen er noch nie gehört hatte. Hélène plauderte mit sich selbst. Sie lachte und flüsterte. Momentweise klang es regelrecht verschwörerisch. Francis zappte zwischen mehreren amerikanischen Serien mit dröhnender Filmmusik hin und her. Die sich aus allem ergebende akustische Mischung war recht speziell. Die Handlungen schienen zur Geschichte eines Elitesoldaten zu verschmelzen, der aus seinem Maschinengewehr wild um sich feuerte, um einer Gebärenden beizustehen, die gerade ein Urteil in einer Ehebruchssache zwischen einem Delfin namens Silberflosse und einem Kühlschrank voller Kokain verkündete. Gar nicht so einfach festzustellen, wer die Guten und wer die Bösen waren … Chantal verfolgte einen Song Contest und versuchte enthusiastisch, die Hits mit den Kandidaten mitzusingen. Sie hatte wenig Aussicht zu gewinnen. Denn sie sang nicht nur falsch, sondern konnte offensichtlich auch weder die Texte noch Englisch. Das Ergebnis war ein schlichtweg schreckliches Blöken. In Françoise' Zimmer am anderen Ende des Gangs war es still. Ob sie schon schlief?

Auf Zehenspitzen ging Thomas die Treppe hinauf. Er betrat sein Zuhause. »Zuhause«, ein sehr relativer Begriff bei jemandem, der so oft die Adresse gewechselt hatte und hierhergeraten war, ohne sich diesen Ort wirklich ausgesucht zu haben. Er hatte seine Sachen in den Räumen verteilt, doch er besaß so wenige persönliche Gegenstände, dass sie verloren wirkten in dieser riesigen Wohnung, die man ihm zugeteilt hatte. In Ambar hatten seine Besitztümer alle in ein Regal gepasst und seine Kleidungsstücke auf ein paar Kleiderbügel, die an einer aufgespannten Leine hingen. Durch eine seltsame Ironie des Schicksals war der einzige Gegenstand, den er von Einsatz zu Einsatz immer mitgenommen hatte, ein graues Etui, das er sich einmal bei Céline geliehen und ihr nie zurückgegeben hatte. Noch heute bewahrte er seine Stifte darin auf. Ein Etui, nicht mal ein medizinisches. Und eine Tochter.

Er ging durch die Räume und blieb vor einem von seinem Vorgänger hinterlassenen Poster stehen, das ein Schweizer Chalet darstellte. Es gab noch weitere Spuren von Bildern, doch die waren alle abgehängt worden. Der andere hatte sicher Fotos. Vielleicht von seiner Familie, seiner Frau, seinen Kindern und Freunden. Souvenirs. Thomas hatte nichts, was er an die Wand hängen konnte. Von seiner Geschichte hatte er nur seine eigenen

Erinnerungen, und heute Abend war niemand da, dem er sie erzählen oder mit dem er sie hätte teilen können. Seine Schwester hatte sicher noch Fotos aus ihrer gemeinsamen Kindheit und Jugend, aber sie sprach nicht mehr mit ihm. Sie hatte ihm nie verziehen, dass er nicht zur Beerdigung seiner Eltern angereist war, die zehn Jahre zuvor bei einem Unfall ums Leben gekommen waren. Sie hatte ihrem Bruder einfach nicht glauben wollen, dass die Benachrichtigungen, die sie ihm geschickt hatte, mit zwei Monaten Verspätung angekommen waren. Und doch war es die Wahrheit.

Thomas hatte zwar daran gedacht, Emmas Fotos aufzuhängen, doch diese Blätter waren ihm zu wertvoll, als dass er ihnen das Loch einer Heftzwecke oder Klebebandspuren hätte zumuten wollen. Und außerdem sah Pauline sie dann womöglich und stellte Fragen.

Er setzte sich also vor das Tablett mit seinem schon fast kalten Essen. Kleine rechteckige Portionen in ihren entsprechenden Behältern. Undefinierbare Speisen. Die Soße war sicher automatisch dosiert worden. Vorspeise, Hauptgericht, Dessert, ein Brötchen, ein winziges Fläschchen Wein und eine Flasche Wasser. Auf nichts davon hatte er Appetit. Was er jetzt im Augenblick am liebsten getan hätte, wäre auf einem unbequemen Stuhl Kishan gegenübersitzen und mit ihm die Gerichte seiner Frau essen, Gerichte, deren Namen für ihn ebenso unaussprechlich geblieben waren wie ihre Zusammensetzung geheimnisvoll. Warum hatte er den einzigen Ort verlassen, an dem er sich je heimisch gefühlt hatte? Welches Leben würde er führen, hätte ihn nicht eine Zufallsbegegnung auf seine Vergangenheit und auf das Kind zurückverwiesen, das er Céline völlig unwissentlich gemacht hatte? Zu spät für solche Fantasien. Jetzt wusste Thomas es nun einmal. Und heute Abend musste er etwas nachprüfen.

9

Als Thomas das Heim verließ, war es schon dunkel. In diesem Augenblick schliefen die Bewohner des Tals von Ambar wahrscheinlich tief und fest, während die wilden Hunde jetzt, wenige Stunden vor Tagesanbruch, vermutlich um die Hühner- und Ziegenställe strichen.

Hier gingen die Leute zum Abendessen nach Hause. Manche hatten frisches Brot gekauft. An der Menge konnte man ablesen, zu wie vielen sie am Tisch sitzen würden. Eine Dame hielt drei Baguettes im Arm, ein alter Herr nur ein halbes, während ein jüngerer Mann bereits in die Kruste seines noch warmen Landbrotes biss. So viele verschiedene Leben.

Als er aus dem Bus stieg, der ihn ans andere Ende der Stadt gebracht hatte, sog Thomas die Luft ein. Hier gab es keinen vom Wind aufgewirbelten Staub, sondern einen benebelnden Geruch nach Auspuffgasen. Er stand vor einem mindestens zehn Etagen hohen Wohnhaus, auf dessen Eingangsstufen schwatzende junge Leute saßen. Sie sahen ihn mit demselben Blick an, mit dem die Bewohner abgelegener Dörfer einen Unbekannten ansehen, der plötzlich bei ihnen auftaucht.

Wenn er den Stadtplan richtig gedeutet hatte, musste er diese Hochhausgruppe erst durchqueren, um ein dahinter gelegenes Wohngebiet zu erreichen.

Dank seinem Computer mit Internetanschluss hätte er nicht lange gebraucht, um die Adresse seiner früheren Freundin zu überprüfen. Thomas war sogar überrascht gewesen, wie leicht man persönliche Angaben zu allen möglichen Menschen finden konnte. Durch all die Suchmaschinen und die Informationen und Fotos, die alle Welt über die sozialen Netzwerke zugänglich machte, gab es immer weniger Privatleben. Obwohl er mit Internetrecherchen nicht vertraut war, hatte er keine Stunde gebraucht, um zu erfahren, dass Céline sechs Jahre nach seinem Weggang geheiratet hatte, und zwar in einem wunderschönen Kleid, und dass die Adresse, die Kishans Verwandter herausgefunden hatte, immer noch stimmte. Wie lange nach der Trennung hatte Céline den Mann kennengelernt, mit dem sie jetzt verheiratet war? Das würde er nie erfahren. War sich Emma dessen bewusst, dass sie keinen Vater hatte, oder kannte sie diesen Mann so lange, wie ihr Gedächtnis zurückreichte? Er hatte nicht die geringste Ahnung. Dafür aber hatte Thomas erfahren, dass Emma inzwischen im zweiten Jahr eine Krankenpflegeschule hier in der Stadt besuchte.

Nachdem Thomas die Hochhäuser hinter sich gelassen und eine breite Straße überquert hatte, stand er vor einem ganz anderen Bild. Schmale Straßen und Einfamilienhäuser, manche davon so alt wie das, in dem er selbst aufgewachsen war. Säuberlich eingezäunte Gärten, manchmal zwei Wagen in der Einfahrt und im Haus laufende Fernseher. Durch die Fenster waren geschäftige Gestalten zu erkennen. Einige Familien saßen schon am Esstisch. In mehreren Häusern sah er Kinder und Jugendliche an den Hausaufgaben sitzen.

Er ging weiter, schaute hin und wieder auf dem Plan nach und warf flüchtige Blicke auf diese Leben, denen seins hätte gleichen können, wäre er nicht fortgegangen. Diese Leute, deren Alltag er nun bruchstückhaft mitbekam, hatten vermutlich ebenfalls verschlungene Wege zurückgelegt, um schließlich heute Abend hier zu leben.

Als Thomas Célines Straße erreichte, war er bedrückt. Seine

Idee, sich anzuschauen, wo sie mit ihrer Tochter wohnte, erschien ihm nun weniger naheliegend. Er wusste nicht genau, was er vorfinden würde, dafür zeichneten sich bereits die Gefühle ab, die er würde aushalten müssen. Er sah sie nahen wie schreckliche Reiter, die lanzenschwingend aus der Ferne herangaloppieren. Er begann um seinen Verstand zu fürchten. Dennoch, einfach wieder wegzugehen kam nicht infrage. Vielleicht war Emma da. Er hoffte es. Würde er sie genauso gut sehen können wie das junge Mädchen, das er eine Straße vorher in einem Haus dabei beobachtet hatte, wie sie zu der Musik aus ihren Kopfhörern tanzte?

Er fühlte sich wie ein Eindringling, ein Voyeur. Und doch war es die Hoffnung auf diesen Moment gewesen, die ihn von Ambar hierher getrieben hatte. Er näherte sich der Adresse und zählte dabei die Nummern an den Zäunen mit wie einen Countdown. Er, der doch das Wandern wahrhaftig gewöhnt war, war außer Atem. Nummer 17. Céline und Emma wohnten in der Nummer 23. Ob es das große Architektenhaus mit dem schönen Balkon war, das jetzt in seinem Blickfeld auftauchte? Als er an der Nummer 19 vorüberkam, warf sich ein Hund kläffend gegen das Gartentor. Thomas machte einen Satz mitten auf die zum Glück leere Straße. Hätten die Kinder von Ambar diesen panischen Sprung sehen können, hätten sie wieder etwas zu lachen gehabt. Er stellte sich eine andere Szene vor. Und wenn er von einem Auto überfahren worden wäre? Dann wäre Céline, vom Lärm aufgeschreckt, herausgekommen und hätte seinen leblosen Körper auf der Straße liegen sehen. Ob sie ihn erkannt hätte? Ob Emma auch herausgekommen wäre? Hätte Céline ihr die Identität des Unfallopfers, das tot vor ihnen lag, enthüllt?

Thomas versuchte sich wieder zu fassen. Ohne es richtig zu merken, war er vor ihrem Haus angekommen. Es war nicht das moderne, sondern ein einfaches einstöckiges Einfamilienhaus mit einer Garage im Keller. Auf dem Briefkasten stand »Madame und Monsieur Lavergne und ihre Kinder«. Céline und Emma trugen einen anderen Namen als seinen, weil er ihnen seinen nicht angeboten hatte. »Ihre Kinder«. Emma hatte also Geschwister? Thomas' Geist war in Aufruhr, während er das Haus betrachtete. In zwei Räumen war Licht. Ziemlich dünne Gardinen ließen ein Wohnzimmer und darin ein Anbaubücherregal und eine riesige tropische Pflanze mit ziemlich breiten Blättern erkennen. Plötzlich fiel Thomas ein, dass Céline sich immer sehr für Palmen interessiert hatte. Von der Küche sah er nur die Oberschränke. Die Haustür öffnete sich, ein Mann kam heraus. Er war eher groß und rief ins Hausinnere zurück: »Ich kümmer mich drum!«

Thomas ging scheinbar achtlos weiter. Er hörte dumpfes Rollen, wandte sich diskret um und sah, wie der Mann – ganz sicher Monsieur Lavergne – einen Mülleimer auf den Bürgersteig zog. Kaum war der Mann wieder auf dem Weg zurück ins Haus, da machte sich auch Thomas wieder auf den Rückweg. Um keine Aufmerksamkeit zu erregen, blieb er lieber nicht vor dem Haus stehen, sondern ging mehrmals daran vorbei. Vom Bürgersteig gegenüber aus hatte er ein etwas breiteres Blickfeld. Er konnte zwei Gestalten erkennen. Die von Monsieur Lavergne und dann eine kleinere mit Lockenkopf. Céline. Auch wenn ihr Haar kürzer war als zu der Zeit, als sie liiert gewesen waren, musste sie es sein. Als er sah, wie sie sich in dem scherenschnittähnlichen Bild bewegte, erkannte er sie. Dieselbe Energie, derselbe fast hüpfende Schwung. Er kam und ging und wich dabei den Häusern mit Hunden aus. Und bei jedem Mal las er wie ein Erntearbeiter neue Informationen auf. Es waren so viele, dass er sie nicht gleich analysieren konnte. Er begnügte sich mit dem Versuch, alles abzuspeichern. Keine Spur von Emma oder anderen Kindern. Céline war in der Küche. Wenn er nicht fortgegangen wäre, wenn er nicht beschlossen hätte, alles aufzugeben, um für die von der Welt Vergessenen da zu sein, hätte er jetzt wahrscheinlich den Mülleimer auf die Straße gestellt. Und vermutlich wäre er es gewesen, der hinter Céline getreten wäre, um sie zu umarmen, wie Monsieur Lavergne es gerade tat.

Plötzlich fiel ihm das letzte ernsthafte Gespräch wieder ein, das er mit Céline geführt hatte. Sie hatte ihm geraten, seine medizinische Ausbildung in Frankreich abzuschließen. War es nur ein Rat gewesen oder vielmehr eine Bitte, die er nicht als solche verstanden hatte? Er hatte geantwortet, vor Ort sei er nützlicher, in Afrika, dem Mittleren Osten oder sonst wo, und seinen Abschluss würde er sich dann bei erster Gelegenheit in Frankreich anerkennen lassen. Er wolle sich lieber um Menschen in einer Notlage als um einen möglichst komfortablen Studienverlauf kümmern. Es war sogar ganz sicher der Tag gewesen, an dem er sich ihr Etui ausgeliehen hatte, das er immer noch benutzte. Hatte sie an jenem Tag schon gewusst, dass sie ein Kind von ihm erwartete?

Die Beobachtung der einzigen Frau, die mehr als nur ein Abenteuer in seinem Leben gewesen war, nahm ihn derart gefangen, dass Thomas alle Hunde und Nachbarn vergaß. Er sah sie mit aller Kraft an. Sie war sehr geschäftig, kochte, öffnete und schloss Schränke, stellte eine Schüssel oder einen Topf auf den Tisch. Da war sie, vielleicht zehn Meter entfernt, in Rufweite, und ahnte nichts von seiner Anwesenheit. Er war so etwas wie das Gespenst einer Vergangenheit, die sie vielleicht überwunden hatte. Thomas hoffte ehrlich, dass es ihr gelungen war, sein Fehlen zu verkraften, sich ein neues Leben aufzubauen und ihr Glück zu finden. Wer sie heute Abend so sah, durfte es vermuten und annehmen, dass sie glücklich war.

Doch die Erfahrung hatte Thomas gelehrt, dass sich hinter

dem Schein eines Augenblicks manchmal der ganze Schmerz eines Lebens verbirgt. Hinter jeder Frau, jedem Mann steht eine Geschichte, die man bei der ersten Begegnung unmöglich erfassen kann. Céline lebte, sie war Frau und Mutter und führte anscheinend eine glückliche Ehe. Was hatte sie durchmachen müssen, um mit allem zurechtzukommen? Thomas fühlte sich einsam, verloren und von Schuldgefühlen gequält. Er hatte Angst gehabt, von den Hunden verschlungen zu werden, aber schließlich war es die Reue, die ihn verschlang.

10

»Sie wirken müde. Sicher der Jetlag. Sollen wir das letzte Gespräch auf morgen verschieben?«

»Nein, Pauline, es ist gut gemeint, aber ich möchte die Runde abschließen. Madame Trémélio würde es sicher nicht verstehen, wenn sie heute als Einzige nicht mit mir sprechen dürfte.«

»Gut, dann hole ich sie.«

Thomas hatte es sich angelegen sein lassen, jeden Heimbewohner im Einzelgespräch kennenzulernen. Um allen empfindlichen Reaktionen vorzubeugen, hatte er darauf geachtet, sie in alphabetischer Reihenfolge einzuladen. Alle hatten in den höchsten Tönen von Mademoiselle Choplin geschwärmt und über den früheren Heimleiter nur Schlechtes zu sagen gehabt. Und jede und jeder Einzelne hatte ihm ein paar kleine Geheimnisse über die anderen verraten. Auf diese Weise hatte Thomas erfahren, dass Jean-Michel sich mit Süßigkeiten vollstopfte, dass Chantals hübsch ondulierte Haarpracht nur eine Perücke war, dass Francis sich im Garten ebenso illegalen wie gefährlichen Beschäftigungen hingab, dass Françoise an Geister glaubte und dass Hélène, die doch so schmal war, ihre Essenstabletts immer bis auf den letzten Krümel leer aß.

Thomas stand auf, um seiner letzten Schutzbefohlenen entgegenzugehen.

»Kommen Sie herein, Madame Trémélio. Bitte setzen Sie sich doch.«

»Sie dürfen Hélène zu mir sagen, wenn Sie möchten.«

»Dann nennen Sie mich bitte Thomas.«

Die alte Dame lachte auf wie ein errötendes junges Mädchen. Thomas hatte die Sitzmöbel an seinem Schreibtisch vertauscht. Sein Chefsessel stand jetzt den Besuchern zur Verfügung, sich selbst hatte er den einfachen Stuhl hingestellt. Während sie sich setzte, sah sich Madame Trémélio um wie ein neugieriges Kind.

»Wissen Sie, ich war erst ein einziges Mal in diesem Büro.«

»Von jetzt an kommen Sie, sooft Sie mögen.«

Wieder lachte sie ihr charmantes Lachen. Thomas bemerkte, dass sie sich für dieses Gespräch hübsch angezogen und frisiert hatte.

»Also, Madame Trémélio …«

»Hélène.«

»Pardon, also Hélène. Erzählen Sie mir von sich und von Ihrer Gesundheit. Wie geht es Ihnen?«

»Ach, wissen Sie, Doktor, ich kann mich nicht beklagen. Ich habe einen Brustkrebs überstanden. Ich leide unter Rheuma, aber es ist erträglich. Ich habe einen guten Appetit, ich kann gut hören und sehen. Anders als die arme Françoise, die alles Mögliche hört, oder Jean-Michel, der nicht weiter sieht als bis zum Ende seines Stocks. Die Süßigkeiten, die er den ganzen Tag vertilgt, machen die Sache sicher auch nicht besser.«

Plötzlich interessierte sich Hélène für eine kleine Rakete aus Getränkedosen, die Thomas auf dem Schreibtisch aufgestellt hatte.

»Haben Sie dieses drollige Ding gebastelt?«

»Nein, das haben mir die Kinder des Dorfs, in dem ich in Indien gelebt habe, geschenkt.«

Hélène wartete offensichtlich auf die Erlaubnis, es berühren zu dürfen, doch Thomas ließ sich nicht vom Thema abbringen.

»Pauline sagte mir, Sie seien seit einiger Zeit sehr schlapp.«

»Ich stand Madame Berzha sehr nahe, ihr Tod macht mir enorm zu schaffen. Wir teilten unsere kleinen Geheimnisse ... Ich vermisse sie jeden Tag. Wir schwatzten, wir spielten Karten. Die meisten anderen haben keine Lust dazu, und Francis schummelt. Und zu diesem Verlust dann auch noch der Herbst, der über uns hereinbricht ...«

»Ich verstehe. Ich habe Ihre Patientenakte gelesen. Ihre letzten Blutwerte sind exzellent, damit werden Sie hundert Jahre alt. Pauline erzählte mir auch, dass Sie engagiert an den Arbeitsgruppen teilgenommen haben und eine begnadete Köchin sind.«

»Ich habe immer gern gekocht, Herr Doktor.«

»Bitte sagen Sie Thomas. Und jetzt frage ich Sie dasselbe wie die anderen, ich habe sie gefragt, was ihnen hier gefällt und was ihnen weniger gefällt. Haben Sie Anregungen für Veränderungen, mit denen Ihr Aufenthalt hier noch angenehmer wäre?«

»Pauline ist wirklich ein Geschenk für uns. Und ihr kleiner Théo ist sehr süß. Was alles Übrige angeht, ist meine Meinung nicht so wichtig, denn ich werde wahrscheinlich bald fortgehen ...«

»Sagen Sie doch so etwas nicht, Hélène.«

»Ich sprach nicht vom Sterben, sondern vom Fortgehen. Meine Tochter und mein Schwiegersohn bauen im Süden. Ich helfe ihnen mit meinen Ersparnissen, so gut ich kann. Sie haben mir versprochen, dass es in diesem Haus auch Platz für mich geben wird. Es dauert länger als geplant, aber sie haben mir versichert, dass es bald so weit ist.«

»Wenn Sie wieder enger mit Ihrer Familie zusammenleben, ist das eine sehr gute Sache.«

»Ich glaube, Sie haben selbst Verwandte hier in der Gegend ...«

»Ich bin tatsächlich hier aufgewachsen, aber ich habe keine

nahen Angehörigen mehr. Aber zurück zum Heim, sind Sie mit dem Essen zufrieden?«

»Es steckt keine große Kochkunst dahinter, aber es geht. Ich komme mit dem zurecht, was es gibt. Was wir alle am liebsten essen, sind sowieso Paulines Kuchen und Kekse! Aber wissen Sie, sie bezahlt alles aus eigener Tasche und will nicht den geringsten Beitrag von uns annehmen.«

»Danke für diesen Hinweis, es ist nicht Paulines Sache, das zu finanzieren. Ich werde mich darum kümmern.«

»Sie müssen sie dazu bringen, uns bezahlen zu lassen, bevor sie uns in den Supermarkt mitnimmt …«

Hélène merkte, dass sie zu viel gesagt hatte, und verstummte abrupt. Ihre Verlegenheit machte Thomas stutzig.

»Soll das heißen, Mademoiselle Choplin nimmt Sie zum Einkaufen mit in den Supermarkt?«

Hélène rang schuldbewusst die Hände.

»Ach bitte, vergessen Sie doch, was ich gesagt habe. Ich möchte nicht, dass die Kleine meinetwegen Ärger bekommt … Wir wissen alle, dass es verboten ist, aber so kommen wir mal vor die Tür. Der letzte Direktor hat es untersagt, aber wir haben es heimlich gemacht. Bitte sagen Sie nichts.«

»Keine Sorge. Aber erklären Sie mir das genauer.«

»Jeden Monat nimmt Pauline einen von uns mit in den großen Supermarkt am Stadtrand. Wir dürfen uns kaufen, was wir wollen. Das bringt ein wenig Abwechslung in unseren Alltag. Die anderen geben der oder dem Betreffenden dann eine Liste mit … Sie werden doch nicht mit ihr schimpfen?«

»Ich denke, sie wird es nicht mehr heimlich tun müssen. Aber das bespreche ich mit ihr.«

»Sie sagen ihr nicht, dass Sie es von mir wissen? Sie brauchen ja bloß zu behaupten, es sei Francis gewesen, der redet immer zu viel.«

»Nein, Hélène, ich werde Monsieur Lanzac nicht beschuldigen, aber ich verspreche Ihnen, Pauline wird nie erfahren, woher ich es weiß.«

Hélène lächelte Thomas erleichtert an und fragte ihn dann sehr direkt: »Thomas, werden Sie lange bei uns bleiben?«

»Was für eine Frage! Ich bin doch gerade erst angekommen. Finden Sie es nicht ein wenig voreilig, jetzt schon von meinem Weggang zu sprechen?«

»Ich möchte ja nicht, dass Sie weggehen. Ich mag Sie.«

»Das ist sehr nett von Ihnen, aber wenn Sie zu Ihren Kindern ziehen, könnte es sein, dass Sie vor mir weggehen. Und außerdem kennen Sie mich noch gar nicht! Vielleicht bin ich ganz schrecklich …«

»Nein, das glaube ich nicht. Ich weiß zwar nicht viel, aber ich bin alt genug, um mindestens zwei Dinge begriffen zu haben, auf die ich mich verlassen kann: Ich habe genug Leute in meinem Leben kennengelernt, um instinktiv zu erkennen, ob sie ein Herz haben. Und ich weiß auch, dass die Leute, wenn sie an einem Ort nichts mehr zu erwarten oder zu tun haben, fortgehen. Sie sind ein feiner Kerl, Thomas. Welch ein Glück für dieses Haus. Aber wie lange werden Sie hier etwas zu tun haben?«

11

Thomas atmete tief ein, sobald er im Garten war. Das Gefühl der kühlen Luft auf seinem Gesicht war wirklich wohltuend. Noch die leiseste Empfindung hat die Macht, uns in Raum und Zeit an einen ganz anderen Punkt zu versetzen, dorthin, wo wir diese Empfindung in besonderer Weise wahrgenommen haben, wo der Körper sie mit einer so starken Erinnerung verknüpft hat, dass sie tief in unser Gedächtnis geprägt ist. Thomas schloss die Augen. Dieser einfache Windhauch auf seiner Wange versetzte ihn um Jahre zurück, damals war er gemeinsam mit den Männern des Dorfes Holz holen gegangen. Zum ersten Mal hatten sie ihn in diese Gruppe aufgenommen, als einen der Ihren. Er war glücklich – und insgeheim stolz – gewesen, seine Rolle ausgefüllt und seinen Teil der Arbeit bewältigt zu haben. An jenem Abend war Kishan mit ihm zu dem Felsvorsprung hochgestiegen. Als er vor dem Tal stand, hatte Thomas die Augen geschlossen und den Augenblick ausgekostet. Das Gefühl, an seinem Platz zu sein. Der gleiche Windhauch auf derselben Wange.

Auch wenn er heute allein war, er genoss es, draußen zu sein. Er war nicht an das Eingeschlossensein gewöhnt. Wo er auch gelebt hatte, unter allen Breitengraden hatte er immer den Horizont im Blick behalten. Der Raum und die weiten Perspektiven fehlten ihm. Am Himmel zogen bauchige weiße Wolken in Richtung der bewaldeten Hügel. Thomas schlenderte weiter in den Obstgarten hinein.

Die Umfassungsmauer der stillgelegten Fabrik war an einer Stelle eingebrochen, Dornengestrüpp überwucherte die Lücke, sie gab den Blick frei auf die früheren Technikräume, durch die sich dicke rostige Rohre in Gelb und Rot zogen. Auf der anderen Seite des Gartens ragte ein Berg aus Schrottautos über den Zaun. Das oberste Autowrack balancierte auf der Spitze, als könnte es vom leichtesten Windstoß zum Absturz gebracht werden. Als einzige Spur gärtnerischen Bemühens auf diesem Grundstück sorgte ein Beet teils noch blühender Anemonen für einen Farbklecks in dunklem Lilablau.

Er ging weiter zum Fluss hinunter und stieß dabei auf die Ruine einer Sandkiste, die noch aus den Tagen stammte, als dieses Haus als Kinderkrippe genutzt wurde. Dann setzte er seinen Weg zwischen den Reihen der verwilderten Obstbäume fort. Trotz der Vernachlässigung trugen einige von ihnen noch, vor allem die Apfelbäume waren mit Früchten beladen. Es war lange her, dass Thomas einen Apfel gegessen hatte, noch dazu frisch vom Baum. Er trat näher, um sich einen auszusuchen, und freute sich schon darauf, ihn am Flussufer unter der großen Trauerweide zu essen.

Ein schönes Exemplar in frischem Grün mit leichten rötlichen Einfärbungen zog seinen Blick auf sich. Er stellte sich auf die Zehenspitzen, streckte sich dem bemoosten Ast entgegen und wollte gerade nach dem Apfel greifen, da ging hinter ihm ein Schuss los. Thomas zuckte zusammen und ließ sich gekrümmt zu Boden fallen, fast gelähmt vor Schrecken. Er blieb in Deckung, sah sich vorsichtig um und entdeckte schließlich Francis, der ein Stückchen weiter mit einem Gewehr auf den Fluss zielte. Thomas sprang auf und ging mit großen Schritten auf ihn zu.

»Was ist in Sie gefahren, dass Sie hier so herumschießen? Sie haben mir vielleicht eine Angst eingejagt!«

Francis senkte die Waffe.

»Tut mir schrecklich leid, Doc. Ich wusste nicht, dass Sie sich hier herumtreiben. Normalerweise kommt niemand her.«

»Worauf schießen Sie?«

»Auf leere Konservenbüchsen. Pauline bringt sie mir von zu Hause mit. Haben Sie schon mal jemanden getötet, Doc?«

»Mein Beruf ist es eher, Leute zu retten …«

»Und ich war beim Militär, aber ich habe nie jemanden getötet. Ich bildete Schützen aus.«

»Ich verstehe Ihre nostalgischen Anwandlungen, aber es ist gefährlich, hier zu schießen, Monsieur Lanzac. Eine Ihrer Kugeln könnte jemanden verletzen oder sogar töten.«

»Keine Gefahr. Sehen Sie selbst.«

Der alte Mann zeigte ihm sein Ziel.

»Sehen Sie, Doc, hinter den Dosen ist der Erdhügel. Da landen alle meine Kugeln, da oder im Himmel. Sie brauchen sich ohnehin keine Sorgen mehr zu machen, ich habe meine letzte Schachtel Patronen angebrochen. Bald geht mir die Munition aus.«

»Nennen Ihre Freunde Sie wegen Ihrer militärischen Vergangenheit den ›Oberst‹?«

»Ja, genau, das ist mein Spitzname. Aber ich war nur Hauptmann. Möchten Sie auch mal schießen?«

»Nein danke, sparen Sie lieber Ihre Patronen. Außerdem hasse ich Waffen.«

»Pazifist?«

»Ich habe lange in der Nähe eines Konfliktgebiets gelebt, da hörte man Tag und Nacht Schüsse. Es sind keine guten Erinnerungen.«

»Wo waren Sie?«

»An der Grenze zwischen Indien und Pakistan, am Neelum, einem großen Fluss, der durch Kaschmir fließt. Beide Mächte beanspruchen dieses Gebiet, da kracht es dauernd. Vor einigen Jahren, als ein Grenzzaun errichtet wurde, hat sich die Lage noch zusätzlich aufgeheizt. Familien wurden durch diesen Zaun getrennt – menschliche Tragödien und dazu noch Soldaten, die auf alle schießen, die von einem Flussufer zum anderen gelangen wollen. Ich habe eine Kugel in den Schenkel gekriegt, weil ich einem kleinen Jungen am gegenüberliegenden Ufer zugewinkt habe. Ich hatte noch Glück. Ich frage mich immer noch, ob der Schütze mich töten wollte und danebentraf oder ob er mich nur erschrecken wollte und mich versehentlich erwischte. Sie sind ein guter Schütze, Monsieur Lanzac, Sie hätten mich sicherlich getötet.«

»Ich will Ihnen ein Geheimnis anvertrauen, Doc. Ich habe noch nie mit jemandem darüber gesprochen. Bei mir hätten Sie keine Chance gehabt. Als ich in den Ruhestand ging, war ich ein echter Eliteschütze. Selbst mit besoffenem Kopf konnte ich auf hundert Meter eine Kaulquappe kastrieren. Ich war wirklich ein Ass auf dem Schießstand. Damals sagte ich mir, solange ich auf fünfzig Meter noch treffe, ist das Leben noch lebenswert. Aber ich schwor mir auch, sobald ich mein Ziel verfehle, schieße ich mir die nächste Kugel in den Kopf, denn das bedeutet, dass es mit mir vorbei ist.«

Francis drehte sich um und zeigte auf einen Baumstumpf am Beginn des Obstgartens.

»Die Fünfzig-Meter-Linie ist da. Jetzt schieße ich aus zwanzig Metern Entfernung, manchmal noch viel weniger. Ich fluche auf den Wind, der meine Kugel aus der Bahn treibt, ich rede mir sogar ein, ein Maulwurf hätte diese verdammte Konservenbüchse verrückt, denn ich treffe praktisch gar nicht mehr. Und wissen Sie was? Ich habe mir keine Kugel in den Kopf gejagt. Ich habe nicht den Mut. Ich versuche, meine Augen zu schonen, ich gehe immer näher ran, um mein Ziel zu treffen, aber selbst mit diesen feigen Kompromissen schaffe ich es nicht mehr oft. Jeden Morgen frage ich mich, warum ich mich ans Leben klammere. Haben Sie eine Antwort?«

Die beiden Männer schauten sich offen in die Augen.

»Hélène sagt, man bleibt, solange man etwas zu tun hat«, sagte Thomas. »Sie sind also bestimmt mit gutem Grund noch da. Und nur zu Ihrer Information: Selbst mit Lupe und Pinzette kann man eine Kaulquappe nicht kastrieren. Kommen Sie, Oberst, ich lade Sie zu einem Apfel am Flussufer ein.«

»Zu Befehl. Sagen Sie, Doc, haben Sie schon mal mit Granaten gefischt?«

12

Vielen Dank, aber bitte machen Sie sich meinetwegen keine Umstände. Ich kann einfach zu Fuß hingehen. Ich bin daran gewöhnt, und die Bewegung tut mir gut. Los, fahren Sie schnell zu Ihrem kleinen Théo.«

»Monsieur Sellac, stellen Sie sich nicht so an, es liegt auf meinem Weg. Sie werden ja schon zu Fuß zurückmüssen, ersparen Sie sich wenigstens den Hinweg.«

Thomas hatte begriffen, dass er gegen Paulines Hilfsbereitschaft keine Chance hatte. Und jetzt saß er bei ihr im Wagen und fuhr Richtung Innenstadt.

Obwohl es so schneller und viel bequemer war, wäre er lieber zu Fuß gegangen, dann hätte er mehr Zeit gehabt, sich seelisch auf das vorzubereiten, was vor ihm lag. Thomas stand vor einem historischen Moment in seinem Leben. Zum ersten Mal würde er Emma in Fleisch und Blut sehen.

Dank der Studenten-Website der Krankenpflegeschule hatte Thomas herausfinden können, dass der Unterricht für das zweite Jahr, also für Emmas Klasse, heute um 18 Uhr 30 endete. Obwohl er Kishans Fotogeschenk in- und auswendig kannte, hatte er die Bilder mitgenommen, natürlich auch, um sie sicher erkennen zu können, aber vor allem zur Beruhigung. Wenn man ihm früher einmal gesagt hätte, er würde ein paar Blatt Papier wie einen Talisman mit sich herumtragen, hätte er das für Unsinn gehalten.

Pauline fuhr schnell. Thomas war an sportliche Fahrweisen

gewöhnt, vor allem auf den Pisten in Kaschmir, doch nicht in dieser Umgebung.

»In Indien wird links gefahren, oder?«, fragte sie.

»Ja, allerdings, wenn es sich um echte Straßen handelt, doch in den entlegeneren Gebieten fährt man, wo man durchkommt.«

Pauline überquerte eine Kreuzung – für Thomas' Geschmack ein bisschen zu zügig.

»Ich glaube, die Heimbewohner mögen Sie schon jetzt sehr gern. Ihre Ankunft hat bei allen neue Energien freigesetzt, sogar bei mir.«

»Danke, das ist nett. Vorsicht, hier ist Vorfahrt von rechts …«

»Sind Sie immer noch damit einverstanden, dass Théo am Samstag mit ins Heim kommt?«

»Absolut. Ich freue mich schon darauf, ihn kennenzulernen.«

»Wo in der Stadt soll ich Sie absetzen?«

»Vor dem Zentralkrankenhaus wäre perfekt.«

»Sie sind doch hoffentlich nicht krank?«

»Nein, alles in bester Ordnung. Vorsicht, da kommt eine Kreuzung.«

»Keine Sorge. Ich habe noch nie ein Knöllchen bekommen. Wollen Sie sich mit einem Kollegen treffen? Oder mit einer Kolleg*in*?«

»Eigentlich nicht.«

An Thomas' Ton merkte Pauline, dass er nicht darüber sprechen wollte.

»Bitte entschuldigen Sie, ich wollte nicht indiskret sein.«

Im Wagen herrschte verlegenes Schweigen.

»Eigentlich müsste ich mich entschuldigen«, sagte Thomas schließlich. »Acht Jahre lang habe ich nur mit einer Handvoll Menschen gesprochen, ausschließlich Männern, die zwar des Französischen durchaus mächtig waren, aber nur einfache alltägliche Themen oder Notfälle zur Sprache brachten. Meine Rückkehr verlief sehr rasch, ich hatte keine Zeit, mich wieder zu akklimatisieren, und seit ich im Heim bei den Bewohnern und Ihnen bin, diskutiere ich ständig über komplexe, intime psychologische Dinge. Noch dazu mit extrem feinfühligen Frauen. Da kommt der grobe Klotz und Steinzeitmensch, der ich nun einmal bin, nicht immer mit. Bitte seien Sie mir nicht böse.«

»Ich nicht böse. Ich zufrieden, Sie mein Chef. Ich finden, Sie Mensch mit Herz und Verstand.«

»Träum ich, oder nehmen Sie mich auf den Arm?«

»Ich versuche, mich einfach auszudrücken, damit mich der grobe Steinzeitmensch versteht!«

»So grob bin ich auch wieder nicht! Sie sind gerade bei Rot rübergefahren!«

»Ich Steinzeitmensch, ich verwechseln rote Ampeln und rote Beeren, die schmecken gut. Flic mich schon verstehen.«

»Pauline, bitte ...«

»Schon gut, ich hör auf. Wir sind auch schon angekommen. Da vorn ist das Krankenhaus, da, an dem kleinen Platz.«

»Vielen Dank. Bis morgen früh. Schönen Abend noch.«

»Haben Sie Ihren Schlüssel dabei? Glauben Sie ja nicht, die Heimbewohner würden Ihnen die Tür aufmachen. Die würden selbst den Weltuntergang verschlafen.«

Thomas stieg aus und winkte Pauline noch einmal zu. Sie fuhr weiter. Und er machte sich sofort auf den Weg.

Kaum war er allein, senkte sich eine Art Druck auf seine Schultern, als würde ihm mit einem Mal bewusst, wie bedeutsam der Augenblick war, der ihm jetzt bevorstand. Sein sonst so pragmatisches Denken wurde von immer verrückteren Fragen und Überlegungen bestürmt. Einen solchen inneren Aufruhr hatte er noch nie erlebt. Letzten Endes hatte ihn die Fahrt mit Pauline wahrscheinlich davor bewahrt, völlig hysterisch zu werden.

Als er vor der Schule ankam, die neben dem Krankenhaus lag, musste er bei sich eine nie dagewesene innere Anspannung diagnostizieren. Er hätte sich wirklich als Studienobjekt für die Kollegen geeignet. Er betrachtete das ebenso klassische wie düstere große Gebäude, in das eine Art Hoftor führte. Thomas schlenderte unschlüssig herum und postierte sich dann unter der Krone einer der großen Kastanien, die den kleinen Platz zierten. Ein idealer Beobachtungsposten. 18 Uhr 15. Er hatte noch Zeit, es sei denn, Emma hätte aus irgendeinem unverhofften Grund früher Schluss gemacht. Oder sie wäre heute gar nicht gekommen, etwa aus Krankheitsgründen. Überdies gab es für den Fall, dass sie sich wirklich im Gebäude befand, nicht die geringste Garantie dafür, dass sie es pünktlich um 18 Uhr 30 verlassen würde. Sie würde sicher noch mit Freundinnen plaudern oder noch etwas erledigen. Wie auch immer, Thomas war entschlossen zu warten. Deshalb war er aus Indien zurückgekehrt. Er hatte die erstbeste Stelle angenommen, um es möglich zu machen. Jetzt war sein Platz hier und nirgends sonst.

18 Uhr 19. Behutsam entfaltete Thomas die Fotos, die Kishan ihm gegeben hatte, es war ihnen bereits anzusehen, dass er sie oft in die Hand genommen hatte. Er konzentrierte sich auf die Bilder der älteren Emma. Und wenn sie sich wie ihre Mutter die Haare hatte abschneiden lassen? Und wenn sie sie nicht zu einem Pferdeschwanz gebunden hatte wie auf dem Wintersportfoto? Und wenn sie jetzt eine Brille trug? War es möglich, dass er sie nicht erkannte? Stimmte es, dass man beim Anblick seiner Kinder instinktiv etwas spürt, das es einem ermöglicht, sie auf den ersten Blick zu erkennen? Und wenn Céline ihrer Tochter Fotos von Thomas gezeigt hatte und sie ihn nun erkannte? Und wenn Emma über den Platz kam und ihm die

Augen auskratzte, weil sie eine Mordswut auf ihn hatte? Und wenn sie auf ihn zulief und ihm um den Hals fiel, weil sie ihm verziehen hatte? Vielleicht wäre es besser gewesen, wenn ihn der pakistanische Soldat an der Grenze getötet hätte, denn Thomas fühlte sich all dem, was ihm jetzt durch den Kopf und das Herz ging, nicht gewachsen. Und warum konnten die Minuten nicht wenigstens heute einmal schneller vergehen?

Thomas verbesserte seine Beobachtungsposition, er ging hinter dem Stamm in Deckung. So war er praktisch unsichtbar, und sie konnte ihm nicht entgehen. Es sei denn, es gab noch einen anderen Ausgang … Und wieder brach in seinem Kopf ein Feuerwerk der absurdesten Fragen los.

Als er seine Gedanken endlich wieder unter Kontrolle hatte, war er so weit, dass er sich fragte, ob Emma nicht über die Dächer fliehen würde, weil ihre übernatürlichen Kräfte sie vor ihrem biologischen Vater gewarnt hatten, den sie auf keinen Fall sehen durfte, wenn sie nicht in Brand geraten wollte …

Ein gleichmäßiger Strom von Studentinnen und Studenten verließ das Gebäude. Thomas musterte sämtliche Mädchen. Bevor er sicher war, dass es nicht Emma war, sagte er sich bei jeder Einzelnen, dass sie womöglich seine Tochter war. Er wollte diesen ersten Kontakt, das erste Sehen, voll auskosten und jedes Bild in sein Gedächtnis brennen. Dieses Mal würde seine Geschichte nicht ohne sein Wissen geschrieben werden. Während seines Wartens hatte Thomas ein einziges Mal den Eindruck, es könne sich um Emma handeln, und sein Herzschlag beschleunigte sich wie noch nie. Plötzlich war ihm, als hätte sein Inneres zu brodeln begonnen. Aber sie war es nicht.

18 Uhr 33. Ein Mann baute sich vor Thomas auf und fragte:

»Entschuldigen Sie bitte, könnten Sie mir sagen, wo die Rue Gédéon-Malengro ist?«

»Nein, tut mir leid.«

Eine Gruppe von Studenten kam heraus. Thomas lehnte sich zur Seite, in der Hoffnung, sie genauer ins Auge fassen zu können, doch der Mann versperrte ihm die Sicht.

»Sie kann nicht weit von hier sein«, beharrte der jetzt. »Mir wurde gesagt, dass sie zu einer Straße führt, die auf diesen Platz mündet.«

»Ich kann es Ihnen wirklich nicht sagen.«

Der Mann blieb hartnäckig vor ihm stehen. Thomas würde noch seine Tochter verpassen. Er musste etwas tun.

»Aber ja!«, rief er plötzlich. »Jetzt fällt es mir wieder ein, die Rue Gromalin ist da hinten.«

»Sie meinen die Rue Gédéon-Malengro.«

»Malengro, genau. Es ist ganz einfach. Sie gehen in die erste rechts und biegen dann in die zweite nach links ab, und schon sind Sie da.«

Der Mann lächelte.

»Vielen Dank, sehr nett von Ihnen.«

Endlich machte sich der Störenfried davon. Thomas musterte mit scharfen Augen sämtliche Studentinnen, die jetzt in Massen herauskamen. Wie ein Eliteschütze, der sein Opfer in der Menge ausmacht, ließ er kein Detail aus. Die jungen Frauen scherzten und schwatzten und umarmten sich lachend.

Plötzlich stach eine von ihnen deutlich heraus. Ihr Haar war genau so frisiert wie damals im Skiurlaub, ihr Gesicht strahlte wie auf der Party, und ihr Lächeln hatte sich seit dem Geburtstag, als sie die Puppe geschenkt bekommen hatte, nicht verändert. Aber es lag nicht am unsichtbaren Band zwischen Eltern und Kindern, dass Thomas sie so sicher erkannte: Emma bewegte sich genauso wie ihre Mutter im selben Alter. Einen kurzen Moment lang hatte Thomas sogar das Gefühl, um zwanzig Jahre zurückversetzt zu sein und Céline zu beobachten. Zwar stammten Haar- und Augenfarbe und die Grübchen von ihm, aber ihre Energie war unbestreitbar die ihrer Mutter. Dennoch bestand keine Verwechslungsgefahr. Die Bindung, die ihm wie die Zündschnur einer Bombe das Herz in Brand zu setzen begann, hatte nichts mit der zu tun, die einst zwischen ihm und seiner Freundin bestanden hatte. Emma anzuschauen war ganz anders. Noch nie hatte er jemanden derart intensiv angesehen. Er sah in ihr das Kind, ihre Verletzlichkeit und seine Abwesenheit, die er sich nicht verzeihen konnte. Noch nie war er bereit gewesen, alles um eines Menschen willen zu geben, den er nicht kannte. Nur Kinder haben eine solche Macht. Da stand Emma, direkt vor ihm, und lachte mit ihren Freundinnen. Sie war schön und unglaublich lebendig. Doch schon entfernte sie sich.

Während der viel zu kurzen Augenblicke, in denen Thomas sie hatte beobachten können, waren ihm zwei Dinge klar geworden. Erstens: Es wäre ein Fehler gewesen, mit ihr sprechen zu wollen. Es war noch zu früh, und er hätte ihr nichts zu sagen gewusst. Zweitens, und das war eine noch stärkere Offenbarung: Thomas war sicher, dass er von nun an möglichst viel Zeit in ihrer nächsten Nähe verbringen wollte. Nur das konnte für ihn noch einen Sinn haben.

Als Emma an der Straßenecke verschwand, dachte Thomas kurz daran, ihr zu folgen, doch er ließ es sein. Es wäre zu erbärmlich gewesen. Also lehnte er weiter an seinem Baum und rief sich die Bilder von Emma in dieser Straße ins Gedächtnis, einer Straße, die jetzt ohne sie sehr leer wirkte. Er sah den Mann, der die Rue Gédéon-Malengro suchte, zurückkommen, und er schien sich sehr über die falsche Auskunft zu ärgern. Thomas trat hinter den Baum zurück und blieb so unentdeckt. Allerdings nicht von Pauline, die ihn von einer Ecke des Platzes aus beobachtet hatte, weil sie wissen wollte, mit wem dieser »grobe Klotz« und sehr sympathische Mann verabredet war. Sie hatte sein ungeduldiges Warten und seine Rührung miterlebt. Sie war sogar sicher, dass sie ihn hatte weinen sehen. Und sie hatte sofort angefangen, sich alles Mögliche zusammenzufantasieren. Das tun Mädchen oft.

13

Jean-Michel, würden Sie mir eins Ihrer Bonbons schenken, damit ich Théo einen Zaubertrick vorführen kann?«

Der Mann mit dem Gehstock wühlte in seiner Tasche und hielt Chantal dann eine Schaumzucker-Erdbeere hin.

»Danke. Und jetzt, mein Großer, schau genau hin … Ich wette mit dir, dass ich diese Erdbeere essen kann, ohne sie in meinen Mund zu stecken. Willst du es sehen?«

Der Kleine, höchst neugierig und fasziniert, nickte lebhaft. Chantal kehrte sich von dem Jungen ab und bereitete ihren Trick vor, dann drehte sie sich jäh wieder zu ihm um, das Bonbon in der einen und ihr Gebiss in der anderen Hand. Mit breitem zahnlosem Lächeln ließ sie das Gebiss in ihrer Hand klappern und sagte etwas undeutlich: »Miam, miam! Meine Zahnstummel sind mir entwischt und knabbern jetzt das dicke, leckere Bonbon!«

Théo brüllte augenblicklich los, seine Augen traten aus den Höhlen. Francis hob den Blick von der Zeitung.

»Bravo, Chantal! Ich bin schon ganz neugierig auf den Streich, den du ihm spielst, wenn du erst einen künstlichen Darmausgang hast.«

Der schrille Schrei des Jungen schien nicht enden zu wollen. Er war völlig verschreckt. Pauline stürzte aus der Küche und wischte sich die Hände an der Schürze ab.

»Was treiben Sie denn nun schon wieder? Kann man Sie nicht mal zehn Minuten allein lassen?«

Als sie Chantal mit ihrem Gebiss und dem Bonbon sah, seufzte sie.

»Und was soll das jetzt sein? Das Märchen von der Zaubererdbeere und dem Vampir, der eine Krone verloren hat?«

Théo rannte zu seiner Mutter und klammerte sich an sie. Mit schreckgeweiteten Augen starrte er, halb ängstlich, halb angewidert, weiterhin Chantal an.

»Alles gut, mein Schatz, das ist nichts Schlimmes. Manchmal bekommen die Leute, wenn sie alt werden, Ersatzteile, die man herausnehmen kann.«

Francis beugte sich zu Théo und flüsterte: »Ein Rat von Mann zu Mann: Wenn du so alt bist wie wir, versuch nicht, deine Hüfte oder deinen Herzschrittmacher herauszunehmen. Wenngleich, jetzt, wo wir davon sprechen … Ich kannte mal einen, der hat sein kleines Hörgerät mit einem Zäpfchen verwechselt. Fakt ist, dass er tagelang nichts hören konnte.«

Théo umklammerte seine Mutter nur noch fester, sodass diese kaum mehr Luft bekam.

»Wirklich, alles gut, mein Schatz. Monsieur Lanzac macht Witze. Und Sie, bitte hören Sie auf, ihn bange zu machen, sonst bekommt er wieder Nasenbluten.«

»Ich habe Schreie gehört«, sagte Thomas, als er überstürzt in den Raum kam. »Alles in Ordnung?«

»Keine Sorge, Doc«, antwortete Francis. »Es war nur Chantal: Wenn sie damit aufhört, Dummheiten zu sagen, macht sie welche.«

Thomas entdeckte Théo und kniete sich hin, um auf einer Höhe mit ihm zu sein. »Guten Tag, junger Mann. Ich wusste nicht, dass du schon hier bist. Ich freue mich sehr, dich kennenzulernen. Ich heiße Thomas. Ich arbeite mit deiner Maman zusammen …«

»… in diesem Irrenhaus!«, erläuterte Francis hilfreich.

Thomas streckte Théo die Hand hin, doch der Kleine klammerte sich weiterhin an seine Mutter.

»Tut mir leid«, sagte Pauline. »Normalerweise ist er nicht so schüchtern und hat vor allem nicht diesen panischen Kifferblick. Er musste nur gerade etwas sehen, was ihm viele Monate Therapie einbringen wird.«

»Dann lernen wir uns eben später kennen, wenn es besser passt.«

Pauline, die ihren Sohn nicht dazu bringen konnte, sie loszulassen, ging zurück in die Küche, Théo hing wie ein Koalabär an ihr.

»Bin schon zurück, Hélène«, rief sie. »Vielleicht dürfen wir jetzt in Ruhe unsere Kekse backen …«

»Ist Françoise nicht bei Ihnen«, fragte Thomas und richtete sich wieder auf.

Chantal, die mit der Miene einer beschämten Jugendlichen ihr Gebiss wieder eingesetzt hatte, erklärte: »Sie bleibt oft allein in ihrem Zimmer. Dabei mag sie Théo sehr.«

Und dann aß sie die Erdbeere. Mit dem Mund.

14

Thomas klopfte dreimal leicht an die Tür von Madame Quenon. Mit seinen Patienten fing er immer sehr leise an. Das gab ihm die Gelegenheit, ihren Grad an Aufmerksamkeit und Wachsamkeit einzuschätzen. Bei den Ältesten konnte er auf diese Weise sogar grob deren Hörvermögen überprüfen.

»Herein!«

Françoise Quenon hörte also ausgezeichnet.

»Störe ich auch nicht?«

»Sie unterbrechen mich beim Nichtstun, es ist also nicht so schlimm, Doktor.«

»Warum kommen Sie nicht zu den anderen in den Salon? Théo ist da, und Hélène und Pauline backen Kekse für den Nachmittagsimbiss.«

»Wenn ich dem Geschrei des Kleinen Glauben schenke, geschieht dort noch einiges mehr. Wer hat ihm dieses Mal Albträume garantiert?«

»Eine Erdbeere und ein Gebiss.«

»Armer kleiner Kerl. Heutzutage erschreckt man sie mit allem Möglichen. Bei meinen wäre so etwas nie passiert.«

»Haben Sie Kinder?«

»Über neunhundert, aber ich habe keins zur Welt gebracht. Ich war Grundschullehrerin, und ich habe mich um jedes Kind gekümmert, als wäre es mein eigenes. Aber ich nehme an, Sie sind nicht gekommen, um sich das Leben einer alten Frau erzählen zu lassen.«

»Ich interessiere mich durchaus für Ihr Leben und die Weise, wie Sie Ihren Beruf ausgeübt haben, aber ich bin tatsächlich hier, weil ich mit Ihnen über etwas ganz anderes sprechen möchte. Ich habe Ihre letzten Untersuchungsergebnisse angeschaut, und obwohl es nicht meine Hauptaufgabe in diesem Institut ist, mich in medizinische Belange zu mischen, denke ich, dass Ihre derzeitige Behandlung nicht mehr die richtige ist. Würden Sie mir erlauben, mit meinem Kollegen darüber zu sprechen, und würden Sie möglicherweise auch zusätzliche Untersuchungen über sich ergehen lassen?«

»Sind meine Tage gezählt? Wissen Sie, Doktor, ich habe keine Angst vor dem Tod.«

»Zum Glück sind wir längst nicht an einem solchen Punkt, es geht lediglich darum, die jeweilige Dosis Ihrer Medikamente neu zu bestimmen.«

»Warum nicht? Der Arzt, der sich um uns kümmert, sieht uns kaum an und stellt im Fließbandverfahren immer die gleichen Rezepte aus. Vermutlich denkt er, angesichts unseres Alters brauche er sich keine Zeit mehr zu nehmen. Vielleicht hat er nicht unrecht. Letzten Endes ist unser nächstes großes Rendezvous das mit dem Sensenmann …«

»Seien Sie doch nicht so düster.«

»Wissen Sie, warum ich keine Angst vor dem Tod habe?«

»Sagen Sie es mir.«

»Weil ich weiß, dass er nicht das Ende ist. Die anderen machen sich über mich lustig, aber das ist mir schnurz. Ich glaube daran. Ich weiß, dass es etwas danach gibt. Ich sehe Zeichen, ich höre sie sogar. Haben Sie auch diesen Glauben, Doktor?«

»Ich bin viel gereist und hatte Gelegenheit, mit vielen religiösen Überzeugungen in Kontakt zu kommen. In Afrika, im Mittleren Osten, in Indien … Jeder hat seine Auffassung. Ich respektiere alles, was den Menschen hilft, zu leben und sich auch moralisch zu erheben, aber ich persönlich …«

»Haben Ihnen die anderen schon von den Gesängen erzählt, die ich höre?«

»Es gab einige Anspielungen …«

»Glauben Sie, ich bin verrückt?«

»Sie sind völlig bei Trost, und ich habe selbst viel zu viele krause Ideen, als dass ich über Sie urteilen dürfte.«

15

Thomas hatte sich fest vorgenommen, es nicht zu tun, aber er hatte es dennoch getan. Die Vorstellung, Emma ein ganzes Wochenende lang nicht zu sehen, jagte ihm solche Angst ein, dass er sich nicht mehr damit begnügt hatte, sie nach dem Unterricht zu beobachten. Er war ihr gefolgt. Er wollte lieber nicht mehr in der Straße von Céline Ausschau halten, das war zu riskant und zu unsicher. Er konnte Stunden vor dem Haus herumlungern, ohne einen einzigen Blick auf seine Tochter zu erhaschen, und irgendwann würde er doch noch jemandem auffallen. In der Anonymität der Stadt jedoch konnte er sie betrachten und von Weitem kennenlernen, indem er ihr beim Leben zusah.

Emma war gegen 17 Uhr aus der Schule gekommen. Mit zwei Freundinnen, die ihr nahezustehen schienen, war sie in einem angesagten Bistro in einer Einkaufsstraße einen Kaffee trinken gegangen. Thomas hatte sich diskret an einem Tischchen abseits niedergelassen und dabei darauf geachtet, mit dem Rücken zu ihr zu sitzen. Zum Glück jedoch ermöglichte es eine Spiegelung im Fenster, dass er hin und wieder ihr Gesicht und sogar ihre Grübchen sah. Er war nah genug, um ihre Stimme zu hören und zu verstehen, was sie sagte. Die drei Studentinnen diskutierten eine Fallstudie, mit der sie sich in einem Kurs befasst hatten. Es ging darum, wie man die Pflege nahtlos aufrechterhalten konnte, während eine Abteilung umstrukturiert wurde. Emma hörte genauso viel zu, wie sie sprach. Sie tauschte sich mit den anderen aus und reagierte auf deren Äußerungen. Sie hatte Charakter, aber nichts Forderndes. Wenn sie ihre Vorstellungen vortrug, dann mit wohlüberlegten Argumenten. Je länger Thomas ihr zuhörte, desto bemerkenswerter fand er sie. War das eins der Symptome des Vaterseins? Bewunderte ein Vater seine Tochter immer, so sehr und nach so kurzer Zeit? War Emma die Frucht der wohlwollenden Sicht, die Väter auf ihre Töchter haben, oder eher die einer Verbindung guter Anlagen mit einer guten Erziehung, zu der er nichts beigetragen hatte?

»Monsieur, haben Sie noch einen Wunsch?«

Um nicht die Aufmerksamkeit der jungen Frauen zu erregen, antwortete Thomas leise: »Noch einen Tee, bitte.«

Das Gebräu, hervorgegangen aus einem einfach nur mit heißem Wasser übergossenen Beutelchen voller Pflanzenschnipsel, hatte nichts mit dem Tee gemein, den Neetu aus selbst gepflückten und getrockneten Blättern herstellte. Aber das machte nichts.

Der Kellner kam gerade mit heißem Wasser und einem weiteren Teebeutelchen, als Emma und ihre Freundinnen aufstanden, um zu gehen. Thomas entschuldigte sich bei dem Kellner: »Bitte entschuldigen Sie, ich habe gar nicht auf die Uhr gesehen, aber ich muss jetzt los. Keine Sorge, ich zahle den Tee natürlich.«

Der Kellner sah dem seltsamen Typen nach, als wäre er das weiße Kaninchen von Alice im Wunderland, dann räumte er das Geld samt heißem Wasser und Teebeutelchen ab.

Thomas achtete darauf, genug Abstand zu Emma zu halten. Er war so vorsichtig, dass er zweimal glaubte, ihre Spur verloren zu haben. Beide Male fühlte er sich selbst völlig verloren. So etwas hatte er noch nie erlebt. Auch nicht die überwältigende

Freude, als er sie wieder vor sich sah. Sind alle Eltern in einem solchen Zustand, je nachdem, ob ihre Kinder auftauchen oder verschwinden? Vielleicht nicht, wenn sie sie jeden Tag sehen. Wenngleich …

Eine der beiden Freundinnen trennte sich von der Gruppe und verschwand in einer Einkaufspassage. Die andere machte sich auch auf den Weg und sprang in einen Bus. Emma war plötzlich allein und ging an der Kreuzung wie wartend auf und ab. Kaum war sie von den beiden Freundinnen verlassen worden, machte sich eine Art Traurigkeit auf ihrem Gesicht breit, zumindest hatte Thomas diesen Eindruck. Als hätten ihre Gefährtinnen einen Teil ihrer guten Laune mitgenommen. Als könnte ein menschliches Wesen nur im Kreise der Seinen wirklich strahlen.

Instinktiv verstand Thomas, was Emma empfand. Auch er selbst reagierte so. Er fühlte sich wie elektrisiert, wenn er mit den Leuten aus dem Dorf zusammen war. Er vergaß alle Müdigkeit, wenn er Kishan mit seinem einzigartigen Lächeln auf sich zukommen sah. Aber hier, bei wem hatte er hier solche Gefühle? Thomas war nur wenige Schritte von seiner Tochter entfernt, und davon wurde ihm warm ums Herz. Das hielt ihn aufrecht. Aber im Gegensatz zu jedem x-beliebigen anderen Vater hatte er nicht das Recht, zu ihr zu gehen, und das tat ihm weh. Er hätte es sich so sehr gewünscht, er hätte ihr heute Abend unverhofft in der Stadt begegnen und ihr Gesicht vor Freude aufstrahlen sehen können, weil er der Vater gewesen wäre, der er hätte sein wollen … Emma blieb allein, er auch.

Sie sah häufig auf ihr Handy. Wartete sie auf eine Nachricht, oder sah sie nur nach der Uhrzeit, wie Thomas es bei Pauline beobachtet hatte? Sie war sicher mit jemandem verabredet. Vielleicht mit ihrer Mutter oder mit dem Mann, den sie wohl als ihren Vater betrachtete. Und wenn sie sie mit dem Auto abholten? Dann würde Thomas ihr nicht folgen können, er würde sie verlieren. Er würde drei lange Tage warten müssen, bis er wieder eine Chance hätte, den Menschen wiederzusehen, den er erst seit so Kurzem kannte und der dennoch einen so großen Platz in seinem Leben einnahm.

Plötzlich stand ein junger Mann vor Emma. Ihr Gesicht leuchtete auf, noch stärker als beim Zusammensein mit ihren Freundinnen. Der Junge umarmte sie und küsste sie leidenschaftlich auf den Mund.

Thomas spürte, wie ihm die Beine wegknickten. Er schwankte. Er musste sich an einer Ampel festhalten und versteckte sich ein bisschen dahinter, um sie zu beobachten. Es heißt, Kinder werden schnell groß, aber normalerweise entwickeln sie sich nicht binnen weniger Wochen von einem Neugeborenen, das man gerade erst kennenlernt, zu einer charmanten jungen Frau, auf die die Jungs fliegen … Doch genau das erlebte Thomas jetzt. Wer war dieser junge Mann? Mit welchem Recht küsste er seine Tochter – in der Öffentlichkeit und auch noch so ausgiebig? Der freute sich wohl in seiner jungen Männlichkeit, seine Beute vorzuführen? Außer Thomas schien jedoch niemand besonders darauf zu achten. Und das war noch nicht das Schlimmste. Jetzt legte auch Emma ihre Arme um den jungen Mann. Sie berührte sogar seinen Po, und keineswegs versehentlich! Thomas schloss die Augen und zwang sich, Ruhe zu bewahren. Er atmete tief und langsam.

Als er die Augen wieder aufschlug, war das junge Paar verschwunden. Er schnellte los wie ein Springteufelchen, weil er hoffte, sie noch in der Menge einholen zu können. In seinem Schwung merkte er zu spät, dass sie ihm entgegenkamen und er fast in sie hineingerannt wäre. So nah war er Emma noch nie gewesen. Er konnte das Schlimmste gerade noch verhindern, indem er sich ohne jede Würde zur Seite warf. Die beiden jungen Leute waren zu sehr mit sich beschäftigt, um ihn zu bemerken. Schlendernd sahen sie sich bis auf den Grund der Augen und versuchten vom anderen im Arm zu halten, was sich irgend greifen ließ. Sie hatten keinen Blick für den armen Irren, der gerade gegen das Schaufenster eines Optikers geprallt war. Sie gingen ihres Wegs.

Thomas sammelte sich wieder und folgte ihnen bis zum nahe gelegenen Kino. Sie kauften zwei Karten für einen amerikanischen Actionfilm. Der junge Mann zahlte.

Thomas ließ noch drei weitere Paare vor, bis er ebenfalls zur Kasse ging. Er kaufte nur eine Karte.

16

Es war zwei Jahre her, dass Thomas zum letzten Mal ins Kino gegangen war. In Srinagar, mit Kishans ganzer Familie, weil Kishans Frau Jaya Geburtstag hatte. Er hatte nicht viel von den Dialogen verstanden, war jedoch sehr beeindruckt gewesen von den Liedern und der Länge der Tanzeinlagen in einer Liebesgeschichte, die viele der Zuschauer intensiv miterlebten und während der Vorstellung laut kommentierten. Die Bösen wurden ausgebuht, und als der Held am Ende die schöne Prinzessin küsste, die er nun endlich würde heiraten können, fingen alle an zu applaudieren, sodass die letzten Sätze im Getöse untergingen.

Die damals im Publikum anwesenden Väter hätten sicher weniger enthusiastisch reagiert, wenn es ihre Tochter gewesen wäre, die da gerade von einem Schönling der Sorte umgarnt wurde, wie Thomas sie ein paar Reihen weiter vorn ins Auge gefasst hatte.

Emma und ihr Freund saßen ziemlich mittig vor der Leinwand. Thomas verstand zwar nicht, was der Junge sagte, aber er konnte seine Stimme hören. Eine tiefe, männliche Stimme. Diese verdammten Hormone. Er hörte auch Emma, deren Stimme jetzt viel melodischer war als eben noch im Beisein ihrer Freundinnen und die immer wieder leise lachte. Plötzlich bekam das Wort »Gurren« für Thomas eine sehr konkrete Bedeutung. Und jetzt leg ich dir den Arm um den Hals, und jetzt streichel ich dein schönes Haar, und wo wir gerade dabei sind, greift jetzt mein Patschhändchen gleichzeitig mit deinem Patschhändchen in den Popcornbecher, und darüber müssen wir natürlich schrecklich lachen … Wie die Kinder!

Thomas verstand auch von diesem Film nicht viel mehr als von dem damals in Indien, denn er ließ seine Tochter und deren Verehrer nicht aus den Augen. Während der hundertzwei Minuten Filmlänge küssten sie sich achtunddreißig Mal. Öfter als alle drei Minuten! Es brauchte mindestens einen Atomschlag oder eine herzzerreißende Äußerung der Hauptdarsteller, um sie ein bisschen ruhig zu halten. Selbst während der Schlussszene, als der Held seinem Vater beim Sterben zusah, und zwar mit Tränen in den Augen – was eigentlich gar nicht zu ihm passte –, knutschten sie noch. Dabei starb immerhin der Vater des Helden!

Am Ende war Thomas völlig erschöpft von den Explosionen, Actionszenen und Küssen – nicht des Films, sondern seiner Tochter – und ausgelaugt von dem, was er spürte und was ihn im tiefsten Innern aufwühlte. Er kam sich vor wie ein schlechter Vater, ein perverser Voyeur und ein Mann, der sich um seine kleine Prinzessin sorgt. Er war früher auch mit Céline ins Kino gegangen. Er hatte sie natürlich auch geküsst, aber nicht so oft, und schon gar nicht, während der Vater des Helden unter schrecklichen Krämpfen starb. Zudem hatte es sich Thomas nie erlaubt, an einem Ohrläppchen zu knabbern, wessen Ohrläppchen auch immer. Ob die Filmemacher überhaupt wissen, was manche Zuschauer angesichts ihrer Werke, in denen so viel Arbeit steckt, treiben?

Als die Lichter im Saal wieder angingen, war Thomas ehrlich erleichtert. Eine Befreiung. Er ertrug es nicht mehr, Menschen sterben zu sehen, während seine Tochter diesen jungen Kerl küsste. Verabscheuen eigentlich alle Väter die Freunde ihrer

Töchter derart heftig? Am Anfang sicher ein bisschen. Wenigstens den ersten Freund. Es sei denn, es geht nie vorüber.

Männer wissen genau, wozu sie Frauen gegenüber imstande sind, und das ist ein guter Grund für sie, ihren Geschlechtsgenossen zu misstrauen.

Die beiden Turteltauben blieben bis zuletzt und verließen den Kinosaal erst, als der Abspann vorüber war. Thomas fand es zu riskant, auf sie zu warten. Er ging mit der Masse hinaus, um nicht aufzufallen. Es war ihm durchaus in den Sinn gekommen, im Sichtschutz der Sitze zu ihnen zu krabbeln und direkt vor ihnen aufzutauchen, um diesem Schnösel lautstark die Meinung zu sagen. Doch nein. Still und leise verließ er das Kino und postierte sich in der Türnische eines Geschäfts, um sie zu erwarten.

Thomas hörte seine Tochter lachen, bevor er sie sah. In Licht getaucht traten sie auf den Bürgersteig. Von den hellen Fassadenlampen beleuchtet und umgeben von den Leuten, die auf die nächste Vorstellung warteten, strahlten sie vor Glück.

Der junge Mann bat Emma, ihn an der Ecke zur Avenue zu erwarten, er wolle nur schnell seinen Wagen holen. Thomas konnte nicht umhin, das eher galant zu finden. Er sah, wie der Junge losrannte. Und musste zugeben, dass er eher athletisch wirkte.

Emma, die immer noch lächelte, ging gelassen auf den vereinbarten Treffpunkt zu. Diesmal konnte Thomas keinen plötzlichen Vitalitätsabfall bei ihr feststellen wie bei der Trennung von ihren Freundinnen. Wärmen manche Gefühle das Herz länger als andere?

Emma hatte jetzt einen anderen Gang. Heute Abend glich sie einer Seiltänzerin, die ihre kleinen Füße auf Wolken setzt. Sie wirkte leicht und glücklich. Ganz in dieses Glück vertieft bemerkte sie die beiden Jugendlichen nicht, bevor sie ihr plötzlich die Handtasche entrissen. Sie ließen ihr keine Chance. Die beiden Rohlinge zerrten mit aller Kraft. Sie schrie und versuchte, Widerstand zu leisten, doch die beiden waren stärker. Emma fiel zu Boden. Die Diebe rannten mit ihrer Beute weg.

17

Thomas überlegte nicht lange, er sprintete los. Im nächsten Augenblick kauerte er neben Emma und legte ihr die Hand auf die Schulter.

»Bist du verletzt?«

Sie sah zu ihm auf, immer noch unter Schock.

»Nein, es geht schon, aber die haben meine Handtasche …«

Thomas sah ihre Tränen. Und wieder gab es kein Zögern. Er vertraute seine Tochter einer Frau an, die zu ihnen gekommen war und Hilfe angeboten hatte, und setzte den Dieben nach. So war er noch nie gerannt. Er war immer ein guter Läufer gewesen, aber diesmal hatte er eine ganz besondere Motivation. Die beiden Missetäter hatten Vorsprung und waren sicher davon überzeugt, dass es niemand wagen würde, sie zu verfolgen. Thomas gab sein Bestes, aber er sah sie nicht mehr und begann zu glauben, er habe sie verloren. Plötzlich fühlte er einen ungeheuren Zorn in sich aufsteigen. Diesmal würde ihn die Situation nicht überfordern. Nein, diesmal würde er das Opfer schützen.

Und da sah er sie in einer Gasse. Er dachte nicht an seine eigenen Risiken.

»Geben Sie sofort die Handtasche heraus.«

»Halt dich raus, Alter. Das geht dich nichts an.«

»Hören Sie auf, in dieser Handtasche zu wühlen, die Ihnen nicht gehört, und geben Sie sie mir.«

»Dir gehört sie auch nicht, Süßer, also hau ab, wenn du keinen Ärger willst.«

Thomas ging weiter auf sie zu. Der Größere ließ die Beute in der Obhut des Kleineren und ging dem Störenfried entgegen.

»Wer bist du, der Rächer der Verfolgten? Spiderman? Hat dich irgendeine Spinne gestochen, und wirst du uns nun in deinem Netz fangen?«

Thomas war außer sich. »Zum letzten Mal«, zischte er. »Ich bitte Sie, mir diese Handtasche und ihren gesamten Inhalt zu geben.«

»Den ›gesamten Inhalt‹? Nicht schlecht. Dafür muss man studiert haben.«

Thomas und der größere Dieb standen sich gegenüber. Der Spitzbube sagte abschätzig: »Na, jung bist du ja wirklich nicht mehr. Aber du scheinst trotzdem in Form zu sein …«

Thomas antwortete nicht und ging direkt auf ihn los. Mit aller Kraft schlug er ihn in den Plexus und trat ihm gleichzeitig in den Unterleib. Der Dieb, völlig überrascht, krümmte sich und fiel fluchend zu Boden. Sein Komplize ließ die Handtasche los und sagte drohend: »Spinnst du? Was hast du mit meinem Kumpel gemacht? Das wirst du mir büßen …«

Thomas gab ihm keine Zeit für weitere Drohungen, sondern warf sich auf ihn. Trunken vor Wut schlug er auf ihn ein. Ins Gesicht, auf die Brust. Er schlug brutal zu. Der andere verteidigte sich keineswegs schwächlich, doch Thomas, der die Gegenangriffe gar nicht spürte, war nicht aufzuhalten. Der kleinere der beiden Diebe ging wehrlos zu Boden, als der größere sich aufrappelte und sich grimassierend die Brust hielt. Thomas, dessen Lippe anzuschwellen begann, richtete drohend den Zeigefinger auf ihn: »Wenn du noch mal Streit suchst, bring ich dich um, ich schwör's dir. Und ich weiß, wie's geht.«

»Du bist wirklich ein gefährlicher Irrer.«

»Genau, ich bin ein gefährlicher Irrer. Und du, du bist bestimmt ein feiner Kerl.«

Der Kleinere nutzte den Moment, in dem Thomas abgelenkt war, und versuchte ihn umzuwerfen, doch das trug ihm nur einen heftigen Fußtritt in die Rippen ein. Er schrie vor Schmerz und kroch weg. Dann rappelte er sich hoch und flüchtete, sich den Arm haltend. Sein Spießgeselle folgte ihm, doch als er außer Reichweite war, drehte er sich noch einmal um: »Meine Kumpels und ich, wir werden dich finden, und dann bezahlst du dafür!«

Sie verschwanden um die Ecke der Gasse. Thomas begann wieder zu atmen. Er hatte einen Blutgeschmack im Mund. Als er sich bückte, um den auf dem Boden verstreuten Handtascheninhalt einzusammeln, verlor er fast das Gleichgewicht. Alles verschwamm vor seinen Augen. Das Geld war da, das Handy auch. Er fiel auf die Knie. Ein Glück, dass die beiden kleinen Mistkerle weg waren, noch eine Runde hätte er nicht durchgestanden.

18

Mitten in der Nacht stand Thomas mit nacktem Oberkörper vor dem Badezimmerspiegel und versuchte, den Schaden abzuschätzen. Die Rückkehr ins Heim war eine Qual gewesen. Seit er nicht mehr von Kampfeswut erfüllt war, spürte er intensiv den Schmerz jedes einzelnen Schlags, den er eingesteckt hatte.

Bei der Betrachtung seines Gesichts diagnostizierte er ein schönes blaues Auge, das ihn am nächsten Tag zieren würde. Auch seine Lippe würde noch geschwollen sein. Die Schulter schmerzte, er hinkte auf dem rechten Bein, und die Faust, mit der er so heftig zugeschlagen hatte, war voller Prellungen. Thomas hatte sich noch nie geprügelt – außer einmal in der Grundschule, und da hatte er verloren. Er war selbst überrascht gewesen über den regelrechten Hass, der ihn heute Abend erfüllt hatte. Doch das war leicht zu erklären. Er brauchte sich lediglich das Bild von Emma am Boden ins Gedächtnis zu rufen, und schon kochte ihm das Blut in den Adern, und er hätte am liebsten erneut angegriffen, egal wen und wo, Hauptsache sofort. Manche Faktoren üben jenseits aller Entscheidungen große Macht über uns aus. Und in Thomas' Fall weckten die Tränen der Tochter Mordgelüste.

Emmas Handtasche stand auf dem Küchentisch. Als Thomas zu der Stelle am Boulevard zurückgekehrt war, war sie nicht mehr da gewesen. Ganz sicher hatte ihr Freund sich um sie gekümmert, während er selbst sich ein paar Straßen weiter geprügelt hatte. Thomas war sehr beunruhigt. In jeder anderen Lage hätte er bei ihr anrufen und sich nach ihrem Ergehen erkundigen können, er hätte ihr sagen können, er habe ihre Sachen wiederbeschafft, die Handtasche sei ein wenig schmutzig geworden, aber auf den ersten Blick fehle nichts. Doch in seinem Fall kam diese eigentlich so einfache Lösung nicht infrage. Thomas erinnerte sich an seine Gefühle gegenüber Emma. Er sah vor sich, wie er ihr die Hand auf die Schulter gelegt und ihr in die Augen gesehen hatte. Welche Vater-Tochter-Beziehung kann so beginnen? Alle Väter der Welt nehmen ihre Töchter als Erstes in die Arme, und zwar kurz nach der Geburt. Sie lernen das Menschlein kennen, dem sie das Leben geschenkt haben, bewundern gerührt die winzigen Fingerchen und freuen sich an den ersten Lauten. Er hatte seine Tochter zum ersten Mal berührt, als sie gerade überfallen worden war, und er hatte sie nicht einmal trösten können. Thomas' Sorge wuchs bei dem Gedanken, dass Emma ihn zu Gesicht bekommen hatte. Von nun an würde sie ihn wiedererkennen können. Was womöglich alles noch schwieriger machte, wenn sie ihn das nächste Mal sah.

Dennoch schöpfte Thomas aus diesem schrecklichen Abend und der eigenen Gewalttätigkeit, die so wenig zu ihm passte, eine Gewissheit, zu der er sich innerlich beglückwünschte. Zum ersten Mal hatte er das Gefühl, im rechten Moment am rechten Ort gewesen zu sein. Vielleicht war nicht er derjenige gewesen, der Emma getröstet hatte, aber er hatte wiederbeschafft, was ihr wichtig war. Er hatte vielleicht nicht die herzerwärmende Rolle gespielt, aber er hatte den schwierigeren und gefährlicheren Part übernommen. Ohne ihn hätte niemand die Diebe verfolgt, und Emma hätte alles verloren. Er hatte für sie gehandelt, als wohlwollender Beschützer, der im richtigen Moment zur Stelle gewesen war.

Mit einem Mal wusste Thomas endlich, was er für seine

Tochter tun konnte. Er würde ihr helfen. Er würde sich nicht mehr damit begnügen, sie zu beobachten, er würde alles daransetzen, ihr die dunklen Seiten des Lebens zu ersparen. Augenblicklich und ganz natürlich wurde diese Aufgabe für ihn zur Priorität. Seine neue Rolle zeichnete sich ab, und sie gefiel ihm. Er würde für Emma der kleine hilfreiche Schubs des Schicksals sein, der glückliche Zufall, der unsichtbare wohlwollende Schutzengel.

Im Spiegel sah Thomas zu seiner Überraschung, dass er, obwohl sein Gesicht dem eines endgültig zu Boden gegangenen Boxers glich, lächelte. Unwissentlich hatten ihm die beiden Gauner eine Antwort geschenkt. Er hatte gerade einen Platz in Emmas Leben und ein Ziel in seinem eigenen gefunden. Er war fest entschlossen, ihr den Weg zu ebnen und sie zu beschützen. Er würde ihr Licht im Dunkeln sein, ihr Minenräumer. Vermutlich war es das, was Vater sein bedeutete.

Thomas sah in die Handtasche. Die Brieftasche war voller Karten und kleiner abgegriffener Zettel mit Notizen. Das Handy war eingeschaltet. Thomas stand vor einem moralischen Dilemma.

Selbst wenn Sie wissen, dass es sich nicht gehört, selbst wenn Sie es sich danach lange vorwerfen werden – was hätten Sie an seiner Stelle getan?

19

Am Flussufer hatte Thomas eine bemooste alte Holzbank entdeckt. Obwohl zwei Latten gebrochen waren, hatte er sich daraufgesetzt. Sein Blick verlor sich in den Lichtreflexen der Wellen, und er überließ sich dem bukolischen Charme dieses Ortes. Ein kleiner Anlegesteg, den er jedoch nicht zu betreten gewagt hätte, ragte über den Fluss hinaus. Ein Altweibersommerwind schüttelte die langen Zweige der Trauerweide, deren Rauschen den Lärm der Welt überdeckte.

Die Aussicht war nicht so spektakulär wie von der Felsnase über Ambar, doch Thomas fand hier ein wenig Ruhe und Abstand. Auf der anderen Seite sah er jenseits der üppigen Ufervegetation bereits abgeerntete Getreidefelder und in der Ferne Wälder. Die Renonce war viel weniger breit und majestätisch als der Neelum, doch höchstwahrscheinlich konnte man diesen Wasserlauf durchqueren, ohne beschossen zu werden. Und das besänftigende Geräusch der Wellen half ihm, ruhiger zu denken, was er dringend nötig hatte.

Ein Knacken riss ihn jäh aus seinen träumerischen Überlegungen. Er fuhr herum und sah Pauline vor sich, er hatte sie nicht kommen hören. Sie blieb verlegen stehen.

»Ich störe Sie. Und außerdem habe ich Sie auch noch erschreckt.«

»Ich habe nur nachgedacht.«

»Françoise hat Sie durch den Obstgarten in Richtung Fluss gehen sehen …«

»Brauchen Sie mich? Gibt es ein Problem?«

»Nein, alles in Ordnung. Ich wollte nur zu Ihnen. Sie machen sich in den letzten Tagen rar.«

Thomas lud sie ein, sich zu ihm auf die Bank zu setzen. Seite an Seite vertieften sie sich schweigend in die Aussicht. Letzten Endes war Thomas froh, nicht mehr allein mit seinen Gedanken zu sein.

»Ihrem Auge und Ihrer Lippe geht es besser«, konstatierte sie im Krankenschwesterton. »Möglicherweise auch Ihrer Hand. Wenn Sie etwas brauchen, bitte wenden Sie sich an mich. Ich pflege nicht nur Senioren …«

»Danke, ich werd's nicht vergessen.«

»Sie kommen immer öfter hierher.«

»Seltsam. Vor einiger Zeit und vor einem ganz anderen Panorama hat ein Freund fast genau dasselbe zu mir gesagt.«

Pauline schwieg eine Weile, dann sagte sie: »Sie müssen ja wirklich einen bösen Sturz getan haben, dass Sie jetzt in einem solchen Zustand sind …«

»Stimmt, ich habe mich ganz schön hingelegt …«

»Ich würde Sie nicht so gern mit gebrochenem Hals vor Ihrer Treppe liegen sehen, wenn ich morgens ankäme.«

Thomas lächelte nur.

»Findet mich der Steinzeitmensch indiskret, wenn ich mich für ihn interessiere?«

»An mir gibt es nichts Interessantes. Wissen Sie, warum dieser Fluss Renonce heißt?«

»Ich habe nicht die geringste Ahnung.«

»Das Dorf, in dem ich in Indien lebte, heißt Ambar. Das bedeutet ›Himmel‹. Die Namen haben oft eine alles andere als zufällige Bedeutung.«

»Die Renonce ist ein hübsches Flüsschen, deshalb denke ich, sein Name hat nichts mit Verzicht zu tun, auch wenn er danach klingt. Haben Sie sich schon mit Ihren Verwandten treffen können?«

»Die wohnen woanders.«

»Aber Sie haben doch gesagt, Sie hätten diese Stelle nur Ihrer Verwandten wegen angenommen …«

Thomas wandte sich Pauline zu und sah ihr unverwandt in die Augen.

»Ist das ein Verhör?«

»Das würde ich mir nie erlauben, allerdings hat mich ein Mann, dem ich viel Respekt entgegenbringe, neulich daran erinnert, dass Offenheit eine hervorragende Basis für jedes Zusammenleben ist. Ich glaube, er ist ein anständiger Mann, aber ich mache mir ein wenig Sorgen um ihn. Ich habe den immer stärkeren Eindruck, dass er ganz allein eine große Last trägt.«

»Weshalb glauben Sie das?«

»Ich trage selbst allein eine große Last. Ich nehme an, man erkennt bei anderen die Gefühle, die man selbst empfindet. Was meinen Sie?«

»Der grobe Steinzeitmensch ist eher dazu geeignet, Mammuts an Höhlenwände zu malen, als sich auf ein solches Terrain vorzuwagen.«

»Wissen Sie, Monsieur Sellac, ich hatte wirklich viel Kontakt mit Männern, und zwar engen. Aber ich habe nie einen verstanden. Wonach suchen die Männer? Was wollen sie von uns? Ich hatte so engen Umgang mit ihnen, dass mir der letzte ein Kind gemacht hat. Ich liebe meinen Sohn, und es tut mir wahrhaftig nicht leid, dass ich ihn zur Welt gebracht habe. Théo lebt, und auch wenn es nicht immer einfach ist, ihn allein großzuziehen, ist es ein Glück, dessen Ausmaß ich mir nie hätte vorstellen können. Sein Vater war ein komischer Typ, eine Steak-Vernichtungs-Maschine, die Barthaare produzierte und Mädchen unglücklich machte – außer auf einer Autorückbank.

Aber dafür kann Théo nichts. Mein Sohn ist ein kleiner Junge, der nicht für das bezahlen soll, was ohne sein Zutun geschehen ist. Er beginnt jetzt seine Runde auf dem großen Karussell. Dieser Typ und ich haben ihm das Ticket dafür geschenkt, aber darum geht es eigentlich nicht. Er ist da, und ich hoffe, ich bin sein Glück. Für ihn würde ich alles tun. Selbst wenn ich mich opfern müsste. Er darf nicht für meine Fehler büßen.«

Diese Worte fanden einen außergewöhnlichen Widerhall in Thomas' tiefstem Inneren.

»Warum haben Sie mir das alles erzählt?«

»Ich weiß nicht, was Sie durchmachen, Doktor, aber es ist vermutlich nicht einfach. Sie brauchen mir ja nichts darüber zu sagen, aber, ehrlich gesagt, möchte ich Ihnen auch nicht verschweigen, was ich weiß. Ich nehme an, es ist eher schwierig mit Ihrer Freundin ... Der Altersunterschied ...«

»Wovon reden Sie? Ich habe keine Freundin.«

»Wie schade. Ich dachte, Sie wären anders als die anderen. Aber das ist schließlich Ihr Recht. Françoise sieht es richtig, man kennt die Leute einfach nicht. Verzeihen Sie bitte, dass ich zudringlich war. Es wird nie wieder vorkommen.«

»Pauline! Verdammt noch mal, was meinen Sie?«

Sie richtete den Blick auf den Horizont.

»Das sieht mir wieder ähnlich. Ich hätte besser geschwiegen und mich um meinen eigenen Kram gekümmert. Und jetzt stecke ich in der Klemme, wie jedes Mal. Wenn ich schweige, werden Sie mir böse sein, und wenn ich spreche, ebenfalls ...«

»Jetzt machen Sie nicht alles noch schlimmer. Sprechen Sie, ich bitte Sie darum.«

»Die Männer verdammen uns oft, sogar für Dinge, die sie von uns verlangt haben ... Doch ich werde Ihnen gehorchen und offen sein: Letzte Woche, nachdem ich Sie abgesetzt habe, sah ich, wie Sie geradezu unter Tränen auf ein junges Mädchen gewartet haben. Und ich glaube, ihretwegen haben Sie sich neulich abends geprügelt. Liebesgeschichten verlaufen selten so, wie wir es uns wünschen. Es tut mir sehr leid für Sie. *Voilà*, ich wollte Ihnen nicht weiterhin tagtäglich ins Gesicht sehen und das für mich behalten.«

Thomas lächelte über das ganze Gesicht.

»Sie sind mir gefolgt?«

»Ja, tut mir leid, das hätte ich nicht tun sollen.«

»Sie hätten mich mit Ihrer Fahrweise fast umgebracht, Sie haben sich über mich lustig gemacht, und Sie sind mir auch noch gefolgt?«

»Mir ist inzwischen klar, wie unmöglich das war, aber ich konnte nicht anders.«

Thomas brach in Lachen aus.

»Ich weinte, als ich auf sie wartete?«

»Ja.«

»Das war mir gar nicht bewusst.«

»Sie ist sehr schön. Sie geht mit jemand anders, ist es das?«

»Er heißt Romain. Ich war außer mir, als ich erkannte, dass er mit ihr geht, aber ich glaube, er ist ein anständiger Kerl.«

»Sie spielen fair. Wie heißt sie?«

»Emma. Für sie würde ich alles tun. Selbst wenn ich mich opfern müsste. Sie darf nicht für meine Fehler büßen … Sie ist meine Tochter.«

Schwer zu sagen, ob eine weitere Latte der alten Bank gebrochen war oder ob Pauline das Gleichgewicht verloren hatte, jedenfalls fiel sie ins Gras.

20

Monsieur Ferreira, darf ich Sie unter vier Augen sprechen?«

Der Herr mit dem Gehstock rückte seine Brille zurecht und straffte sich.

»Ich weiß ja nicht, was man Ihnen erzählt hat, aber es stimmt nicht. Reine Verleumdung. Ich habe nie einen Zitronenkeks gestohlen, und ich habe neulich Nacht auch nicht mit Chantals Perücke herumgespielt.«

»Das hat alles nichts mit dem zu tun, was ich gern mit Ihnen besprechen möchte. Würden Sie mit mir in mein Büro kommen?«

Sichtlich erleichtert begleitete Jean-Michel Thomas und steckte sich dabei zwei Bonbons in den Mund, als wollte er sich für etwas belohnen. Als sie in Thomas' Büro angekommen waren, schloss Thomas die Tür und bot dem alten Herrn den Sessel an.

»Monsieur Ferreira, ich will offen mit Ihnen reden. Trotz der Kaninchen an den Wänden und des Spielzeugs im Keller sind Sie doch kein Kind mehr, oder?«

Jean-Michel zog die Brauen hoch.

»Ich habe kein Recht, mich in Ihr Leben zu mischen, aber ich möchte, dass Sie möglichst lange in Form bleiben. Deshalb würde ich Ihnen gern einen Rat geben.«

»Bitte, tun Sie es.«

»Wenn ich Sie wäre, würde ich meinen Süßigkeitenkonsum drastisch einschränken. Sie allein verschlingen schätzungsweise täglich so viel davon wie sämtliche Kinder, die einst hier in die Krippe und den Kindergarten gegangen sind. Es schadet sowohl Ihrem Blutdruck als auch Ihrem Blutzuckerspiegel. Mit all den Bonbons bringen Sie sich in Gefahr.«

»Haben Sie meine Blutergebnisse bekommen? Sind sie schlecht, ist es das?«

»Die letzten waren nicht besonders alarmierend. Sie sollten Ihrem Stoffwechsel dankbar sein. Bei dem, was Sie so verschlingen, hätte jeder andere weit schlimmere Ergebnisse. Aber stellen Sie Ihr Glück nicht allzu sehr auf die Probe. Das ist ein Rat unter Freunden. Haben Sie mich verstanden?«

»Absolut, Doktor. Ich werde mich bemühen.«

»Sehr schön. Und jetzt etwas ganz anderes: Ich habe gesehen, dass Sie nächste Woche für drei Tage verreisen möchten?«

»Um meine Frau zu besuchen. Sie liegt in einem Krankenhaus im Norden. Mein Sohn sollte mich hinbringen, aber jetzt hat er plötzlich keine Zeit mehr. Ich weiß nicht, ob er gerade heiraten will oder sich scheiden lässt, ich komme da nicht mehr mit. Also bin ich tapfer und fahre mit der Eisenbahn. Pauline hat mir die Fahrkarten besorgt.«

»Wegen welcher Krankheit liegt Ihre Frau im Krankenhaus?«

»Chronischer Diabetes mit schweren Komplikationen. Sie haben ihr schon ein halbes Bein abgenommen.«

»Sie wird sich freuen, Sie zu sehen. Ich empfehle Ihnen umso nachdrücklicher, auf Ihre Gesundheit zu achten, damit Sie sie möglichst oft besuchen können. Ich bin sicher, Sie wollen den Satz nicht hören, mit dem man Ihnen eines Tages sagt, dass Sie nicht mehr hinfahren können. Oder?«

»Absolut.«

»Ich zähle also auf Sie.«

»Wird mein Blut bald wieder untersucht?«

»In einigen Wochen, Sie haben genug Zeit, Ihre Ernährung umzustellen und sich über die positiven Auswirkungen zu freuen.«

21

Nachdem er sich so lange hinter den großen Kastanien vor der Schwesternschule versteckt hatte, kannte Thomas jedes Detail ihrer Borke. Besonders mochte er den Baum, in dessen Rinde auf Kinderaugenhöhe ein Hund eingeritzt war – oder vielleicht war es auch eine Katze. Primitive Kunst bewegt den Steinzeitmenschen eben.

Fast jeden Abend postierte er sich hier, um seine Tochter zu sehen. Und dann folgte er ihr. Nicht mehr als Voyeur, sondern als Leibwächter. Thomas hatte seine Beschattungstechnik verfeinert und ging inzwischen viel professioneller vor. Er hatte sich sogar via Internet ein paar Tricks dieses Berufs angeeignet. Er wusste jetzt, wie man in der Menge unterging oder Emmas Wege vorausahnte, und konnte so seinem Schützling immer näher kommen. Einige Tage zuvor war es ihm gelungen, ihr Parfüm zu riechen. Tags darauf hatte er fast eine Stunde in einer Parfümerie zugebracht, um den Namen herauszufinden, und dann eine Flasche davon gekauft. So war sie immer ein wenig bei ihm in der Dienstwohnung, doch er gestattete es sich nur ein einziges Mal pro Tag, daran zu schnuppern, er wollte seine Nase nicht abstumpfen.

Wenn er zu seinen Beobachtungsmissionen aufbrach, achtete er darauf, jedes Mal anders gekleidet zu sein. Er war inzwischen Meister darin, sein Aussehen zu verändern, manchmal sogar im Verlauf desselben Abends, beispielsweise mittels einer Kappe, eines Schals oder eines auf links gedrehten Mantels.

Einmal allerdings hatte ihm seine Freude am Verkleiden einen bösen Streich gespielt, als er nämlich aus einem Restaurant stürzte, übersah er wegen der Sonnenbrille, die seinen Kopf wie den einer Fliege aussehen ließ, die riesige Glastür. Ein schrecklicher Aufprall, gefolgt von einem spektakulären Sturz. Wie ein an einer Fensterscheibe zerschelltes Insekt, nur viel lauter. Zum Glück für Thomas war Emma schon zu weit entfernt, um etwas von seinem peinlichen Missgeschick mitzubekommen. Dennoch, seine Stirn blutete so stark, dass Pauline anfangs meinte, sie müsse genäht werden. Doch Thomas war mit einem hübschen Verband im Mumienstil davongekommen, den Hélène, Chantal und Françoise – anders als Francis und Jean-Michel, die darüber lachten – rührend fanden.

Seit Pauline in das Geheimnis eingeweiht war, bat sie Thomas regelmäßig um neue Informationen über Emma, doch er war sehr einsilbig, was dieses Thema anging. Hingegen nahm er, um Zeit zu sparen, immer häufiger ihr Angebot an, ihn in der Stadt abzusetzen. Die beiden Kollegen gewöhnten sich schnell an diese dem Alltag entrissenen Momente, in denen sie an einer roten Ampel in Andeutungen über ihr jeweiliges Leben sprachen.

An diesem Abend war es um ihre Geschwister gegangen. Pauline hatte einen älteren Bruder, Antoine, der aber in Brasilien lebte, was ihr sehr leidtat. Sie hatte sich immer gut mit ihm verstanden, und er fehlte ihr. Thomas erzählte ihr von seiner Schwester, die gar nicht so weit weg lebte, aber jeden Kontakt abgebrochen hatte. Und das tat ihm auch sehr leid.

»Sie sollten ihr schreiben, ihr mitteilen, dass Sie wieder in Frankreich sind. Vielleicht sollten Sie ihr sogar sagen, dass sie eine Nichte hat.«

»Machen Sie Witze?« Thomas schnappte nach Luft. »Sie hält mich bereits für einen pflichtvergessenen Sohn und einen erbärmlichen großen Bruder, und jetzt glauben Sie ernsthaft, ich könnte die Dinge ins Lot bringen, indem ich ihr schreibe, dass ich außerdem ein Vater bin, der seine Vaterschaft nie anerkannt hat?«

»Seltsam, wie Sie die Dinge sehen …«

Sie ließ ihn in der Nähe der Schwesternschule aussteigen.

»Vielen Dank, Pauline. Geben Sie Théo einen Kuss von mir und sagen Sie ihm, dass ich am Samstag Revanche bei der Hasenjagd fordere.«

»Ich wünsche Ihnen einen schönen Abend und viel Glück. Und ehrlich, ich mag Ihren schreiend lila Pulli. Wenn der Steinzeitmensch so was vor zwei Millionen Jahren getragen hätte, hätte es in jeder Höhle eine Schwulendisco gegeben.«

Sie lachte schallend. Thomas musterte empört seinen Pullover.

»Warum sagen Sie das?«

Pauline war schon fröhlich wieder angefahren, noch bevor er seine Frage zu Ende bringen konnte. Er sah ihr nach.

»Was soll denn los sein mit diesem Pullover?«, fragte er zu seiner eigenen Überraschung laut.

Dann lächelte er und knöpfte seinen Mantel zu, damit der Pullover nicht mehr zu sehen war.

Es war kühler geworden. Thomas schlug den Kragen hoch und wartete entsprechend seinen eingeübten Spionagemethoden. Obwohl er Emma oft sah, gewöhnte er sich nicht daran. Jedes Mal wenn sie in der Toreinfahrt erschien, machte sein Vaterherz einen Satz, und dann zählte sonst gar nichts mehr. So war es auch heute Abend, aber mit einer kleinen Zusatzüberraschung.

Als er seine Tochter endlich erblickte, sah er, dass sie genau wie er einen lila Pullover trug – dessen Farbton allerdings deutlich weniger grell war. Offensichtlich hatte sie ihren nicht als Verkleidung im Sonderangebot gekauft. Der Pulli hatte einen Rollkragen und stand ihr sehr gut. Dieser kleine bekleidungstechnische Zufall verschaffte Thomas ein völlig unangemessenes Vergnügen, wie es eben jene empfinden, die sich über jedes noch so kleine Zeichen einer Annäherung an den geliebten Menschen freuen.

Aus Emmas Handtasche ragten zusammengerollte Anschlagblätter. Sie stand inmitten ihrer Freundinnen, die ihr Tun fröhlich kommentierten, und klebte einen der Zettel an die Infotafel der Schule. Thomas war viel zu weit entfernt, um ihn lesen zu können. Mit allen Kriegslisten eines Sioux schlich er sich an, um den Text zu entziffern. Es ging um einen Trödelmarkt, der zwei Wochen darauf in einem nahe gelegenen Dorf stattfinden sollte. Warum machte sie dafür Werbung?

Doch Emma hielt sich nicht lange auf, sondern ging zu Thomas' Kummer auf den Busbahnhof zu. Er wusste, was das bedeutete: Emma würde direkt zu ihrer Mutter fahren und sich nicht vorher noch mit Romain treffen. So war es immer, wenn sie den 75er-Bus nahm. Thomas war ihr dann schon mehrmals im Taxi gefolgt. Dieser rasche Aufbruch hieß, dass er sie nicht mehr lange beobachten konnte. Er folgte ihr und kostete dabei jede Sekunde aus. Er sah, wie sie einen Zettel an die Scheibe des Wartehäuschens klebte. Wie jedes Mal, wenn er sie aus der Distanz hierherbegleitet hatte, wartete er, bis sie in den Bus gestiegen war, und sagte dann leise: »Hab einen schönen Abend, mein Mädchen. Bis morgen. Ich umarm dich.« Er blieb stehen, bis der Bus am Kreisverkehr verschwand. Manchmal konnte er in der Kurve noch mitten zwischen den anderen Fahrgästen seine Tochter erkennen. Einige wenige kostbare Sekunden, die er ihrem Fernsein entreißen konnte. Doch es kam selten vor, und auch heute Abend nicht.

Thomas stand allein zwischen denen, die hier zu tun hatten oder jemanden erwarteten. Die, an der sein Herz hing, war nicht mehr da, und das konnte man ihm vom Gesicht ablesen. Er war nicht nur traurig, er war auch besorgt. Er konnte nicht mehr über sie wachen.

Auf seinem Rückweg ins Heim bat Thomas sämtliche Götter sämtlicher ihm bekannten Religionen, seine Tochter zu beschützen. Er gab ihr Leben in ihre Hände und zählte wie Rosenkranzperlen all die Gottheiten auf, die er auf seinen Reisen kennengelernt hatte. Thomas wusste nicht, ob das, was er da gerade tat, auf Beten hinauslief, jedenfalls hatte er es noch nie für jemanden getan.

Während er durch die immer verlasseneren Straßen lief und sich vom Getriebe der Stadt entfernte, dachte er an all das, was er mit seiner Tochter ohne deren Wissen teilte. Schließlich war Emma für ihn in einem Alter aufgetaucht, in dem man normalerweise nicht mehr so von den Eltern beobachtet wird. Wenn die Kinder jünger sind, behält man sie immer im Auge, doch wenn sie erst ihre Pubertät abgeschlossen haben, sind sie oft außer Reichweite. Thomas hatte zwar nicht die Freude gehabt, seine Tochter aufwachsen zu sehen, aber er hatte immerhin das Glück, ihr heute beim Leben zusehen zu können.

22

Als Thomas im Heim ankam, war alles ruhig. Nur Francis sah noch die Spätfilme. Der Heimleiter kümmerte sich nicht weiter darum, sondern ging sofort hinauf in seine Dienstwohnung. Er hatte in Bezug auf seine Tochter noch eine wichtige Aufgabe zu erfüllen.

Mit der Sorgfalt eines Chirurgen, der sich auf eine Operation vorbereitet, wusch und trocknete er sich die Hände, um dann das Heft herauszulegen, in dem er alle Informationen über Emma notierte. Er setzte sich an den Wohnzimmertisch und schob das Tablett mit dem kalten Essen, für das er sich vor seinem Aufbruch keine Zeit genommen hatte, zur Seite. Dann nahm er einen Stift aus dem grauen Mäppchen, das Céline gehört hatte, und machte sich an die Arbeit.

Wie ein Fahnder oder wie ein Naturforscher, der sich mit einer gerade erst entdeckten, bislang unbekannten Art befasst, schrieb er ganz genau auf, was er im Verlauf seiner Beobachtungen während des Tages erfahren hatte. Ausschließlich Daten und Fakten. Manchmal war es viel, was er schriftlich festhalten musste, manchmal fast nichts. So ist es immer bei seltenen Arten, die sich in ihrem natürlichen Lebensraum bewegen und denen man sich nicht zu sehr nähern darf. Thomas hatte dieses Heft in der Nacht begonnen, in der er die Handtasche seiner Tochter zurückerkämpft hatte. Seither hatte er bereits dreißig Seiten mit Informationen gefüllt, in denen sich eine Persönlichkeit abzeichnete, aber auch der Blick des Betrachtenden.

Emma hat eine echte Schwäche für Ananaseis. Emma trinkt ihren Tee ohne Milch und wartet, bis er abgekühlt ist, bevor sie daran nippt. Wenn Emma mit ihrem Kopfhörer Musik hört, dann zappelt sie – anders als ihre Freundin Zora – nicht im Takt mit. Emma umarmt Romain noch leidenschaftlicher, wenn sie ihn zwei Tage lang nicht gesehen hat. Emma isst ihr Fleisch lieber blutig, aber sie isst insgesamt eher wenig Fleisch. Emma schlägt die Beine übereinander, wenn sie sitzt. Emma hat die Handtasche wieder im Gebrauch, die ihr Thomas, wild verkleidet, in Célines Garten gelegt hat. Sie benutzt sogar ihr Handy weiter, Thomas weiß es, weil er sie aus einem Café angerufen hat, um sicherzugehen, dass sie nicht die Nummer gewechselt hatte. Als er sie abnehmen hörte, war er versucht, mit ihr zu sprechen, weil ja keine Gefahr bestand, dass sie ihn erkannte. Doch er brachte kein Wort hervor. Sie legte wieder auf. Emma kann ihr Haar mit einer Hand zu einem Knoten wickeln und diesen einfach nur mit einem Bleistift feststecken. Emma lacht gern, und nicht nur über geschmackvolle Scherze. Emma ist seit mehr als einem Jahr mit Romain liiert. Sie ist jünger als er. Sie haben sich auf dem zwanzigsten Geburtstag einer gemeinsamen Freundin kennengelernt. Emma hasst es, wenn Leute zu spät kommen. Emma hat einen großen Bruder, Valentin, er stammt aus der ersten Ehe ihres Vaters. Sie schickt ihm etwa zwei SMS pro Woche, ihren Freundinnen hingegen täglich mehr als ein Dutzend und Romain manchmal doppelt so viele. Emma hat keine Angst vor Hunden. Emma möchte gern nach Lateinamerika reisen, vor allem nach Brasilien. Emma hätte gern weniger krauses Haar, etwa so wie das ihrer Freundin Noémie. Emma trägt gern Schals. Und spielt immer mit ihnen. Emma mag keine Filme, die schlecht ausgehen, außer wenn sie wunderbar sind, doch »diese Art düstere Meisterwerke gibt es praktisch nicht«, sagt sie. Emma ist leicht zu Tränen gerührt. Emma spricht freundlich über ihre Eltern, was sie nicht daran hindert, sich über die Sorgfalt lustig zu machen, mit der ihr Vater sein Auto poliert. Emma möchte Kinder haben, zwischen zwei und fünf, je nachdem, mit wem sie spricht. Mit Romain hat sie noch nie darüber gesprochen.

So in seine Notizen vertieft hatte Thomas das Gefühl, mit seiner Tochter zusammen zu sein. Wenn er diese seltsame Informationssammlung durchlas, ging es ihm jedes Mal besser. Hingegen traf ihn jede Information über Monsieur Lavergne wie eine Ohrfeige. Emma sprach immer ganz unbefangen über ihren Vater. Und versetzte Thomas damit jedes Mal einen Stich ins Herz. Trotz der vielen Hundert Beobachtungen und Schlussfolgerungen wies nichts darauf hin, dass Thomas die geringste – und sei es negative – Rolle im Leben seines Kindes gespielt hatte. Das musste er sich eingestehen, und zugleich fragte er sich, ab dem wievielten mit Notizen gefüllten Heft er sich einbilden konnte, seine Tochter ein wenig zu kennen.

Seltsamerweise hatte er es mit der Zeit gelernt, Emmas Freund zu akzeptieren, ja, er begann ihm sogar eine gewisse Sympathie entgegenzubringen. Was ihn jedoch nicht daran hinderte, sich jedes Mal aufzuregen, wenn dieser Kerl Emma ein wenig zu sehr auf die Pelle rückte.

Seine Haltung gegenüber diesem jungen Mann hatte sich aus zwei ganz unterschiedlichen Gründen geändert. Der erste war ein rein egoistischer: Wenn Emma etwas mit Romain unternahm, mit ihm ins Kino, shoppen, spazieren oder essen ging, hatte Thomas mehr Zeit, sie zu beobachten, außerdem zeigte sie in Romains Gesellschaft einen sehr rührenden Teil ihrer Persönlichkeit. Der zweite Grund war lediglich eine Szene, bei der Thomas zufällig Zuschauer gewesen war. Als die beiden jungen Leute eines Abends zu Fuß nach Hause gegangen waren, war ein kühler Wind aufgekommen, und Thomas hatte gesehen, wie Romain sich seinen Blouson ausgezogen und ihn behutsam über Emmas Schultern gelegt hatte. Ihm hatte nicht nur die Geste gefallen, sondern vor allem die Art, wie sie ausgeführt worden war. Romain hatte es ganz beiläufig gemacht, ohne großes Getue, in der beschützenden Art eines Menschen, der weiß, wie man sich um andere Menschen kümmert. Pauline hätte gesagt, dass man bei den anderen die Gefühle erkennt, die man selbst empfindet. Thomas hatte Romains Aufmerksamkeit schön und eines Mannes würdig gefunden, und deshalb hatte er angefangen, Romain mit anderen Augen anzusehen.

23

Die beiden Scheiben sprangen absolut synchron aus dem Toaster. Pauline fing sie im Fluge auf und verbrannte sich die Finger. Sie blies sie an, um sie ein wenig zu kühlen, und begann dann gleich, die Toastscheiben zu buttern.

»Wer möchte noch?«

Francis hob die Hand, Hélène folgte seinem Beispiel.

Thomas ging zu Pauline und fragte leise: »Warum ist das die einzige Mahlzeit, die sie gemeinsam einnehmen?«

»Keine Ahnung. Fragen Sie sie doch selbst.«

Thomas wandte sich an die Heimbewohner: »Dieses gemeinsame Frühstück ist doch sehr nett, finden Sie nicht? Eine gute Art, den Tag zu beginnen!«

Francis setzte seine Kaffeeschale ab.

»Doc, immer wenn Sie unter vier Augen mit uns sprechen, sind Sie echt prima, Sie sind direkt und treffen den Nagel meistens auf den Kopf …«

»Vielen Dank, Monsieur Lanzac, nett, dass Sie das sagen.«

»Wenn Sie sich hingegen an uns alle wenden, kommen Sie einem vor wie ein Animateur an seinem ersten Tag in der Ferienkolonie, der Schiss hat vor einer Horde hirnloser Kinder, die sich auf ihn stürzen wollen … Bitte reden Sie doch ganz normal mit uns.«

In der Hoffnung auf Unterstützung drehte sich Thomas nach Pauline um. Doch er sah nur ihre vor unterdrücktem Lachen zuckenden Schultern. Um nur ja nicht dem Blick ihres

Vorgesetzten zu begegnen, starrte sie angestrengt auf die Toastscheiben. Thomas musste sich der Sache demnach allein stellen.

»Vielen Dank für diesen Hinweis, Oberst. Bitte entschuldigen Sie meinen Jugendbetreuer-Jargon, wahrscheinlich hängt er damit zusammen, dass Sie an meine Sätze manchmal ein Blablabla anhängen.«

»Nur, wenn Sie was Uninteressantes gesagt haben, Doc.«

»Halt den Mund, Francis, und fass nie wieder meine Perücke an«, schnappte Chantal.

»Also *ich* habe nicht mit deiner Perücke gespielt, blablabla.«

»Wenn wir uns vielleicht doch wie Erwachsene unterhalten könnten ...«, mischte sich Thomas ein. »Ich hätte da einen Vorschlag: Warum nehmen Sie nicht noch mehr Mahlzeiten gemeinsam ein?«

»Eine sehr gute Frage!«, erklärte Françoise.

»Die liefern die Essenstabletts immer genau dann, wenn meine Ratesendung anfängt«, erwiderte Jean-Michel, der zu dieser frühen Stunde noch nicht richtig wach war.

»Es ginge ja noch, wenn wir uns für dieselben Sendungen interessieren würden, dann könnten wir nämlich gemeinsam vorm Fernseher essen. Aber wenn man bedenkt, wofür sich manche Leute interessieren ... Ich will ja keinen ansehen ...«

Francis wusste, wer gemeint war.

»Was ich mir anschaue, ist vielleicht nicht besonders intellektuell, aber wenigstens singe ich beim Fernsehen nicht mit. Und ›singen‹ ist noch nett ausgedrückt ...«

Chantal stieß in ihrem Zorn einen geradezu animalischen Laut aus. Sie krallte die Hände um die Tischkante und richtete sich angriffslustig auf.

»Aber bitte, meine Herrschaften, bleiben wir doch ruhig«, beschwichtigte Thomas. »Ich hatte eigentlich nicht vor, Sie gegeneinander aufzubringen, ich wollte Ihnen lediglich vorschlagen, mehr Zeit gemeinsam zu verbringen. Aber angesichts Ihrer Reaktionen bin ich dafür, alles beim Alten zu lassen.«

Pauline verteilte die letzten Toastscheiben und sagte: »Also wenn Sie nichts dagegen haben, Doktor, esse ich gern mit Ihnen zusammen zu Mittag, das wäre netter.«

Er dankte ihr mit einem Nicken und zeigte drohend auf die übrigen Anwesenden. »Und wehe, einer sagt jetzt ›Blablabla‹.«

Thomas kehrte eilig wieder in sein Büro zurück, nicht, weil er sich um die Verwaltungsangelegenheiten des Heims kümmern wollte, die hatten Zeit, sondern weil er eine Information überprüfen wollte, die er morgens in den sozialen Netzwerken über Emma gefunden hatte. Vielleicht hatte er gerade den Grund dafür erfahren, dass seine Tochter so viel Reklame für den Flohmarkt machte. Kaum hatte er die Website aufgerufen, da klopfte es an seiner Tür. Pauline streckte den Kopf herein.

»Doktor, als Sie eben über die gemeinsamen Mahlzeiten sprachen, dachte ich, wir könnten im Garten vielleicht ein Gemüsebeet anlegen. Platz haben wir genug. Es wäre lustig, sie hätten eine zusätzliche Beschäftigung, vielleicht sogar eine gemeinsame, noch dazu an der frischen Luft. Wir würden nur ein kleines Stückchen umgraben, es wäre keine große Sache …«

Sie verstummte, als sie merkte, dass Thomas ihr nicht zuhörte.

»Gibt es ein Problem?«, fragte sie. »Sie wirken verstimmt.«

Thomas war nicht in der Lage, eine vernünftige Antwort zu formulieren.

»Nun sagen Sie doch was. Es macht mich ganz nervös, Sie in diesem Zustand zu sehen …«

Thomas vergrub seufzend den Kopf in den Händen. Pauline trat schüchtern näher.

»Sie machen sich Sorgen wegen Emma, ist es das? Wenn Sie in diesem Zustand sind, dann immer wegen Ihrer Tochter. So geht es uns allen mit unseren Kindern. Es ist doch hoffentlich nicht gar zu schlimm?«

Thomas zeigte auf den Bildschirm seines Computers.

»Was werden Sie tun, wenn Théo so weit ist?«

Pauline kam auf seine Seite des Schreibtischs. Auf ihrer Homepage machte Emma Werbung für den Flohmarkt, denn sie wolle ihre »alten Spielsachen und noch diverse Gegenstände verkaufen, um ein wenig Geld einzunehmen«, und so dem Mann ihres Lebens helfen, in eine eigene Wohnung zu ziehen, in die sie später auch ziehen könne.

»Was ist für Sie das Problem? Dass sie mit ihm zusammenleben will oder dass sie ihre Erinnerungsstücke verscherbelt?«

»Beides.«

»Sie sieht nach vorn. Sie lässt ein wenig Vergangenheit los, um auf ihrem Weg weiterzukommen. Das ist nur normal. Sie sind doch auch eines Tages in die Welt hinausgegangen.«

»Und genau deshalb mache ich mir Sorgen um sie. Wird sie die richtigen Entscheidungen treffen?«

»Wenn es ein Mittel gäbe, das herauszufinden, bevor man sein Glück versucht, würden wir dieses Mittel kennen.«

»Ich habe nichts mit ihr zusammen erlebt. Ich habe sie nie mit ihrem Spielzeug spielen sehen. Ich habe ihr nicht einmal ein einziges geschenkt! Sie will ihre eigene Geschichte verkaufen. Jeder x-Beliebige kann sich ein Stück ihrer Vergangenheit kaufen, aus der ich ausgeschlossen war. Alles, was für sie als kleines Mädchen wichtig war, wird für ein paar Münzen in alle Winde verstreut. Ich fange langsam an, sie zu kennen. Sie ist sentimental. Ich möchte nicht, dass sie sich von Dingen trennt, denen sie später nachtrauern wird. Ich bin sicher, eines Tages wird ihr fehlen, was sie jetzt als alten Kram betrachtet.«

»Sie trennt sich davon, um mit ihrem Freund etwas aufzubauen. Ich, die ich nur Beziehungen ohne Zärtlichkeit kenne, finde das sehr rührend.«

»Wird das bisschen Geld, das sie dafür bekommt, den Verlust aufwiegen? Und wenn die Beziehung zu ihrem Freund scheitert, hätte sie alles für nichts und wieder nichts verkauft. Das wäre das Schlimmste.«

»Sie machen sich zu viele Gedanken. Wozu? Was könnten Sie denn tun?«

Thomas holte tief Luft und verkündete: »Ich möchte alle ihre Sachen kaufen, um sie ihr später zurückzugeben.«

»Machen Sie Witze?«

»Überhaupt nicht! Aber leider kann ich da nicht einfach auftauchen und einen Scheck ausstellen.«

Pauline zögerte nur einen winzigen Moment.

»Wenn Sie wollen, gehe ich an Ihrer Stelle hin!«

»Das ist wahnsinnig nett von Ihnen, Pauline, aber das würde sie nur misstrauisch machen.«

Pauline verzog das Gesicht. Sie mussten eine andere Lösung finden.

Thomas knurrte: »Selbst wenn man seine Kinder nicht großzieht, können sie einem ganz schön Sorgen machen.«

»Doktor, ich habe vielleicht eine Idee, aber Sie müssen mir vertrauen …«

24

Als der Sonntag kam, an dem der Flohmarkt stattfinden sollte, war Pauline bereit, nicht jedoch ihr Chef.

»Pauline, ich kann das einfach nicht billigen. Bitte verzeihen Sie. Ich weiß, Sie tun das nur, um mir zu helfen, aber unter sämtlichen Breitengraden, unter denen ich je gelebt habe, würde man sagen, dass Ihr verrückter Plan zum Scheitern verurteilt ist.«

»So eine Enttäuschung! Für mich waren Sie doch ein Held ... Der Mann, der am anderen Ende der Welt Leben rettet, der mitten in einer Windhose, die einer Kuh die Haare vom Kopf reißen würde, an einem Steilhang ratzfatz Drillinge auf die Welt holt, der Kerl, der eine Kugel abkriegt, nur weil er einem Jungen zugewinkt hat, und der zur Tarnung lila Pullover trägt. Und jetzt wollen Sie vor einem harmlosen kleinen Trödelmarkt kneifen?«

»Machen Sie sich etwa schon wieder über mich lustig?«

»Wie können Sie das nur glauben? Wie auch immer, die Würfel sind gefallen. Für Schwarzmalerei ist es jetzt zu spät. Außerdem ist herrliches Wetter. Nun steigen Sie ein, alle anderen sind schon drin.«

»Wie sind Sie an diesen Minibus gekommen?«

»Ich musste mit einem Dutzend Männer schlafen und eine Niere verkaufen.«

»Sie sind ja verrückt. Ich verstehe allmählich, warum der andere Direktor nicht wollte, dass Sie die Heimbewohner mit in den Supermarkt nehmen. Außerdem haben Kühe keine Haare.«

»Süß, sobald Sie gestresst sind, nehmen Sie alles bitterernst. Sie reagieren über. Genauso wie in Situationen, in denen es um Emma geht.«

Thomas gab ihr hastig ein Zeichen, leiser zu sprechen, und runzelte die Brauen.

»Was soll das heißen, ich reagiere über?«

»Sehen Sie sich doch an. Ein echter junger Vater. Nur dass Ihr Baby fast zwanzig ist. Was den Minibus angeht, da habe ich einfach meinen Nachbarn gebeten, mir das Fahrzeug seiner Hilfsorganisation zu leihen. Er fährt das ganze Jahr lang Behinderte durch die Gegend und hatte deshalb sofort Verständnis dafür, dass ich mit unseren Senioren einen Ausflug machen wollte.«

Sie drehte den Schlüssel im Zündschloss. Thomas ging nach hinten zu den Heimbewohnern.

»Sind alle angeschnallt?«, fragte Pauline.

Ein allgemeines »Ja!« hallte durch den Wagen. Es war wirklich wie in einer Jugendfreizeit. Keiner der Heimbewohner hatte sich lange bitten lassen.

»Das erinnert mich an damals, als ich mit meinen Eltern in die Ferien fuhr!«, bemerkte Chantal.

»Mich auch!«, stimmte ihr Francis begeistert zu. »Mademoiselle Choplin, darf ich ›Maman‹ zu Ihnen sagen?«

»Nicht mal im Traum ...«

Thomas beugte sich zur Fahrerin vor.

»Was haben Sie ihnen erzählt?«

»Nur das Allernotwendigste. Wir machen einen Ausflug, wir spielen einem jungen Mädchen einen Streich, wir picknicken, und dann fahren wir wieder heim. Haben Sie Bargeld dabei?«

»Natürlich.«

»Ich glaube, dann sollten Sie es jetzt schon verteilen. Eine amüsante Situation, finden Sie nicht? Man kommt sich vor wie in einem Film aus dem Kalten Krieg, mit Spionen, die sich auf ihre Mission vorbereiten. Wir haben sogar einen Oberst. Und Agenten der Kommandozentrale ›Gebiss‹!«

Pauline lachte schallend über ihren Witz. Thomas schüttelte nur den Kopf. Hoffentlich wurde aus dieser Mission kein Selbstmordkommando … Er quetschte sich wieder zwischen den Sitzen durch und setzte sich nach hinten zu seiner Truppe.

Der Minibus entfernte sich vom Heim und fuhr Richtung Stadtgrenze. Chantal sah glücklich lächelnd aus dem Fenster. Selbst Hélène, die nicht zu Freudenausbrüchen neigte, war aufgeregt wie ein kleines Mädchen. Francis ergriff das Wort: »Doc, wie lauten die Anweisungen?«

»Wenn wir auf dem Flohmarkt sind, wird Ihnen Pauline eine junge Frau zeigen, die verschiedene Gegenstände zum Kauf anbietet. Sie gehen alle einzeln hin und kaufen ihr etwas ab. Ziel des Spiels ist es, möglichst viele Gegenstände zu bekommen. Ganz gleich, was. Sie darf nichts übrig behalten. Ist das klar?«

Alle Mitglieder der Gruppe nickten. Chantal hob die Hand, als säße sie in einer Schulklasse und wollte eine Frage stellen.

»Kaufen wir ihr die Sachen ab, oder klauen wir sie? Denn ich habe keinen Cent bei mir …«

»Dazu komme ich jetzt.« Thomas holte ein dickes Bündel Banknoten aus der Tasche seines Blousons.

Jean-Michel stieß einen bewundernden Pfiff aus.

»Alle Achtung, das ist ja ein dicker Batzen Geld …«

»Sind Sie reich?«, fragte Françoise, direkt wie immer.

»Eigentlich nicht, aber ich wurde fünfzehn Jahre lang bezahlt und habe nichts ausgegeben. Daher habe ich etwas auf der hohen Kante.«

»Warum finanzieren gerade Sie diesen Scherz?«, erkundigte sich Francis.

»Um jemandem, den ich sehr liebe, eine Freude zu machen.«

Thomas gab jedem ein kleines Päckchen Banknoten. Francis steckte sie in die Tasche, Jean-Michel hielt jede einzelne gegen das Licht, um sie auf ihre Echtheit hin zu überprüfen, Hélène verstaute sie in ihrer Handtasche, und Chantal behielt sie einfach in der Hand.

»Haben Sie kein Geld für sich zurückbehalten?«, fragte Françoise. »Wollen Sie nicht mit uns kommen?«

Darauf fiel Thomas keine Antwort ein, doch Pauline half ihm aus der Klemme.

»Er muss beim Minibus bleiben. Wir sind für ihn verantwortlich und müssen gut auf ihn aufpassen.«

Jetzt, so relativ früh am Morgen, war wenig Verkehr. Pauline nahm die Ausfahrt und fuhr über die Landstraßen, um ihren Schützlingen ein zusätzliches Vergnügen zu gönnen. Nach der landwirtschaftlich genutzten Ebene führte die Straße am Fuß der Berge an einem riesigen Wald entlang. Jean-Michel war vollkommen fasziniert, als er auf einer Koppel auf der anderen Straßenseite Pferde entdeckte. Er richtete sich auf und presste wie ein Kind die Hände gegen die Fensterscheibe. Hélène schaute zum Himmel auf, als wollte sie sich die Augen verbrennen. Thomas hingegen konzentrierte sich auf die Straße. Erleichtert bemerkte er, dass Pauline diesen Wagen weit vorsichtiger fuhr als ihren eigenen.

Die Dorfmitte, wo die Veranstaltung stattfand, war gesperrt. Pauline parkte den kleinen Bus hinter dem Rathaus und half den Heimbewohnern gemeinsam mit Thomas beim Aussteigen. Das Grüppchen trippelte auf die Kirche zu, vor der die Stände aufgebaut waren.

Kurz bevor sie dort ankamen, schlug Thomas vor, noch eine

Pause auf einer Bank einzulegen. Unauffällig holte er noch einmal sämtliche Fotos von Emma aus seinem Rucksack und zeigte sie Pauline.

»Bitte achten Sie darauf, dass unsere Komplizen alles kaufen, ganz gleich, wie abgenutzt es ist. Sie sollen mir ihre Käufe hierherbringen, ich trage sie dann zum Minibus.«

»Sie wollen aus der Ferne zuschauen? Meinen Sie, das geht?«

»Ich bin leider daran gewöhnt, meiner Tochter aus der Ferne zuzuschauen …«

Thomas holte ein Fernglas aus dem Rucksack und zeigte es ihr.

»Damit werde ich sie beobachten.«

»Und Sie behaupten, ich sei verrückt …«

Thomas wandte sich an die Heimbewohner, die schon wieder aufgestanden waren und zur Tat schreiten wollten.

»Ich bin Ihnen für Ihre Hilfe wirklich sehr dankbar. Ich verlasse mich auf Sie. Wenn Sie müde werden, kommen Sie bitte zu mir zurück, zwingen Sie sich zu nichts.«

»Geht's los?«, fragte Francis.

»Klar zum Absprung, Oberst, und denken Sie daran, das hier ist keine Übung.«

Als er die alten Damen und Herren begierig auf den Trödelmarkt zuhumpeln sah, wusste Thomas nicht, ob er über dieses Bild schmunzeln oder sich vielmehr vor den Folgen fürchten sollte.

25

Emma hatte gerade auf ihrem Abschnitt des Bürgersteigs alles ausgebreitet, was sie zu verkaufen hoffte. Ihre Freundin Noémie, die mitgekommen war, um ihr am Stand zu helfen, musterte mit zusammengekniffenen Augen den Himmel und bemerkte dann kopfschüttelnd:

»Wir hätten Sonnencreme mitbringen sollen, heute wird's heiß.«

Sie standen zwischen einem Sammler von alten Postkarten und einer Frau, die Dutzende Paare von gebrauchten Schuhen anbot. Emma beugte sich gerade über einen Karton, um die letzten Spielsachen herauszuholen, als Noémie sie plötzlich mit dem Ellbogen anstieß.

»Hast du die gesehen?«, fragte sie und zeigte auf ein Grüppchen alter Leute, die auf sie zusteuerten. »Wie ein Überfall von Zombies in einem der Videospiele meines Bruders!«

»Sie genießen das schöne Wetter, solange hier noch kein Gedränge herrscht. Das ist doch völlig in Ordnung!«

»Die kommen genau auf uns zu. Womöglich steht unser Stand auf dem Weg zurück in ihr Heim, und sie trampeln uns nieder, weil sie nicht mehr gut sehen können!«

Emma musste ein Lachen unterdrücken. Francis kam als Erster am Stand an. Er stemmte die Fäuste in die Hüften und musterte das Angebot.

»Guten Tag, Monsieur!«, begrüßte ihn Emma fröhlich.

»Guten Tag, junge Dame. Was kostet diese Puppe?«

»Fünf Euro. Aber wenn Sie möchten, gebe ich sie Ihnen auch für zwei.«

»Und wenn ich die drei Stofftiere daneben auch noch nehme?«

»Alles für zehn Euro, ist das okay für Sie?«

»Schon gekauft.«

Françoise traf als Zweite ein, außer Atem und wütend darüber, dass der Oberst sie abgehängt hatte. Nach einem kurzen Rundblick sagte sie entschieden: »Guten Tag, Mademoiselle. Ich nehme das kleine grüne Auto, das Puppengeschirr und die Gesellschaftsspiele.«

Emma und ihre Freundin sahen sich ungläubig an.

»Ja, gern, Madame.«

Auf dem noch ruhigen Trödelmarkt blieb der kleine Menschenauflauf vor Emmas Stand nicht unbemerkt. Die Schuhverkäuferin und viele andere Aussteller, die noch vergeblich auf Interessenten warteten, fragten sich, was die junge Frau wohl anbieten mochte, dass es einen solchen Run auf sie ausgelöst hatte.

Francis zahlte und machte sich auf den Weg zur Kirche.

»Vielen Dank, junge Dame.«

Mit zitternder Hand deutete Jean-Michel auf ein kleines pastellfarbenes Plastik-Prinzessinnenschloss mit spitzen Türmen.

»Das würde ich Ihnen gern abkaufen, wenn's recht ist. Wird es mit sämtlichen Figürchen verkauft?«

Emma betrachtete zärtlich das Schloss.

»Ja. Nur der Prinz fehlt, den hat mein Hund gefressen, als ich klein war. Ich überlasse es Ihnen für fünfzehn Euro, wenn Sie mit dem Preis einverstanden sind.«

Jean-Michel lächelte entzückt.

Doch Chantal mischte sich ein: »Ich gebe Ihnen zwanzig!«

»Für das Schloss?«

»Ja, mit allen Figuren. Ich will es haben.«

Jean-Michel funkelte seine Konkurrentin an und schwenkte sein Banknotenbündel.

»Ich gebe Ihnen dreißig, und glauben Sie mir, einen besseren Kunden als mich finden Sie nicht. Mich interessieren hier noch viele Gegenstände!«

»Na, dann brauchen Sie doch nur etwas anderes zu nehmen«, protestierte Chantal. »Denn ich will dieses Schloss!«

Emma hörte dem Wortwechsel hilflos zu und wusste nicht, wem sie das Schloss geben sollte, das sie in der Hand hielt. Allein durch die Berührung wurden viele Erinnerungen wach. Stundenlang hatte sie für die kleine Prinzessin, an deren Kleiderrand die Farbe inzwischen abgenutzt war, die unglaublichsten Abenteuer erfunden. Sie hatte sie die Treppe hinabeilen lassen und dabei durchs Fenster gelugt, um ihr möglichst nah zu sein. Jetzt wirkte die Prinzessin winzig in ihrer großen Hand. Wenn ihr damals jemand geweissagt hätte, dass sich eines Tages eine alte Dame und ein nicht minder alter Herr überbieten würden, um sie ihr abzukaufen …

»Fünfzig!«, rief Jean-Michel genervt und trug den Sieg davon.

Emma gab ihm das Schloss. Chantal war enttäuscht, tröstete sich aber, indem sie den Bauernhof mit allen Tieren und Landmaschinen sowie eine Puppe samt vollständiger Garderobe erwarb.

Noémie flüsterte Emma zu: »Sieh dich mal um, sonst verkauft hier keiner was. Sie sind alle bei uns. Irre …«

Hélène rief nach Emma: »Entschuldigen Sie bitte, Mademoiselle, ich möchte Ihnen alles abkaufen, was mit Katzen zu tun hat. Die Plüschtiere da hinten, und auch die Figuren, ja, und dieses kleine T-Shirt hier bitte.«

Es ging alles so schnell, dass Emma kaum folgen konnte.

»Ich tue es Ihnen in eine Tüte, alles für zwanzig Euro, wenn Sie einverstanden sind.«

»Das ist nicht teuer, dann legen Sie mir doch bitte auch die hübschen Figürchen dahinten dazu. Wären Ihnen vierzig Euro für das alles genug?«

Mit so viel hätte Emma nie gerechnet. Als Noémie die aufgelöste Miene ihrer Freundin sah, musste sie sich abwenden, um ihr Lachen zu verbergen. Kaum war Hélène gegangen, kam Francis zurück.

»Ich habe noch mal nachgedacht«, verkündete er. »Ich glaube, ich möchte Ihnen alle DVDs und CDs abkaufen.«

»Sind Sie sicher? Wollen Sie sie nicht vorher mal anschauen?«, fragte Emma verblüfft.

»Ich bin sicher, sie sind alle sehr gut. Für wie viel geben Sie mir das Ganze?«

Emma fragte sich, was dieser respektable Herr wohl mit den Kinderliedern und den kitschigen Liebesfilmen anfangen würde …

»Ich will ehrlich sein«, gestand sie. »Ich hatte gehofft, ich würde insgesamt etwa hundert Euro damit einnehmen, aber wenn man alle Einzelverkäufe auf einmal abwickeln kann … Wenn Sie alles nehmen, gebe ich es Ihnen für den halben Preis und schenke Ihnen die Aufbewahrungsboxen dazu.«

»Hundert sind in Ordnung, stecken Sie nie freiwillig zurück, junge Frau. Das Leben und die Lumpen werden sich schon genug Mühe geben, Ihnen Ihre Pläne zu vermasseln.«

»Danke, Monsieur. Für das Geld und für den Rat.«

Françoise packte Noémie am Ärmel.

»Kann ich mich auch an Sie wenden, um etwas zu kaufen? Ich möchte alle Bücher. Und außerdem die Poster. Was macht das?«

»Oh, da wird sich aber jemand freuen. Emma?«, rief Noémie. »Die Bücher und die Poster, wie viel?«

»Alle?«

»Ja! Alle!«, erwiderte Françoise entschlossen.

»Ich weiß gar nicht mehr, wie viel ich insgesamt damit einnehmen wollte. Sie überrumpeln mich ein bisschen. Sagen wir fünfzig Euro.«

»Mein liebes Kind, man sieht doch auf den ersten Blick, dass es dann mehr Bücher als Euro wären. Ich zähle mindestens achtzig Bücher, teils Klassiker. Ich biete Ihnen hundert.«

Noémie prustete los, und Emma breitete in einer Geste der Hilflosigkeit die Hände aus.

»Da werde ich nicht Nein sagen, es ist sehr großzügig von Ihnen. Das ist alles so unglaublich …«

Der Stand leerte sich sichtlich. Pauline brachte die schwersten Erwerbungen unauffällig zu Thomas.

Als Chantal ein zweites Mal kam, war zum großen Missvergnügen der anderen Händler fast nichts mehr übrig als ein paar Kleidungsstücke und ein kleiner Schreibtisch. Die weißhaarige alte Dame mit den blauen Augen fragte Francis: »Ich nehme die Kleider, und du kümmerst dich um den Schreibtisch?«

»In Ordnung.«

Das Geschäft war schnell abgeschlossen. Hélène machte noch eine letzte Runde und raffte alles zusammen, was ihren Gefährten bislang entgangen war – ein paar Comics und eine Handvoll kleiner Spielzeuge und Schreibwaren.

Als Pauline den letzten Karton ins Auto lud, standen Noémie und Emma vor ihrem leeren Stand und genierten sich ein wenig angesichts der Blicke, die ihnen die anderen Händler zuwarfen. In nicht einmal einer halben Stunde hatten sie alles verkauft. Als Emma die letzte alte Dame um die Kirchenecke biegen sah, atmete sie tief durch. Sie war erschöpft. Ihre Freundin betrachtete nachdenklich den leeren Stand und fragte: »Hast du begriffen, was sich hier abgespielt hat?«

»Nicht im Geringsten. Und niemand wird uns glauben, wenn wir das erzählen. Eine verrückte Geschichte. Da taucht eine Bande alter Leute auf und streitet sich, wer meinen alten Kram kaufen darf …«

»Du hast recht, wenn wir das erzählen, hält man uns noch für Lügnerinnen.«

»Wie auch immer, ich dürfte das Dreifache dessen eingenommen haben, was ich mir in meinen optimistischsten Schätzungen erhofft hatte.«

Durch sein Fernglas konnte Thomas ihr Lächeln sehen.

26

Pauline bog ganz in der Nähe der Pferdekoppel von der Landstraße in einen Waldweg ein. Sie hielt im Schatten eines Baums.

»Hier ist doch ein idealer Platz für ein Picknick«, sagte sie und zog die Handbremse an.

Thomas sprang aus dem Wagen und half den alten Herrschaften beim Aussteigen. Sie lächelten, dass es eine Freude war. Alle waren erschöpft, aber glücklich über dieses Abenteuer. Viele waren an diesem Vormittag mehr gelaufen als während der ganzen letzten Monate.

Als Thomas die Kühltaschen mit den Essenstabletts holte, betrachtete er seine Beute, die einen Großteil der Ladefläche einnahm. Nur das kleine Schloss fehlte, weil Jean-Michel es nicht aus der Hand hatte geben wollen.

Während Pauline die Klappstühle aufstellte, erkundeten die Senioren die Umgebung. Thomas ging mit den beiden Kühltaschen zu ihr.

»Sie hätten sehen sollen, wie die Ihr Geld verprassten, als wäre es Monopoly-Geld«, sagte sie. »Die reinsten Halbstarken … Und da sagt man immer, die jungen Leute hätten keine Ahnung vom Wert des Geldes.«

»Das ist unwichtig. Ich freue mich über das Resultat.«

»Na, Doktor, immer noch überzeugt, dass mein Plan zum Scheitern verurteilt war?«

»Bitte entschuldigen Sie, dass ich daran zweifelte, Sie haben sicher recht, ich reagiere über. Ganz ehrlich, ich weiß gar nicht, wie ich Ihnen danken soll.«

Sie trat auf ihn zu.

»Oh, Sie könnten sich vielleicht endlich entspannen und diesen obersten Knopf Ihres Poloshirts aufmachen. Wenn es bis oben zugeknöpft ist, sehen Sie aus wie eine verklemmte männliche Jungfrau.«

Sie setzte ihren Vorschlag gleich in die Tat um und knöpfte ihrem Vorgesetzten den Kragen auf. Thomas erstarrte.

»Ich bin keine Jungfrau.«

»Ich weiß. Ich habe das reizende Ergebnis Ihrer Don-Juan-Abenteuer heute Morgen auf dem Trödelmarkt gesehen. Man darf dem Schein eben nicht trauen. Trotzdem, es sieht einfach verklemmt aus, wenn man den obersten Knopf zumacht.«

Sehr zufrieden mit dem Erfolg ihrer Maßnahme machte sich Pauline wieder ans Auspacken der Essenstabletts.

»Selbst im Grünen und im Sonnenschein sieht dieses Essen nicht gesünder aus. Haben Sie schon über meine Idee mit dem Gemüsebeet nachgedacht?«

»Machen Sie, was Sie wollen. Meinen Segen haben Sie. Ich kann mir ohnehin vorstellen, was Sie sagen würden, wenn ich Zweifel an Ihrem Plan äußern würde …«

Pauline rief die Heimbewohner zurück, die in ihrem jeweiligen Tempo ankamen. Als alle da waren und auf ihren Campingstühlen saßen, hob Thomas sein Glas und brachte einen Toast aus: »Ich möchte Ihnen von Herzen für Ihre Hilfe danken. Vielen Dank, Pauline, und vielen Dank Ihnen allen, dass Sie heute Morgen mitgespielt haben.«

»Ich muss Ihnen noch ein wenig Wechselgeld zurückgeben«, sagte Chantal. »Aber viel ist es nicht.«

»Es wäre sicher mehr, wenn Monsieur Ferreira und Sie sich nicht in dieses lächerliche Überbieten gestürzt hätten. Und das, obwohl wir doch eigentlich gar keine Rivalen waren«, bemerkte Françoise.

»Ich wollte dieses Schloss unbedingt haben«, erwiderte Jean-Michel. »Übrigens, Doktor, ich erstatte Ihnen den Betrag gern, wenn ich es behalten darf.«

»Ich fürchte, das ist nicht möglich«, antwortete Thomas.

»Und wenn ich den Preis verdoppele?«

»Es tut mir leid, aber das Schloss ist nicht verkäuflich.«

Jean-Michels Miene verdüsterte sich. Er aß sein Schälchen mit Karottensalat nicht leer, sondern stand auf und ging auf die Landstraße zu. Das Plastikschloss ließ er stehen.

Für alle anderen verlief das weitere Essen wie ein Festmahl, sicher nicht wegen der Qualität der Speisen, sondern wegen der Stimmung und des schönen Rahmens. An diesem herrlichen Sonntag anderswo an der frischen Luft zu essen tat allen sehr gut. Jeder kommentierte seine Käufe vom Vormittag. Françoise freute sich, dass unter den Büchern, die sie erworben hatte, einige waren, die sie selbst als Lehrerin eingesetzt hatte. Hélène erzählte, sie habe sich auf den ersten Blick in eine weiße Plüschkatze verliebt. Sie sprach von ihr wie von einem lebendigen Tier und beschrieb sogar ihren Blick mit fantasievollen Worten. Was Chantal anging, die amüsierte sich immer noch über die Gesichter, die die jungen Mädchen angesichts der Kaufwut der Alten gemacht hatten.

Während die Hungrigsten noch ihren Nachtisch aus den Schälchen kratzten, beschlossen Chantal und Hélène, im Minibus ein Mittagsschläfchen zu halten. Françoise stand auf, um sich entlang der Landstraße die Beine zu vertreten, vielleicht sogar bis zu der Pferdekoppel, an der man Jean-Michel stehen sah.

Während Pauline aufzuräumen begann, setzte sich Francis auf den freien Stuhl neben Thomas.

»Seltsamer Tag heute, oder, Doc?«

»Ich kann es selbst noch nicht fassen …«

»Ganz unter uns, Doc, das war doch kein Streich, das heute Morgen? Unterbrechen Sie mich, wenn ich mich irre. Sie sind ganz bestimmt kein Dummkopf, und nur ein Dummkopf würde eine solche Summe für altes Spielzeug verschwenden. Es sei denn, Sie würden gern mit Puppen spielen … Ich wollte nicht vor den anderen darüber sprechen, aber da wir jetzt allein sind, würde ich mich sehr geehrt fühlen, wenn Sie mir den wahren Grund für diesen fröhlichen Ausflug sagen würden.«

Thomas blickte zu den Baumwipfeln auf, um die Ruhe zu genießen. Oder auch, um eine Ausflucht angesichts dieser peinlichen Frage zu finden …

»Das ist eine lange Geschichte, Monsieur Lanzac.«

»Wenn Sie länger als zwei Jahre brauchen, um sie mir zu erzählen, könnte ich vor dem Ende ins Gras beißen! Aber ich habe Ihr Gesicht gesehen, jedes Mal wenn wir Ihnen unsere Beute brachten. Sie sahen nicht aus wie jemand, der einem anderen Menschen einen Streich spielt. Sie waren aufgewühlt. Sie kennen diese junge Frau, nicht wahr?«

»Ich möchte Ihnen sagen, dass sie nicht meine Freundin ist.«

»Daran besteht kein Zweifel, Sie hatten den Blick eines Beschützers, nicht den eines Verehrers.«

Ein Schreckensschrei zerriss die balsamische Luft und unterbrach ihr Gespräch. In der Ferne, nah bei der Pferdekoppel, hatte Françoise geschrien. Sie reckte die Arme zum Himmel und stieß unverständliche Worte hervor. Jean-Michel war nicht mehr da. Pauline und Thomas spurteten im selben Augenblick los.

27

Als sie Monsieur Ferreira im Gras liegen sahen, hielten sie ihn für tot. Thomas stürzte zu ihm, und Pauline versuchte Françoise zu beruhigen, die unter Schock stand.

»Was ist passiert?«, fragte Thomas, während er den Puls des Opfers fühlte.

Die alte Dame antwortete schluchzend: »Er schaute die Pferde an. Er erzählte mir, als Kind sei er geritten. Er sprach von einem Pferd namens Sturmwind und davon, dass er stundenlang auf ihm galoppiert sei. Er war sehr bewegt. Er wollte sie anlocken, um sie zu streicheln, deshalb haben wir Gras abgerissen. Sie sind zwar gekommen, aber sie waren immer noch zu weit weg, wir konnten sie nicht berühren. Und dann hat er sich auf dieses verdammte Gatter gestützt, um näher an sie heranzukommen …«

»Aber es stand doch unter Strom!«, rief Pauline.

»Er wurde steif und fiel um wie ein Baum … Es ist furchtbar.«

Jetzt kam auch Francis heran, leicht außer Atem.

»Er kann nicht tot sein«, sagte er kategorisch. »Nicht Jean-Michel.«

»Und warum nicht, bitte sehr?«, fragte Françoise.

»Weil es den Spruch, dass immer die Besten als Erste sterben, Lügen strafen würde.«

Thomas legte sein Ohr auf die Brust des vom elektrischen Schlag Getroffenen.

»Er atmet. Monsieur Ferreira, können Sie mich hören?«

Thomas nahm seine Hand.

»Wenn Sie mich verstehen können, wenn Sie mich spüren, drücken Sie meine Hand.«

Thomas sah, wie sich die Finger langsam krümmten. Der alte Mann öffnete ein Auge und fragte: »Sind die Pferde noch da?«

»Nur wenige Meter entfernt.«

»Könnten Sie mir helfen, mich aufzurichten? Ich möchte sie anschauen.«

Francis half Thomas, Jean-Michel mit dem Gesicht zur Koppel aufzusetzen.

»Sind sie nicht schön?«

»Wunderschön«, pflichtete Thomas ihm bei. »Sie haben uns einen ziemlichen Schrecken eingejagt.«

»Ich fühle mich seltsam, aber ich glaube, es ist alles in Ordnung. Ich habe einen ordentlichen Schlag abgekriegt.«

Ein beinahe kindliches Lächeln trat auf sein Gesicht, während er die Pferde betrachtete.

»Doktor?«

»Ja?«

»Könnten Sie mir das kleine Schloss nicht wenigstens leihen?«

28

Du hast all meine Füchse gefangen, und ich keinen einzigen Hasen. Du hast mich schon wieder geschlagen. Du bist einfach zu gut.«

Théo sah Thomas offen an, sein Gesichtsausdruck sprach Bände.

»Entweder du lässt mich gewinnen«, stellte er fest, »oder du hast dafür wirklich kein Talent …«

Paulines Stimme drang aus der Küche zu ihnen.

»Théo, bitte, sprich anständig mit dem Doktor. Maman hat zum ersten Mal einen netten Chef, und sie möchte nicht entlassen werden.«

Der Kleine sprang von seinem Stuhl, lief zu seiner Mutter, zog sie am Ärmel und flüsterte ihr ins Ohr: »Auch wenn er nett ist, ist er vielleicht dumm.«

»Bravo, Großer. Du hast gerade eins der Geheimnisse der Menschheit gelüftet. Aber sag es niemand, die Welt ist noch nicht reif für die traurige Wahrheit.«

Heftiges Scharren und Kratzen war bis in die Grundfesten des Hauses zu hören.

»Was ist das?«, fragte Pauline.

»Ich wette, es ist wieder irgendein Unfug von Jean-Michel … Der ist nicht mehr zu halten!«

Der elektrische Schlag hatte bei Monsieur Ferreira überraschende Nebenwirkungen ausgelöst. Nachdem ihn die gesamte Belegschaft des Heims für tot gehalten hatte, war er völlig unverständlicherweise wiederauferstanden. Sicher war die Figur Frankensteins aus einer ähnlichen Geschichte entstanden – ein fast schon Toter, vom Blitz getroffen, der jedoch lebendiger denn je davonkommt, um sich dann völlig verrückt zu verhalten und jede Menge Schaden anzurichten. Seit dem Unfall an der Pferdekoppel konnte Jean-Michel nicht mehr stillhalten. Er lief ohne Stock, lachte wie ein Irrer, spazierte durch den Obstgarten und ging sogar so weit, Francis zu einer Prügelei herauszufordern. Es fehlten ihm nur noch die Schrauben links und rechts am Hals, um seinem schrecklichen Vorbild vollends zu gleichen.

Thomas klopfte an seine Tür.

»Monsieur Ferreira, ist alles in Ordnung? Darf ich hereinkommen?«

»Kommen Sie nur, Sie können mir helfen.«

Thomas trat ein und fand den Raum in völligem Durcheinander vor. Alle Möbel waren verschoben worden. Und mitten in diesem Chaos stand Jean-Michel, ohne Brille und mit aus der Hose hängendem Hemd, und versuchte gerade, seinen großen Kleiderschrank, den er nicht einmal leergeräumt hatte, von der Stelle zu rücken.

»Was machen Sie da?«

»Ich hab's satt. Ich ersticke hier. Ich brauche Veränderung. Könnten Sie mir helfen, dieses Monstrum hier weiterzuschubsen?«

»Und Ihr Bett?«

»Das schiebe ich nach hinten. Dann kann ich den Fernseher und den Garten auch im Liegen sehen.«

»Wie Sie möchten.«

Als sich Thomas und Jean-Michel gerade wie Zwangsarbeiter gegen den Schrank stemmten, erschien Pauline im Türrahmen.

»Théo, komm schnell her und sieh dir das an!«, rief sie. »Es sieht aus wie bei dir im Zimmer. Dasselbe Chaos – und zu meinem großen Unglück wird es wohl auch dasselbe arme Geschöpf sein, das zum Aufräumen verdammt ist …«

Die beiden Männer gaben sich alle Mühe, doch der Schrank rührte sich kaum von der Stelle.

»Hat Ihnen denn niemand beigebracht, dass ein leerer Schrank leichter ist als ein voller?«, fragte Pauline ironisch.

»Bleibt noch abzuwarten, welcher Energieaufwand am meisten bringt«, gab Jean-Michel zurück. »Sich wie ein Muli placken, um einen vollen Schrank zu verrücken, oder wie ein Feigling mit Bieneneifer alles ausräumen …«

Pauline reagierte noch amüsierter: »Als wäre Möbelrücken eine Frage des Mutes oder gar der Ehre! Der Hexenschuss, der Sie bestimmt noch erwischt, wird Sie eines Besseren belehren.«

Pauline und sogar Théo halfen mit. Schon bald danach war das große Umräumen bewältigt.

»Danke, Mademoiselle, danke, Doktor, und danke auch dir, mein Junge.«

»Trotzdem, bitte spielen Sie nicht jeden Tag Umzug …«, bat Pauline.

»Maman?«, fragte Théo. »Warum dreht Monsieur Ferreira das Bett nicht um, dann wäre es doch weniger eng?«

Monsieur Ferreira schien sofort Gefallen an diesem Vorschlag zu finden.

»Der Kleine hat recht. Dass ich das nicht gleich gesehen habe …«

Thomas ließ sich seufzend gegen die Wand fallen, und Pauline verjagte ihr eigen Fleisch und Blut.

»Du machst jetzt, dass du wegkommst, und kümmerst dich sofort wieder um deine Hausaufgaben, sonst gibt es was!«

»Du hast mich doch selbst hergerufen, damit ich es mir ansehe!«

29

Am späten Abend machte Thomas eine letzte Runde, um sich zu vergewissern, dass alles in Ordnung war. Die Außentüren des Heims waren verriegelt, die Bewohner in ihren Zimmern, Lichter, Kaffeemaschine und Computer ausgeschaltet. Er hoffte sehr, dass ihn niemand brauchen würde, denn er wollte sich voll und ganz dem widmen, worauf er schon ungeduldig wartete. Er ging in seine Wohnung hinauf, doch anders als Monsieur Ferreira hatte er keinen Umzug vor, sondern einen Einzug.

Er hatte das größte Schlafzimmer seiner Dienstwohnung komplett ausgeräumt und gründlich gereinigt, um dort Emmas Sachen unterzubringen. In Anbetracht der Vielzahl der angekauften Gegenstände gab es von nun an in dieser Wohnung mehr Sachen von ihr als von ihm. Er fand diesen Gedanken schön. Da ihm die Heimbewohner ihre Beute in so dichter Folge hinter die Kirche gebracht hatten, war er gar nicht dazu gekommen, sich einen Überblick zu verschaffen. Also war Thomas beim Auspacken der Kartons und Kisten zumute wie einem Kind zu Weihnachten.

Er öffnete den ersten Karton. Behutsam, als handelte es sich um heilige Reliquien, holte er die Gegenstände einen nach dem anderen heraus. Er ertastete ein kaninchenförmiges Plüschtier. Undenkbar, es einfach bei den Ohren zu packen. Er schob eine Hand darunter, als handelte es sich um ein lebendiges Tier, und streichelte es. Dann nahm er einen kleinen Feuerwehrwagen mit Rückzugsantrieb. Nachdem er ihn mehrmals kräftig rückwärts über den Boden gerollt hatte, um die Feder zu spannen, ließ er ihn los. Der Leiterwagen sauste quer durchs ganze Zimmer und stieß gegen die Wand. Es gefiel Thomas nicht, dass dieses Gefährt von einem Hindernis blockiert wurde. Er stand auf, holte es und stellte es so vor sich auf, dass es freie Bahn hatte.

Stück für Stück grub Thomas seine Schätze aus und betrachtete sie eingehend. Bei jedem versuchte er sich vorzustellen, was Emma wohl mit ihm erlebt hatte. Nach und nach ergoss sich ein vielgestaltiges buntes Durcheinander von Gegenständen über den Fußboden. Thomas stellte den kleinen Schreibtisch hinten an die Wand, als eine Art Altar seines Heiligtums. Auf dem Schreibtisch thronte das Schloss, es war so abgenutzt, dass Emma sehr viel Zeit damit verbracht haben musste.

Dann ging Thomas die DVDs durch. Er entdeckte einige Klassiker, die er selbst als Kind gesehen hatte, doch vor allem neuere Filme, von denen er nie gehört hatte. Er beschloss, sie sich anzuschauen, alle, er wollte selbst sehen, was seine Tochter sich angesehen hatte, und sich so ihrer Vorstellungswelt nähern.

Als er sich die Bücher vornahm, bemerkte er sofort das kleine Bändchen mit den vielen bunten Bildern von Tieren auf dem Bauernhof. Der Umschlag war speckig, die Ecken abgestoßen. Die Stellen aus Plüsch oder anderen Materialien, die den Tastsinn der Kinder ansprechen sollten, waren derart abgegriffen, dass Thomas sicher sein konnte, eins der Lieblingsbücher aus Emmas Kindheit in Händen zu halten. Er stellte sich vor, wie ihre kleinen Finger mit den Formen und Texturen spielten. Wahrscheinlich hatte Céline ihr die Texte vorgelesen. Er stellte sich ihre Stimme vor, die die Abenteuer des Kükens vortrugen, das so neugierig auf diese unbekannte Welt war. Besonders schön fand Thomas die Passage, in der der Hofhund das piepsende Küken vorsichtig ins Maul nimmt und oben auf die Schubkarre setzt, damit es den Hühnerhof von höherer Warte aus betrachten kann. Als Nächstes nahm er ein Buch in die Hand, in dem es um die Erlebnisse eines schrecklichen Piraten ging. Thomas verlor jedes Zeitgefühl, er verbrachte Stunden mit den Geschichten, die Emma im Verlauf ihrer Lebensalter amüsiert, zum Träumen angeregt oder gerührt haben mussten. Durch diese Welten hindurch näherte er sich ihr.

Nachdem er die Kühe und Schafe des kleinen Bauernhofs fein säuberlich aufgereiht hatte, sah Thomas auf die Uhr. Emma schlief vermutlich längst, und Kishan war wahrscheinlich schon zur Arbeit aufgebrochen. Es blieben noch viele Schätze zu heben, doch die sparte er sich lieber für die kommenden Abende auf. Er streckte sich und betrachtete all die Gegenstände, die im gesamten Raum verteilt waren. Bevor er ihn verließ, setzte er die Plüschtiere auf den Schreibtisch und ernannte sie zu Wächtern dieses Tempels.

Nachdem er das Licht ausgeknipst hatte, fiel das Flurlicht durch den halbdunklen Raum auf das Auge des Kaninchens, das plötzlich zum Leben zu erwachen schien. Thomas lächelte leise. Die Dinge existieren, weil man an sie glaubt.

Thomas war zu aufgewühlt, um an Schlaf denken zu können, und beschloss daher, einen Punkt aufzuklären, der sich als nützlich erweisen konnte. Auf Zehenspitzen verließ er seine Wohnung und schlich sich über den Treppenabsatz in die zweite Dienstwohnung. Diese war kleiner als seine und vollgestopft mit Möbeln und Gegenständen aller Art, von Musikinstrumenten bis hin zu Tüten voller Weihnachtsdekoration. Der Gesamtzustand der Räume war jedoch gut. Thomas' Idee begann sich klarer abzuzeichnen.

Er wollte die Wohnung gerade wieder verlassen, als er auf einen ungewöhnlichen Ton aufmerksam wurde. Ein Gesang?

Er schlich zurück und spitzte die Ohren. Kein Zweifel: Auch wenn sie kaum wahrnehmbar war, drang wie Himmelsgesang eine herrliche Männerstimme durch die Nacht. Sie kam von so weit her, dass die Quelle nicht auszumachen war. Ganz langsam drehte sich Thomas um sich selbst und versuchte, sie zu lokalisieren. Das leiseste Rascheln seiner Kleidung genügte, um den Gesang zu überdecken. War er etwa einer Halluzination erlegen? Der Ton kam weder aus dem Raum, in dem er sich befand, noch aus Françoise' Schlafzimmer, das genau darunter lag. Thomas stand ganz still da und konzentrierte sich. Er war sowohl von der gesanglichen Schönheit dessen, was er hörte, fasziniert als auch von der Körperlosigkeit. Eine unerreichbare himmlische Oper. Er blieb lange stehen und hörte zu, ohne das Geheimnis lüften zu können.

30

Hello Thomas,

meine erste Mail ist für dich. Wir haben endlich einen Anschluss, und ich hoffe, alles klappt und dieser elektronische Brief kommt bei dir an. Mein Vater ist bei mir, während ich schreibe, und er lässt dich grüßen. Er hat begonnen, die Bücher zu lesen, die du ihm dagelassen hast. Immer nur ein paar Seiten am Tag. Er sagt, deine Sprache ist schwierig, aber es ist der Mühe wert. Ich kann die Bücher gar nicht lesen. Schreiben ist zwar viel mühsamer als Sprechen, aber ich war sehr begierig darauf, mich bei dir zu melden.

Hier läuft alles relativ gut. Der alte Paranjay wohnt jetzt in deinem alten Haus und beklagt sich, weil alles angeblich so schlecht eingerichtet ist. Die Monsunzeit ist bald vorbei, doch die letzten Regenfälle waren heftig und haben große Schäden angerichtet. Die Straße nach Süden ist abgeschnitten und der Fluss über die Ufer getreten. Jetzt, wo du nicht mehr da bist, haben im Dorf alle Angst, krank zu werden. Jedes Mal wenn sie husten oder sich in den Finger schneiden, geraten sie in Panik! Ich versuche sie dann zu beruhigen und zu behandeln, aber ich kann es nicht so gut wie du. Allen hier fehlst du, und meiner Familie noch viel mehr. Und ganz besonders mir. Das Leben ist weniger lustig. Manchmal gehe ich noch hoch auf den Felsen und beobachte den Sonnenuntergang, aber ich nehme die Kinder mit, weil es sehr traurig ist ohne meinen großen Bruder. Mit den Kindern ist es gut. Sie vergessen ihren Knüppel nicht und sind immer bereit, die Hunde zu schlagen, die nach dir suchen. Das war's, mein Freund. Ich hoffe, es geht dir gut und du hast Emma gefunden.

Ich grüße dich und warte auf deine Antwort.

Dein Freund Kishan aus Ambar

31

Madame Quenon, ich möchte Ihnen eine Frage stellen, aber es ist ein bisschen peinlich …«

»Aber nicht doch, Doktor, Sie sind schon ein großer Junge. Und wenn es um meine Blutergebnisse geht, da brauchen Sie keine Samthandschuhe anzuziehen. Ich habe es Ihnen ja schon gesagt, ich habe keine Angst davor, diese Welt zu verlassen.«

»Es geht um die Stimmen, die Sie hören …«

»Glauben Sie, sie sind ein Zeichen dafür, dass der Tod näher kommt?«

»Ich habe, ehrlich gesagt, keine Ahnung, aber ich würde gern mehr darüber erfahren.«

»Was möchten Sie wissen?«

»Könnten Sie sie mir beschreiben? Sind es Worte, Gesänge, eine einzige Stimme oder mehrere?«

»Eine tiefe, beruhigende Männerstimme, aber so fern. Man könnte meinen, es wären liturgische Gesänge oder eine Oper.«

»Haben Sie sie in letzter Zeit gehört?«

»Vor zwei Tagen, glaube ich. Mir läuft jetzt noch ein Schauer über den Rücken.«

»Und letzte Nacht?«

Françoise versuchte sich zu erinnern und antwortete dann: »Nein, gestern nicht. Aber sagen Sie, Doktor, warum fragen Sie mich das?«

»Ich habe diese Stimme singen hören. Gestern Abend sehr spät.«

Ein Leuchten ging durch Françoise' Augen, ihre Hände begannen zu zittern.

Thomas beschrieb es näher: »Eine Stimme aus dem Nirgendwo, kraftvoll und diffus.«

»Dann bin ich also nicht verrückt. Vielleicht ist es ein Zeichen des Himmels und will uns sagen, dass wir beide bald gehen müssen. Wir sollten nicht mehr im selben Auto fahren.«

»Madame Quenon, wie lange hören Sie diese Stimme schon?«

»Das weiß ich nicht mehr. Lassen Sie mich nachdenken … Jetzt, wo Sie mich das fragen, erinnere ich mich, dass sie an meinem Geburtstag vor zwei Jahren noch göttlicher gesungen hat als sonst.«

»Haben Sie nie herauszufinden versucht, woher sie kommt?«

»Sie ist nicht von dieser Welt, Doktor. Man kann nicht alles erklären. Man muss akzeptieren, was man nicht versteht. Ich habe nicht versucht, einen rationalen Grund dafür zu finden, aber ich wollte ihr entgegengehen.«

»Und?«

»Eines Nachts bin ich aus dem Fenster gestiegen, um mich ihr zu nähern. Ich habe mir ziemlich wehgetan bei diesem Kunststückchen, das einzige Mal, wo es mir wirklich leidtat, dass ich nicht mehr zwanzig bin! Ich bin durch den Garten geirrt. Ich habe sogar einen Pantoffel verloren. Ich hatte keine Angst, weil die Stimme ja da war. Wie durch einen seltsamen Zauber schien sie sich jedes Mal zu entfernen, wenn ich in ihre Richtung ging. Als wollte sich dieses Wunder in seiner unendlichen Weisheit vor den Menschen schützen, die es zu finden versuchen. Ich wäre gern zu dieser Schönheit gelangt.«

Thomas nahm Françoise' Hände sanft in seine.

»Danke, Madame Quenon. Vielen Dank. Wenn Sie die Stimme wieder hören, bitte, sagen Sie mir Bescheid.«

»Sie mir aber auch, Doktor, versprechen Sie es mir.«

32

Thomas hatte Pauline nicht mehr gesehen, seit sie den Heimbewohnern bei der Morgentoilette geholfen hatte. Dabei wollte er unbedingt über ein heikles Thema mit ihr sprechen. Als er zufällig einen Blick aus dem Fenster des Gemeinschaftsraums warf, entdeckte er sie im Garten. Er ging zu ihr.

»Hallo Pauline, genießen Sie die frische Luft?«

Sie deutete auf einen mit Holzstöcken abgesteckten Bezirk.

»Das wird unser Gemüsebeet. Wie finden Sie es? Wir haben Platz drumherum zu laufen, und es ist nicht zu groß. Ich hatte eigentlich vor, es unter Hélènes Fenster anzulegen, neben dem Blumenbeet dahinten, aber sie will nicht, dass man ihm zu nahe kommt. Schade. Von der Himmelsrichtung her eine ideale Lage, und die Hauswand hätte die Sonnenwärme reflektiert. Aber so geht es auch.«

Thomas kauerte sich hin und riss ein Unkraut aus. Er betrachtete den Boden, der noch an den Wurzeln hing. Dunkel, leicht fett und sicher sehr fruchtbar. Ganz anders als der lehmige und steinige Boden auf den Terrassenfeldern von Ambar. Er bemerkte: »Bald wird es Herbst, jetzt können Sie nicht mehr viel pflanzen.«

»Dadurch haben wir viel Zeit, den Boden fürs nächste Frühjahr vorzubereiten. Es gibt viel zu tun.«

»Ich könnte Ihnen beim Umgraben helfen.«

»Was, umgraben können Sie auch?«

»Noch besser als alles andere.«

»Ich sag's ja, Sie sind ein echter Held.«

Pauline, hochzufrieden damit, auf Thomas' Hilfe zählen zu können, schritt rasch den Umriss des Gemüsebeets ab. Als sie an ihrem Chef vorbeikam, der noch am Rand stand, streifte sie ihn und sah ihn dabei an. Thomas ging zwar nicht so weit zurückzuweichen, doch er war verwirrt.

»Sagen Sie, Pauline«, fragte er, wieder gefasst, »hätten Sie etwas dagegen, einen neuen Heimbewohner aufzunehmen?«

»In das Zimmer von Madame Berzha?«

»Ich stellte mir eher jemanden für die leere Wohnung im ersten Stock vor.«

Pauline blieb stehen und schirmte ihre Augen ab, während sie Thomas im Gegenlicht betrachtete.

»Sie sind der Chef. Sie müssen mich weder um meine Meinung noch um Erlaubnis fragen.«

»Ich bitte Sie trotzdem um beides.«

»Darf man, ohne den Steinzeitmenschen zu erschrecken, fragen, woher der weibliche oder männliche Neuzugang käme?«

»Emmas Freund sucht eine Wohnung. Und da dachte ich …«

Pauline stieß einen Laut aus, der an das Heulen eines Wolfes in einer mondhellen Nacht erinnerte.

»Glauben Sie, es wäre ein Fehler?« Thomas war besorgt.

»Ich denke vor allem, dass es sehr gefährlich ist. Weil Sie sich so sehr bemühen, sich Ihrer Tochter zu nähern, gehen Sie große Risiken ein, und am Ende werden Sie der Dumme sein. Glauben Sie einer Spezialistin für waghalsige Pläne, man kann sehr schnell in eine Klemme geraten. Doktor, jetzt ist der Moment gekommen, in dem Sie sich ein paar Fragen stellen sollten. Warum wollen Sie diesen Jungen hier unterbringen? Wollen Sie ihn überwachen oder als Köder benutzen, um Emma anzulocken?«

»Es stimmt zwar, dass ich auch gern ein Auge auf ihn hätte, aber ich möchte ihm vor allem helfen.«

»Und wenn sie mit ihm hier einzieht?«

»Ja, dann würde es wirklich kompliziert. Dann würde ich ihm helfen, eine andere Wohnung zu finden.«

»Und wenn Sie, während er hier wohnt, herausfinden, dass er Ihnen absolut nicht gefällt?«

»Ich bin nicht darauf aus, mir ein Urteil über ihn zu bilden … Und außerdem mache ich mir da auch keine Sorgen. Er mag noch ein wenig unreif sein, aber ich spüre, dass er ein feiner Kerl ist.«

Pauline trat auf ihn zu und sah ihm tief in die Augen. Er fühlte sich ziemlich unbehaglich und fragte sich, was sie wohl tun wolle, aber ein Zurückweichen wäre ihm gegen die Ehre gegangen, dann würde er womöglich noch von der männlichen Jungfrau zum kleinen Jungen degradiert, der sich vor den Mädchen fürchtet. Würde sie seine Seele bis in den verborgensten Winkel erkunden oder ihm gar einen weiteren Knopf aufknöpfen? Dabei war sein Kragen weit offen. Sie wackelte mit ihrem Zeigefinger vor seiner Nase herum, als wollte sie ihm eine Strafpredigt halten.

»Sie sind mir vielleicht ein Früchtchen, Monsieur Sellac. Ich hoffe nur, Sie wissen, was Sie tun, denn …«

Im Obstgarten fiel ein Schuss, sofort gefolgt von blechernem Scheppern. Diesmal erschrak Thomas nicht, Pauline aber wohl. Thomas, froh über diese Rettung, erklärte ruhig: »Francis hat die Artillerie aufgestellt. Ich gehe zu ihm. Darf der Steinzeitmensch vielleicht später mit Ihnen diskutieren, was er guten Gewissens tun darf? Heute Mittag zum Beispiel?«

Pauline, beeindruckt von so viel Selbstbeherrschung, nickte nur und sah ihm nach, als er davonging.

33

Glückwunsch, Oberst! Wenn ich recht gehört habe, haben Sie gerade mitten ins Ziel getroffen.«

Monsieur Lanzac zeigte ihm stolz die Konservenbüchse, die sowohl ein Kugelein- als auch ein Kugelaustrittsloch aufwies.

»Das ist mir schon seit mindestens zwei Monaten nicht mehr gelungen. Noch dazu von der Zwanzig-Meter-Linie aus!«

»Bravo!«

»Diese kleine Eskapade auf dem Trödelmarkt hat mir so was von gutgetan. Wenn sie auch nicht eine solche Wirkung hatte wie der elektrische Schlag auf Ferreira. Aber der sollte sich allmählich mal beruhigen …«

»Monsieur Lanzac, darf ich den Umstand, dass wir allein sind, nutzen und Ihnen eine Frage stellen? Bitte antworten Sie mir ganz offen.«

»Ich habe nichts zu verbergen, Doc. Nein, ich hatte noch nie Sex zu dritt.«

Thomas erstickte fast an seinem Lachen, während Francis' Augen boshaft glänzten. Als sich Thomas wieder einigermaßen unter Kontrolle hatte, erklärte er sich näher: »Meine Frage betrifft eher die Stimmen, von denen Françoise spricht. Haben Sie sie je gehört?«

»Nie. Und glauben Sie nicht alles, was sie erzählt. Sie ist schon in Ordnung, doch ich weiß noch, einige Zeit nach ihrer Ankunft hier machte sie ein Riesentheater, weil sie im Garten einen Untoten gesehen haben wollte.«

»Und?«

»Es war der Typ vom Grünflächenamt der Stadt. Und er hatte die Arme vorgestreckt, weil er einen Rasenmäher schob! Er war voller Grasschnipsel, und ich muss zugeben, er sah wirklich ein bisschen angegammelt aus.«

Die beiden Männer brachen in ein offenes Lachen aus, doch ausnahmsweise war es Francis, der als Erster wieder ernst wurde.

»Wissen Sie, Doc«, sagte er und wechselte damit das Thema, »ich habe ziemlich lange darüber nachgedacht, dass Sie so viel Aufwand getrieben haben, um die Erinnerungsstücke für Ihre Tochter zu retten, und ich kann Sie verstehen. Wenn ich ein Kind hätte, hätte ich dasselbe getan, glaube ich.«

»Ich habe kein Kind, Monsieur Lanzac. Ich habe nur einer Frau eins gemacht. Dieser kleine Unterschied ist essenziell, und darin liegt für mich das Drama.«

»Ihr Gewissen ehrt Sie. Aber glauben Sie wirklich, dass Sie sich die Medaille des schlechtesten Vaters der Welt zu Recht anstecken? Sind Sie derart davon überzeugt, dass alle Leute, die Kinder machen, sich auch um diese Kinder kümmern? Wessen haben Sie sich schuldig gemacht? Für welchen Fehler verurteilen Sie sich? Seit ich das mit Ihrer Tochter weiß, kann ich Sie besser einschätzen. Sie werden von Schuldgefühlen erstickt, und das tut mir leid. Lassen Sie mich Ihnen etwas erzählen, junger Mann: Als ich noch Ausbilder war, sah ich alle möglichen jungen Leute ankommen. Sie kamen aus ganz Frankreich und aus allen sozialen Schichten. Mit ein wenig Erfahrung erkennen Sie schnell, wer unterstützt wurde und wer sich selbst überlassen war, wer gesund und an wem was faul ist. Was sie sind, hängt von ihrer Natur ab, und daran kann man nichts machen, aber was sie empfangen haben, hängt von uns ab. Nicht nur von ihren Eltern, sondern von allen, denen sie begegnet sind und die sie geprägt oder verunsichert haben. Einmal bin ich an einen jungen Rekruten geraten, der mir sofort auffiel. Der Junge fügte sich sehr gut ein, er war ein guter Kamerad. Er hatte zwar keine außergewöhnlichen Fähigkeiten, aber sein guter Wille machte ihn zu einem Soldaten erster Güte. Ich wunderte mich, dass er nie auf Urlaub ging. Er rannte nicht zu den Lastwagen, die die jungen Soldaten freitagabends zum Bahnhof brachten. Er blieb lieber allein in der Unterkunft des Regiments, statt wie die anderen nach Hause zu fahren. Ich dachte mir schon, dass es ein Problem gäbe, aber mehr Gedanken habe ich mir eben nicht gemacht. Ich war ein junger Unteroffizier und sagte mir, das ginge mich nichts an. Nach einigen Wochen fuhr er endlich doch nach Hause, aber er ist nie zurückgekommen. Am Montag darauf fehlte er beim Morgenappell. Sein Vater hatte ihn mit einem Jagdgewehr erschossen. Ich kann es mir immer noch nicht verzeihen, und ich werde es mir bis zum letzten Atemzug nicht verzeihen.«

Francis war sehr aufgewühlt, doch er fügte hinzu: »Wichtig ist, Doktor, was man tut, wenn man es weiß. Schlimm ist, wenn man die Augen verschließt. Sie haben nichts für Ihre Tochter getan, weil Sie nichts von ihr wussten. Sie lebt, und Sie leben auch. Die Geschichte geht noch weiter. Aber rennen Sie nicht dem hinterher, was verloren ist. Ich habe mit ihr gesprochen, Doc, und ich habe sie beobachtet. Sie ist ein Mädchen, das unterstützt wurde, und außerdem glaube ich, dass sie ein nettes Mädchen ist.«

Thomas hatte einen Kloß im Hals. Er murmelte: »Sie haben sie länger aus der Nähe sehen können als ich mein ganzes Leben lang.«

»Doc, trauern Sie den Dingen nie hinterher. Nie. Dann setzt das Herz Rost an.«

»Sie haben selbst eine Menge auf dem Herzen.«

»Kiloweise, aber in meinem Alter macht es nichts mehr aus, dass mein Herz rostig ist. Es schlägt nicht mehr für allzu viel.«

»Da bin ich mir nicht so sicher.«

Der Oberst hielt Thomas das Gewehr hin.

»Wollen Sie es immer noch nicht versuchen?«

»Nein danke. Schießen Sie für mich, Sie haben mehr Talent.«

»Dann stellen wir das Feuer für heute ein. Ich lasse es lieber mit meiner kleinen Heldentat gut sein. So kann ich ein paar Tage länger mit dem Gefühl leben, es sei noch nicht völlig aus mit mir.«

34

Thomas hielt sein Gesicht dem Regen entgegen und schloss die Augen. Die Tropfen liefen über seine Haut. Er spürte, wie das Wasser unter seinen Kragen drang. Der erste Regen, seit er wieder in Frankreich war. Allerdings war dieser Schauer nicht vergleichbar mit den Niederschlägen in Kaschmir. Er war sanfter, weniger warm und würde nicht von Dauer sein, ganz anders als der Monsun, der in Indien gerade zu Ende ging.

Er schlug die Augen wieder auf. Rings um ihn auf der Straße schützten sich die Passanten vor dem Regen und machten dabei sauertöpfische Gesichter. Hier war der Regen schon lange nicht mehr gleichbedeutend mit Leben.

Sobald Thomas unter dem Schutz des Kastanienbaums angelangt war, konnte ihn der Regen nicht mehr erreichen. Trotzdem war er ziemlich durchnässt, weil er zwei Stunden kreuz und quer durchs Stadtzentrum gelaufen war und seine Annonce an allen von Emma und Romain frequentierten Orten platziert hatte. Thomas hatte viel Zeit damit verbracht, zig Exemplare zu entwerfen, auszudrucken und auszuschneiden, um sie dann auf den Wegen zu verteilen, die die beiden jungen Leute gewöhnlich nahmen. Er hatte sie wirklich überall hingeklebt, in die Restaurants, an die Bushaltestellen und sogar an die Straßenpfosten rings ums Kino.

»Wohnung zu vermieten, ideal für Einzelperson, 32 qm, Stadtrandlage, aber zu günstiger Miete«, gefolgt von der Telefonnummer des Altenheims.

Jetzt brauchte er nur noch zu warten. Wenn alles so lief, wie er es sich erhoffte, würden Romain oder Emma die Annonce bemerken, ihn anrufen, und alles wäre gut. Es war sogar möglich, dass sie schon heute auf seine Zettel aufmerksam wurden. Vielleicht würden sie ja schon morgen anrufen!

Thomas sah auf die Armbanduhr. Gleich würde Emma kommen. Freudig begrüßte er das in die Rinde geritzte kleine Tier. Zu seiner Überraschung tauchte plötzlich Romain auf und wartete ebenfalls, allerdings direkt vor dem großen Eingang. Er holte Emma nur sehr selten hier ab. Das bedeutete, dass sie Zeit miteinander verbringen und sicher an einen ihrer Lieblingsorte gehen würden, ins Café Les Trois Tonneaux, in das kleine italienische Restaurant oder sogar ins Kino, obwohl heute nicht Freitag war. An allen diesen Orten prangte sein Zettel an prominenter Stelle.

Françoise hätte die unerwartete Anwesenheit des jungen Mannes sicher als gutes Vorzeichen für Thomas' Plan gedeutet. Er war sogar selbst versucht, es als Hoffnungszeichen zu betrachten.

Emma kam aus dem Gebäude und hüpfte vor Freude, als sie Romain entdeckte, sie stürzte auf ihn zu und umarmte ihn. Da sie ihn schon seit mehreren Tagen nicht mehr gesehen hatte, tat sie es mit einer Inbrunst, die bei ihren Freundinnen unverzüglich ironische Kommentare und sogar missbilligende Pfiffe hervorrief. Nachdem er seine Liebste geküsst hatte, wie er es so gut zu tun verstand – Thomas hatte diskret weggesehen –, gab Romain Noémie, Sandra und zwei weiteren Mädchen deutlich keuschere Küsse auf die Wange. Doch er hielt sich nicht lange damit auf, sondern zog Emma an der Hand hinter sich her. Sie ließ es sich anscheinend gern gefallen.

Thomas folgte ihnen. Und rieb sich die Hände, als er sah, wie sie das Café Les Trois Tonneaux betraten. Sein eines Machiavelli würdiger Plan entwickelte sich bestens. Wenn einer von beiden zur Toilette ging, würde er unweigerlich auf die riesige, schwarz umrahmte Annonce stoßen. Und wenn sie ihre Zeche vorn am Tresen zahlten, konnten sie die Anzeige auf dem Schwarzen Brett hinter der Kasse kaum übersehen.

Thomas setzte sich hinten im Lokal neben einen lauwarmen Heizkörper und wärmte seine Hände daran, während er sie beobachtete. Im Stimmengewirr konnte er sie nicht hören, doch er hatte den Eindruck, dass Emma von ihrem Abenteuer auf dem Flohmarkt erzählte. Sie lachte und machte weit ausholende Gesten. Dann mimte sie einen hochnäsig wirkenden am Stock gehenden Typen, der sich die Arme voller Gegenstände lud. Thomas glaube Monsieur Ferreira wiederzuerkennen, allerdings in der Verfassung vor dem Stromschlag. Am Ende ihres Berichts holte Emma strahlend einen Geschenkumschlag aus ihrer Handtasche und gab ihn Romain. Der riss die Augen auf, küsste seine Freundin und öffnete den Umschlag. Einen Augenblick lang vergaß Thomas, dass er diskret sein wollte, und stand auf, um den Inhalt zu sehen. Geldscheine. Was für eine seltsame Situation … Emma übergab gerade das Geld des Vaters, den sie nicht kannte, ihrem Freund, den besagter Vater bei sich unterbringen wollte. Ein Durcheinander, das einen um den Verstand bringen konnte. Denn überdies bedeutete es, dass der junge Mann seine Miete bei Thomas höchstwahrscheinlich mit dessen Geld bezahlen würde. Vielleicht wäre eine Zeichnung angebracht gewesen, um die Ironie der Situation zu verdeutlichen, denn indem Thomas das Spielzeug seiner Tochter kaufte und deren Freund unterbrachte, sah er seine Kohle vermutlich doch noch wieder … Eine Finanzoperation, bei der es einem Diplom-Betriebswirt grauste, die aber einen Mafioso auf der Suche nach Geldwäschemöglichkeiten durchaus inspirieren konnte. Thomas fand die Situation amüsant. Er war euphorisch und derart glücklich darüber, dass alles lief wie gehofft, dass er ausnahmsweise keinen Vergleich zwischen dem Preis von Emmas Erinnerungsstücken und dem Durchschnittsverdienst eines indischen Arbeiters anstellte.

Romain zog Emma an seine Schulter. Wie ein kleines Tier schmiegte sie sich an ihn und legte das Näschen an seinen Hals. Selbst wenn ihm die beiden absolut unbekannt gewesen wären, hätte Thomas ihren Anblick rührend gefunden. Der junge Mann raunte seiner Liebsten ein paar Worte ins Ohr. Was mochte er ihr zugeflüstert haben? Verkündete er etwa, er habe eine Anzeige für eine fantastische kleine Wohnung gesehen, zwar etwas abgelegen, aber dafür zu sehr günstigem Preis? Versprach er ihr, bald mit ihr zusammenzuleben?

Es war ihm natürlich nicht bewusst, doch Thomas fantasierte sich allerlei zusammen. Manchmal machen das auch Jungs, aber seltener als Mädchen. Und dann kam der Kellner mit der Rechnung. Romain zahlte, und sie gingen beide weder zur Toilette noch zum Tresen. Mist.

35

Théo hielt es kaum noch aus:

»Du kapierst aber auch nichts! Dabei ist es supereinfach!«

Thomas zeigte auf das weiße Blatt und hielt ihm den Stift hin.

»Zeig es mir, ich sehe zu.«

»Wenn es ein Hund ist, malst du die Ohren als zwei kleine runde Bögen oben auf den Kopf. Wenn es eine Katze ist, malst du zwei kleine Dreiecke ...«

Der Kleine zeichnete emsig, seine Zungenspitze ragte ein wenig heraus und zeigte, wie konzentriert er war.

»Siehst du: So!«

»Ich hab's endlich verstanden, Théo, vielen Dank, du hast damit für mich ein Rätsel gelöst, das mich schon seit Wochen umtreibt.«

Jetzt wusste Thomas, dass das in die Rinde des Kastanienbaums geritzte Tier kein Hund, sondern eine Katze war.

»Théo, komm bitte mal her und räum die Spülmaschine aus«, sagte Pauline, die gerade aus der Küche kam.

»Warum?«

»Frag nicht lange, tu es einfach.«

Théo gehorchte, aber nicht ohne Murren. Pauline, die sichtlich müde war, ließ sich auf den Stuhl fallen, den ihr Sohn gerade geräumt hatte, und strich sich eine Strähne aus dem Gesicht.

»Es tut mir wirklich leid, dass er so mit Ihnen spricht«, sagte sie leise. »Vielen Dank dafür, dass Sie so geduldig mit ihm umgehen … Ich weiß auch nicht, was er hat. Letzte Woche habe ich einen Brief von seiner Lehrerin bekommen. Sie sagt, er würde allmählich schwierig.«

»Machen Sie sich deshalb keine Gedanken, junge Männer machen manchmal Selbstfindungsphasen durch, in denen sie ein bisschen streitsüchtig sind.«

»Alte auch!«, antwortete Pauline belustigt. »Allerdings wirkt unser Atomstrom-Jean-Michel seit einigen Tagen etwas ruhiger.«

»Vielleicht sind seine Batterien endlich leer.«

Pauline brach in Lachen aus, doch ihre gute Laune schwand abrupt, als das Telefon klingelte.

»Lassen Sie, Doktor, ich geh schon dran.«

Thomas blieb sitzen und betrachtete die von Théo gezeichneten Hunde- und Katzenohren. Er verbrachte immer mehr Zeit mit dem Jungen, und es machte ihm Spaß. Théo war völlig anders als die gleichaltrigen Jungs in Ambar. Größer, aber körperlich weniger gewandt. Besser informiert, aber weit unselbständiger. Und nur von seiner Mutter aufgezogen, was in Indien höchst selten vorkam. Der wesentliche Unterschied bestand jedoch darin, dass ihm eine weit bessere Zukunft offenstand.

Pauline kam zurück, sie wirkte verstimmt.

»Wieder wegen der Wohnung?«

»Natürlich. Und wieder nicht Romain. Ich halte es bald nicht mehr aus.«

»Es tut mir leid.«

»Das nächste Mal schreiben Sie Ihre Handynummer hin. Aber ich bin ja dumm, der Steinzeitmensch hat immer noch keins!«

»Es gehört zu den Dingen, um die ich mich endlich mal kümmern muss.«

»Sie hätten mich bei der Anzeige zurate ziehen sollen. ›Zu günstiger Miete‹, das musste ja schiefgehen. Jetzt hört das Telefon gar nicht mehr auf zu klingeln.«

»Ich dachte, nur Romain würde sich dafür interessieren.«

»Machen Sie Witze? Meinen Sie, nur der Freund Ihrer Tochter sei auf der Suche nach einer günstigen Wohnung?«

Théo steckte den Kopf durch die Küchentür.

»Du solltest höflicher mit dem Doktor reden, sonst wirft er dich noch raus!«

36

Sein Rücken war steif und schmerzte, weil er so lange auf dem Boden sitzend gelesen hatte. Thomas warf einen Blick auf seine zerkratzte Armbanduhr. Es war Zeit, wie jeden Abend. Er schlug das schon fast volle Heft zu und legte es vor das Kaninchen und den Teddybären, die beiden würden während seiner Abwesenheit darauf aufpassen. Bevor er Emmas Zimmer oder vielmehr das ihrer Erinnerungsstücke verließ, drehte er sich noch einmal um und betrachtete es gerührt. Ganz sicher war dies der lebendigste Raum seiner Wohnung. Hätte er nicht Angst gehabt, sich lächerlich zu machen, falls ihn einer der Heimbewohner, denen nichts entging, hören sollte, hätte er jedem Spielzeug einzeln eine gute Nacht gewünscht, und ganz besonders liebevoll der Figur einer Affenmutter mit ihrem Jungen auf dem Rücken.

Er überquerte den Treppenabsatz und schlich sich in die andere Dienstwohnung. Seine Fähigkeit zu warten war immer eine seiner Stärken gewesen. Um diese Uhrzeit hatte er den seltsamen Gesang gehört, und seither hoffte Thomas jeden Abend um diese Zeit nur eins: ihn wieder zu hören.

Um unauffälliger zu sein und kein Licht machen zu müssen, hatte er seine Taschenlampe dabei. Er konnte zwar nicht mitten in der Nacht aufräumen, doch ersatzweise ging er von Raum zu Raum und stellte innerlich eine Liste auf, was getan werden musste, um diesen Ort wohnlicher zu gestalten. Der gebündelte Lichtstrahl seiner Lampe half ihm, sich dabei auf kleine Bereiche zu konzentrieren. Ein paar Möbel mussten weggeräumt werden, aber nicht allzu viele, denn einige konnten hier ihren Dienst noch erfüllen, wenn man sie erst ordentlich gesäubert hatte. Die Kartons hingegen mussten weg. Überall stapelten sie sich und raubten Platz, die obersten waren offene Staubfänger, aus denen Gegenstände wie eine alte Gitarre und ein halbes Dutzend Toilettensitzaufsätze für Kleinkinder ragten, die im Heim wohl kaum jemandem nützen würden.

Als Thomas zurücktrat, um die Fläche des Raums abzuschätzen und zu sehen, welches der beste Ort für das Bett war, stolperte er über eine Kiste und verlor das Gleichgewicht. Er konnte sich gerade noch an der Wand abfangen, doch er war laut mit der Schulter dagegengestoßen, und auch die Taschenlampe hatte beim Hinunterfallen einigen Lärm verursacht. Sein erster Gedanke galt Françoise, hoffentlich hatte er sie nicht geweckt. Innerlich fluchend rappelte er sich auf. Und während er sich noch den Staub vom Ärmel klopfte, erstarrte er. Der Gesang war wieder zu hören.

Dieselbe warme Tenorstimme. Kraftvoll, aber fern. Thomas konnte die Melodie nicht zuordnen. Einen Moment lang überlegte er, ob es sich wohl um ein altes Kofferradio handle, das wegen seiner fast leeren Batterien nur von Zeit zu Zeit funktionierte. Thomas öffnete alle Schränke, legte das Ohr an die Wände und sogar auf den Fußboden, doch er fand nichts. Auf Zehenspitzen und diesmal allen Hindernissen ausweichend schlich er sich zum Fenster und öffnete es.

Es gab nicht den geringsten Zweifel, der Gesang kam von draußen. Einen Augenblick lang war er versucht, über die Fensterbank zu springen, doch es war viel zu hoch. Also hastete er zu der Treppe, die am Ende des Gangs direkt nach draußen führte. Die Lampe zwischen die Zähne geklemmt eilte er die Metallstufen hinunter und stützte sich dabei mit beiden Händen auf die Geländer, um möglichst wenig Lärm zu machen. Er betete darum, dass der Gesang nicht verstummte, bevor er die Quelle entdeckt hätte.

Wie durch einen Zauber erfüllte der ebenso subtile wie diffuse Klang die Luft des Gartens. Aufmerksam lauschend und sichernd schlich Thomas um das Heim herum Richtung Gartenseite. Obwohl es schon spät war, brannte in Hélènes Zimmer noch Licht. Erstaunt knipste Thomas die Taschenlampe aus und pirschte sich dicht an der Fassade entlang heran. Als er nur noch wenige Meter entfernt war, sah er, dass sie am offenen Fenster stand. Er konnte sie genau verstehen. Sie erklärte einem vermutlich imaginären Gesprächspartner, wie schön er sei und wie schwer ihr ein Leben ohne ihn falle. Unter normalen Umständen hätte ihn Hélènes Einsamkeit gerührt, doch jetzt war er zu sehr von seiner Suche in Anspruch genommen. Er merkte, dass er den Gesang nicht mehr hörte, und machte sich wieder auf den Rückweg. Er fürchtete schon, ihn ganz verloren zu haben, und empfand echte Erleichterung, als er ihn erneut wahrnahm.

Mitten in der Nacht und mit ausgeschalteter Taschenlampe wagte er es, dem Klang zum Fluss hin zu folgen. Er überquerte Paulines künftiges Gemüsebeet und stolperte über den restlichen Rand des ehemaligen Sandkastens. An manchen Stellen schien der Gesang präsenter zu sein, an anderen verschwand er unerklärlicherweise. Auf seiner Suche kam Thomas an der Stelle der Mauer vorbei, wo sie zum Gelände der ehemaligen Fabrik hin eingebrochen war. Hier hörte er den Sänger so deutlich wie noch nie. Er beschloss, auf der anderen Seite nachzusehen.

37

Vorsichtig schob er mit den Händen die Dornenranken beiseite und bahnte sich einen Weg. Dass sich die Dornen dabei in seinen Kleidern verfingen und sie aufrissen, war ihm egal. Sobald er auf der anderen Seite war, gab es für ihn keinen Zweifel mehr: Er war auf der richtigen Spur. Er hörte die Stimme deutlicher denn je, er konnte im Hintergrund sogar ein Orchester ausmachen. Es war eine Oper. Puccini oder Verdi. Oder aber Bizet oder Rossini. Diese Melodien erinnerten ihn an seinen Vater, der sonntagabends, während seine Schwester und er badeten, gern Opern gehört hatte.

Er umrundete die Gebäude mit den Technikräumen und gelangte auf einen großen betonierten Platz. Zwischen den Betonplatten wucherte Unkraut. Er sprang los und überquerte den offenen Platz, gekrümmt wie damals in Angola, als er den Heckenschützen hatte entgehen wollen. Am anderen Ende war eine Laderampe, er kletterte hinauf und stand vor einer Werkstatt. Die Musik wurde immer deutlicher. Thomas entdeckte eine halb offene Tür. Ihre Glasscheiben waren zerbrochen. Leise glitt er durch die Öffnung. Die Stimme klang immer noch erstickt, doch sie schien aus diesem Gebäude zu kommen.

Auf den Wänden hatten sich Sprayer verewigt, auf dem Boden lagen Industrieabfälle, aber auch leere Bierflaschen und Reste von Lagerfeuern. Thomas fühlte sich nicht sonderlich wohl, doch er wollte Klarheit. Vom Klang geleitet durchquerte er die sehr hohe Nachbarhalle in ihrer vollen Länge. Durch den schwebenden Gesang und das durch die Lüftungsöffnungen hereinsickernde Mondlicht entstand die Atmosphäre einer Kathedrale. Hätte Thomas nicht gefürchtet, der Sänger könne verstummen, wäre er gern stehen geblieben, um diesen Augenblick und diese Gefühle auszukosten.

Er folgte bei seinem Vordringen nur seinen Wahrnehmungen. Er knickte mit dem Fuß auf einer Schiene um, ließ sich davon aber nicht aufhalten. Im Halbdunkel wirkten die ausgeweideten Reste von Werkzeugmaschinen wie bedrohliche riesenfüßige Ungeheuer. Doch solange die Stimme da war, hatte Thomas keine Angst. Er hörte nichts sonst. Solange eine so wunderbare Stimme erklang, konnte ihm nichts Schlimmes zustoßen. Als hätte das, was die Menschen an Schönstem zu bieten haben, die geradezu zauberkräftige Macht, alles wegzuwischen, was den Menschen Angst macht.

Manchmal mischte sich eine andere Stimme unter die des Sängers, aber eine weniger kräftige. Als Thomas an einem Lüftungsgitter vorbeikam, stutzte er: Die Stimme kam aus diesem Lüftungsschacht. Er suchte, folgte den Krümmungen des großen Rohrs und fand schließlich eine Betontreppe, die in die Eingeweide der industriellen Brache hinabführte. Er knipste seine Lampe an und machte sich an den Abstieg.

Die Treppe wand sich um einen verrosteten Lastenaufzug. Auf jeder Etage bekam die Stimme eine neue Färbung, einen immer klareren Klang. Nun war Thomas ganz unten angelangt. Die Stimme war nicht mehr fern. Ein Mann sang, wahrscheinlich zu einer Opernsendung oder -aufnahme. Doch nicht die Opernaufnahme war das Beeindruckende: Der da jetzt aus vollem Halse sang, hätte der Star sein können. Ein tiefes Timbre, ein gewaltiges Atemvolumen, doch mehr als alles andere überwältigte Thomas der Gefühlsausdruck, der in diesen Gesang gelegt wurde.

Thomas verlor sich in dem Labyrinth aus verwahrlosten Fabrikräumlichkeiten, immer wieder in die Irre gelockt vom Echo des Gesangs. Er kehrte noch einmal zurück und suchte nach dem richtigen Weg, um sich dem Tenor zu nähern. Wer mochte das sein, der da mitten in der Nacht auf der untersten Etage einer verlassenen Fabrik seine Kunst ausübte? Thomas stand vor einer gepanzerten Tür. Er legte die Hand daran und spürte die Schwingungen. Kein Zweifel, der Interpret dieses Konzerts stand dahinter. Die Türangeln waren riesig. Dicke Nieten umrandeten die Stahlfläche, in deren Mitte ein Rad zum Öffnen prangte. Das sich nicht drehen ließ. Thomas suchte nach einem anderen Weg, doch diese unüberwindliche Tür war der einzige Zugang zum Sänger. Was tun? Vermutlich war es nicht die bestmögliche Idee, doch er klopfte.

Der Sänger verstummte sofort, und wenige Sekunden danach wurde auch die Opernaufnahme ausgestellt.

»Entschuldigen Sie bitte!«, schrie Thomas. »Aber ich habe Sie gehört …«

»Geht weg, verschwindet! Auf diesem Ort liegt ein Fluch! Wenn ihr bleibt, sterbt ihr!«

»Wie bitte?«

»Haut ab! Und kommt nie wieder, ihr Gesindel!«

»›Gesindel‹?« Thomas ließ das Licht seiner Taschenlampe verwundert durch den Keller gleiten, um sicher zu sein, dass er allein war.

»Lasst mich in Ruhe!«, fügte der Sänger hinzu. »Ich bin bewaffnet!«

»Ich will Ihnen doch gar nichts tun! Ich bin der Direktor des Altenheims nebenan. Wer sind Sie?«

Keine Antwort. Die Stille, die jetzt eintrat, wurde immer unheilschwangerer. Jetzt, wo die bezaubernde Stimme nicht mehr da war, wurden Thomas all die beängstigenden Laute dieses trostlosen Ortes bewusst. In dieser von unbekannten Geräuschen wimmelnden Stille konnten ihm die schrecklichsten Dinge passieren … Hinter ihm glitt etwas über den Boden. Thomas' Sinne waren angespannt, am liebsten wäre er zurückgerannt und hätte Francis' Gewehr geholt.

Plötzlich begann sich die Panzertür in ihren Angeln zu drehen. Ihr Quietschen drang durch die Tiefen der Fabrik. Als sich hinter der Panzertür eine Lücke auftat, hörte Thomas einen großen Hund knurren. Panik überfiel ihn. Er schrie und nahm die Beine in die Hand.

38

Thomas rannte um sein Leben, also so schnell er konnte. Mit aller Kraft, mit aller Seele, er gab alles, was er hatte, doch er schaffte es nicht einmal bis zum Stockwerk darüber.

Der riesige Hund hatte ihn Sekunden später eingeholt. Thomas stolperte auf dem Treppenabsatz, und der Hund stieß ihn nieder. Thomas' Schreie, die Schreie eines Tieres, dem man die Kehle durchschneidet, hallten durch die ganze Fabrik. Er glaubte, sein letztes Stündlein hätte geschlagen.

Während er sich wehrte, sah er wichtige Augenblicke seines Lebens vor seinem inneren Auge vorüberziehen. Seine Mutter, die ihm, dem Kind im Bett, die Stirn streichelte, sein Vater, der ihm im Garten das erste Messer schenkte, die Augen eines kleinen Mädchens, das er daran gehindert hatte, in sein brennendes Heimatdorf zurückzurennen, seine Schwester, die unter Freudenschreien schaukelte, Kishans Lächeln, Emmas Lachen …

Thomas lag mit dem Gesicht dem Boden zugewandt und schützte seinen Kopf mit den Armen. Doch der Hund wollte ihn gar nicht beißen, er versuchte mit seiner Schnauze Thomas' Hände zu finden.

Dann ertönte eine Stimme: »Genug jetzt, Attila, bei Fuß!«

Attila? Das war für Thomas der letzte Beweis dafür, dass er ein miserables Karma hatte. Wie hätte es auch anders sein sollen? Er musste einfach im untersten Stockwerk dieser vergammelten Fabrik auf den seit über fünfzehnhundert Jahren toten üblen Barbaren stoßen, der ausschließlich seinetwegen für eine Nacht zurückgekommen war!

»Was ist denn in Sie gefahren, dass Sie weggerannt sind wie ein Irrer? Sie haben meinem Hund Angst gemacht!«

Thomas rollte sich auf die Seite und breitete vorsichtig die Arme aus.

»Ihrem Hund Angst gemacht? Glauben Sie wirklich, er hätte mehr Angst gehabt als ich? Wo ist er überhaupt?«

»Ich halte ihn fest.«

Thomas, der von einem Lichtstrahl geblendet wurde, sah nichts. Er hob die Hand schützend vor die Augen.

»Könnten Sie Ihre Lampe nach unten richten?«

Der Mann lenkte den Lichtstrahl von Thomas weg und hielt ihm die Hand hin, um ihm beim Aufstehen zu helfen.

»Verdammt, es stimmt ja, Sie sind der Direktor des Altenheims.«

»Kennen Sie mich?«

Thomas konnte den Mann, der vor ihm stand, nicht klar erkennen. Alles war verschwommen und düster.

»Natürlich, ich habe Sie schon einmal gesehen. Neulich waren Sie im Garten mit dem alten Herrn zusammen, der auf alles schießt, was sich bewegt. Was treiben Sie hier zu einer solchen Uhrzeit?«

»Ich habe Gesang gehört. Ich wollte wissen, woher er kam.«

»Kann man mich von außen hören?«

Thomas kniff die Augen zusammen, er wollte diesen mysteriösen Tenor unbedingt sehen. Doch anfangs glaubte er, dass seine Augen noch nicht wieder ordnungsgemäß ihren Dienst verrichteten. Schließlich erkannte er im Halbdunkel einen Afrikaner, schwarz wie Ebenholz, groß, eher jung, der einen blauen Overall trug und mit fester Hand einen schwanzwedelnden gelblichen Hund am Halsband gepackt hielt.

»Himmel noch mal, wer sind Sie?«

»Ich heiße Michael Tibene und wohne hier mit meinem Hund Attila.«

Dieser Mann forderte alle Klischees heraus. Er lebte zwar in einem Keller, doch seine Sprache und Aussprache waren untadelig. Thomas fürchtete sich immer noch vor dem Hund, der ihn mit heraushängender Zunge und irrem Blick anstarrte.

»Er tut Ihnen nichts, er ist sehr lieb.«

»So lieb nun auch wieder nicht, er hat mich immerhin umgeworfen. Ich habe Angst vor Hunden.«

»Wenn Sie nicht wie ein Wiesel weggerannt wären, hätte er sich nicht vom Platz gerührt.«

»Ich bin nicht wie ein Wiesel gerannt. Ich bin geflüchtet, weil er geknurrt hat.«

»Er hat geknurrt, weil er meine Angst gespürt hat, nachdem Sie geklopft hatten. Ansonsten ist er ein Lamm. Ich habe ihn Attila genannt, damit er Eindruck macht, aber in Wirklichkeit ist er zu allen nett. Er ist der schlechteste aller Wachhunde.«

Um sich für diese wenig schmeichelhafte Beschreibung zu entschuldigen, kniete sich der Mann hin und liebkoste seinen Hund. Thomas beobachtete Michael und wusste nicht, was er denken sollte.

»Was für ein Abend«, seufzte er. »Noch vor einer Stunde las ich ›Klein Küken entdeckt den Bauernhof‹, dann machte ich mich, Gott weiß warum, auf die Suche nach einem Caruso in einer verfallenen Fabrik, und da überfiel mich der Hunnenkönig … Ich glaube, mir reicht's für heute. Aber sagen Sie, das habe ich doch nicht geträumt, Sie haben wirklich gesagt, dass Sie hier wohnen? Im Ernst?«

»Gleich da unten. Wollen Sie mal sehen?«

39

Ein einziger Raum mit unverputzten Betonwänden. Eine Matratze auf Paletten, eine Decke, ein Tisch, ein notdürftig reparierter Stuhl, ein winziger Campingkocher und ein Radio. Kein fließendes Wasser. Thomas hatte solche Behausungen schon oft gesehen, in Flüchtlingslagern. Der einzige glänzende Gegenstand war der Edelstahl-Futternapf des Hundes. Übrigens schien sich Attila sehr über den Besuch zu freuen und strich ständig schwanzwedelnd um ihn herum. Thomas, der zu ihm etwa so viel Zutrauen hatte wie zu einem Krokodil, hielt die Arme eng am Körper.

»Hier haben sie uns immerhin nicht vom Stromnetz trennen können.«

»Wer, ›sie‹?«

»Die Banden, die hier an manchen Wochenenden ihr Unwesen treiben.«

»Mit ›wir‹ meinen Sie Ihren Hund und sich?«

»Er ist mein einziger Gefährte. Ich wüsste nicht, was ohne ihn aus mir würde.«

Thomas warf einen Blick auf die Glühbirne, die als einzige Beleuchtung dieses Kellerlochs diente.

»Wie kommt es, dass Sie hier leben?«

»Das hier ist der sicherste Raum. Als die Fabrik noch in Betrieb war, wurden hier die gefährlichen Substanzen gelagert. Nachts schließe ich mich hier ein und kann mich bis zum Morgen sicher fühlen.«

»Aber Sie haben doch nicht immer in diesem Bunker den Hausbesetzer gespielt?«

»Ich bin kein Hausbesetzer. Früher war ich im Wachhäuschen an der Pforte untergebracht. Als die Fabrik geschlossen wurde, hat man mich als Wachmann für das Gelände eingestellt. Ein schlecht bezahlter, aber ruhiger Job. Ich hoffte, ich würde wieder auf die Beine kommen. Und dann hat mich die Firma, für die ich arbeitete, vergessen, ich weiß auch nicht, wieso. Monatelang keine Post mehr, kein Besuch. Ich hatte kein Geld und konnte nirgends hin, also blieb ich. Und als dann die Gangs anfingen, sich hier herumzutreiben und alles zu zerschlagen, bekam ich Angst und flüchtete mich in diesen Raum.«

»Haben Sie nie versucht, Kontakt zu Ihrem Arbeitgeber aufzunehmen?«

»Mein Vertrag war nicht ganz legal. Sie haben mir von Anfang an zu verstehen gegeben, dass sie mir mit diesem Job einen Gefallen taten und dass es genug andere gäbe, sollte ich mich beklagen … Ich glaube, die Firma existiert ohnehin nicht mehr.«

Thomas bemerkte, dass es keinen Kühlschrank gab, und fragte: »Wie ernähren Sie sich?«

Der Mann antwortete nicht.

»Gehen Sie zum Einkaufen nach draußen?«

Schweigen.

»Klauen Sie?«

»Ich habe schon Kirschen und Äpfel aus Ihrem Obstgarten geholt, Monsieur, aber ich stehle nicht.«

»Aber wie machen Sie es dann? Haben Sie keine Angst, Monsieur Tibene. Ich versuche es nur zu verstehen.«

Der Mann wagte ihm nicht ins Gesicht zu sehen, als er gestand: »Ich bin nicht dazu erzogen worden, aber ich wühle in Ihren Mülltonnen. Ihre Heimbewohner essen ihre Mahlzeiten nie ganz auf. Das Beste suche ich für meinen Hund heraus, und die Reste reichen für mich.«

Thomas spürte ein Gefühl der Rebellion und der Empörung in sich aufsteigen, wie er es schon oft bei seinen humanitären Einsätzen empfunden hatte.

»Aber das geht doch nicht, so können Sie nicht leben! Da muss sich doch etwas machen lassen.«

»So unglücklich bin ich gar nicht. Ich habe meinen Hund, und ich singe. Tagsüber gehen wir hinter der Fabrik an die frische Luft. Wir spielen, und bei schönem Wetter baden wir im Fluss.«

Thomas rieb sich den Nacken.

»Wenn ich bedenke, dass ich bis ans Ende der Welt gereist bin, um genau das zu bekämpfen. Wenn ich gewusst hätte, dass auch hier Menschen wie Sie genauso viel Hilfe bräuchten …«

Thomas schloss die Augen, er erlaubte sich einfach nicht weiterzuspinnen, wie sein Leben hätte aussehen können, wenn er nicht fortgegangen wäre. Er hatte nicht die Kraft. Er hatte absolut keine Lust, eine Vergangenheit infrage zu stellen, an der er ohnehin nichts mehr ändern konnte. Zudem verboten ihm Michaels Lebensumstände, in Selbstmitleid zu versinken.

»Trotz all dessen, was Sie aushalten«, sagte er sanft, »haben Sie immer noch den Wunsch zu singen … Woher haben Sie diese Gabe?«

»Finden Sie, dass ich gut singe?«

»Ihre Stimme hat mich tief beeindruckt. Sie hat mich zu Ihnen geführt. Eine der Heimbewohnerinnen hält Sie sogar für einen himmlischen Boten. Sie haben eine wundervolle Stimme.«

»Hörst du, Attila? Unser Nachbar mag es, wenn ich singe. Anfangs nämlich war mein Hund nicht so begeistert. Er heulte dann wie verrückt. Aber dann hat er sich daran gewöhnt. Ich glaube, er hat begriffen, dass es mich glücklich macht. Er setzt sich und hört mir zu. Wenn ich auf Italienisch singe, wedelt er mit dem Schwanz.«

»Er hat einen guten Geschmack. Was haben Sie denn gerade gesungen?«

»Berlioz, *Fausts Verdammnis.* Meine Mutter liebte diese Oper. Als ich klein war, lebten wir an der Elfenbeinküste, in Côte d'Ivoire. Sie wünschte sich für meine Brüder und mich das Beste und tat alles, damit wir eine Chance hatten. Französische Schule in Abidjan, Musikunterricht … Jeden Abend las sie uns aus einem Roman vor. Zum Studium wurde ich nach Frankreich geschickt. Leute hatten ihr versprochen, sich um mich zu kümmern, aber es lief dann doch etwas anders …«

»Weiß Ihre Familie, wo Sie sind?«

»Als meine Lage übel wurde, habe ich nicht mehr von mir hören lassen. Sie hatten ja auch ihre eigenen Probleme, und ich schämte mich zu sehr dafür, dass ich nicht zurechtkam.«

»Verdammt noch mal, Sie werden doch nicht den Rest Ihres Lebens in diesem Safe verbringen! Kommen Sie mit.«

40

Sobald ihm klar geworden war, dass der Mann am Telefon nicht Romain war, sagte Thomas die übliche Entschuldigung auf: »Es tut mir sehr leid, Monsieur, aber die Wohnung ist schon vergeben. Ich wünsche Ihnen viel Glück bei der weiteren Suche.«

Attilas Gebell, das durch das ganze Heim hallte, überlagerte die Antwort des Anrufers. Doch der Hund war nicht der Alleinschuldige, was den Lärm anging, Francis und Jean-Michel, die mit ihm spielten, leisteten ebenfalls einen erheblichen Beitrag zum chaotischen Tagesbeginn. Michael, der unbestreitbar die mächtigste Stimme von allen hatte, verhielt sich dennoch am ruhigsten.

Thomas war sehr darauf bedacht, Paulines Ankunft nicht zu verpassen. Es war ihm überaus wichtig, ihr selbst zu erklären, was es mit Monsieur Tibene und dem großen Hund auf sich hatte. Als er hörte, wie ihr Wagen vor dem Heim hielt, stand er auf, um ihr entgegenzugehen. Doch er hatte kaum die Schwelle seines Arbeitszimmers überschritten, da hielt ihn Madame Trémélio auf: »Doktor, ich muss mit Ihnen sprechen, es ist dringend.«

»Guten Morgen, Hélène. Sie scheinen bestens in Form zu sein. Lassen Sie mich nur Pauline begrüßen, dann bin ich ganz für Sie da.«

Hélène packte ihn am Arm und sagte drängend: »Sie müssen diesen Hund fortschaffen. Sofort. Er ist ein Dämon!«

Ihre Geste und dieser panische Ton überraschten Thomas. Das alles passte so gar nicht zu dieser reizenden alten Dame.

»Glauben Sie mir, ich bin der Erste, der einem Hund misstrauen würde, aber …«

»Dieser Köter bringt Unheil, er wird unseren Untergang herbeiführen.«

»Ich habe zwar auch Angst vor ihm, aber so weit würde ich nicht gehen …«

Dann sah Thomas Pauline, die mitten im Lärm und Gekläff entschlossen die Eingangshalle durchquerte und auf den Gemeinschaftsraum zumarschierte.

Hélène warf ihm noch einen flehenden Blick zu.

»Bitte, Thomas, verjagen Sie ihn, bevor es zur Tragödie kommt …«

»Wir sprechen später noch darüber, Hélène. Beruhigen Sie sich. Dieser Attila wird niemanden massakrieren.«

Thomas machte sich von ihr los, um zu Mademoiselle Choplin zu gelangen. Fast wäre er an der Ecke des Gangs in sie hineingerannt, als sie schon mehr als entschiedenen Schritts in die Gegenrichtung unterwegs war.

»Guten Morgen, Pauline, wie geht es Ihnen?«

»Kann mir vielleicht mal jemand erklären, warum ein großer Schwarzer im Astronautenanzug mit Monsieur Lanzac und Monsieur Ferreira um die Wohnzimmertische rennt, alle drei verfolgt von einem übergeschnappten Hund?«

»Astronauten tragen meistens Weiß und außerdem eine Art Taucherhelm mit lauter dicken Schläuchen. Das haben Sie doch sicher schon in Filmen gesehen.«

»Doktor, mir ist jetzt nicht nach Scherzen.«

Plötzlich riss sie, wie von einer Offenbarung überwältigt, die Augen auf. Sie zwinkerte ihm zu und sagte leise und vertraulich zu ihm: »Es ist also so weit! Endlich hat er auf die Anzeige geantwortet … Wunderbar. Er hat zwar einen etwas merkwürdigen Kleidungsstil, aber er ist ein hübscher Kerl. Ich hatte ihn mir allerdings jünger vorgestellt. Und Sie haben mir nicht gesagt, dass er einen Hund hat!«

»Wovon reden Sie?«

»Der große Schwarze ist doch Romain, der Freund Ihrer Tochter? Der oben in der anderen Wohnung wohnen soll?«

»Nein, Pauline. Monsieur Tibene ist der Tenor, der nachts singt. Ich habe ihn gestern Abend im untersten Kellergeschoss der stillgelegten Fabrik gefunden.«

»Was, zum Teufel, hatten Sie da zu suchen?«

»Na, ich habe ihn gesucht! Denken Sie doch mal logisch.«

»Sie haben nachts in einer stillgelegten Fabrik einen Sänger gesucht.«

»Genau.«

Pauline kniff die Augen zusammen und musterte Thomas misstrauisch.

»Doktor, wir fangen doch allmählich an, uns gut zu kennen. Sie würden es mir doch sagen, wenn Sie Drogen nähmen?«

»Aber was …«

»Drogen taugen nichts, Doktor. Das lasse ich nicht zu. Wenn Sie sich weiterhin auf diese Weise zugrunde richten wollen, werde ich selbst Sie zur Entziehungskur anmelden. Was haben Sie denn genommen? Erzählen Sie mir bloß keine Lügen, sonst, das schwöre ich Ihnen, zwinge ich Sie, in ein Gläschen zu pinkeln, und dann lasse ich sämtliche Analyseverfahren anwenden.«

»Pauline, wirklich …«

Chantal öffnete ihre Zimmertür und trat auf die Schwelle hinaus.

»Mein Hörgerät ist hin. Ich höre direkt im Ohr eine verrückte Radiosendung, in der die ganze Zeit ein Hund bellt. Wer will so etwas hören? Es gibt nicht einmal Werbeunterbrechungen …«

Als Chantal Francis im Eingangsbereich mit dem aufgeregten Attila und einem Scheuerlappen Stierkampf spielen sah, stieß sie einen spitzen kleinen Schrei aus. Und floh in ihrer Schildkrötengeschwindigkeit panisch zurück in ihr Zimmer.

Pauline wirkte in dieser zunehmend entgleisenden Situation ebenfalls leicht überfordert. Thomas nahm sie bei den Schultern.

»Pauline, vertrauen Sie mir. Ich werde Ihnen alles erklären. Es gibt eine vernünftige Erklärung für das alles. Dieser Mann ist zwar nicht Romain, aber wir müssen ihm helfen.«

»Monsieur Sellac, Sie sind mir wirklich ein Früchtchen …«

Thomas ließ sie los, um für ein wenig Ruhe zu sorgen, doch als er an die Tür zum Gemeinschaftsraum gelangte, sah er nicht nur Monsieur Lanzac, der den Hund mit dem Scheuerlappen in Fahrt brachte, sondern auch Jean-Michel, auf allen vieren und mit heraushängender Zunge. Thomas pfiff kurz auf zwei Fingern.

»Schluss mit dem Zirkus, bitte!«

Die drei Menschen erstarrten, doch der Hund rannte immer noch wild herum. Wahrscheinlich machte er eine letzte Runde durch die Arena, um sich vor allen zu verneigen. Thomas merkte, wie jemand an seinem Ärmel zupfte.

»Guten Morgen, Françoise. Sie haben uns noch gefehlt.«

»Haben Sie den Gesang letzte Nacht gehört? Dieses Mal war ich überzeugt, dass er ein Zeichen aus dem Jenseits ist. Es war erhaben. Wenn dieser Wohlklang doch bloß nicht durch Ferkelgequieke unterbrochen worden wäre …«

»Es handelte sich nicht um das Quieken eines Ferkels«, entgegnete Thomas leicht verletzt. »Ja, ich habe den Gesang gehört. Ich freue mich übrigens, Ihnen den Sänger vorstellen zu können …«

Thomas zeigte just in dem Augenblick auf Michael, als

Attila, der immer noch ausgelassen herumsauste, auf sie zusprang.

»Guter Gott!«, sagte Françoise beeindruckt. »Dann ist er wirklich ein Himmelsbote. Nur ein vom Allmächtigen gesandter Hund kann so göttlich singen!«

41

Thomas war von der schlaflosen Nacht und dem sich anschließenden Chaos ziemlich erschöpft und hätte sich weitere Prüfungen gern erspart. Aber gibt es überhaupt jemanden, der darüber entscheidet, was wir aushalten müssen? Je weiter er bei seiner Inspektionsrunde kam, desto tiefer sank sein Mut. Die Bilanz war katastrophal. Wenige Tage nach seiner großen Plakatkampagne war keiner der Zettel mehr an seinem Platz. Abgerissen, überklebt oder vielleicht auch von den Dutzenden von Interessenten, die im Heim angerufen hatten, mitgenommen. All die Arbeit, all die Hoffnung vergebens.

Erst Emmas Erscheinen brachte ihn wieder in bessere Stimmung. Im Laufe der Wochen hatte sich die Atmosphäre rings um den Ausgang der Schwesternschule verändert. Unter den in Herbstfarben strahlenden Bäumen lagen schon die ersten dürren Blätter. Die Straßenlampen wurden immer früher eingeschaltet und tauchten die immer wärmer angezogenen Schwesternschülerinnen in ihr fahles Licht. Doch wie auch immer die Kulisse aussah, der Star war immer derselbe. Thomas brauchte seine Tochter nur zu sehen, und alles Übrige war vergessen.

Emma verabschiedete sich relativ rasch von ihren Freundinnen. Einen Moment lang fürchtete Thomas, sie könne zur Bushaltestelle gehen, doch sie ging daran vorbei und bog dann Richtung Einkaufsviertel ab. Im Licht der Schaufenster bewegte sie sich zwischen den dick vermummten Passanten und spielte dabei abwesend mit dem Ende ihres Schals. Jedes Mal wenn sie an einem Geschäft vorbeikam, das sie nicht ansprach, sah sie auf ihr Handy und blickte erst bei der nächsten reizvollen Auslage wieder auf. Interessant schienen für sie vor allem Schuhgeschäfte zu sein. Sie betrachtete die Auslagen von drei Schuhläden, bevor sie sich entschloss, einen davon zu betreten.

Vom gegenüberliegenden Bürgersteig aus konnte Thomas nicht genau erkennen, was für Modelle sie anprobierte. Er erriet jedoch genug, um zu dem Schluss zu kommen, dass sie schon wegen der vulgär hohen Absätze nicht nach seinem Geschmack sein würden. Wer konnte so etwas tragen? Jedenfalls nicht jemand, der kilometerweit über steile Pfade laufen muss. Thomas fürchtete, dass seine Tochter genau solche Schuhe kaufen würde, zumal sich die Verkäuferin offenbar bemühte, sie dazu zu überreden. Umso stolzer war er, als sein großes Mädchen mit leeren Händen aus dem Laden kam.

Während er sie noch mit liebevollem Blick umfing, überlegte Thomas, wie er Romain am besten auf seine Wohnungsannonce aufmerksam machen könne. Am besten wäre es natürlich gewesen, einen der Zettel unauffällig in Emmas Handtasche zu stecken, doch da seine Aktionen in den letzten Tagen nicht gerade unter dem glücklichsten Stern gestanden hatten, wollte er sein Schicksal nicht mit einer solchen Waghalsigkeit herausfordern.

Plötzlich sah Emma wieder auf ihr Handy. Vermutlich hatte sie gerade eine Nachricht erhalten, denn sie tippte rasch eine Antwort und machte sich dann auf den Weg. Nach einigen Minuten stellte sie sich am Boulevard wieder an den Platz, von dem Romain sie oft mit dem Wagen abgeholt hatte. Thomas hatte richtig geraten. Seine Tochter hatte einen kaum merklich anderen, vielleicht entschlosseneren Gang, wenn sie auf dem Weg zu einem Rendezvous mit ihrem Freund war.

Seit Emma überfallen worden war, hasste es Thomas, wenn sie so allein dort stand und wartete. Darin waren sich alle Personenschützerforen einig: Eine still stehende Zielperson ist immer leichter auszumachen und verwundbarer als eine Zielperson, die sich bewegt.

Emma war so mit dem Verfassen ihrer SMS beschäftigt, dass sie nicht auf ihre Umgebung achtete. Ihr Vater hingegen hatte die Person, die sie beobachtete, sofort bemerkt. In den Dreißigern, Blouson, Jeans, Sneakers. Der Mann näherte sich ihr von hinten und ließ sie dabei nicht aus den Augen. Sein Körper wiegte sich im Rhythmus seiner Schritte wie der eines Gepards, der es auf eine Gazelle abgesehen hat, doch sein Kopf bewegte sich äußerst gradlinig auf sie zu. Thomas näherte sich, um bei der geringsten verdächtigen Bewegung eingreifen zu können. Der Mann schien zu zögern. Emma veränderte ihren Standort leicht und verkürzte dadurch den Abstand zu dem Fremden. Als Thomas sah, wie der Mann die Hand in die Tasche steckte und sie dann in ihre Richtung hob, spurtete er los. Der Sicherheitsabstand war unterschritten. Er erinnerte sich an die Augen seiner Tochter nach dem Überfall und sah rot. Diesmal würde er nicht erst nach der Schlacht zur Stelle sein. Der Mann wollte Emma gerade anfassen, da packte ihn Thomas von hinten mit einem Judogriff. Immer noch seinen Arm umklammernd zog er ihn von Emma weg, die, ganz auf ihr Handy konzentriert, nichts von alledem bemerkt hatte. Der Unbekannte war nicht einmal dazu gekommen, ihren Ärmel zu streifen. Überrascht von dieser schwungvollen Übung stieß der Mann ein schmerzvolles Stöhnen aus.

Thomas lockerte seinen Griff leicht und raunte ihm ins Ohr: »Aha, wir fallen also über wehrlose Mädchen her?«

»Spinnen Sie? Lassen Sie mich los, Sie tun mir weh!«

Der verängstigte Blick des Mannes verunsicherte Thomas. Plötzlich zweifelte er an den bösen Absichten des Unbekannten und ließ ihn los.

»Wie kommen Sie dazu, fremde Leute anzugreifen?«, fragte der Mann vorwurfsvoll und massierte sich das Handgelenk.

Einige Passanten begannen, sich für den Zwischenfall zu interessieren.

»Ich dachte, Sie wollten sie …«

»Um Feuer bitten! Du Trottel!«

Thomas war um eine Antwort verlegen. Und Emma verschwunden. Unmöglich zu sagen, mit wem.

»Monsieur, ich möchte mich bei Ihnen entschuldigen.«

»Schon gut. Hau ab, bevor ich die Polizei rufe.«

Beschämt und verwirrt machte sich Thomas davon. Heute waren ihm einfach zu viele Dinge über den Kopf gewachsen. Alles ging viel zu schnell viel zu weit. Er war am Limit, von allen Seiten unter Druck. Wenn er eine Rolle im Leben seiner Tochter spielen sollte, dann nicht diese.

42

Pauline, ich möchte Sie um einen Gefallen bitten …«

»Nur zu, Doktor.«

»Es wäre ein persönlicher Gefallen …«

»Trotzdem, nur zu.«

»Könnten Sie mir wohl Ihr Handy leihen? Um jemanden anzurufen. Es würde nicht lange dauern.«

»Das dachte ich mir schon, dass Sie damit telefonieren wollen, zum Nüsseknacken würden Sie es wohl nicht nehmen. Hoffe ich jedenfalls …«

Pauline sah Thomas streng in die Augen. Der hielt diesem Blick nicht stand und wandte sich ab, als er fragte:

»Es stört Sie, dass ich Ihr Handy benutzen will, ist es das?«

»Hängt davon ab.«

»Wovon?«

»Was dieser Anruf dann wieder für ein Unheil auslösen wird. Denn Ihre Einfälle waren in letzter Zeit …«

»Ich möchte Romain anrufen und ihm sagen, dass hier eine Wohnung frei ist.«

»Einfach so, ganz direkt? Und Sie meinen, er erkennt Ihre Stimme nicht wieder, wenn er kommt?«

»Dafür habe ich eine Lösung.«

Thomas zog Pauline hinter sich her in sein Büro. Mit verschwörerischer Miene schloss er die Tür, öffnete einen Aktenschrank und holte eine Heliumflasche heraus.

»Das habe ich oben unter dem alten Plunder der Kinderkrippe gefunden. Es ist noch Helium drin. Wahrscheinlich haben sie damit bei Festen die Luftballons aufgeblasen. Im Internet habe ich gelesen, dass man damit die Stimme verändern kann. Leute, die es eingeatmet haben, sprechen danach wie die Figuren in Zeichentrickfilmen. Ich habe es ausprobiert, es stimmt. Die Wirkung ist wirklich erstaunlich. Wussten Sie das?«

Paulines Gesicht begann in einem Maße zu strahlen, dass Thomas unruhig wurde.

»Machen Sie sich schon wieder über mich lustig?«

»Aber gar nicht, Doktor. Ich weiß genau, was Helium ist. Mein Ex hat eine Hochzeit versaut, indem er sich mit einer Flasche Helium und dem Mikro der Band in der Toilette versteckte. Ich habe noch nie jemanden schrecklicheren Unsinn erzählen hören.«

»Ich werde keinen Unsinn erzählen.«

Pauline brach in Lachen aus.

»Sie haben Glück, die Rufnummer meines Handys wird nicht angezeigt. Ich bin bereit, es Ihnen zu leihen, aber ich bitte Sie um einen Gegengefallen.«

»Was immer Sie wollen.«

»Ich möchte dabei sein, wenn Sie ihn anrufen.«

43

Thomas tippte die Nummer ein und steckte sich den Hals der Heliumflasche in den Mund. Er schraubte das Ventil auf und atmete tief ein. Pauline saß ihm gegenüber und hatte Mühe, sich zu beherrschen, während sie ihn beobachtete. Thomas spürte, wie das Gas in seine Lunge drang, es fühlte sich ziemlich komisch an.

»Ist meine Stimme okay?«

Als Pauline ihren Chef mit der Stimme eines Bauchrednerpinguins sprechen hörte, war es um ihre Selbstbeherrschung geschehen. Sie wandte sich ab, um ihr Gesicht zu verbergen, und presste beide Hände gegen den Mund, damit sie nicht in Lachen ausbrach.

»Ja?«, sagte Romain, als er abhob.

»Sie sind doch Romain Mory?«

»Wer ist da?«

»Ich bin ein Freund von Emma. Sie hat mir gesagt, dass Sie eine Wohnung suchen. Ist das immer noch so?«

»Bist du's, Max? Was soll diese Mickymausstimme? Mach jetzt keinen Scheiß, ich bin auf der Arbeit. Heb dir deine Späße für den Abend auf.«

»Ich versichere Ihnen, ich bin nicht Max. Ich rufe Sie Emmas wegen an, es geht um eine sehr hübsche und absolut nicht teure Wohnung.«

Da die Chemikalie an Wirkung verlor, begann Thomas' Stimme, wenn auch verzerrt, wiederzukommen, zur größten

Freude Paulines, die fast vom Stuhl gefallen wäre vor Lachen. Thomas nahm erschrocken noch einen tiefen Zug.

»Haben Sie immer noch Interesse?«

Jetzt irrte seine Stimme in ziemliche Höhen ab.

»Wo liegt die Wohnung denn?«

»In einer ruhigen Straße, einigermaßen vom Zentrum entfernt. Sie ist sauber und wirklich günstig.«

»Wie lautet die Adresse?«

Glücklich darüber, dass der junge Mann angebissen zu haben schien, genehmigte sich Thomas noch einen ordentlichen Schluck Helium.

»Rue de la Liberté, Nummer 371.«

»Rue de la was?«

»De la Liberté!«

»Verzeihung, aber ich höre Sie irgendwie seltsam. Keine Ahnung, ob der Empfang schlecht ist oder so, aber Ihre Stimme klingt wie die eines kastrierten Froschs. Ist es in Ordnung, wenn ich die Wohnung am nächsten Wochenende besichtige?«

»Wunderbar! Es ist ohnehin immer jemand da.«

»Dann komme ich am Sonntag vorbei.«

»Schon notiert. Ich hoffe, sie gefällt Ihnen.«

»Danke …«

Romain fand die Stimme derart seltsam, dass er nicht wusste, ob er sich jetzt bei einem Monsieur oder einer Madame bedanken sollte. Er begnügte sich also mit einem schlichten »Auf Wiederhören« und legte auf.

Thomas holte tief Luft. Er war erschöpft. Vom Stress oder vom Gas. Der Kopf drehte sich ihm. Auf seinem Gesicht malte sich Enttäuschung ab.

»Warum nur wollen alle die Frösche kastrieren?«

Immer noch unterdrückt lachend und mit tränenfeuchten

Wangen lehnte sich Pauline über den Schreibtisch und nahm ihm behutsam das Handy aus den Händen.

»Doktor, kommen Sie mir nie wieder und behaupten Sie, meine Pläne seien verrückt und zum Scheitern verurteilt!«

44

Seite an Seite betrachteten sie schweigend den Sonnenuntergang. Das Gestirn verschwand hinter den Bergen im Westen und setzte deren Gipfel in Brand, sodass schließlich die Baumwipfel der fernen Wälder mit den Wolken zu einer blendenden Linie verschmolzen. Ein einzigartiges Schauspiel, wie jeden Abend. Und dennoch erinnert einen eine Abenddämmerung immer auch an andere.

Thomas und Michael saßen am Flussufer und dachten an die Gegenden, die sie verlassen hatten, um dann hier zu landen. Ganz andere Landschaften, die dennoch dasselbe Gefühl ausgelöst hatten.

Attila brach aus einem Gebüsch, eine Inkarnation des Traumas, unter dem Thomas so sehr gelitten hatte. Mit seiner schlanken Gestalt, der dunklen Schnauze, den blitzenden Reißzähnen und dem gelblich rötlichen Fell hatte er mehr als nur eine Ähnlichkeit mit dem bösen Wolf. Obwohl dieser schöne Belgische Schäferhund nichts mit den wilden Hunden gemein hatte, geriet Thomas jedes Mal in Panik, wenn er auftauchte, und musste an sich halten, um nicht wegzurennen und auf den nächsten Baum zu klettern.

Der Hund lief auf den alten Anlegesteg hinaus und beschnupperte alles auf seinem Weg. Anscheinend waren ihm die losen Planken nicht geheuer, jedenfalls kehrte er schwanzwedelnd zu seinem Herrn zurück, bevor er wieder lostrabte und einer neuen Spur nachschnüffelte. Während des kurzen

Moments, in dem sich Thomas von Attila hatte ablenken lassen, hatte sich der Himmel verändert. Die Wolken wurden jetzt von einer unendlichen Skala von Purpurtönen erhellt. Kaum hatte er sie bewundert, wechselte die Farbe schon wieder.

Thomas sagte leise: »Da, wo ich vorher lebte, stieg ich fast jeden Abend auf einen kleinen Berg, um den Sonnenuntergang zu betrachten. Von Kind an habe ich immer den Augenblick geliebt, in dem der Tag zur Neige geht, aber ich sehe ungern allein zu. Und Sie?«

»Ich bin in der Stadt aufgewachsen, im Schatten eines Hochhauses, das gerade gebaut wurde und uns vom Nachmittag an alles Licht wegnahm. Meine ersten Sonnenuntergänge konnte ich genießen, als ich mit meinem kleinen Bruder und meinen Vettern und Cousinen in den Sommerferien war. Wir saßen in der Nähe von Grand-Lahou am Strand und blickten aufs Meer hinaus. Wir fragten uns, was wohl die Menschen auf der anderen Seite dieses Ozeans machten. Ob sie auch gerade dasaßen und in unsere Richtung blickten? Für sie war unsere Abenddämmerung die Morgenröte. So amüsierten wir uns am Lagerfeuer, bis meine Mutter uns holen kam. Aber letzten Endes habe ich sie am häufigsten mit Attila bewundert.«

»Aber das ist doch nicht dasselbe.«

»Warum nicht? Weil er kein Mensch ist?«

»Die Kommunikationsmöglichkeiten sind begrenzter ...«

»Ich lebe mit ihm in einem Einverständnis, das weit inniger ist als das meiste, was ich mit meinen Mitmenschen erlebe. Mein Hund ist immer für mich da. Er beschützt mich. Er akzeptiert mich so, wie ich bin. Ich weiß, er wird mich nie verraten. Von wie vielen Menschen kann man das im Laufe eines Lebens sagen?«

Attila kam zurück, als hätte er begriffen, dass von ihm die Rede war. Er sah Thomas an, und sein Blick schien die Worte seines Herrn stolz unterstreichen zu wollen. Und dann verschwand er wieder wie der Blitz, tauchte jedoch ebenso blitzartig wieder auf, und zwar mit einem Stock im Maul. Er legte ihn vor Thomas auf die Erde und trippelte hin und her, Thomas zog in etwa so ein Gesicht wie damals mit sieben Jahren, als er auf der Kirmes zum ersten Mal Achterbahn gefahren war – eine hübsche Mischung aus stummem Schrei und akutem Herzversagen.

»Er will mit Ihnen spielen.«

»Das sehe ich, aber er macht mir zu viel Angst.«

»Sie brauchen sich nicht so zu verkrampfen. Auf seine Art sagt er Ihnen, dass er Sie mag.«

»Ich schwöre es Ihnen, ich mag ihn auch. Und der Beweis ist, dass ich mich schon seit Jahren nicht mehr in solcher Nähe zu einem Hund aufgehalten habe.«

Attila gab schließlich auf und legte das Stöckchen seinem Herrn zu Füßen. Der warf es, zur großen Freude des Hundes, weit nach hinten in den Obstgarten hinein.

»Haben Sie in den letzten Nächten nicht gesungen?«, fragte Thomas beiläufig.

»Ich habe geschlafen. Ich war von all diesen Emotionen erschöpft. Unsere Begegnung und dann der Kontakt mit Ihren Heimbewohnern und Ihrer Kollegin hatten eine ziemlich starke Wirkung auf mich. Zum ersten Mal seit Monaten spreche ich mit menschlichen Wesen. Dass ich dieses Altenheim unter einem anderen Blickwinkel kennenlernte, hat mir ebenfalls zu denken gegeben. Und auch die Tatsache, nicht allein zu essen …«

Mit einer kreisförmigen Armbewegung wies Michael auf ihre Umgebung hin.

»Der Sonnenuntergang ist von hier aus doch viel hübscher als vom Fabrikufer aus. Es liegen nur ein paar Dutzend Meter zwischen diesen beiden Orten, und dennoch wirkt von hier aus alles anders. Einer meiner Onkel pflegte zu sagen, alles sei eine Frage des Standpunkts.«

»Sie sind ein ungewöhnlicher Mann, Monsieur Tibene. Ihre Bildung, Ihre Stimme … Es fällt mir schwer, mir Sie ganz unten in einem Keller vorzustellen. Das ist pure Verschwendung.«

»Sie waren schon an vielen Orten, an denen das Leben hart ist. Sie wissen doch genau: Was man ist, hat keine besondere Bedeutung gegenüber dem, was das Schicksal mit einem macht.«

Attila kam angerannt. Michael streichelte ihm zärtlich über den Kopf.

»Meine Mutter hat uns mit Geschichten erzogen«, begann er zu erzählen. »Jeden Abend las sie uns die Abenteuer von Jean Valjean, von Kapitän Nemo, Arsène Lupin, Phileas Fogg oder d'Artagnan vor. Mit ihnen entdeckte ich Ihre Sprache und entwickelte dabei eine bestimmte Einstellung zum Leben. Diese Männer waren Helden, Abenteurer, verrückte Visionäre oder Banditen, aber sie hatten alle etwas gemeinsam: Ehrgefühl und Ideale. Wie würden sie in unserer heutigen Welt leben? Was würden sie von unseren Ländern in ihrem derzeitigen Zustand halten? Hätten sie die Kraft, ihre Prinzipien in unserer Zeit aufrechtzuerhalten? Diese Fragen stelle ich mir oft, und ich finde keine Antworten. Aber ich glaube, sie hätten alle einen Hund, um sich weniger einsam zu fühlen.«

»Sie müssen sehr gelitten haben, sonst würden Sie nicht so sprechen. Ich hingegen habe nur den Schmerz der anderen aus großer Nähe erlebt. Vielleicht habe ich mir deshalb meine Hoffnung bewahrt.«

»Sie finden mich sicher verachtenswert. Da unten in meinem Loch, von der Welt abgeschnitten und mit einem Hund als einzigem Gefährten … Wahrscheinlich haben Sie recht. Wenn ein Mann nur deshalb durchhält, weil ihn ein Tier ansieht und ihm vertraut, kann er nicht mehr viel wert sein. Ich verdanke diesem Tier jedoch mein Überleben. Meine Gefühle verdanke ich seinen Gefühlsäußerungen. Meine Seelenruhe der Tatsache, dass er sich so verhält, als wäre alles gut. Er bringt mich zum gerade gegenwärtigen Augenblick zurück, der dem des Anfangs gleicht, als man noch nichts wusste, als noch alles möglich war. Wenn ich mein Gesicht an sein Fell lege, dann ist es weich und warm. Ich höre sein Herz schlagen, und einige Sekunden lang geht es mir gut. Nur seinetwegen habe ich noch Lust, weiterzumachen und zu kämpfen. Er und ich haben beide nur uns, um im Leben zu bestehen.«

»Michael, beschützen Sie Attila weiterhin, wie er Sie beschützt, aber geben Sie nicht alle Hoffnung auf, was die Menschen betrifft. Ich habe mein halbes Leben mit Menschen verbracht, die weder die Mittel noch die Zeit für Vorspiegelungen hatten, und auch wenn manche bösartiger sind als das Ebolavirus, die meisten sind jeder Mühe wert. Wenn alles verloren war, wenn es nichts mehr zu gewinnen oder zu beweisen gab, habe ich die schönsten Momente erlebt. Mein Glaube an den Menschen beruht auf seinem Verhalten gegenüber dem Schlimmsten. Sie sollten als Erstes wieder Kontakt zu Ihren Verwandten aufnehmen. Sie machen sich sicher große Sorgen um Sie.«

»Wären sie weniger besorgt, wenn sie wüssten, wie ich lebe? Ist das Schlimmste, was sie sich ausmalen, wirklich schlimmer als die Wahrheit? Ich habe da meine Zweifel …«

»Ich anstelle Ihrer Familie würde es wissen wollen.«

»Haben Sie Kinder?«

»Eine Tochter, aber ich kenne sie nicht.«

»Sie kennen sie nicht?«

»Ich habe erst vor Kurzem von ihrer Existenz erfahren.«

»Und Sie machen sich trotzdem Sorgen um sie?«

»Jede Sekunde, seit ich weiß, dass es sie gibt.«

Thomas schwieg kurz und fuhr dann fort: »Michael, ich möchte, dass Sie aufhören, sich Ihr Essen in Mülltonnen zusammenzusuchen. Wir werden das anders organisieren. Wenn Sie möchten, können Sie sogar bei uns im Heim schlafen, wir würden schon ein Plätzchen für Sie finden.«

»Sie sind sehr großzügig, Doktor, aber im Augenblick möchte ich lieber nach Hause. Es ist zwar ein trister, ungesunder Ort, aber Attila und ich fühlen uns dort zu Hause.«

Er stand auf.

»Morgen fängt das Wochenende an, und die Gangs waren schon seit einigen Wochen nicht mehr da, um sich in der Fabrik auszutoben. Ich möchte ihnen lieber nicht begegnen, wenn ich nach Hause gehe. Deshalb werden Attila und ich Sie jetzt verlassen, wenn Sie erlauben.«

Thomas stand ebenfalls auf.

»Kommen Sie morgen ins Heim. Kommen Sie zum Mittagessen, ja?«

»Ich möchte Sie nicht stören.«

»Ich freue mich, wenn Sie kommen.«

»Dann komme ich. Vielen Dank für die Einladung.«

Die beiden Männer tauschten einen echten Händedruck. Beide hatten noch nicht oft Gelegenheit gehabt, jemanden mit einer solchen ehrlichen Herzlichkeit die Hand zu schütteln.

45

Während Thomas durch den Obstgarten auf das Heim zuging, klangen Michaels Worte in ihm nach. Unter seinen Füßen raschelte ein Teppich aus dürrem Laub. Was für ein seltsamer Abend … Welche Chance hätte in Anbetracht ihrer so völlig unterschiedlichen Lebensläufe bestanden, dass Michael und er sich eines Abends begegnen und noch dazu über derart persönliche Dinge sprechen würden? Praktisch keine. Aber das echte Leben hat wenig mit Wahrscheinlichkeiten am Hut. Obwohl sie gar nicht an diesen Ort passten, den sie normalerweise auch nie angestrebt hätten, hatten sie beide gerade einen Moment erlebt, der ihrem oft hart bedrängten Lebensideal entsprochen hatte. Manchmal macht das Schicksal auch Geschenke.

Kishans Vater pflegte zu sagen, es gebe keinen Zufall. Er hätte sicher behauptet, dass Michael und Thomas deshalb noch nicht am rechten Platz waren, weil sie sich noch auf dem Weg dorthin befanden. Michaels Onkel hatte recht: Alles war eine Frage des Standpunkts. Abend- oder Morgenröte.

Als er aus dem Obstgarten auftauchte, lag das Haus vor ihm. Hélènes Fenster war noch erleuchtet. Im Unterschied zu den anderen Heimbewohnern hatte Thomas sie nur sehr selten beim Fernsehen beobachtet. Als er näher kam, bemerkte er, dass ihr Fenster ein wenig offen stand, obwohl es kühler geworden war. Vielleicht sprach sie noch mit sich selbst oder vielmehr liebevoll mit dem Menschen, der ihre Gedanken und sicher auch ihre Erinnerungen beherrschte. Aus Rücksicht und

Diskretion machte Thomas einen Umweg, um diese sanften und zärtlichen Worte nicht verstehen zu können. Doch plötzlich wurde sein Blick von einer Bewegung unter dem Fenster angezogen. Er war sicher, eine Gestalt gesehen zu haben. Er bog zur Fassade ab und schlich dann auf Zehenspitzen an ihr entlang.

Kein Zweifel, da bewegte sich etwas in dem Beet zwischen den verblühten Anemonen. Dicht an der Wand kauerte sich Thomas nieder und atmete ganz flach, damit er nicht bemerkt wurde. Hélènes sanfte Stimme war leise, aber deutlich hörbar. Liebevoll sprach sie mit ihrem unsichtbaren Gesprächspartner. Sie versprach ihm, sie würde ihn wärmen, wenn die kalte Jahreszeit käme. Und ließ ihm sogar die Zeit für eine Antwort, bevor sie weitersprach. Thomas entdeckte in dem Beet plötzlich nicht nur eine, sondern mehrere Bewegungen. Ratten? Wie furchtbar! Wie gut, dass er die Gewohnheit beibehalten hatte, jeden Abend unter seinem Bett nachzusehen, ob da auch keine Tiere waren.

Er konnte im Halbdunkel nicht genau erkennen, was da vor sich ging, aber die Bewegungen wurden merkbar lebhafter, als das Fenster von Hélènes Zimmer ganz geöffnet wurde und sich die alte Dame herausbeugte, um vorsichtig eine schneeweiße Katze mit schwarzen Pfoten und schwarzem Schwanz auf die Fensterbank zu setzen.

»Ich weiß nicht, was wir morgen bekommen, meine kleine Fee«, sagte Hélène liebevoll, »aber ich hebe es dir für dich und deine Kleinen auf. Und jetzt geh wieder zu ihnen, sie haben sicher großen Hunger.«

Als sich die Katze nach vorn beugte, tauchten lauter kleine miauende Katzenköpfchen aus den Blumen auf. Hélène lachte liebevoll auf sie hinunter, und die Katzenmutter sprang geschmeidig von der Fensterbank.

»Gute Nacht, Töchterchen, bis morgen!«, murmelte die alte Dame.

Kaum war ihre Mutter auf dem Boden gelandet, stürzten sich schon mindestens sechs Junge auf sie, rieben sich an ihrem Hals oder versuchten, an ihren Zitzen zu saugen. Es waren Kätzchen aller Farben, getigert, rötlich, Schildpatt, und eins glich sogar aufs Haar seiner Mutter. Die Katze streckte sich schnurrend unter den verblühten Blumen aus und säugte ihre hungrige Kinderschar. Madame Trémélio blieb am Fenster stehen, bis das niedliche Sextett satt war und zwischen den Büschen wegtrippelte. Erst als das letzte hochgereckte Schwänzchen mit der Dunkelheit verschmolzen war, schloss sie ihr Fenster.

Thomas lehnte noch zusammengekauert an der Wand, reglos und verwirrt. Was ihn am meisten verwirrte, war nicht die Tatsache, dass eine der Heimbewohnerinnen sich heimlich Essen vom Munde absparte, um damit Katzen zu füttern. Nein. Am meisten brachte ihn durcheinander, dass er sich selbst wiedererkannte in Michaels Zuneigung zu seinem Hund und in den Worten, die er dafür gefunden hatte, und nun auch in der Art, wie Hélène ihrem »Töchterchen« eine gute Nacht gewünscht hatte, obwohl sie mit einer Katze gesprochen hatte.

Angesichts des Umgangs dieser Leute mit den Tieren hatte er vermutlich gerade verstanden, was uns als Menschen ausmacht. Vielleicht ist das letztlich das Wesentliche unseres irdischen Lebens. Pauline, die bereit war, sich für Théo aufzuopfern, Kishan, der sich abmühte, damit seine Kinder es einmal besser hätten, und selbst er, der über Emma wachte und ihretwegen allen möglichen Blödsinn anstellte.

Wer jemanden liebt, hat um seinetwillen Ängste, aber auch Träume. Das geliebte Wesen kristallisiert unsere Ängste und Hoffnungen. Daraus entstehen unsere schönsten Impulse. Diese Bindung belebt und motiviert uns, sie trägt uns, sie baut uns auf. Was zählt, ist einzig und allein, dass man jemanden hat, für den man Besseres erhofft. Wesentlich ist, dass man jemanden hat, um den man bangt.

46

Guten Abend, Kishan,

es ist sehr spät, aber ich wollte warten, bis ich die nötige Ruhe hätte, um dir zu schreiben. Es tut mir wirklich sehr gut, dass ich mich seit einigen Wochen regelmäßig mit dir austauschen kann. Ich freue mich über die guten Nachrichten, die du mir geschrieben hast. Bitte überbring Shefali meine herzlichste Gratulation. Ich freue mich auch darüber, dass ihr bald alle Schäden, die der Monsun hinterlassen hat, repariert habt. Ihr seid sicher sehr erschöpft.

Wenn Paranjays Fieber in den nächsten drei Tagen nicht mit den Tabletten aus dem Medizinschrank gesenkt werden kann, muss er noch einmal zur Ambulanz gebracht werden. Die Symptome, die du mir beschrieben hast, sprechen für eine weitere Infektion. Bitte schreib mir sofort, wenn du noch einen Rat brauchst.

Heute Abend habe ich den Sonnenuntergang betrachtet und an all unsere gemeinsamen Sonnenuntergänge gedacht. Ich denke auch oft an deine Kinder, die jetzt mit dir die Sonne untergehen sehen.

Danke, dass du dich nach Emma erkundigst. Es geht ihr gut. Für mich ist die Lage ziemlich kompliziert: Ich denke fast die ganze Zeit an sie, ich tue alles, um ihr zu helfen, aber sie weiß immer noch nicht, dass es mich gibt. Und dir kann ich es ja sagen, mein Freund: Ich frage mich sogar, ob sie es je wissen wird. Vielleicht werde ich nie mit ihr sprechen. Sie geht aus eigener Kraft ihren Weg und macht ihre Sache ziemlich gut. Vermutlich braucht sie mich gar nicht, und ich wüsste auch nicht, welchen Platz ich in ihrem Leben einnehmen könnte, ohne ihr oder den Menschen, die sie liebt, Probleme zu verursachen. Ganz sicher bin ich derjenige, der sich am meisten darüber freuen würde, sie kennenzulernen, deshalb denke ich, es wäre vielleicht in ihrem Interesse, wenn ich im Schatten bleibe. Ich stelle mir viele Fragen.

Manchmal auch die, ob es gut war, nach Frankreich zurückzukehren. Dein Vater würde sagen, dass ich mich auf die positiven Punkte konzentrieren muss, und zum Glück gibt es welche. Ich lerne nette Leute kennen, und ich versuche, mich nützlich zu machen. Stell dir vor, ich habe sogar jemanden kennengelernt, der einen Hund hat! Na, hast du das Bild vor Augen? Die erste Begegnung war wie in meinen schlimmsten Albträumen! Ich dachte, das Tier würde mich fressen. Ich stand eine echte Todesangst aus! Du darfst es allen im Dorf erzählen, dann haben sie mal wieder etwas zu lachen über mich und meine Hundeangst. Seither muss ich an mich halten, um nicht gleich wegzurennen, wenn ich ihn sehe – den Hund, nicht seinen Herrn, denn der ist sehr nett.

So, jetzt weißt du alles. Halt mich über Paranjay auf dem Laufenden und grüß alle von mir.

Dein großer Bruder

Thomas

47

Sind Sie sicher, dass Sie mich mitnehmen können? Ich möchte niemandem etwas wegnehmen. Ich weiß, wie gern all die anderen mit Ihnen zum Supermarkt fahren.«

»Machen Sie sich keine Gedanken, Doktor. Francis wird nächste Woche mit mir kommen. Und außerdem habe ich noch nie einem Steinzeitmenschen beim Einkaufen zugesehen. Wonach werden Sie suchen? Nach einer neuen Keule? Nach einem Lendenschurz aus Fell?«

»Sie werden bestimmt etwas zu lachen haben, denn es ist sicherlich zehn Jahre her, dass ich zum letzten Mal in einem großen Supermarkt war.«

»Toll! Ich kann es mir schon vorstellen: ›Der kleine Thomas wartet an der Zentralkasse auf seine Krankenschwester!‹ Es macht Ihnen doch nichts aus, wenn ich erst einmal volltanke?«

An der Zapfsäule war sie nicht bereit, Thomas den Tank füllen zu lassen. Er blieb also auf dem Beifahrersitz sitzen und beobachtete sie unauffällig durch die Scheibe und im Rückspiegel. Mit dem im Wind wehenden Haar und dem herbstlichen Sonnenlicht, das ihre Augen leuchten ließ, war Mademoiselle Choplin sehr beeindruckend. Thomas dachte, dass ihre Energie und ihre gute Laune bei so manchem Auslandseinsatz hilfreich gewesen wären. Hilfreich und schön.

Der digitale Zähler an der Zapfsäule zeigte rasend schnell immer höhere Zahlen, doch gegen Ende füllte Pauline den Tank in immer kleineren, genaueren Dosen, wie Thomas bemerkte. Mit äußerster Sorgfalt brachte sie den zu zahlenden Betrag auf eine runde Summe. Als es ihr gelungen war, hängte sie die Zapfpistole befriedigt wieder ein.

»Haben Sie extra für eine so runde Summe getankt?«

»Sie sind wie meine Alterchen, Sie bemerken auch alles.«

»Es sind nicht Ihre Alterchen, sondern unsere. Und ja, ich habe tatsächlich bemerkt, wie Sie vorgegangen sind. Warum machen Sie das? Um Ihre Abrechnungen zu vereinfachen? Oder schlicht aus Aberglauben?«

»Das weiß ich eigentlich auch nicht so genau. Aber es tut mir gut. Es beruhigt mich. Ich habe den Eindruck, wenigstens eine Sache in meinem Leben im Griff zu haben. Sie haben gerade meinem vierunddreißigsten runden Volltanken beigewohnt! Ich bitte um Applaus. Haben Sie keine solchen Ticks?«

»Nicht dass ich wüsste. Was passiert an dem Tag, an dem es Ihnen *nicht* gelingt, die runde Summe zu treffen?«

Pauline warf ihm einen bösen Blick zu.

»Beten Sie, dass es beim nächsten Mal klappt, denn sonst mache ich Sie für mein Pech verantwortlich, und dann wäre es nicht schlecht, wenn der Steinzeitmensch bereits den Schild erfunden hätte …«

Während sie die Mall durchquerten, bemerkte Thomas, dass Pauline den Einkaufswagen noch sportlicher bewegte als ihr Auto. Es musste ein Wunder geschehen, damit die Eier heil im Altenheim ankamen. Im Vorbeigehen übten die Geschäfte dieselbe Wirkung auf Thomas aus wie der Duty-free-Bereich im Flughafen von Delhi. Er war ebenso geblendet von den Lichtern wie fasziniert von der Warenvielfalt. Aber das war noch nichts im Vergleich zu dem, was er erlebte, als er den Hypermarkt betrat. Natürlich war er auch vor seinen Afrika- und Indienmissionen gelegentlich in solchen großen Läden gewesen, doch er hatte sie nicht derart riesig in Erinnerung. Breite Alleen, Regale, so weit das Auge reichte, voll mit Gütern aller Art. Hatten sich seine Maßstäbe durch den Aufenthalt in den Bergen verändert, oder waren die Verbrauchermärkte während seiner Abwesenheit ins Monströse gewachsen?

»Sie ziehen vielleicht ein Gesicht! Fangen Sie bloß nicht an, den Steinzeitmenschen zu spielen, sonst zwäng ich Sie in den Kindersitz des Einkaufswagens!«

»Haben Sie gesehen, was es hier alles gibt?«

»Aber ja, und wissen Sie was? Genau deshalb kommen die Leute her.«

Pauline faltete ihren Einkaufszettel auseinander und zog Thomas weiter Richtung Waschmittelabteilung. Am ersten Regal blieb Thomas abrupt stehen, er hatte einen Schock erlitten.

»Wollen Sie nicht weiterkommen?«, rief Pauline. »Was ist denn jetzt schon wieder? Haben Sie Angst, weil Sie als Kind von einer Weichspülerflasche gebissen worden sind? Oder weil Sie von hier aus nicht den Sonnenuntergang sehen können?«

Thomas, völlig fasziniert von der Anzahl der verschiedenen Waschmittel, antwortete nicht.

»Na schön!«, spottete Pauline. »Wenn Sie mögen, bleiben Sie da stehen, aber lassen Sie sich nicht von Fremden ansprechen.«

Thomas ging vorsichtig weiter und musterte die Regale.

»Warum gibt es neununddreißig Sorten?«

»So viele? Sind Sie sicher?«

»Ich habe sie gerade gezählt.«

»Keine Ahnung. Für die verschiedenen Anwendungen. Wissen Sie, das sind höchst spezialisierte Produkte.«

»Sie machen sich schon wieder über mich lustig.«

»Gar nicht, aber Sie müssen zugeben, dass Ihre Frage Anlass zur Verwunderung gibt. Sie kommen mir vor wie mein Sohn, der mich abends über alles Mögliche ausfragt, bloß um nicht ins Bett zu müssen. Wie viele Haare habe ich auf dem Kopf? Wo lagert die kleine Maus all die Zähne, die sie einsammelt? Warum gibt es neununddreißig Sorten Waschmittel? Statt hier so ein erschrockenes Gesicht zu ziehen, sollten Sie mir lieber sagen, was Sie brauchen.«

»Ich möchte Essen für Michael kaufen und Trockenfutter für Katzen.«

»Er hat keine Katze, sondern einen Hund. Mein Sohn hat Ihnen den Unterschied doch schon auf einer Zeichnung gezeigt, soll er Ihnen auch bei der Live-Version noch mal helfen?«

»Sie haben recht, wir müssen auch etwas für seinen Hund kaufen, aber trotzdem brauche ich Katzennahrung.«

Jede neue Abteilung bot weiteren Anlass für fassungsloses Staunen. Zehn laufende Meter von fast zwei Metern Höhe mit Süßigkeiten.

»Warum kaufen Sie das?«, fragte Thomas entsetzt. »Ich habe Jean-Michel alle Süßigkeiten verboten.«

»Ich weiß, und er hält sich an Ihr Verbot, aber er hat die anderen angesteckt, die mich gebeten haben, ihnen etwas mitzubringen. Keine Sorge, ich passe auf, dass sie nicht zu viel davon essen.«

Im nächsten Gang maß Thomas mehr als zwanzig Schritt ab, um vom einen Ende der Salzknabbereien bis zum anderen zu kommen. In der sich anschließenden Abteilung stieß er auf einen Regenbogen unterschiedlichster Getränke, denen Hunderte von Weinflaschen gegenüberstanden. Überall volle Paletten und Stände, gespickt mit verführerischen Sonderangeboten.

Thomas sah sich um und kam zu dem Schluss, dass der größte Lebensmittelladen des gesamten Distrikts Kupwara in die halbe Milchproduktabteilung gepasst hätte.

Er ging zu Pauline, die gerade Fruchtjoghurt für Théo in den

Einkaufswagen packte. Völlig ernst fragte er sie: »Brauchen manche Menschen wirklich so viel zum Leben, während andere mit so wenig auskommen?«

»Da haben wir's, er kriegt einen Mystikanfall vor dem Kühlregal. Ich bin auch nicht schlecht, was das Beantworten existenzieller Fragen in der Tiefkühlabteilung angeht.«

»Trotzdem: Ist Ihnen das klar?«

»Und wie. Ich komme jede Woche her, mit meinen Alterchen, die finden, alles sei zu weit oben oder zu schwer, mit meinem Sohn, der meint, alles solle gratis sein, und jetzt mit Ihnen, der findet, dass es hier von allem zu viel gibt. Und die ganze Zeit muss das alte Mütterchen den Wagen schieben.«

»Sie haben recht, Pauline, ich helfe Ihnen. Überlassen Sie mir den Wagen.«

»Sehr liebenswürdig. Und jetzt müssen Sie stark sein, wir gehen in die Abteilung mit den Gemüsen, die nie so etwas wie Erde gesehen haben und die von wohlmeinenden Biologen noch größer und noch verfallsresistenter gezüchtet worden sind. Fühlen Sie sich imstande, mir dorthin zu folgen, ohne vor den Karotten auf die Knie zu fallen und mit erhobenen Armen ›Warum?‹ zu schreien?«

»Für wen halten Sie mich?«

»Für den naiven Helden, der ohnmächtig würde, wenn ich ihn durch die Abteilung für Damenunterwäsche führen würde.«

48

Thomas klopfte leise bei Hélène Trémélio an. Keine Reaktion. Er klopfte noch einmal, jetzt ein wenig lauter.

»Ja, herein!«

Die alte Dame saß in ihrem Sessel und hielt ein Buch in den Händen.

»Ich störe Sie beim Lesen …«

»Ich bin gerade in die Werke vertieft, die Madame Berzha gern las. Sie hatte sie mir geliehen, weil ich sie noch nicht kannte. Ich werde sie ihr leider nicht mehr zurückgeben können. Doch unter uns, sosehr wir uns in vielen Dingen verstanden, was Bücher angeht …«

Thomas warf einen Blick auf den Einband und zog die Braue hoch.

»›Ich liebe meinen Chef‹?«

»Es ist furchtbar. Ich kann nicht verstehen, wie sich diese sonst so distinguierte Frau für solche Romane interessieren konnte. Während der ersten zehn Kapitel streichen sie umeinander, mit geschlitzten Rücken, weit offenen Kragen und Anspielungen grobschlächtigster Art, aber jetzt bin ich an der Stelle angekommen, wo sie überall Schweinkram machen. Im Büro, im Auto, im Flugzeug. Manchmal bin ich versucht, das Buch herumzudrehen, um festzustellen, was dabei oben und was unten ist. Fakt ist, sie sind von robuster Konstitution, aber ich frage mich, wann sie arbeiten …«

Jetzt bemerkte Madame Trémélio das eingepackte Geschenk,

das Thomas in der Hand hatte. Ihre Augen begannen zu glitzern, doch sie tat alles, um nicht zu viel Interesse an einer Sache zu zeigen, die vielleicht gar nicht für sie bestimmt war. Thomas spannte sie nicht auf die Folter.

»Hier, Hélène, das ist für Sie.«

Nachdem sie endlich reagieren durfte, stand die alte Dame aus ihrem Sessel auf und nahm das Paket mit kindlichem Lächeln entgegen.

»Wie nett von Ihnen! Aber heute ist gar nicht mein Geburtstag!«

»Vorsicht, es ist ein bisschen schwer.«

»Was ist es?«

»Ich möchte, dass Sie mir etwas versprechen, bevor Sie es auspacken.«

»Worum geht es?«

»Hélène, ich kenne Ihr Geheimnis.«

Madame Trémélio wich ein wenig zurück. Thomas bat sie, sich zu setzen, und hielt dabei ihre Hand. Er beugte sich zu ihr hinunter und sagte: »Ich weiß jetzt, warum Sie Angst vor dem Hund hatten. Aber keine Sorge, es wird nichts passieren.«

»Haben Sie ihn getötet? Ist er tot?«

»Nein, aber er wird Ihren kleinen Schützlingen nichts tun, ich habe mit seinem Herrn gesprochen, er wird gut aufpassen.«

»Meine kleinen Schützlinge?«

»Packen Sie Ihr Paket aus.«

Zögernd löste Hélène das Klebeband ab und schlug das Papier zur Seite. Als sie den riesigen Sack Trockenfutter sah, blickte sie zu Thomas auf und wusste offensichtlich nicht, wie sie reagieren sollte.

Er sagte leise: »Ich habe die niedlichen Kätzchen im Gebüsch gesehen und auch ihre Maman, die Sie manchmal besucht.«

Die alte Dame ließ sich beruhigt in ihren Sessel zurücksinken.

»Ich habe es doch gesagt, Sie sind ein netter Mann.«

»Sie brauchen es nicht mehr heimlich zu tun, Hélène, und vor allem möchte ich nicht, dass Sie weiterhin auf Ihr Essen verzichten, um die Katze und ihre Kleinen zu ernähren. Wie heißt sie übrigens?«

»Ich habe sie Marie-Laure getauft. So hieß meine beste Jugendfreundin.«

»Kommt die Katze jeden Abend zu Ihnen?«

»Es war nicht immer so. Es war ein langer Weg, bis ich sie so weit hatte. Ich brauchte Monate, um sie zu zähmen. Ich habe sie letztes Jahr entdeckt, sie spielte zwischen den Blumen. Sie war sehr scheu und misstraute allem. Selbst wenn ich ihr nur zuschauen wollte, musste ich mich verstecken. Ich bot ihr Milch und Schinken an, alles, was ihr schmecken konnte. Ganz allmählich kam sie immer näher heran. Jeden Tag freute ich mich über die zusätzlichen Schritte, die sie auf mich zu machte. Doch der damalige Direktor wollte kein Tier im Heim haben. Er hatte es streng verboten. Also habe ich sie weiterhin heimlich zu mir gelockt. Jede Grenze, die sie überschritt, war für mich ein kleiner Vertrauensbeweis. Ich wollte sie auf gar keinen Fall enttäuschen. Da ich immer weiter mit ihr sprach und sie immer weiter fütterte, sprang sie schließlich auf mein Fensterbrett und begann, sich an mich zu gewöhnen. Und dann, im letzten Winter, als ich gerade morgens lüftete, hat sie sich in mein Zimmer gewagt. Ich war sehr behutsam, denn ich wusste, ich würde sie nie wiedersehen, wenn ich sie erschreckte. Einmal bin ich reglos drei Stunden lang in dieser Ecke geblieben, während sie auf meinem Bett lag. Sie sah mich an. Aber ich habe durchgehalten. Jeder Tag hatte seinen kleinen Sieg. Wenn Sie wüssten, wie wichtig sie für mich geworden ist … Mein

Tagesablauf richtet sich nach ihr. Ich weiß genau, dass sie anfangs nur des Futters wegen kam, aber jetzt kommt sie manchmal auch vorbei, wenn es gar nichts gibt. Ich habe Marie-Laure niemandem vorgestellt. Nicht einmal Pauline weiß von ihr. Und deshalb dachte ich, als ich neulich diesen großen Hund wie einen Bulldozer hier herumrennen sah, dass er meine kleine Fee vertreiben würde.«

»Machen Sie sich keine Sorgen. Wir werden dafür sorgen, dass alles gut geht. Und versprechen Sie mir, dass Sie ab jetzt ordentlich essen.«

»Kommen Sie doch abends einmal vorbei, dann mache ich Sie mit ihr bekannt.«

»Es wird mir eine Ehre sein.«

49

Vom Lärm draußen aufgeschreckt hob Thomas den Blick von den verdammten Buchhaltungsunterlagen. Die Mischung aus Hundegebell und Kindergeschrei verriet zweierlei: Théo war angekommen, und er hatte Attila entdeckt.

Sie tobten durch den Garten, und es war schwer zu sagen, wer aufgekratzter war, Kind oder Hund. Doch auch dieses Mal schienen beide auf ihre Kosten zu kommen. Michael achtete darauf, dass sie bei ihrem wilden Spiel nicht zu sehr in die Nähe des Katzenschutzgebietes kamen. Pauline stand neben ihm und freute sich, dass ihr Sohn so glücklich war.

»Was hat Théo denn da in der Nase?«, fragte Thomas, als er zu ihnen trat.

»Sobald ihn eine starke Emotion überfällt, bekommt er Nasenbluten, Sie können sich also vorstellen, was passierte, als er diesem Ungeheuer gegenüberstand … Ich hab mich mit dem beholfen, was ich gerade zur Hand hatte.«

Attila und das Kind tobten nach Herzenslust. Der Hund hatte die Spielregeln schnell begriffen: Théo rannte weg, um sich zu verstecken, und Attila verfolgte ihn kläffend. Durchschnittliche Spieldauer: zwanzig Sekunden. Thomas wusste besser als jeder andere, dass der Hunnenkönig bei dieser Sportart unschlagbar war. Er selbst hatte nicht so lange durchgehalten …

Michael ließ seinen Hund nicht aus den Augen. Dass der Hund gegenüber dem Kind eine bemerkenswerte Geduld an den Tag legte, schien ihn nicht vollständig zu beruhigen.

Wie eine Rakete schoss Attila aus dem Obstgarten auf den Kleinen zu und verfehlte ihn dabei um Haaresbreite. Vermutlich ein neues Spiel. Eine Art Bowling mit nur einem Kegel, der sicher bald vom Hund umgestoßen werden würde.

Leise sagte Pauline zu Thomas: »Ich wollte Sie nicht stören, aber Madame Trémélios Tochter und Schwiegersohn sind vorbeigekommen.«

»Ich werde sie nachher begrüßen.«

»Sie sind schon wieder weg. Die wollten nur eins ...«

»Nämlich?«

»Die halten sich nie lange auf. Sie haben keine Zeit zu verlieren. Sobald sie den Scheck haben, hauen sie ab.«

»Hélène hat mir gesagt, dass sie ein Haus bauen und dass sie sie dabei mit Geld unterstützt. Sie haben ihr versprochen, sie dorthin zu holen, sobald das Haus fertig ist.«

»Das ist die offizielle Version. Wenn Sie meine Meinung hören wollen, werden sie ihr sämtliche Ersparnisse abknöpfen und sie dann unter irgendeinem Vorwand da lassen, wo sie ist – falls sie es dann noch bezahlen kann.«

»Sie sehen überall nur das Böse.«

»Es ist eher so, dass Sie einen zu freundlichen Blick auf Ihre Mitmenschen haben.«

Vom Lärm angezogen kam auch Francis in den Garten.

»Hallo, alle miteinander! Guten Tag, Théo!«

Der Kleine antwortete aus der Ferne, er rannte gerade um einen Kirschbaum herum. Michael schien sich Sorgen zu machen, weil sein Hund so außer Rand und Band war.

Pauline rief nach ihrem Sohn: »Komm her, *Chéri*, wir müssen rein. Monsieur Tibene und der Doktor haben zu arbeiten, und ich muss mich ums Mittagessen kümmern.«

»Lassen Sie die beiden doch noch spielen. Ich kann draußen bleiben und aufpassen«, bot Francis an.

»Sie sind vermutlich der am wenigsten Vernünftige der drei«, sagte Pauline im Scherz. »Am ehesten würde ich noch dem Hund zutrauen, dass er auf die beiden anderen aufpassen kann.«

»Meine liebe junge Dame, ich habe dreißig Jahre lang Soldaten Schießkommandos gegeben. Ich werde doch wohl noch mit den beiden da zurechtkommen.«

»Wie Sie möchten, aber ich hole Ihnen eine Jacke, es ist kühl geworden.«

Der Hund und Théo schossen an Francis vorbei. Der Oberst machte große Augen.

»Wer hat denn dem Kleinen den Tampon in die Nase gesteckt?«

50

Sind Sie bereit, Michael? Bei drei?«

»Nur zu.«

»Eins, zwei … und drei!«

Monsieur Tibene und Thomas hoben das große Regal an und stellten es an die Wand gegenüber der Eingangstür. Thomas wischte sich die Stirn trocken und trat zurück, um zu sehen, wie es wirkte.

»Wunderbar, ich danke Ihnen für Ihre Hilfe. Sie sind genauso kräftig wie Jean Valjean! Ohne Sie hätte ich das alles hier nicht so schnell hinräumen können. Jetzt noch einmal über den Boden gewischt, und alles ist tadellos.«

»Das kann ich machen, wenn Sie wollen.«

»Sie haben mir so schon sehr geholfen.«

»Es freut mich, dass ich Ihnen nützlich sein konnte.«

Aus dem Garten drang Gebell, lauter als bisher.

Michael lauschte besorgt.

»Machen Sie sich doch keine Gedanken«, beruhigte ihn Thomas. »Ein Hund und ein kleiner Junge, ein besseres Glücksrezept gibt es nicht.«

»Es ist seltsam für mich. Ich bin nicht daran gewöhnt, von Attila getrennt zu sein. Seit ich ihn habe, war er immer bei mir. Auf Spaziergängen verschwindet er manchmal, aber er kommt immer schnell zurück. Heute hat er es zum ersten Mal nicht gemerkt, dass ich nicht mehr in seiner Nähe bin.«

»Es ist mir schon aufgefallen, dass Sie enttäuscht waren, als er uns nicht folgte, aber sagen Sie sich, dass er besser draußen spielt, als uns hier im Weg zu stehen.«

»Er hat noch nie jemand anders freudig angesprungen als mich …«

»Sind Sie ein bisschen eifersüchtig?«

»Nein. Eher traurig. Eines Tages wird er mich vielleicht verlassen und bei jemandem bleiben, der besser für ihn sorgen kann als ich. Jeder x-Beliebige könnte ihm ein besseres Leben bieten als dieses.«

»Sie quälen sich für nichts und wieder nichts. Hunde sind treu. Das zwischen Attila und Ihnen gilt fürs ganze Leben.«

Diese Worte schienen Michael sehr zu rühren. Um seine Gefühle zu verbergen, wechselte er hastig das Thema.

»Ihr Mieter kommt morgen, nicht wahr?«

»Er sieht es sich erst einmal an, um zu entscheiden, ob es das Richtige für ihn ist.«

»Ich bin sicher, es gefällt ihm, die Wohnung ist wirklich schön.«

Thomas bemerkte den Tonfall.

»Mein Angebot steht«, sagte er. »Wenn Sie wollen, finde ich hier einen Platz für Sie.«

»Nein danke, ich möchte Attilas Routine nicht zu abrupt ändern. Er ist immer schon ganz ungeduldig und will zu Ihnen, sobald ich die Panzertür öffne. Und außerdem würden sich Ihre Heimbewohner beschweren, wenn ich hier nachts sänge …«

»Da täuschen Sie sich. Ich weiß zumindest eine, die sich sehr freuen würde. Haben Sie schon einmal vor Publikum gesungen?«

»Niemals.«

»Auch nicht vor Ihrer Familie?«

»Ich war so schüchtern, dass ich mich in mein Schlafzimmer einschloss und die anderen vom Nachbarraum aus zuhören mussten. Ich durchlebe die Musik, ich fühle die Worte, mir ist dann, als würde ich ein anderer. Ich habe Angst, die Leute verspotten mich, wenn sie mich so sehen.«

»Alle Künstler durchleben und atmen ihre Kunst, und mal abgesehen von ein paar Pappnasen macht sich niemand darüber lustig. Sie werden ganz im Gegenteil gerade wegen dieser besonderen Begabung bewundert. Und genau deshalb habe ich Sie auch finden wollen. Wissen Sie, Michael, jeden Abend gehe ich zu diesem Fenster genau hinter Ihnen und öffne es in der Hoffnung, Sie zu hören. Von hier aus habe ich Sie zum ersten Mal gehört. Es ist eine wunderschöne Erinnerung. Ein magischer Moment.«

»Waren Sie nicht sehr enttäuscht, als Sie den kennenlernten, der hinter dieser Stimme steckte?«

»Michael, bitte, tun Sie sich einen Gefallen. Hören Sie auf, sich selbst abzuwerten. Sagen Sie mir, welchen Satz wollen Sie auf keinen Fall hören?«

»Wie bitte?«

»Wovor haben Sie am meisten Angst?«

»Ich weiß nicht …«

»Nun, ich werde ihn aussprechen müssen, um den Fluch aufzuheben, der Sie bannt. Am meisten fürchten Sie sich davor, dass jemand vor Sie tritt und Ihnen ins Gesicht sagt: ›Michael, du bist ein Taugenichts, du hast alle Chancen vertan, die deine Mutter dir unter Entbehrungen geboten hat. Du hättest studieren sollen, stattdessen lebst du wie ein Clochard in einem Loch. Du hast es nicht geschafft. Du solltest dich schämen.‹«

Michael Tibene starrte Thomas an, so betäubt, als hätte er einen Faustschlag mitten ins Gesicht bekommen. Seine Unterlippe begann zu zittern. Dieses Mal würde er die Gefühlsaufwallung, die schneller in ihm aufstieg, als Attila rennen konnte, nicht beherrschen können.

Als Thomas die erste Träne über die Wange des jungen Mannes rinnen sah, nahm er ihn in die Arme.

»Ja, wein, mein Junge, weine ruhig. Mögen deine Tränen deine Ängste ertränken. Niemand wird dich mehr verletzen können, indem er dir sagt, was du auf keinen Fall hören willst, weil du es schon gehört hast. Sei mir nicht böse. Ich habe dir das gesagt, wovor du dich gefürchtet hast, nicht das, was ich denke.«

Michael sank an Thomas' Schulter und ließ seinen Tränen freien Lauf.

»Weine nur, mein Junge, nur zu. Ich habe in meinem Leben Eltern sagen müssen, dass ihr Kind nicht überleben würde. Ich musste einem Mann eingestehen, dass ich seine Lebensgefährtin nicht retten konnte. Ich bin so oft gescheitert und habe so viel Unglück gesehen … Ich sehe dein Leben, Michael, und glaub mir, es ist zwar nicht leicht, aber du hast einen Haufen Joker. Du hast die Mittel, dir eine Zukunft aufzubauen. Füg nicht dir selbst zu, was du deinem Hund nie antun würdest. Gib dich nicht auf.«

51

Na, Théo, wie ist es diese Woche in der Schule gelaufen?«

Noch bevor ihr Sohn antworten konnte, rief Pauline aus der Küche: »Es wäre mir lieber, Sie würden vom Hunger auf der Welt sprechen oder von einem schwarzen Loch, das die Galaxie verschlucken wird, denn ehrlich …«

Théo näherte sich Thomas und sagte leise: »Ich war frech zur Lehrerin …«

»Schlechte Laune oder berechtigter Protest?«

»Ich war supergenervt, weil sie uns gezwungen hat, mit den Kleinen Fußball zu spielen.«

»Also schlechte Laune. Das ist nie gut. Und was ist für dich ein Kleiner?«

»Die aus der ersten Klasse. Die können noch nicht mal dribbeln, das sind die reinsten Schnecken.«

»Ich verstehe. ›Schnecke‹ ist also ein Schimpfwort.«

»Na klar! Ganz weich und klebrig und langsam wie ein Erstklässler …«

»Du warst auch mal ein Erstklässler.«

»Ja, aber ich war nicht wie die.«

»Wirklich nicht?«

»Ehrlich, ich konnte schon ziemlich schnell laufen. Verglichen mit denen hatte ich Flügel!«

»Schmetterlinge bekommen Flügel, wenn sie aufhören, Larven zu sein, aber nicht die Schnecken.«

»Also sind die Erstklässler noch Larven.«

»Ich sehe schon, wir machen Fortschritte.«

»Ob nun Schmetterling oder Schnecke, mit Larven spielt man nicht Fußball.«

Pauline trat ein, sie brachte auf einem Tablett Théos Teller.

»Was heckt ihr beide wieder aus? Glaubt ihr etwa, ich würde nichts hören?«

Während seine Mutter sich neben ihn setzte, zwinkerte Théo Thomas zu.

»Wenn ich bedenke«, sagte Pauline, »wie viele Mahlzeiten ich hier ganz allein eingenommen habe … Es war deprimierend! Mit all diesem gemalten Getier, das einen anstarrt. Diese hervorquellenden Augen, das starre Lächeln und dazu diese Nuklearfarben, die nicht einmal mit der Zeit verblassen … Es läuft einem kalt den Rücken hinunter. Besonders dieser Biber im LSD-Rausch macht mich fertig, Sie etwa nicht?«

Thomas warf einen Blick über die Schulter.

»Für mich ist es eher der Igel. Ich finde, er wirkt ein bisschen verschlagen.«

»Was heißt das, ›verlagen‹?«, erkundigte sich Théo.

»Ver-sch-lagen. Es bedeutet, dass er nicht aufrichtig wirkt. Man mag ihm nicht trauen. Aber die echten Igel sind sehr freundlich.«

»Was für ein wunderbarer Pädagoge Sie doch sind, Doktor.« Pauline lächelte amüsiert. »Sie sind jetzt so weit, dass Sie auf das Thema Vermenschlichung zu sprechen kommen könnten. Wenn Sie dabei auch noch einen kleinen Hinweis auf die mit seinen Schokoladenkeksen verbundene Palmölüberproduktion fallen lassen könnten, wäre ich Ihnen wirklich sehr verbunden.«

»Ich bin sicher, dass er das versteht.«

»Natürlich. Wahrscheinlich bin nur ich nicht imstande, es richtig zu erklären. Und da Sie doch so begabt sind: Erklären

Sie diesem Jungen doch bitte, warum er seine Lehrerin nicht ärgern darf.«

Francis erschien in der Tür zum Gemeinschaftsraum.

»Störe ich auch nicht?«

»Natürlich nicht, kommen Sie!«

»Sie sind noch nicht beim Kaffee?«

»Wir hatten oben noch einiges zu räumen«, erwiderte Pauline. »Aber wir sind fast fertig, setzen Sie sich doch.«

Monsieur Lanzac nahm neben Thomas Platz und fragte mit einer für ihn ungewöhnlichen Schüchternheit: »Würde es Sie stören, wenn ich hier hin und wieder mit zu Mittag äße? Das Fernsehen macht mir keinen Spaß mehr.«

Thomas lächelte ihn schelmisch an. »Genau das habe ich Ihnen doch vorgeschlagen, blablabla.«

»Bravo! Sie geben meinem Jungen ein wunderbares Beispiel!«, empörte sich Pauline.

»Er ist alt genug, um das wahre Leben kennenzulernen«, bemerkte Francis.

Théo sah ihn an und fragte: »Monsieur, was ist ein Tampon?«

Pauline erstickte fast.

»Na los, machen Sie ihn mit dem wahren Leben bekannt!«

Die Haustürklingel schrillte und ersparte Monsieur Lanzac eine Antwort, die er seinen Rekruten nie hatte geben müssen.

Thomas sah auf die Armbanduhr und wechselte dann einen Blick mit Pauline.

»Es ist zu früh, er kann es nicht sein.«

»Vielleicht Madame Trémélios Tochter, die ihrer Mutter, von Gewissensbissen gepackt, einen Blumenstrauß bringt?«

Pauline stand auf, um nachzusehen, doch sie hatte kaum die Wohnzimmertür hinter sich, da kam sie ganz aufgeregt zurück.

»Doktor, ich glaube, es ist Romain!«

Thomas sprang zu Théos und Francis' Verwunderung auf.

»Was, jetzt schon? Mist …«

Pauline half Thomas, seine Kleidung zu richten, als sollte er gleich auf eine Bühne hinaustreten. Sie rückte seinen Kragen zurecht und schob sogar eine Haarsträhne zur Seite.

»Tief durchatmen, alles wird gut. Bleiben Sie ruhig. Und denken Sie vor allem nicht an das, was auf dem Spiel steht.«

»Klasse. Ich dachte gar nicht daran. Aber jetzt denke ich daran.«

»Pardon, pardon. Sie sehen perfekt aus. Lächeln Sie, drängen Sie ihn nicht und denken Sie vor allem immer daran: Sie sehen ihn zum ersten Mal und wissen überhaupt nichts über ihn! Und jetzt los!«

52

»Willkommen, ich bin Dr. Sellac, ich leite diese Einrichtung.«

»Vielen Dank, dass Sie sich Zeit für mich nehmen. Romain Mory, ich komme wegen der Wohnung, die zu vermieten ist.«

»Romain Mory … Aber ja! Jetzt fällt es mir ein. Wissen Sie, es haben so viele Leute angerufen wegen der Wohnung … Aber Sie wurden mir nachdrücklich empfohlen.«

Der Händedruck war keineswegs enttäuschend. Thomas fand sogar, er ließ Gutes vorausahnen. Als sie durch die große Diele gingen, bemerkte Romain natürlich die niedlichen Tiere an den Wänden.

»Ist das ein Kindergarten?«

»Früher war es eine Kinderkrippe, aber sie wurde zu einem Seniorenheim umgestaltet.«

Thomas zog ihn hastig zur Treppe, damit er nicht etwa zufällig den Heimbewohnern begegnete. Als sie oben waren, erklärte er deutlich entspannter: »Unsere Schützlinge kommen nie hier herauf. Ich wäre Ihr einziger Nachbar, und Sie hätten einen direkten Ausgang. Außerdem dürften Sie auch den großen Garten hinter dem Haus nutzen. Er zieht sich bis zum Fluss hinunter.«

Als er die Tür zu der eben gerade auf Hochglanz gebrachten Wohnung öffnete, fühlte er sich noch gestresster als damals, als er vor einer wenig geneigten Prüfungskommission seine Dissertation hatte verteidigen müssen. Er drückte die Klinke nieder, wie man in die Tiefe springt.

»Da wären wir.«

Thomas lud den jungen Mann mit einer Handbewegung ein, die Wohnung zu betreten. Erfreut bemerkte er, dass dieser sich automatisch die Füße auf der Matte abtrat.

Romain machte gewissenhaft die Runde, warf einen Blick durchs Fenster, ließ die Hand über die Arbeitsfläche der Kochecke gleiten und stand dann im Schlafzimmer. Ob er das kleine Blumensträußchen bemerkt hatte, das Pauline auf den Küchentresen gestellt hatte, damit es belebter wirkte, und die Gitarre, die Thomas aus dem Gerümpel gerettet und aufs Bücherregal gelegt hatte, um dem Ganzen einen jugendlichen Touch zu geben?

»Die Wohnung ist sehr hell«, bemerkte der junge Mann. »Und das Schlafzimmer groß genug für ein Doppelbett.«

Thomas' Geist geriet in Wallung, doch er beherrschte seine Stimme: »In der Annonce haben wir ausdrücklich darauf hingewiesen, dass die Wohnung besonders für Junggesellen geeignet ist …«

»Passt schon, ich bin nicht verheiratet. Aber ein Doppelbett ist bequemer.«

Romain holte tief Luft, bevor er zum Kern der Sache kam: »Und die Miete?«

Thomas wusste, dass seine Antwort entscheidend war.

»Es geht hier nicht vor allem ums Geldverdienen, sondern darum, diesem Ort mehr Leben einzuhauchen. Es ist keine normale Wohnung, wir sind auch nicht in einem normalen Mehrfamilienhaus. Wir werden Sie vielleicht hin und wieder bitten, uns zu helfen, aber wir werden Sie nicht zu sehr einspannen. Was würden Sie zu dreihundert im Monat sagen?«

Romain hatte alle Mühe, sein Staunen über diese schöne Überraschung zu verbergen. Er sah sich, mit einem Mal viel entspannter, noch einmal um.

»Das ist nicht teuer«, gab er zu. »Aber ich möchte lieber offen sein: Es macht mir nichts aus, hin und wieder zu helfen, allerdings nimmt mein Job ziemlich viel Zeit in Anspruch.«

»Wir werden uns schon einigen. In welcher Branche arbeiten Sie denn?«

»In der Informatikbranche. Ich bin Programmierer und installiere EDV-Netzwerke. Ich habe einen unbefristeten Arbeitsvertrag. Meine Verdienstbescheinigungen habe ich auch mitgebracht.«

»Ich verlasse mich lieber auf Ihr Wort als auf irgendwelche Dokumente, von denen ich doch nichts verstehe. Die eigentliche Frage, um die es zuallererst gehen muss, ist die, ob Sie an dieser Wohnung interessiert sind.«

Der junge Mann ging noch einmal durch die Räume und wagte es sogar, einige Schränke zu öffnen. Ganz unauffällig fing er bereits an, sich zu orientieren. Thomas machte sich immer weniger Sorgen. Seit er die Höhe der Miete genannt hatte, war er ohnehin fast sicher, dass Romain sich schon entschieden hatte. Junge Jungs können alten Jungs nicht viel vormachen.

»Ich kann mir sehr gut vorstellen, hier zu leben, wenn Sie mit mir einverstanden sind. Ich könnte Ihnen auch als Sicherheit einige Monatsmieten im Voraus zahlen.«

Thomas würde seine Geldscheine bald wiedersehen … Er nahm sich jedoch Zeit und tat so, als wollte er das Für und Wider erwägen. Der Bewerber, der jetzt schon angebissen hatte, wurde unruhig.

»Sie heißen Romain, nicht wahr?«

»Ja, Monsieur.«

»Sie scheinen mir ein anständiger Junge zu sein. Ich vertraue Ihnen. Mir gefällt der Gedanke, einem jungen Mann ein bisschen weiterzuhelfen. Das ist Ihre erste eigene Wohnung, oder?«

»Ja, Monsieur.«

»Also dann, ich bin einverstanden.«

»Danke, Monsieur!«

»Wann möchten Sie einziehen?«

»So bald wie möglich. Ich muss nur erst ein paar Möbel und einen Kühlschrank kaufen.«

»Wunderbar. Dann gehen wir doch in mein Büro und unterschreiben den Vertrag.«

Wenn auch aus sehr unterschiedlichen Gründen, so hatte doch jeder der beiden Männer die größte Lust, vor Freude zu schreien, wild herumzuhüpfen und den anderen abzuküssen. Doch Thomas und Romain begnügten sich mit einem dieser verkniffenen Lächeln, wie es die siegreichen Helden in Francis' Lieblingsserien zur Schau trugen.

53

Thomas begleitete seinen frischgebackenen Mieter bis zu dessen Wagen. Die beiden Männer schüttelten sich die Hand, und Thomas sah dem Wagen nach, in den er so oft seine Tochter hatte einsteigen sehen. Er war jetzt in einem Geisteszustand, in dem ihn auch die absurdeste Situation nicht mehr erschrecken konnte.

Als er ins Heim zurückging, schwankte Thomas, dessen Nerven ziemlich beansprucht worden waren, zwischen unbändiger Freude und der Angst, einen Höllenmechanismus in Gang gesetzt zu haben, der ihn schließlich in die Luft sprengen würde. Sobald er das Haus betreten hatte, schloss er sorgsam die Tür hinter sich und wollte in sein Büro gehen.

»›Willkommen, ich bin Dr. Sellac, ich leite diese Einrichtung.‹«

Thomas' Herz setzte aus. Völlig überrascht von dieser aus dem Nichts kommenden Grabesstimme wich er seitlich aus und stieß heftig gegen die Wand. Pauline, die sich versteckt hatte, lachte über ihre schlechte Imitation.

»Jetzt mache ich mich wirklich über Sie lustig. Mal ehrlich, Doktor, woher kam diese Stimme eines Museumsführers? Da ziehe ich sogar Ihre Stimme unter Heliumeinfluss vor.«

»Ich wäre fast vor Schreck gestorben!«

»Und auf Ihren Grabstein hätte ich gravieren lassen: ›Hier ruht der bis oben zugeknöpfte Lügenkönig.‹«

Wieder äffte sie Thomas' emphatische Sprechweise nach:

»Aber ja, jetzt fällt mir Ihr Name wieder ein. Wissen Sie, es haben so viele Leute angerufen wegen der Wohnung …«

»Sie haben wohl niemals Mitleid.«

»Doch. Sogar oft. Deshalb hab ich mich auch unzählige Male reinlegen lassen, aber das ist eine andere Geschichte.«

Sie trat näher und wurde sanfter.

»Es freut mich, dass es so läuft, wie Sie gehofft haben. Ich habe keine Ahnung, wie Sie sich aus der Falle befreien wollen, in die Sie gerade aus freien Stücken getappt sind, aber ich freue mich wirklich für Sie.«

»Glauben Sie, ich bin zu weit gegangen?«

»Wenn ich jetzt Ja sage, rufen Sie ihn dann wieder mit Ihrer gasgesättigten Pinguinstimme an? In diesem Fall wäre ich nämlich sehr versucht, Ja zu sagen … Aber jetzt kommen Sie, ich gebe einen aus, Ihnen, Théo und sogar Francis. Die Runde geht auf mich! Grenadine für alle!«

In dem Moment, in dem Pauline ihren Satz beendete, hallte ein Knall durch die Eingangshalle, und alle Lichter erloschen.

»Die Sicherungen sind rausgeflogen«, stellte sie nüchtern fest. »Und das zum ersten Mal.«

»Versuchen Sie mir bloß nicht einzureden, das sei ein böses Vorzeichen für meine Pläne, sonst sabotiere ich Ihr nächstes Volltanken.«

»So ein gemeiner Lügenkönig.«

»Sagen Sie mir lieber, wo die Sicherungen aufbewahrt werden.«

Ein Röcheln aus Jean-Michels Zimmer holte sie brutal in die Wirklichkeit zurück.

54

Was haben Sie gemacht?«

Monsieur Ferreira lag in seinem Zimmer auf dem Fußboden, neben einer umgestürzten Lampe und einer zerbrochenen Glühbirne. In der Luft lag ein leichter Brandgeruch. Der alte Mann knurrte. Thomas kniete sich neben ihn.

»Bleiben Sie still liegen. Atmen Sie langsam. Können Sie mich sehen?«

»Natürlich kann ich Sie sehen, Sie sind doch genau vor mir. Ich bin zwar kurzsichtig, aber so schlimm ist es nun auch wieder nicht.«

Als Thomas seine Hand nahm, bemerkte er, dass die Spitzen von Mittel- und Zeigefinger geschwärzt waren. Er drehte sich zu Pauline um.

»Er hat's noch mal gemacht.«

»Was meinen Sie?«

»Er hat sich absichtlich einen Stromschlag versetzt.«

»Na und?«, verteidigte sich Jean-Michel. »Das ist doch kein Verbrechen! Es hat mir beim ersten Mal so gutgetan! Ich spürte wieder Leben in mir. Und ich ertrug es nicht, wieder zu einem Tapergreis zu werden. Wenn ich den Jungen mit dem Hund herumtollen sehe, möchte ich am liebsten mitspielen! Also dachte ich mir, was soll's, es ist einen erneuten Versuch wert.«

»Mademoiselle Choplin, bitte rufen Sie die Elektriker an, wir haben ihren ersten Drogenabhängigen. Er hängt am Kabel.«

»Erzählen Sie nicht solchen Blödsinn, sagen Sie mir lieber, ob es ihm gut geht.«

»Topfit. Der Puls ist in Ordnung, die Pupille völlig normal, er hat für mindestens eine Woche Energie nachgetankt. Wahrscheinlich können wir ihm auch den Stecker der Kaffeemaschine in die Nase stecken. Erinnern Sie mich daran nachzusehen, ob zufällig noch Steckdosensicherungen in den Abstellräumen der Krippe herumliegen, denn ich möchte wirklich nicht, dass er anfängt, an den Leitungen zu lecken.«

»Doktor, ganz im Ernst …«

Pauline beugte sich über ihren Schützling, um ihn zu beruhigen. Francis und Théo steckten den Kopf durch die Tür.

»Was ist passiert? Wir haben gerade eine Folge von ›Die Scharfschützen‹ geguckt, als es knallte.«

Der Kleine fügte hinzu: »Es hat bei uns und gleichzeitig auch in der Geschichte einen lauten Knall gegeben! Toll! Echtes Home-Cinema!«

»Schlimm ist nur«, klagte Francis, »dass wir nie erfahren werden, wer die geheime Erfindung des verrückten Wissenschaftlers an die Terroristen verkauft hat.«

Pauline und Thomas hoben Monsieur Ferreira vom Boden auf und legten ihn auf sein Bett.

»Jetzt ruhen Sie sich ein bisschen aus.«

»Ich würde lieber mit dem Hund herumtoben.«

»Was ist das für ein Getöse?«, fragte Chantal, die gerade eingetroffen war.

»Jean-Michel wurde vom Blitz getroffen«, erklärte Francis.

»Vom Blitz? Wir hatten doch gar kein Gewitter! In diesem Haus wird alles immer seltsamer … Ich bin sauer, ich habe gerade eine kulturelle Ratesendung gesehen, und die wurde just in dem Moment unterbrochen, als sie die Antwort auf die Millionen-Frage geben wollten.«

»Wie lautete die Frage?«, fragte Jean-Michel, der langsam wieder zur Besinnung kam.

»›Beinhart und doch betörend schön‹, sieben Buchstaben.«

»Ein Winchesterlauf!«, schrie Francis. »Hurra, ich habe eine Million gewonnen!«

Er hüpfte mühsam auf der Stelle und hob die Siegerfaust.

»Das sind vierzehn Buchstaben, doppelt so viele«, erwiderte Chantal verkniffen. »Erbärmlicher Amateur.«

Jean-Michel brach in ein irres Lachen aus. Frankenstein war wieder da.

55

Emma zu beschatten wurde immer schwieriger. Wenn sie jetzt mit Romain ausging, musste Thomas fürchten, dass sein Mieter ihn erkannte. Folglich zog er sich jedes Mal, wenn der junge Mann mit seiner Tochter ausging, noch weiter zurück und ließ ihm gewissermaßen freie Hand. Thomas versuchte sich damit zu trösten, dass alle Väter sich schließlich zurückziehen müssen, wenn sich ein anderer Mann im Leben ihrer Töchter einnistet. Aber wenn es auch ein Naturgesetz ist, das ausnahmslos alle trifft, tut es deshalb nicht weniger weh.

Also beobachtete er Emma jetzt, wenn sie allein oder mit ihren Freundinnen zusammen war, obwohl ihm diese Gelegenheiten weniger Zeit mit ihr ließen und er es noch wenige Wochen zuvor ganz anders beschlossen hatte.

Es war jetzt zu gefährlich geworden, in dem Kebabhaus zu Abend zu essen, das strategisch günstig genau gegenüber dem Stammitaliener der beiden lag. Wobei Thomas weder den schrecklich fetttriefenden Gerichten noch dem zahnlückigen Lächeln des Wirts nachtrauern würde, der überzeugt war, dass die Treue seines Gastes einzig und allein auf seine berühmte und ebenso ölige wie grellfarbene Soße zurückzuführen sei. Hingegen bedauerte Thomas es, dass er sich nicht mehr auf der Schaufensterseite zwischen der Plastikgrünpflanze und der großen Speisekarte verstecken konnte. Aus dieser Deckung heraus hatte er sich nicht mehr mit gespiegelten Bildern begnügen müssen, sondern seiner Tochter nach Belieben ins Gesicht sehen können. Von hier aus hatte er sich an ihrem Lächeln sattsehen können und an ihrer Art, den Kopf zurückzuwerfen, wenn Romain sie zum Lachen brachte. Es kam auch nicht mehr infrage, zur selben Zeit wie sie ins Kino zu gehen. Zu riskant. Machte nichts, Thomas sah sich den Film in der Vorführung gleich danach an, um weiterhin Emmas Gefühle teilen zu können. Der Vater des Helden würde auch ein zweites Mal eindrucksvoll ins Gras beißen.

Thomas liebte es, auf seine Tochter zu warten. Es war immer ein Geschenk, wenn sie dann auftauchte. Diese einseitigen geheimen Verabredungen strukturierten seine Tage. Von ihrem Erfolg hing seine Stimmung ab. Seit er Emma beobachtete, hatte er sie immer nur bei einfachen und sich von Tag zu Tag gleichenden Tätigkeiten gesehen. Gehen, sprechen, telefonieren, sich mit der Haarspange zwischen den Zähnen neu frisieren, den Kragen hochschlagen, umarmen, warten, etwas trinken, ihre Kursunterlagen an einem Cafétischchen lesen oder einkaufen. Alles immer an öffentlichen Orten. Dennoch, dadurch, dass er sie dies immer wieder hatte ausführen sehen, konnte er aus ihren Gesten weit mehr herauslesen als ein oberflächlicherer Beobachter. Wenn man diese an sich banalen Tätigkeiten bis ins Kleinste zerlegte und bis in jede Nuance analysierte, bekamen sie eine erhebliche Aussagekraft. Je nach Kontext, Rhythmus der Ausführung und allgemeiner Haltung ließen sie Emmas psychischen Zustand erkennen. Hinzu kam das, was Thomas die »Begleitphänomene« nannte, diese unbewussten Nebenumstände der Handlung, die ihre tiefere Bedeutung enthüllen.

Emma hat nicht nur ein Lachen. Emma kann auf viele unterschiedliche Arten gehen. Emma hält ihr Glas unterschiedlich, je nachdem, ob sie ihren Durst löschen oder in Gesellschaft einen guten Eindruck machen will. Emmas Tonfall ändert sich kaum merklich, wenn sie jemanden von etwas überzeugen möchte und etwas auf dem Spiel steht. Seltsamerweise findet sich diese winzige Modulation auch in ihrer Haltung wieder, wenn sie um etwas bittet, nicht aber, wenn sie jemandem etwas gewährt. Diese kleine Anspannung zeigt sich auch darin, dass ihr Kinn dann spitzer wird und sie kaum wahrnehmbar ins Hohlkreuz geht.

Indem er sie die immer gleichen Akte wieder und wieder ausführen sah, hatte Thomas seine Aufmerksamkeit von der eigentlichen Handlung auf die Details verlagert, auf die nie jemand achtet. Jenseits des äußeren Scheins spürte er das emotionale Räderwerk, das ihre Energie speiste. Diese minutiösen Forschungen hatten sich in einem weiteren Heft voller Notizen niedergeschlagen. Es hatte zum Beispiel mehrerer Monate angestrengten Beobachtens bedurft, bis ihm bewusst wurde, dass seine Tochter nicht ausweichend nach oben blickte, wenn sie jemanden umarmte, den sie wirklich mochte. Von nun an konnte er auf der Grundlage eines einzigen Wangenküsschens feststellen, was Emma wirklich empfand. Doch nur wenn sie Romain küsste, schloss sie die Augen.

Thomas kannte seine Tochter allmählich ziemlich genau. Inzwischen wusste er auf den ersten Blick, ob es ihr gut ging oder nicht.

Er stellte oft Vergleiche zwischen Emma und ihm selbst im gleichen Alter an. Auch wenn Jungs und Mädchen unterschiedlich funktionierten, fand er Parallelen zwischen dem, was er über sich selbst wusste, und dem, was er über sie herausgefunden hatte. Damals als junger Mann hatte er sich in Gesellschaft des anderen Geschlechts unwohl gefühlt. Dabei hatten ihn die jungen Frauen sehr interessiert, er hatte sich nur nicht vorstellen können, was sie an ihm hätten finden sollen. Sein Existieren beruhte nicht auf Verführung, sondern auf Aktion. Emma schien beides zugleich zu können. Sie war sowohl gelassener als auch entschlossener. Er hatte sich nie so präzise ausdrücken können wie sie. Er wusste noch sehr gut, dass damals jedes x-beliebige hinreichend entschieden auftretende Großmaul seine Argumente ins Wanken bringen konnte, auch wenn diese eigentlich zutreffender waren. Dagegen war Thomas nie angekommen. Gegenüber Schönschwätzern fühlte er sich wehrlos. Er hasste alles, was nicht gradlinig und gerechtfertigt war. Wahrscheinlich hatte er sich auch deshalb in eine Richtung orientiert, in der es um Leben und Tod ging, Fragen, denen die Großmäuler immer weiträumig ausweichen.

Wenn er seiner Tochter folgte, gab ihm die bloße Tatsache, dass er ihre Nähe spürte, die Kraft, intensiver zu denken. Wie durch die Gnade einer Gottheit. Oder durch eine inspirierende Bezugsperson, die das Beste in einem zum Vorschein bringt. Thomas sah in seiner Tochter keine Heilige. Er vergötterte sie nicht. Er liebte sie. In ihrer Nähe konnte er sich nicht mehr belügen und wagte es, sich infrage zu stellen. Seine Überlegungen waren wahrhaftiger – vielleicht auch einfach nur angstloser. Alles ist eine Frage des Standpunkts.

Thomas dachte an die Menschen, die auf die eine oder andere Art sein Leben ausmachten. Céline, Michael, Kishan, seine Eltern, seine Schwester, Théo, die Heimbewohner und Pauline. Sein Leben wurde ebenso stark von der Abwesenheit wie von der unerwarteten Gegenwart von Menschen bestimmt. Wenn er über seinen Lebensweg nachdachte, kam er immer auf diese wenige Meter von ihm entfernte junge Frau zurück. Was sie tat, mochte nicht bemerkenswert sein, doch für ihn war sie selbst bemerkenswert. Wenn man bedachte, dass er ihr hatte helfen wollen … Dabei war sie es, die ihm eine Stütze war!

Unter welchem Blickwinkel er die Frage auch anging, Thomas kam immer zu dem Ergebnis, dass Emma begabter war als er. Indem er ihr zusah, sie zu verstehen versuchte, ihr – wenn auch ungeschickt – half, lernte er viel über sich selbst und über das Leben. Diese Wirkung haben Kinder häufig.

56

Pauline las hastig das Schreiben und hob dann den Blick zu Thomas auf. Einen solchen Ausdruck der Hilflosigkeit hatte er bei ihr noch nicht oft erlebt. Sie war leichenblass.

»Dieser kleine Mistkerl!«, zischte sie und umklammerte den Brief so fest, als wäre er der Hals des früheren Heimleiters.

»Bitte zerknittern Sie den Brief nicht, er kann uns noch nützlich sein. Er war wirklich ein hervorragender Geschäftsführer …«

»Ist Ihnen klar, was da steht? ›Eine unangemessene und daher zwangsläufig defizitäre Struktur. Die Betriebskosten je Heimbewohner könnten halbiert werden, wenn sie in herkömmlichen, größer dimensionierten Heimen untergebracht würden.‹ Und dieser Flegel befürwortet die Schließung des Heims und eine anderweitige Verwendung des Personals! Man hätte ihm nicht die Grippe anhängen sollen, sondern die Beulenpest!«

»Beruhigen Sie sich, Pauline. Bevor diese Leute etwas unternehmen, werden sie unsere Meinung einholen, und ich habe einige sehr gute Argumente. Sein Abschlussbericht ist bereits mehr als einen Monat alt, und erst jetzt bestätigen sie den Erhalt und schicken mir eine Kopie. Ich bin mit diesem System ein wenig vertraut. Sie werden vielleicht eine Anhörung einleiten, aber wenn man bedenkt, mit welcher Geschwindigkeit solche Dienststellen arbeiten, haben wir noch viel Zeit.«

»Ich beneide Sie um Ihre Ruhe. Wie machen Sie das nur?«

»Wenn man jahrelang mit Leuten zusammenlebt, bei denen

man sich fragt, ob sie irgendwann am Durst, an einer Krankheit, vor Hunger oder an einer Kugel krepieren, relativiert sich einiges.«

»Ich liebe es, wenn Sie so sprechen. Schauer laufen mir über den Rücken. Sie sind mein Held. Fehlen nur noch die Geigen vor dem Hintergrund eines Sonnenuntergangs und die amerikanische Flagge, die im Wind flattert, dann breche ich in Tränen aus und küsse Ihre abgetragenen Schuhe. Was soll's. Dieser Verräter! Dieser Hornochse! Er vergisst, dass er von Menschen spricht.«

»Besser, wir verbreiten diese Geschichte nicht unter den Heimbewohnern. Es würde sie nur unnötig aufregen.«

»Da bin ich ganz Ihrer Meinung.«

Thomas warf den Brief in eine Schreibtischschublade und wechselte das Thema: »Aber Sie waren doch hergekommen, um mich um etwas zu bitten …«

»Es ist ein bisschen kompliziert, vor allem, nachdem Sie mir das gerade erzählt haben. Zumal es auch noch etwas Persönliches ist …«

Thomas hob interessiert eine Braue.

»Trotzdem, sagen Sie es mir …«

»Ich brauche jemanden, der mir hilft. Aber ich will Ihnen nichts vormachen, es ist ein hirnrissiger, aussichtsloser Plan.«

»Jetzt machen Sie mich neugierig. Wenn man weiß, welche Höhen des Irrsinns man erreichen muss, um von Ihnen dieses Prädikat verliehen zu bekommen, bin ich fast schon begierig darauf, mehr zu hören.«

»Machen Sie sich über mich lustig?«

»Glauben Sie etwa, ein Held reinen Herzens könnte die Verzweiflung einer Frau nutzen, um sich einen Spaß zu machen?«

»Es geht um Théo. Vielleicht haben Sie mit ihm mehr Mitgefühl als mit mir …«

Da Thomas merkte, dass Pauline wirklich in Sorge war, wurde er wieder ernst.

»Sie sind ja ganz aus der Fassung. Erzählen Sie es mir.«

»Ich muss morgen zur Schuldirektorin, sie hat mich einbestellt.«

»Und wie kann ich Ihnen helfen? Brauchen Sie eine Art Gutachten?«

»Sie hat nämlich verlangt, dass Théos Eltern kommen …«

»Will heißen?«

»Sie ist eine sehr prinzipientreue Dame, und ich hatte sehr viel Glück, dass sie Théo überhaupt in ihre Schule aufgenommen hat, obwohl er eigentlich nicht zu ihrem Einzugsgebiet gehört. Wenn sie Eltern einbestellt, bedeutet das normalerweise, dass das betreffende Kind im nächsten Schuljahr nicht mehr auf der Schule bleiben darf.«

»Welche bösen Folgen könnte das haben?«

»Théo würde seine Freunde verlieren, und er würde in eine weniger aktive und weniger gute Schule versetzt …«

»Und was soll ich tun?«

»Sie möchte sowohl Théos Vater als auch Théos Mutter kennenlernen. Ich kann mir nicht vorstellen, meinen idiotischen Ex zu bitten, dass er mitkommt. Er wäre imstande abzulehnen, bloß um mir das Leben schwer zu machen. Oder aber er käme, und dann wäre das Ergebnis eine Katastrophe. Jedenfalls hätte Théo dann keine Chance, auf der Schule zu bleiben.«

Thomas sah Pauline offen an. Diesmal war sie diejenige, die den Blick abwandte.

»Ich wiederhole noch mal zur Sicherheit. Unterbrechen Sie mich, wenn ich mich irre: Sie bitten mich, den Vater Ihres Sohnes zu spielen? Ist es das?«

»Sie und Théo verstehen sich gut. Sie sind echte Verschworene. Er liebt sie sehr.«

»Ich liebe ihn auch sehr. Aber Sie haben nicht auf meine Frage geantwortet.«

Pauline seufzte, als würde sie die Waffen strecken.

»Ja bitte: Ich bitte Sie, sich bei dem Termin morgen als seinen Vater auszugeben.«

Thomas legte beide Hände flach auf den Schreibtisch und holte tief Luft.

»Einverstanden, aber unter einer Bedingung.«

»Was immer Sie wollen.«

»Sie erklären mir, notfalls auch mimisch, wie Sie mich zwingen wollten, in ein Gläschen zu pinkeln.«

57

Thomas saß neben Pauline im Korridor des Verwaltungstrakts der Schule und betrachtete die Wände. Sehr bunte Werbeplakate für Feste und kulturelle Veranstaltungen wechselten sich mit düsteren Warnungen und mit von Kindern gemalten Bildern ab, auf denen Menschen, Familien und manchmal auch Tiere zu sehen waren. Diese auf wenige Striche beschränkten Darstellungen in minimalistischen Umgebungen hatten eine verblüffende Ähnlichkeit mit den Bildern, die die kleinsten Bewohner des in den indischen Bergen verlorenen Dorfs gemalt hatten. Trotz der so unterschiedlichen Lebenswelten gab es eine überraschende Übereinstimmung der wichtigsten Bezüge und der Art ihrer Wiedergabe.

Pauline sah nervös auf ihre Armbanduhr. Das »Paar« wartete nun schon fast eine halbe Stunde vor dem Büro der Schuldirektorin.

Thomas fragte leise: »Wovor haben Sie am meisten Angst? Davor, dass sie vielleicht Théo nicht auf der Schule behält, oder davor, dass ich die Rolle des Vaters nicht hinkriege?«

»Ich habe Angst um Théo.«

»Welchen Satz wollen Sie auf keinen Fall hören?«

»Ist das ein Spiel?«

»Eine Methode. Ich glaube, Sie fürchten, von ihr zu hören: ›Sie sind nicht in der Lage, Ihren Sohn zu erziehen. Es ist Ihre Schuld, dass er sich wie ein Rüpel benimmt. Solche Kinder wollen wir hier nicht.‹«

Pauline starrte ihn erschrocken an.

»Was ist in Sie gefahren, dass Sie mir so etwas ins Gesicht sagen? Ist Ihnen eigentlich klar, wie grausam das ist?«

Thomas erkannte in Paulines Haltung eine unmerkliche Veränderung, die auf Zorn hindeutete.

»Sehr gut. Verwandeln Sie Ihre Angst vor der Schulleiterin in Zorn auf mich.«

»Und das ist Ihre Methode? Habe ich das Recht, Sie zu schlagen? Auf den Kopf und vielleicht mit dem Garderobenständer da? Sagen wir doch, das wäre Teil der Therapie.«

»Nein, Werkzeuge sind nicht erlaubt.«

»Théo ist kein Rüpel.«

»Das behaupten aber die Kleinen aus der ersten Klasse, die er vom Fußballfeld vertrieben hat.«

»Woher wissen Sie das?«

»Vergessen Sie nicht, ich bin sein Vater. Ich rede mit meinem Sohn.«

»Das glaub ich nicht! Dieser Mann ist verrückt. Warum hauen Sie mir solche Abstrusitäten just vor dem Termin um die Ohren?«

»Um den Abszess Ihrer Ängste zu öffnen. Vorher hätten Sie mir nicht zugehört, und wenn Sie es zufällig doch getan hätten, hätten Sie mich tatsächlich verprügelt. Hier bin ich in Sicherheit.«

»Wie können Sie behaupten, ich sei nicht imstande, meinen Sohn zu erziehen?«

»Ich bin sicher, dass Sie das können. Aber Sie selbst nicht. Geben Sie es zu.«

Pauline zwang sich, ganz langsam zu atmen, um sich zu beruhigen.

»Glauben Sie, die Schulleiterin wird mir solche Sachen an den Kopf werfen?«

»In Ihren schlimmsten Mütter-Albträumen gewiss. In Wirklichkeit nicht.«

Die Bürotür öffnete sich. Im Gegenlicht zeichnete sich eine Gestalt ab.

»Sie sind Théos Eltern?«

»Ja, Madame«, antworteten Pauline und Thomas im Chor und standen synchron auf.

»Bitte entschuldigen Sie meine Verspätung. Wir haben immer größere Probleme mit der Disziplin, und ich hatte gerade eine Stunde lang eine Mutter am Telefon, die davon überzeugt ist, dass *wir* ihre Tochter erziehen müssen. Doch sie wird sich ein anderes Institut suchen müssen, an dem man ihre hysterische Prinzessin dressiert. Bitte kommen Sie doch herein.«

Die Schuldirektorin war eine sehr gepflegte Dame reiferen Alters. Alles in ihrem Büro war perfekt geradegerückt. Hier gab es keine Kinderzeichnungen, sondern nur Zeitpläne, Notizen, Tafeln und Regale mit Hängeordnern. Pauline erbleichte bei der Vorstellung, ihr Théo könne an einem öffentlichen Ort genauso aufgehängt werden wie seine Akte.

»Bitte setzen Sie sich doch. Ich wollte mit Ihnen über den Fall Ihres Sohnes sprechen, dessen Verhalten uns einige Sorgen macht. Und wir versuchen es zu verstehen. Hat sich sein Umfeld verändert? Sind Sie umgezogen? Und, bitte entschuldigen Sie die Frage, gibt es Ehekonflikte zwischen Ihnen?«

Pauline legte ihrem »Mann« die Hand aufs Knie und antwortete in leichtem Ton: »Nein, Gott sei Dank gibt es in dieser Hinsicht keine Probleme. Wir sind eine einige und harmonische Familie.«

»Sie sind Krankenschwester. Aber in der Akte fehlt der Beruf des Vaters …«

»Arzt, ich bin Arzt.«

»Wunderbar. Ist der Kleine oft sich selbst überlassen?«

»Eine Freundin holt ihn nach dem Hort ab«, antwortete Pauline. »Und dann komme ich. Es ist immer jemand für ihn da.«

»Spielt er Videospiele mit viel Gewalt?«

»Er spielt ein wenig, aber es ist weder zeitlich noch inhaltlich exzessiv.«

»Wer von Ihnen beiden überwacht seine Hausaufgaben?«

»Meistens ich, aber Thomas kümmert sich auch manchmal darum. Sie machen viel in kreativer Hinsicht zusammen. Sie zeichnen zum Beispiel …«

»Haben Sie irgendeine besondere Entwicklung bei Ihrem Sohn beobachtet?«

Jetzt ergriff Thomas das Wort: »Ganz offensichtlich wächst er heran und sucht nach Selbstbestätigungen. Er strebt vor allem nach Autonomie und Verantwortung. Er mag es nicht, wenn man seine Hausaufgaben nachsieht. Monsieur meckert auch, wenn seine Kleidung nicht nach seinem Geschmack ist. Selbst bei Tisch will er sich unbedingt selbst bedienen. Wir lassen ihm so oft freie Hand wie möglich, aber Sie wissen ja, wie Jungs seines Alters sind, am liebsten würden sie schon den Führerschein machen!«

»Da haben Sie nicht unrecht. Haben Sie mit ihm über die verschiedenen Zusammenstöße mit seiner Lehrerin und mit seinen Klassenkameraden gesprochen?«

»Pauline und ich gehen solche Probleme ohne Tabus an. Der Respekt vor den anderen, seien sie nun älter oder jünger, ist ein grundlegender Teil der Erziehung, die wir ihm zukommen lassen wollen. Wir haben ihm klar gesagt, wie wir darüber denken und was wir von ihm erwarten.«

»Wie hat er reagiert?«

»Ich glaube, er hat uns verstanden. Ich habe sein Verhalten beobachtet, seiner Mutter gegenüber, alten Menschen gegenüber und selbst gegenüber Tieren. Er ist ein guter Junge. Wahrscheinlich macht er gerade eine Selbstfindungsphase durch, wie wir sie alle eines Tages durchlaufen.«

Die Schulleiterin lächelte. Pauline konnte es nicht fassen. Thomas war es gelungen, sie einzuwickeln.

»Ich bin angenehm überrascht von dem Blick, den Sie auf Ihren Sohn haben. Man erkennt die wohltuende Distanz des Arztes. Wenn alle Eltern so hellsichtig wären …«

»Jeder tut, was er kann. Alles ist eine Frage des Standpunkts.«

Pauline war beeindruckt von der Natürlichkeit, mit der Thomas in die Vaterrolle schlüpfte. Aber letzten Endes spielte er gar nicht. Er verhielt sich ihrem Sohn gegenüber genauso wie den Heimbewohnern gegenüber: Er beobachtete sie wohlwollend. Die ganze Zeit studierte er die Menschen, um sie zu verstehen. Einen Moment lang überfiel sie Panik, als ihr bewusst wurde, dass er vermutlich auch sie so genau unter die Lupe nahm.

»Einverstanden, *Chérie*?«

»Wie bitte?«

Thomas hatte seine Hand auf ihre gelegt und lächelte sie an. Wenn dies nur irgendwo anders stattgefunden hätte als im Büro der Schulleiterin …

»Natürlich bin ich einverstanden.«

Pauline hatte keine Ahnung, wozu sie ihre Einwilligung gegeben hatte. Sollte das Kind nun violett angestrichen oder mit zweihundert Peitschenhieben bestraft werden?

»Das beruhigt mich sehr«, sagte die Schulleiterin und stand auf. »Théos schwierige Phase wird also sehr bald nur noch eine ferne Erinnerung sein.«

»Sie können sich auf uns verlassen«, sagte Thomas und schüttelte ihr die Hand.

Als sie die Schule verließen, war Pauline ein wenig abwesend. Sie war noch ganz bei dem Gefühl, das sie empfunden hatte, als Thomas ihre Hand berührt hatte. Außerdem hatte sie ihn zum ersten Mal mit seinem Vornamen angeredet …

Auch Thomas war nicht ganz in seiner normalen Verfassung. Er fragte sich, was er da eigentlich trieb, er kümmerte sich um einen Jungen, der als sein Sohn ausgegeben wurde, dessen Vater er jedoch nicht war, während seine eigene Tochter von seiner Nähe nicht einmal etwas ahnte. Sosehr Thomas auch hoffte, eines Tages zu ergründen, was Vaterschaft eigentlich war, er wusste, heute würde er nicht zu einem Ergebnis kommen.

58

Thomas stand kaum sichtbar am Fenster seiner Wohnung und wartete. Er hatte seinen Plan sorgfältig durchgespielt. Wenn er sich auf die durchschnittlich gemessene Zeit verließ, die Romain nach dem Abstellen seines Wagens brauchte, um auf den Flur im ersten Stock zu gelangen, dann hatte er gerade genug Zeit, sich zu postieren.

Romain ging normalerweise gegen halb neun aus dem Haus und kam gegen 17 Uhr wieder in seiner Wohnung an, um sie danach wieder zu verlassen. Manchmal traf er sich dann mit Emma, aber nicht unbedingt regelmäßig. Was oft zu komplizierten Situationen führte, weil Thomas sich dann seinerseits mit Pauline auf den Weg ins Stadtzentrum machte, weil er hoffte, Emmas Anblick ein wenig genießen zu können, sollte ihr Freund sie nicht für sich beanspruchen. Es war auch schon vorgekommen, dass er erst nach Romain wieder ins Heim zurückgekehrt war. Doch zuallermeist hielt sich Thomas in dem seiner Tochter gewidmeten Zimmer auf, wenn er den jungen Mann nach Hause kommen hörte.

Thomas hatte sich schnell an seine Anwesenheit gewöhnt und kannte ihn inzwischen schon ein bisschen besser. An der Art, wie Romain morgens die metallene Außentreppe hinunterging, konnte Thomas erkennen, ob er wirklich ausgeschlafen oder zu spät dran war. Außerdem konnte Thomas abends schlecht einschlafen, wenn sein Mieter nicht nach Hause zurückgekehrt war. Der Gedanke, dass er nun nachts nicht mehr der einzige wehrhafte Mann im Haus war, beruhigte ihn sogar ein wenig. Es bedeutete zusätzliche Sicherheit für die Heimbewohner. Doch er vergaß nie, dass solche ausgeglichenen Situationen immer nur vorläufig sind.

In der vorangegangenen Woche hatte Thomas Romain ziemlich spät abends Gitarre spielen hören. Am ersten Abend nur ein paar vereinzelte Akkorde, an den Abenden darauf dann mehr. Es waren einfache Melodien, aber Romain hatte unbestreitbar Rhythmusgefühl. Romain hatte also das lediglich zur Dekoration hingestellte Instrument nicht nur bemerkt, sondern wusste sogar etwas damit anzufangen. Manchmal überraschen die jungen Männer ihre älteren Geschlechtsgenossen.

Der einzige Nachteil war, dass Thomas nicht mehr das spezielle Fenster öffnen konnte, von dem aus Michaels Gesang zu hören war. Also ging er regelmäßig in den Garten hinaus. Wenn er Glück hatte, hörte er aus der Ferne den Gesangsvortrag und konnte gleichzeitig Hélènes Katzenkinder im Mondschein spielen sehen. Sie waren inzwischen herangewachsen, und ihre Mutter ließ sie bis in den Obstgarten vordringen. Wenn Hélène noch im Fenster stand und ihnen zusah, plauderte Thomas mit ihr. Was ihr sehr gefiel, sie verglich die Situation dann gern mit der Balkonszene in *Romeo und Julia*.

Ein Auto näherte sich und riss Thomas aus seinen Gedanken. Romain, endlich. Thomas eilte auf den Treppenabsatz hinaus. Er stellte sich so hin, als wollte er gerade seine Wohnung betreten, die Hand auf der Klinke, bereit, sich von seinem rein zufällig just jetzt auftauchenden Mieter aufhalten zu lassen.

Es war nicht das erste Mal, dass Thomas Zufall spielte. Er hatte schon einmal eine »zufällige« Begegnung herbeigeführt, auf einem Bergpfad im Tal von Kapoor. Damals hatte er Kishans Vater um die Erlaubnis bitten wollen, im Dorf zu bleiben. Er hatte mehr als drei Stunden in der prallen Sonne ausgeharrt, um so zu tun, als wäre er gerade von den Bergen heruntergekommen. Als die herbeigesehnte Begegnung endlich stattfand, litt Thomas unter einem beginnenden Sonnenstich und erzählte wirres Zeug, das nichts mit dem zu tun hatte, was er ursprünglich hatte sagen wollen. Darsheel hatte also sehr recht, wenn er sagte, es gebe keinen Zufall.

Auf dem Treppenabsatz aufgebaut, die Hand an der Klinke, ähnelte Thomas einer der Plastikfigürchen seiner Tochter. Plötzlich erschien es ihm gar nicht mehr so natürlich, in dieser Haltung zu verharren. Furchtbar steif. Zu künstlich. Und Romain war immer noch nicht da. Warum war er nicht schon mindestens oben auf der Treppe? Selbst wenn er Einkäufe heimschleppte, war er nie so langsam gewesen.

Thomas überlegte, es sei sinnvoller, einige Schritte vor seiner Wohnungstür zu warten und sich erst in Bewegung zu setzen, wenn er den Schlüssel des jungen Mannes im Schloss hörte. Dann wäre es ein natürlicherer Ablauf. Aber immer noch kein Romain. Thomas beschloss, aus dem Fenster seiner Wohnung zu sehen, um festzustellen, was da los war. Als er auf das Fenster zuging, hörte er die Außentür zufallen. Verflixt schlechtes Timing. Jetzt musste er improvisieren, und das hasste er. Er kam aus seiner Wohnung, als Romain seine soeben betreten wollte.

»Na so was! Guten Tag, Romain!«

»Guten Tag, Monsieur!«

»Alles in Ordnung?«

»Danke, alles prima.«

»Da wir uns gerade über den Weg laufen, darf ich die Gelegenheit nutzen und Sie um etwas bitten?«

»Aber gern.«

»Wenn Sie einen Moment Zeit hätten, könnten Sie dann mal

kurz nach dem Computer in meinem Büro schauen? Ich verstehe nicht viel davon, aber ich habe den Eindruck, er ist sehr langsam geworden. Fällt das in Ihr Fachgebiet?«

»Klar, kein Problem.«

»Wann, meinen Sie, hätten Sie einen Moment Zeit?«

Romain überlegte.

»Ich muss frühestens in einer Stunde wieder los. Wenn Sie wollen, kann ich gleich mal nachschauen, was ihm fehlt.«

Die beiden Männer blickten auf den Bildschirm von Thomas' Computer. Romain saß an der Tastatur, Thomas stand hinter ihm und hatte von oben beste Sicht auf den Freund seiner Tochter. Er konnte in aller Ruhe die Hände, eine Wange, das Haar, die Schultern, den Hals betrachten – lauter Stellen, die Emma gern streichelte. Thomas amüsierte sich insgeheim über all die Unterschiede zwischen »Romain, dem Informatiker und Mieter, der den Älteren beeindrucken möchte« und »Romain, dem Verführer, der seine Freundin mit seinem guten Aussehen betören will«.

»Ist ja nicht gerade das neueste Modell …«

»Wir müssen mit dem zurechtkommen, was uns die Verwaltung zur Verfügung stellt.«

Geschickt klickte sich Romain durch die verzweigten Menüs.

»Wahrscheinlich wird er von überflüssigen Programmen ausgebremst. Sie brauchen mir nur zu sagen, welche Sie wirklich brauchen, dann deinstalliere ich die anderen. Es ist nicht einmal eingestellt, dass die Festplatte regelmäßig defragmentiert wird. Machen Sie das manuell?«

»Wenn ich bloß wüsste, was Sie damit überhaupt meinen …«

»Macht nichts, ich stelle alles richtig ein, dann brauchen Sie sich um nichts mehr zu kümmern. Die Leistung geht runter, wenn das nie gemacht wird.«

»Vielen Dank, Sie helfen mir da wirklich aus der Patsche.«

»Wir dürften ihn ohne Probleme beschleunigen können. Passt es Ihnen, wenn ich das dieses Wochenende mache?«

»Aber Sie haben doch sicher schon etwas anderes vor …«

»Meine Freundin ist nicht da, und ich hatte vor hierzubleiben, um alles ein- und aufzuräumen.«

Zum ersten Mal hatte Romain seine Freundin erwähnt. Wohin sie wohl an diesem Wochenende fuhr? Trotz seiner sonstigen Denkfähigkeit fühlte Thomas sich von diesen eigentlich einfachen Informationen überfordert. Unwillkürlich fragte er: »Sie haben eine Freundin?«

»Ja, ich habe eine Freundin.«

»Ist es etwas Ernstes?«

Noch bevor Thomas die Frage ganz ausgesprochen hatte, begannen in seinem Hirn sämtliche Warnlämpchen rot zu blinken. Was war bloß in ihn gefahren, dass er eine solche Frage stellte? Was würde dieser Junge jetzt von ihm denken?

»Wir sind seit fast zwei Jahren zusammen.«

Thomas hatte etwas weniger Freundliches erwartet als diese Antwort. Erleichtert versuchte er, das Thema abzuschließen.

»Umso besser. Ich wünsche Ihnen viel Glück.«

Thomas wusste genau, wie lange Romain schon mit Emma ausging. Noch zwei Wochen, und dann wären es exakt achtzehn Monate. Hätte Romain »Wir sind seit mehr als einem Jahr zusammen« geantwortet, hätte das auf eine Neigung hingedeutet, die Bedeutung dieser Beziehung abzuschwächen. Mit der Antwort »fast zwei Jahre« billigte er ihr über den tatsächlichen Zeitraum hinaus mehr Bedeutung zu, das war ein gutes Zeichen. Befriedigt nahm Thomas ein weiteres Mal Anlauf.

»Da Sie sich damit auszukennen scheinen, darf ich Sie noch in einer anderen Angelegenheit um Rat bitten?«

»Geht es um meine Freundin?«, fragte Romain scherzhaft.

»Nein, um ein Handy. Ich habe keins, und ich möchte gern eins kaufen. Könnten Sie mir bei der Auswahl helfen?«

»Ist Ihr altes kaputtgegangen?«

»Nein, ich hatte noch nie eins. Ich werde Sie sicher noch um Tipps für den Umgang mit solchen Geräten bitten müssen.«

Das war jetzt das dritte Mal in seinem Leben, dass Thomas einen solchen Gesichtsausdruck sah. Das erste Mal bei Kishan, als Thomas ihm einzureden versucht hatte, der Weg könne problemlos abgekürzt werden, indem sie den Sturzbach Mirna mithilfe eines Baumstamms überquerten. Das zweite Mal bei Pauline, als er ihr, während er sich wegen seiner neuen, ungewohnten Kleidung überall kratzte, erklärt hatte, er sei zu Fuß aus der Stadt gekommen. Und jetzt war es Romain, der ihn ansah, als hielte er ihn für einen Marsmenschen.

Im ersten Fall war Thomas mit einem lauten Schreckensschrei in den Sturzbach gefallen. Kishan hätte sich fast vor Lachen in die Hose gemacht, und Thomas wäre danach fast an einer Lungenentzündung gestorben. Im zweiten Fall hatte sich Paulines Reaktion zwar auf ungläubiges Staunen beschränkt, doch seit dieser ersten Erfahrung mit ihm hatte sie ihn nie wieder richtig ernst genommen. Wie würde es sich bei Romain auswirken?

59

Nun, Michael, haben Sie die Nummer gefunden?«

»Ich habe sie, aber ich weiß nicht, ob das eine gute Idee ist …«

»Das werden wir erst wissen, wenn wir es versucht haben. Machen Sie sich nicht zu viele Gedanken. Erklären Sie mit einfachen Worten, was geschehen ist, und sagen Sie vor allem, was Sie fühlen. All diese Opernfiguren, denen Sie Leben einhauchen, tun genau das in ihrer großen Arie. D'Artagnan würde es auch tun.«

»Ich bin aber nicht so mutig wie ein Musketier des Königs.«

»Aber Sie sind so anständig. Setzen Sie sich in mein Büro, da sind Sie ungestört, und rufen Sie Ihre Mutter an.«

Attila wich Michael nicht von der Seite, als wüsste er, wie schlecht es seinem Herrn ging.

»Und wenn Sie nicht mit mir sprechen will?«

»Und wenn Sie außer sich vor Freude wäre?«

»Ich habe Angst, Monsieur Sellac.«

»Ich weiß, und deshalb erlaube ich es mir ja auch, Sie zu drängen. Ich möchte Sie lieber dazu bringen, ein Risiko einzugehen, als weiterhin zusehen, wie Sie sich quälen.«

Thomas begleitete Michael zum Stuhl und drückte ihm sein nagelneues Handy in die Hand. Attila, der sich heute ungewöhnlich ruhig verhielt, legte sich zu Füßen seines Herrn.

»Lassen Sie sich Zeit. Ich erwarte Sie im Wohnzimmer. Kommen Sie zu mir, wenn Sie fertig sind.«

»Doktor …«

»Michael, ich bin jetzt nicht mehr derjenige, mit dem Sie sprechen müssen. Ich ahne, wie Sie sich fühlen. Haben Sie keine Angst. Überwinden Sie sich. Tippen Sie diese Nummer ein. Was auch immer geschieht, es wird richtig gewesen sein, dass Sie es versucht haben.«

Um ihm Glück zu wünschen, drückte Thomas die Schulter des jungen Mannes, dann ging er hinaus und schloss die Tür hinter sich.

Thomas blieb in der Nähe der Tür noch einen Moment stehen, doch er konnte nichts hören. Weder Michael noch der Hund machten auch nur das geringste Geräusch. Thomas hoffte von Herzen, dass Michael es wagte. Und dass seine Mutter da war, abnahm und so auf ihn reagierte, wie er es brauchte … Wie alt wir auch sein mögen, wir sind immer jemandes Kind, und ausgebreitete Arme sind die schönsten Türen, die sich öffnen können.

Ihm war, als hätte er Michael gerade schniefen hören. Weine nur, mein Junge, aber ruf diese Nummer an!, dachte er.

Um weiter zu warten, setzte sich Thomas schließlich im Gang auf den Boden. Er würde gehen, sobald er die ersten Worte hörte. Er wusste, dass dieser Moment für Michael ungeheuer bedeutsam war. Entweder er schaffte es oder er gab auf. Sollte er es schaffen, würde er wieder Kontakt zu seinen Angehörigen haben und auch zu sich selbst. Sollte er jedoch scheitern, würde er noch einsamer aus der Sache hervorgehen. Er musste es wagen, diese Nummer einzutippen, und dann die Kraft finden, es zu sagen. Und er musste auf ein offenes Ohr stoßen und vielleicht auch auf eine ausgestreckte Hand. Ein Hindernisrennen, bei dem jede Hecke übersprungen werden musste, ohne dass man wusste, ob man auch die nächsten schaffen würde. So viele Gelegenheiten zu stürzen. Doch am Ziel vielleicht das Glück.

Ganz leise öffnete sich die Tür von Francis' Zimmer. Der Oberst legte den Finger an den Mund, damit Thomas bloß nichts sagte, schlich auf Zehenspitzen heran und ließ sich dann, nicht ohne Mühe, neben seinem Heimleiter nieder.

»Unmenschlich, einen Mann meines Alters zu solchen Verrenkungen zu zwingen«, murrte er.

Dann stieß er Thomas mit der Schulter an und sagte, immer noch sehr leise: »Ich bin stolz auf dich, mein Junge. Du hattest recht, ihn zu diesem Telefonat zu drängen. Obwohl vielleicht dein ganzes Guthaben draufgeht.«

Michael war immer noch mucksmäuschenstill. Nun öffnete sich auch, ebenfalls ganz leise, Chantals Tür.

»Na?«, flüsterte sie. »Hat er's geschafft? Spricht er mit ihr?«

Thomas konnte es nicht fassen. Er knurrte: »Also, wenn ich recht verstehe, belauscht hier jeder jeden?«

»Doc, in unserem Alter fürchtet man ein Leck in der Gasleitung, Geier, die über uns kreisen, und Würmer, die herankriechen, um uns zu verschmausen. Und wenn man die ganze Zeit die Ohren spitzt, um das alles mitzukriegen, kriegt man auch andere Sachen mit.«

»Hallo, Maman? Bist du's? Hier ist dein Sohn Michael.«

60

Er hat immerhin zwei Stunden gebraucht, bis er endlich aufhörte zu weinen«, bemerkte Pauline. »Und dazu noch Attilas Geheul, na danke, das war ja wirklich eine tolle Stimmung!«

»Es musste heraus. Sie hätten sein Gesicht sehen sollen, als er aus meinem Büro kam. Es war wunderbar.«

Pauline warf einen weiteren kleinen Kiesel in den Fluss.

»Doktor, Sie sind ein merkwürdiger Mann.«

»Wie soll ich das verstehen?«

»Wenn Sie so weitermachen, werden Sie wirklich noch mein Held, ganz wirklich.«

»Auch ohne Sonnenuntergang und Sternenbanner?«

»Ich bewundere die Art und Weise, wie Sie Michael dazu gebracht haben, etwas zu unternehmen.«

»Das war doch nichts Besonderes.«

»Ihnen ist gar nicht klar, was Sie bei den Leuten auslösen können. Ich bemerke es bei den Heimbewohnern und sogar bei Théo.«

Der Wind fuhr durch das vertrocknete Gras am Flussufer. Pauline fröstelte.

»Ich wäre sehr glücklich, wenn ich andere so motivieren könnte, wie Sie es tun.«

»Unterschätzen Sie sich nicht. Sie können es.«

»Dann möchte ich, dass Sie, genauso wie Michael seine Mutter angerufen hat, auch Kontakt zu Ihrer Schwester aufnehmen.«

Thomas antwortete nicht. Er bückte sich, hob ein Ästchen auf, spielte damit und brach es schließlich in Stückchen.

»Das ist eine völlig andere Situation.«

»Sie ist Ihre einzige Angehörige, Sie können sich doch nicht so um die familiären Bindungen der anderen sorgen und Ihre eigenen vernachlässigen.«

»Ihre guten Absichten rühren mich sehr, Pauline, aber im Augenblick habe ich genug Baustellen zu beaufsichtigen und kann nicht noch eine eröffnen.«

»Da sehen Sie's, ich habe nicht derart viel Talent wie Sie. Hätte ich es, dann hätte ich mich von so einer Ausflucht nicht abhalten lassen und Sie dazu gebracht, sie anzurufen.«

Pauline rieb sich die Arme, um sie zu wärmen.

»Ist Ihnen kalt? Sollen wir wieder ins Haus gehen?«

»Nein. Ich fühle mich hier wohl. Bei Ihnen.«

Thomas stand auf, zog seinen Blouson aus und legte ihn ihr um die Schultern.

»Sie haben mir nicht einmal Ihr neues Handy gezeigt. War das Ihr erster Anruf darauf?«

»Der allererste. Und anscheinend funktioniert es sehr gut.«

»Ich weiß noch, als ich ein Handy bekam, habe ich als Erstes den Mann angerufen, den ich liebte, und dann meine Mutter. Meine Mutter erinnert sich noch daran.«

Lächelnd fügte sie hinzu: »So was, jetzt wird mir klar, dass ich das Handy länger behalten habe als meinen damaligen Liebsten …«

»Meine Mutter hebt bestimmt nicht mehr ab, und außerdem habe ich sowieso kein Guthaben mehr. Francis hat ganz richtig vermutet, der Anruf bei Madame Tibene hat alles aufgebraucht. Und da wir gerade vom Oberst sprechen, Sie hätten ihn sehen sollen, als Michael zu uns ins Wohnzimmer kam … So soldatisch er auch sein mag, ihm standen trotzdem die Tränen in den Augen.«

»Sie beobachten die Leute.«

»Wie alle anderen auch.«

»Nein, ein bisschen mehr als die anderen. Sie sind ein sehr aufmerksamer Beobachter des Lebens. Vor allem des Lebens der anderen. Doch Sie selbst bleiben diskret im Hintergrund, als hätten Sie Bedenken, selbst Akteur zu werden. Monsieur Cro-Magnon sollte keine Angst haben, das Leben anzufassen …«

Sanft und eine Spur ängstlich ergriff Pauline seine Hand.

»Fühlen Sie doch, wie eiskalt meine Hände sind.«

»Tatsächlich, sie sind kalt.«

Thomas versuchte, sich auf den klinischen Befund zu beschränken. Er fühlte sich wie ein von Autoscheinwerfern erfasstes Kaninchen, das nicht mehr weiß, was es tun soll. Er hoffte wirklich, dass Pauline seine Hand bald loslassen und diese für ihn verwirrende Situation beenden würde. Doch ihr Griff lockerte sich nicht. Ganz im Gegenteil.

»Monsieur Cro-Magnon ist nicht daran gewöhnt, die Hand einer Frau zu halten.«

»Schon seit Jahren habe ich eine Hand nur gehalten, um der betreffenden Person den Puls zu fühlen oder ihr beim Überleben oder Sterben zu helfen.«

»Sie haben immer nah am Abgrund, am Rande des Schrecklichsten gelebt.«

»So habe ich es nie gesehen, aber vermutlich trifft es das ganz gut.«

»Dann wäre es vielleicht an der Zeit zu lernen, wie man ein bisschen entfernter vom Nichts lebt. Sie könnten dann sogar für Menschen wichtig sein, die gar nicht zu fallen drohen. Auf festem Boden zu gehen ist ja auch schon ganz schön schwer …«

»Das wird mir mit jedem Tag ein bisschen klarer.«

Thomas versuchte, nicht an seine unter Fremdherrschaft stehende Hand zu denken. Pauline drückte sie und eignete sie sich geradezu an. Er betrachtete sie schon als verloren, als wäre sie ihm amputiert worden und gehörte ihm gar nicht mehr. Lieber gab er sie ganz auf und betrauerte sie, als dass er zusah, wie sie sich in einen Steg verwandelte, über den alle möglichen Gefühle kommen und ihn belagern würden. Die Brücken abbrechen. Den Wehrturm verteidigen. Thomas hatte ihn sein ganzes Leben lang vor Invasionen geschützt.

»Geben Sie mir Ihre Nummer?«

Der Rammbock gegen das Tor der Festung.

»Ist das denn nötig? Wir sehen uns doch jeden Tag.«

Siedendes Pech oder eiskalte Dusche. Pauline ließ seine Hand los. Die Gefühle fielen wie kleine Sturmsoldaten, die in den Abgrund stürzten, weil der Steg unter ihnen wegbrach.

»Bitte verzeihen Sie, Pauline«, sagte Thomas gefasster. »An mir ist nichts Heldenhaftes. Es fällt mir schon sehr schwer, ein Mann zu sein. Romain hat mir gezeigt, wie man simst. Sobald wir im Haus sind, schicke ich Ihnen meine allererste SMS, mit meiner Handynummer.«

Die Zugbrücke herunterlassen.

61

Woran erkennt man, dass man alt ist?«, fragte Théo.

Die Frage kam umso überraschender, als sie überhaupt keinen Bezug zur vorangegangenen Unterhaltung hatte. Francis nämlich hatte Françoise, die zum ersten Mal an der Mahlzeit teilnahm und nur noch Bahnhof verstand, die elementaren Regeln des Scharfschießens zu erklären versucht.

Dass der Kleine sich mit diesem Problem herumschlug, bewog jeden zu einer Reaktion.

»Das erinnert mich an die Fragen, die sich meine Kollegen für die Abiturprüfungen ausdachten«, bemerkte Madame Quenon amüsiert.

»Ab welchem Alter kann man darauf eine vernünftige Antwort geben?«, fragte Pauline verschmitzt.

»Man ist alt, wenn man anfängt, die Zutatenliste der Lebensmittel zu lesen, und dafür eine Brille braucht«, erklärte Francis. »und man ist alt, wenn man im Bus einen Platz angeboten bekommt!«

»Mir hat man auch schon mal einen Platz im Bus angeboten«, wandte Théo ein. »Und ich bin nicht alt.«

»Aber du bist doch im Vergleich zu den Erstklässler-Larven uralt, oder?«, mischte sich Thomas ein.

»Ich weiß es!«, rief Francis begeistert. »Man ist alt, wenn die Leute mehr auf deine Zähne als auf dein Lächeln achten. Schlimmer noch, du bist alt, wenn man sich mehr um dein Arschloch als um deinen Hosenschlitz kümmert.«

»Herzlichen Dank für diese weitere Info aus dem echten Leben.«

»Aber es stimmt doch! Anfangs sind die Kameras dazu da, Hochzeiten und Geburtstage zu filmen, und dann kommt der Moment, in dem dir klar wird, dass die einzige Filmproduktion, bei der du noch mitspielen wirst, eine Darmspiegelung ist. Mir ist lieber, man filmt die Festsäle der anderen und nicht meinen Künstlereingang.«

»Eine seltsame Art, das Leben zu betrachten«, meinte Françoise. »Sind die Gespräche bei Ihren gemeinsamen Mahlzeiten immer so anspruchsvoll?«

»Nein«, erwiderte Pauline. »Diese intellektuellen Höhen erreichen wir zum ersten Mal. Wahrscheinlich ein Feuerwerk zu Ihren Ehren.«

»Also *ich* habe die Frage nicht gestellt!«, verteidigte sich Francis.

Leise lächelnd bemerkte Madame Quenon: »Monsieur Lanzac, Sie und ich hatten eine durchaus ähnliche Aufgabe. Auch wenn unsere Tätigkeitsbereiche sehr unterschiedlich waren, so haben wir doch beide junge Leute ausgebildet. Deshalb nehme ich keinen Anstoß. Ich stelle lediglich fest, dass wir beide noch von unseren jeweiligen Fachgebieten beeinflusst werden.«

»Ja, was Sie da sagen, stimmt. Sie haben absolut recht. Wir waren beide Lehrer.«

»Wir wollen die Parallelen nicht übertreiben. Sie brachten ihnen das Schießen bei und ich das Lesen.«

»Beides kann einem das Leben retten.«

»Doch glücklicherweise ist eins im Alltag häufiger hilfreich als das andere.«

»Diejenigen, deren Beruf es ist zu kämpfen, werden gern verachtet, bis dann die Probleme auftauchen …«

»Dieser Gesichtspunkt ließe sich verteidigen – was kein

Wortspiel sein soll. Sagen wir, ich empfing meine Schüler im Namen eines Gleichheitsideals, während Sie Ihre aufnahmen, um einer Realität entgegenzutreten, der man besser nie ausgesetzt wird. Doch wer hätte die Macht, uns Prüfungen zu ersparen? Da das Schlimmste nicht immer vermieden werden kann, muss es Menschen geben, die ihm entgegentreten können. Wahrscheinlich war Ihre Mission nicht minder nobel als meine.«

Diese Rede löste in Thomas' Gedankenwelt ein kleines Erdbeben aus. Keins, von dem die Gebäude Risse bekommen, aber doch eins, das ein paar liebgewordene Andenken umwirft. Pauline stieß einen leisen Pfiff der Bewunderung aus.

»Das war aber hübsch gesagt!«

Dann beugte sie sich über ihren Sohn und strich ihm über den Kopf. »Und einstweilen musst du eben deine eigene Antwort auf deine hochinteressante Frage finden.«

Madame Quenon wandte sich jetzt an Théo: »Weißt du, Théo, als ich noch unterrichtete, kamen jedes Jahr wieder neue kleine Kinder in meine Klasse, und sie fanden mich alle sehr alt. Sie standen am Anfang, und wir am anderen Ende. Das war ihre beschränkte Sicht der Dinge. Und dann, im Laufe der Jahre, bemerkte ich, dass sich diese vereinfachende Sicht bei ihnen änderte. Und ich glaube, Théo, jetzt bist auch du an diesem Punkt. Daher deine Frage. Das Alter ist eine Art, auf die Welt zu blicken, ein Mittel, sich zwischen den anderen zu positionieren. Da spielen die Kerzen auf dem Geburtstagskuchen keine so große Rolle. Ich will dir sagen, was ich persönlich glaube. Du bleibst jung, solange die Probleme, mit denen du fertigwerden musst, von den anderen kommen. Das ändert sich an dem Tag, an dem dir klar wird, dass das, was du geworden bist, dich daran hindert, so zu leben, wie du möchtest. Du bist körperlich oder seelisch an deine Grenzen gestoßen. Du wirst nicht mehr ausschließlich deinen Träumen und Wünschen folgen können. Du wirst auch zum Werkzeug deiner Bedürfnisse, die immer unmittelbarer werden. Bis du nur noch ihr Werkzeug bist. Man ist alt, wenn man sein eigener Feind wird.«

62

Als Thomas seine Mails abrief, hoffte er auf eine Nachricht von Kishan. Und freute sich enorm, im Posteingangsfach zwischen den Werbemails und administrativen Nachrichten die Adresse seines Freundes auftauchen zu sehen. Doch es gab eine Überraschung:

Hello Thomas,
ich hoffe, bei dir ist alles in Ordnung und alles läuft gut in deinem Land. Aus deinem letzten Brief habe ich geschlossen, dass deine Stimmung gut ist, und das freut mich. Gestern kamen zwei Abgesandte einer internationalen Organisation ins Dorf. Es war ein echtes Ereignis, denn sie kamen mit einem Hubschrauber. Die Hühner und Ziegen hatten große Angst, aber die Kinder fanden es sehr interessant. Es staubte überall wie bei einem Unwetter! Sie sind keine Ärzte, sie sollen einen Bericht über die Lage in unserer Region machen. Sie sagen, dass es an der Grenze ruhig ist, dass sie aber fürchten, dass diese Ruhe nicht anhält. Sie sprachen davon, uns umzusiedeln. Damit ist niemand einverstanden, und mein Vater hat es ihnen gesagt. Sie haben viele Fotos gemacht, und ich habe den Netteren der beiden gefragt, ob er nicht auch eins von uns allen machen könnte, um es dir dann zu schicken. Ich hoffe, es gefällt dir.

Bis bald!

Dein Freund Kishan

Als er auf den Anhang klickte, überfielen ihn Gefühle, auf die er nicht gefasst gewesen war. Das Bild seiner Freunde schien aus dem Bildschirm zu treten und lebendig zu werden. Alle hatten sich am Brunnen versammelt und winkten ihm zu. Einen Augenblick lang glaubte Thomas ihre Stimmen zu hören. Er hätte die wenigen Schritte zurücklegen können, die sie trennten, dann wäre er bei ihnen gewesen und hätte die Hand ausgestreckt und sie berührt.

Dieses Glücksgefühl umhüllte ihn ganz und gar, bevor es wie ein vom Wind verwehter Rauchkringel verflog. Als ihm klar wurde, dass es ja nur ein Foto war, verwandelte sich sein tiefes Glück in ebenso starke Wehmut. In dem Versuch, die Wirkung zu verlängern und denen nahe zu bleiben, die ihm so sehr fehlten, klammerte er sich an jedes Detail auf dem Foto. Er betrachtete den lächelnden Kishan, der von seinen Kindern und Jaya umringt wurde, bewunderte Shefalis schönes Haar, amüsierte sich über Anil, der nie wusste, wohin er sehen sollte, und bewunderte Darsheel, der stattlich wirkte wie immer. Die Kinder waren schon beträchtlich gewachsen. Er erschauerte beim Anblick des Dorfes und der Berge im Hintergrund. Lange blieb er so sitzen und versuchte, sich in der Aufnahme zu verlieren.

Pauline hatte es richtig erkannt, er beobachtete gern. Und sie hatte sicher recht, wenn sie ihm empfahl, das wirkliche Leben »anzufassen«. In diesem Augenblick kam Thomas zum ersten Mal der Gedanke, die Leute im Dorf noch einmal zu besuchen. Nicht, um sie zu retten oder dort bis ans Ende seiner Tage zu leben, einfach nur, um ein bisschen bei ihnen zu sein und sie zu lieben.

63

Wegen des besonderen Anlasses hatte Pauline ausnahmsweise erlaubt, dass Théo, obwohl er am nächsten Morgen zur Schule musste, am Abend dableiben durfte. Thomas hatte am späten Nachmittag alles vorbereitet. Zur vereinbarten Zeit sorgte Pauline dafür, dass alle warm genug angezogen waren, bevor es losging.

Die Mauer des Fabrikgeländes zu durchqueren, noch dazu nachts, beeindruckte den Jungen sehr. Dieser Ausflug hatte etwas Abenteuerliches und den Reiz des Verbotenen.

»Ist Attila auch da?«, fragte er.

»Wahrscheinlich schon«, antwortete Françoise, »aber soweit ich verstanden habe, werden wir ihn nicht sehen.«

Der Kleine ließ Francis' Hand nicht los. Die Heimbewohner waren im Gänsemarsch durch die Lücke in der Mauer gegangen und dabei dem durch brennende Kerzen vorgezeichneten Weg gefolgt. Thomas führte die Gruppe an, Pauline wachte von hinten, und beide machten sie ihre Schützlinge auf jedes Hindernis aufmerksam.

Thomas sah nervös auf seine Armbanduhr.

»Wir hätten doch mehr Zeit für den Weg einplanen sollen. Vielleicht schaffen wir es nicht, bevor es losgeht …«

»Nur keine Panik«, beschwichtigte ihn Pauline. »Beleuchten Sie lieber den Boden. Ich möchte nicht, dass sich jemand den Fuß verknackst.«

Nicht nur für Théo war die Stimmung etwas Besonderes.

Die riesige im Dunkeln liegende verlassene Fabrik beeindruckte alle. Chantal hielt sich dicht bei Jean-Michel. Er versuchte zwar, Abstand zu halten, doch sie blieb ihm dicht auf den Fersen.

»Wenn Sie mir weiterhin so dicht folgen, stolpern wir noch übereinander«, protestierte der alte Herr.

»Sie sind der Größte, und ich habe einen Heidenschiss, also bleibe ich in Ihrer Nähe. Außerdem haben Sie einen Stock, Sie können mich verteidigen.«

»Was soll uns denn passieren?«

»Michael sagt, dass sich hier nachts manchmal Banden herumtreiben.«

»Na und? Sie haben weder eine Handtasche dabei, noch tragen Sie Schmuck. Die könnten es nur auf Ihre Perücke abgesehen haben.«

»Was soll ich schreien, wenn sie sie mir abreißen? Haltet den Dieb, oder Hilfe, ich werde vergewaltigt? Ich kann nämlich beides sehr laut schreien. Soll ich es Ihnen einmal vormachen?«

»Nur keine Umstände, Chantal«, sagte Thomas hastig. »Nehmen Sie meinen Arm und lassen Sie uns nicht herumbummeln.«

Die seltsame Prozession durchquerte Schritt für Schritt die Werkstätten und dann die ausgeweidete Maschinenhalle. Die gespenstischen Gestalten, eine Art Spuk im Halbdunkel dieses Ortes, erreichten schließlich die größte Halle der Fabrik.

Vor dem verrosteten Lüftungsgitter, aus dem er Michaels Stimme zum ersten Mal ganz nah gehört hatte, hatte Thomas Klappstühle aufgestellt. Ringsum waren in einem großen Rechteck Kerzen aufgestellt und bildeten so einen ungewöhnlichen Konzertsaal.

Als Hélène diesen Raum sah, strahlte ihr Gesicht glücklich auf.

»Diese Lichter in der Nacht … Einfach märchenhaft!«

»Es wird noch schöner sein, wenn Michael singt«, versicherte

Françoise, stolz, weil sie darauf hinweisen konnte, dass sie als Einzige der Heimbewohner Michaels Begabung erkannt hatte.

Alle setzten sich und redeten leise miteinander. Der Ort war seltsam, trotzdem war es dieselbe Atmosphäre, die einem Galakonzert vorausgeht. Die Leute drängen sich, um sich dann neugierig und genüsslich hinzusetzen. Théo saß vorn zwischen Francis und der ehemaligen Volksschullehrerin. In der zweiten Reihe hatte sich Jean-Michel zwischen Chantal und Hélène gesetzt, die immer noch ganz entzückt war von der Umgebung.

»Michael ist spät dran ...«, stellte Thomas fest. »Hoffentlich hat er den Plan nicht aufgegeben ...«

»Wie käme er dazu, nicht vor uns singen zu wollen?«, fragte Pauline.

»Er hat noch nie vor Publikum gesungen. Was er heute Abend tun will, ist für ihn ein sehr großer Schritt.«

Ziemlich unsicher packte Théo Francis am Arm.

»Gibt es in alten Fabriken Vampire?«

»Nein, keine Sorge. Außerdem besteht für dich sowieso keine Gefahr. Du wirst von einer Armee von Mumien geschützt!«

Erst erklang die Musik, und zwar eher leise, und dann, nach einigen Takten, Michaels Stimme. Thomas überlief augenblicklich wieder der gleiche Schauer wie in der ersten Nacht. Eine mächtige Harmonie begann den Raum zu erfüllen. Eine Stimme, die den Zuhörer aus der Schwerkraft befreite und ihn, den auf- und absteigenden Melodien folgend, in ihre Intonationen mitriss. Die physische Abwesenheit verstärkte den Zauber des Gesangsvortrags noch. Und diese vom Geheimnis umwehte körperlose Stimme hörten sie in einer Kulisse, die alle Fantasien beflügelte. Vor Thomas' innerem Auge erschien Michaels Gestalt. Nichts an ihr ließ auf seine Begabung schließen. Dennoch brauchte er bloß zu singen, um seine Magie wirken zu lassen. Thomas konnte sich sehr leicht vorstellen, dass der ehemalige Wachmann sich veränderte, wenn er seine Kunst ausübte. Es musste eine tiefgreifende innere Verwandlung sein. Der von Zweifeln geplagte junge Mann ohne jedes Selbstbewusstsein war verschwunden. Jedes Wort, das er sang, war, selbst in einer Fremdsprache, erlebt und getragen von den Überzeugungen seiner Kindheitshelden. Wenn Kapitän Nemo eine Stimme gehabt hätte, dann wäre es diese gewesen.

Pauline stand hinten neben Thomas. Von der Musik bewegt betrachtete sie die Gesichter der Heimbewohner im warmen Kerzenlicht. Besonders rührte sie das Gesicht ihres Sohnes zwischen den beiden Ältesten, die seine Großeltern hätten sein können. Die Schönheit des Augenblicks überhöhte die Menschen und den Ort. Die Musik in Form von Michaels Stimme verwandelte diese verwahrloste Fabrik in einen prächtigen Palast.

Théo lauschte wie erstarrt. Françoise, die diese Stimme anfangs für eine göttliche Botschaft gehalten hatte, war zu Tränen gerührt. Niemand bemerkte es, außer Francis. Hélène ließ sich so weit gehen, dass sie eine der Melodien, die sie aus ihrer Jugend kannte, mitsummte. Chantal riss Mund und Augen auf.

Doch es war nicht Michaels große Stimme, die in dieser Nacht am lautesten war. Es waren der Applaus und die Bravorufe, die, als er verstummte, die Stille zerrissen.

64

Die Luft war feuchtigkeitsgesättigt. Als er ins Wohnzimmer kam, um nachzuschauen, ob die Heizkörper ordnungsgemäß funktionierten, stieß Thomas unverhofft auf Pauline. Sie stand vor einer der Fenstertüren, die Stirn ans Glas gelehnt, und sah zu, wie der Regen fiel. Auf einem der Tische warteten die Einkaufstüten aus dem Supermarkt noch darauf, ausgeräumt zu werden, obwohl sie und Chantal schon vor mehr als einer Stunde nach Hause gekommen waren. Das sah ihr gar nicht ähnlich.

»Pauline, ist alles in Ordnung?«

Sie schrak zusammen. Er trat auf sie zu.

»Soll ich Ihnen helfen?«

Pauline wirkte überrascht, als Thomas auf die Einkäufe zeigte. Sie hatte sie vergessen.

»Tut mir leid. Lassen Sie nur, ich kümmer mich drum.«

»Aber Sie dürfen Ihren Sohn nicht zu spät abholen.«

Mechanisch griff sie nach den Tüten und brachte sie in die Küche, wo sie sie neben der Spüle abstellte, um den Inhalt zu sortieren. Thomas folgte ihr und half dabei.

»Sind Sie müde?«

»Bald ist Wochenende …«

Thomas spürte, dass da noch etwas anderes war, doch er wagte es nicht, sie zu bedrängen.

Nachdem sie die Milcherzeugnisse in den Kühlschrank geräumt hatte, fragte Pauline: »Doktor, würde es Ihnen etwas ausmachen, wenn ich meinen Zeitplan leicht ändern würde?«

»Inwiefern?«

»Ich würde gern später anfangen und erst am frühen Abend gehen.«

»Und was machen Sie dann mit Théo?«

»Er wird eben ein bisschen länger bei meiner Freundin bleiben. Ich habe einfach keine Wahl.«

»Darf ich Sie fragen, warum nicht?«

»Ich werde künftig mit öffentlichen Verkehrsmitteln kommen. Ich habe nicht mehr genug Geld, um den Wagen zu behalten. Ich schaffe es einfach nicht. Das Benzin, die Versicherung und der Stellplatz vor meinem Haus, das gibt mein Budget nicht mehr her. Ich werde ihn verkaufen.« Sie lächelte traurig. »Es tut mir wirklich leid, ich werde Sie nicht mehr in die Stadt mitnehmen können«, fügte sie noch hinzu.

»Werden Ihre Probleme dadurch dauerhaft gelöst?«

»Ich sehe schon, was Sie vorhaben. Aber ich werde nicht zulassen, dass Sie mir den Satz aus der Nase ziehen, den ich auf keinen Fall hören will, denn ich sage ihn mir selbst mindestens zwanzigmal am Tag. Mit Théo, dem man beim Wachsen zusehen kann und der mindestens alle drei Monate neue Kleidung braucht, und meiner Miete drängt sich dieser Satz auf: ›Pauline, du wirst es nicht schaffen. Du wirst zusätzlich zu deinem Job noch als Kellnerin jobben gehen müssen.‹«

»Verkaufen Sie mir Ihren Wagen.«

»Wie bitte?«

»Ich kaufe Ihnen Ihr Auto ab.«

»Machen Sie Witze? Es geht hier nicht um ein Erinnerungsstück aus meiner Kindheit, das ich verscherbeln will.«

»Ich verwechsle Ihr Auto durchaus nicht mit einem Teddybären. Bitte verkaufen Sie es mir. Es trifft sich wunderbar, denn ich wollte mir ohnehin eins kaufen, das habe ich Ihnen doch letzte Woche schon gesagt.«

»Das Auto ist ein echtes Wrack. Die Reifen sind total abgefahren, ich habe schon drei Ölwechsel ausfallen lassen, und ich glaube, die Lenkung hat zu viel Spiel.«

»Kein Zweifel, Sie sind eine begnadete Verkäuferin. Nachdem Sie mich mit diesen unschlagbaren Argumenten betört haben, ist die Sache klar, ich muss den Wagen haben. Verlangen Sie dafür, was Sie wollen, ich will ihn unbedingt. Zugegeben, das klingt nicht sehr rational, aber Sie wissen ja, was man über Männer und Autos sagt ...«

»Sie sind verrückt.«

»Wenn Sie nett zu mir sind, leihe ich es Ihnen. Und außerdem befehle ich Ihnen als Ihr Vorgesetzter, damit einverstanden zu sein, dass die Heimbewohner und ich für Ihre Kekse und alles Übrige, was Sie hier kochen und backen, bezahlen.«

»Dann bin ich also jetzt eine reiche Frau!«

»Kaufen Sie sich ein Auto, und dann liefern wir uns ein Rennen. Ich habe auch eins, einen echten Boliden, der von seiner früheren Besitzerin mit der Rasanz einer Formel-1-Fahrerin gesteuert wurde. Dagegen haben Sie keine Chance ...«

»Sie sind geisteskrank.«

»Und Sie Fußgängerin.«

Eine Stimme vom Flur her unterbrach sie.

»Bitte entschuldigen Sie!«

Thomas streckte den Kopf aus der Küche.

»Was ist?«

Romain stand sehr aufrecht in der Halle.

»Gibt es ein Problem?«

»Nein, Monsieur, gar keins. Verzeihen Sie, dass ich Sie störe. Ich wollte Sie nur um etwas bitten ... Tut mir leid, es geht um meine Freundin.«

Romain konnte von seinem Standort aus wahrscheinlich nicht sehen, dass Thomas die Augen zusammenkniff, als hätte er sich auf einen Nagel gesetzt. Obwohl man in Romains Alter natürlich noch gute Augen hat.

»Ich hatte gehofft«, fuhr dieser nun zögernd fort, »wir würden uns zufällig begegnen, aber es ist nicht dazu gekommen … Und sie bedrängt mich so, weil sie Ihre Antwort, jedenfalls im Prinzip, schon morgen früh haben will.«

»Wenn Sie mir sagen, was sie will …«

»Sie sind doch Arzt?«

»Was für eine komische Frage. Ja, ich bin Arzt.«

»Sie haben mir doch gesagt, dass Sie an humanitären Einsätzen im Ausland teilgenommen haben, oder?«

»Ja, das stimmt.«

»Emma macht eine Ausbildung als Krankenschwester …« Romain unterbrach sich. »Verzeihung, ich mache solch ein Durcheinander daraus. Ich vergaß, Ihnen zu sagen, dass meine Freundin Emma heißt. Und sie braucht für eine Hausarbeit eine Art Interview mit einem Profi. Ich weiß nichts Genaueres, aber als ich ihr von Ihnen erzählte, wirkte sie sehr interessiert.«

»Sie haben ihr von mir erzählt, und sie interessiert sich für mich?«

Thomas bemühte sich, es ganz natürlich und lässig wirken zu lassen, als er sich an die Wand lehnte.

Romain fragte eifrig: »Wären Sie damit einverstanden, dass sie Sie anruft und Ihnen ein paar Fragen stellt?«

Thomas gab die kürzestmögliche Antwort, weil ihm plötzlich die Luft knapp geworden war.

»Ja.«

»Sie sagen mir dann, wann es Ihnen am besten passt. Es wird nicht lange dauern. Versprochen.«

»Wir finden schon einen Termin.«

»Toll! Sie wird sich total freuen. Heute Abend treffe ich mich mit ihr. Dann kann ich es ihr sagen.«

»Ja.«

Romain verabschiedete sich und ging wieder hinauf, um von dort aus das Haus zu verlassen.

Thomas hörte, wie er, immer drei Stufen auf einmal nehmend, die Treppe hinaufsprang und dann die Außentür hinter sich schloss. Er hörte sogar, wie später der Wagen angelassen wurde. Mitten in dem in seinem Kopf herrschenden Chaos stellte er die Überlegung an, dass man in seinem Alter doch noch recht gut hören konnte.

»Alles in Ordnung, Doktor?«

»Würde es Ihnen etwas ausmachen, wenn ich mich vor Ihren Wagen werfe? Oder soll ich damit warten, bis er mir gehört?«

65

Monsieur Sellac, ich habe etwas beschlossen.«

»Allein schon, dass Sie Entschlusskraft zeigen, ist eine sehr gute Nachricht, Michael.«

»Ich ziehe wieder in das Pförtnerhäuschen am Eingang der Fabrik.«

Der entschiedene Gesichtsausdruck des jungen Mannes war ein schöner Anblick. Thomas freute sich von Herzen.

Die beiden Männer nutzten die Schönwetterphase zu einem Spaziergang im Garten. Attila rannte hin und her, von einer Ecke in die andere, mal mit gespitzten Ohren und erhobener Nase, mal mit heraushängender Zunge am Boden schnuppernd. Thomas erschrak kaum noch, wenn der Hund unvermittelt aus dem Gebüsch brach.

»Ich meine es ernst«, bekräftigte Michael und wollte damit sowohl sich selbst in dieser Entscheidung bestärken als auch Thomas von ihrer Ernsthaftigkeit überzeugen. »Ich weiß, es wird viel Arbeit sein, das Häuschen wieder herzurichten, aber ich schaffe es schon.«

»Wenn Sie Hilfe brauchen, sagen Sie Bescheid.«

»Ich habe schon eine Liste mit den Sachen gemacht, die ich dazu in der Fabrik finden kann. Wenn ich mich recht erinnere, stehen in einem der Technikräume noch ein paar Farbeimer.« Er schwieg kurz und fügte dann hinzu: »Außerdem habe ich meinem Bruder und meiner Mutter geschrieben.«

»Sehr gut!«

»Ehrlich, Monsieur Sellac, eines Tages werde ich Ihnen all die Mahlzeiten bezahlen, zu denen Sie mich einladen.«

»Machen Sie sich doch darum keine Gedanken. Sie schulden mir nichts. Das Wissen, dass Sie endlich aus Ihrem Bunker herauskommen, ist für mich eine große Genugtuung. Werden Sie weiterhin singen, auch wenn Sie nicht mehr von einer Panzertür geschützt werden?«

»Ich glaube, ja. Das Echo bei Ihren Heimbewohnern hat mir Mut gemacht.«

Klägliches Miauen ließ die beiden aufhorchen. Ein weiteres, lauteres Miauen. Sicher ein Hilferuf. Beantwortet vom Bellen des Hundes.

»Das kommt vom Flussufer!« Michael sprintete los.

Thomas rannte ihm nach. Im Rekordtempo durchquerten die beiden den Obstgarten, während das verzweifelte Miauen und das Gebell immer lauter wurden.

»Attila, bei Fuß!«, brüllte Michael. »Lass die Katzen in Ruhe!«

»Es musste ja so kommen …«

»Wenn er ihnen etwas antut, wird mir die nette Dame nie verzeihen.«

Sie rannten auf das Ufer zu. Thomas rechnete schon mit dem Schlimmsten. Er bezweifelte zwar, dass der Hund den kleinen Katzen etwas tun würde, doch er fürchtete, dass die verzweifelte Mutter ihn mit ihren Krallen angreifen würde, um ihre Jungen zu beschützen …

Thomas und Michael umrundeten die letzten Obstbäume und sprangen über Haufen von altem Holz. Den Geräuschen nach zu schließen, nahm die Spannung zwischen den Tieren zu.

Doch als sie endlich am Ufer ankamen, bot sich ihnen ein ganz anderes Bild, als sie angenommen hatten. Die Katze miaute mit aller Kraft, und der Hund bellte, doch beide in Richtung eines Kätzchens, das ins Wasser gefallen war. Das getigerte Junge klammerte sich an einen Pfosten des Anlegestegs und versuchte, gegen die Strömung anzukämpfen.

Seine Geschwister beobachteten die Szene, sie hatten sich hinter ihre hilflose Mutter geschart. Attila wagte sich nicht auf den Steg vor. Plötzlich ließ das entkräftete Junge den Pfosten los. Seine Mutter ging bis dicht ans Wasser und miaute zum Erbarmen. Der Hund jedoch sprang ohne zu zögern und schwamm dem kleinen Schiffbrüchigen hinterher.

»Attila!«, schrie Michael und warf sich instinktiv ebenfalls ins Wasser.

Das vom Wasser fortgetragene Kätzchen hatte Mühe, den Kopf über Wasser zu halten. Sein klägliches Miauen wurde schwächer.

Attila hatte den Abstand zu ihm schon verringert. Michael schlug im kalten Wasser um sich.

»Ich kann nicht schwimmen!«, brüllte er.

Thomas knurrte, doch er sprang nun ebenfalls in den Fluss, um Michael zu retten.

»Mein Hund!«

»Der kommt ganz gut zurecht.«

Thomas war bald bei Michael angelangt. Die Renonce war zu tief, als dass man hätte stehen können, und ihre Strömung war stark. Thomas packte Michael bei den mit Wasser vollgesogenen Kleidern von hinten, wie er es beim Rettungsschwimmkurs gelernt hatte. Er zog ihn zurück zum Ufer. Da sie abgetrieben worden waren, gingen sie an den Kais der Fabrik an Land. Der Hund war schon fast außer Sicht, und das Kätzchen war nicht mehr zu hören.

»Sie rühren sich hier nicht vom Fleck!«, befahl Thomas.

Dann zog er seinen Blouson aus, um mehr Bewegungsfreiheit zu haben, und sprang wieder in die Fluten.

66

So schnell er konnte, schwamm Thomas durch das eisige Wasser. Allerdings nicht schnell genug, um das Kätzchen retten zu können. Darum hatte sich schon Attila gekümmert. Thomas sah, wie der Hund, das Junge im Maul, Kurs aufs Ufer nahm. Attila keuchte und verrenkte sich fast den Hals, um das Kleine möglichst hoch über dem Wasser zu halten. Thomas folgte ihm in einigen Metern Abstand und rief ihm Ermunterungen zu.

»Ja, so ist's gut, mein Junge, weiter so! Das Ufer ist schon ganz nah, gleich hast du's geschafft.«

Als es an diesem windigen, kalten Abend dunkel wurde, gingen ein Mann, ein Hund und ein Kätzchen an Land. Alle drei nass bis auf die Knochen, und keiner von den dreien mit dem Gefühl, sich vor den anderen fürchten zu müssen. Das Kätzchen nieste als Erster. Thomas drückte es an sich und streichelte den Hund.

»Attila, mein Freund, du bist der erste Hund seit meinem zehnten Lebensjahr, den ich am liebsten küssen würde.«

Von weit flussaufwärts schrie Michael nach seinem Gefährten. Selbst in seinen ergreifendsten Operninterpretationen hatte seine Stimme nicht so verzweifelt geklungen. Thomas legte die Hände wie einen Lautsprecher an den Mund und brüllte: »Es geht ihm gut, er ist bei mir!«

Dann untersuchte er das Kätzchen.

»Ja, Kleines, dieses Abenteuer wird dir ein für alle Mal das

Wasser verleiden, dir und den Deinen, und das auf Generationen hinaus.«

Obwohl er vor Kälte mit den Zähnen klapperte, zog er sein Sweatshirt aus und knöpfte das Polohemd auf, damit er das Tierchen direkt an seinen Körper legen konnte.

»Wärm dich ein bisschen auf. Du bist in Sicherheit, ich bringe dich zu deiner Mutter zurück.«

Thomas hatte das früher schon gesagt, sogar in mehreren Sprachen, aber noch nie zu einer kleinen Katze.

Das Trio machte sich am Ufer entlang auf den Rückweg. Attila umsprang den Doktor und versuchte, einen Blick auf das Kätzchen zu erhaschen. Um ihn zu beruhigen, machte Thomas hin und wieder eine Pause und ging in die Hocke, damit der Hund den Geretteten sehen konnte. Dann begann Attila, das zitternde Tierchen abzuschlecken, das zu erschöpft war, um sich zu fürchten.

Als sie bei der Fabrik ankamen, hörte Thomas Stimmen aus dem Obstgarten.

»Wir sind alle drei gleich da!«, rief er.

Um in den Garten des Heims zurückzugelangen, gingen sie durch die Lücke in der Fabrikmauer. Auf der anderen Seite standen alle und warteten auf sie. Die Katzenmutter, ihre Kleinen, Michael, dem Pauline bereits eine Decke über die Schultern gelegt hatte, Hélène und alle übrigen Heimbewohner.

»Was für ein Empfangskomitee!«

»Die Schreie haben alle aufgeschreckt«, erklärte Pauline.

Michael stürzte zu seinem Hund.

»Er ist der eigentliche Held«, verkündete Thomas. »Wenn er nicht gehandelt hätte, hätte das kleine Raubtier nicht überlebt.«

Er setzte das Kleine vor seiner Mutter ab, die zu wissen schien, was sie Attila verdankte, denn sie ließ es zu, dass er sich ihr näherte. Miauend und schnurrend leckte sie ihr Kleines. Sie hatte sich Sorgen um ihr Kind gemacht. Wenn es nicht zurückgekehrt wäre, hätte sie es vielleicht leichter verschmerzt als ein Mensch. Wenngleich … Wenn man sah, wie innig sie seine Rückkehr feierte, war der Unterschied zwischen ihr und einer Menschenmutter gar nicht mehr so groß. Jemand, um den man bangt.

Hélène war ganz aufgeregt und entschuldigte sich tausendmal bei Attila, wenn sie nicht gerade »ihre« Katzen streichelte. Thomas kam allmählich wieder zu Atem und strich sich durchs nasse Haar.

»Alle sind heil und gesund. Aber das Kätzchen ist unterkühlt. Pauline, könnten Sie mir helfen, es für die Nacht neben einem Heizkörper unterzubringen? Dass Marie-Laure sich dann sorgt, müssen wir in Kauf nehmen.«

»Wer ist Marie-Laure?«

»Die Mutter.«

»Die Katze heißt Marie-Laure?«

»Der Hund heißt ja auch Attila.«

»Das stimmt, und ich heiße Jean-Michel, und niemand nimmt Anstoß daran. Allerdings …«

»Dieser Garten ist die reinste Menagerie«, bemerkte Chantal. »Schauen Sie doch, wie niedlich die kleinen Kätzchen sind. Aber der Hund ist auch sehr schön!«

Pauline wandte sich an Thomas:

»Wussten Sie, dass Madame Trémélio Katzen züchtet?«

»Sie züchtet sie nicht, sie hatte sich nur vor der Geburt mit der Mutter angefreundet. Das ist nicht ganz dasselbe. Sie dachten doch nicht, ich hätte das Katzenfutter gekauft, um es selbst zu essen?«

»Eigentlich gar nicht so dumm«, kommentierte Francis.

»Was? Katzenfutter essen?«

»Nein, Katzen züchten. Die könnten wir dann auf den Flohmärkten verkaufen.«

Nur Françoise lachte. Pauline befühlte Thomas' Kleidung.

»Sie sollten das alles schleunigst ausziehen, sonst holen Sie sich noch den Tod ...«

»Jetzt wird's spannend«, rief Francis aufgeregt. »Die Krankenschwester will den Doktor ausziehen!«

»Das erinnert mich an ein schlechtes Buch, das ich neulich gelesen habe«, bemerkte Hélène.

»Wie die Kinder«, sagte Pauline amüsiert. »Aber, Doktor, wo wir gerade dabei sind und wo Sie doch all die kleinen Geheimnisse hier zu kennen scheinen, jetzt scheint mir der rechte Augenblick dafür zu sein, dass Sie mir sagen, ob vielleicht noch einer der Heimbewohner eine heimliche Tierzucht betreibt. Ich habe keine Lust, beim Staubsaugen einen Alligator zu wecken.«

Chantal hob die Hand.

»Bei mir ist es eigentlich keine Zucht, aber ich rede mit Ameisen. Es gibt eine, die mich jeden Tag besucht und furchtbar gern in meinem Tee schwimmt. In letzter Zeit kommt sie seltener. Ich nehme an, wegen der kalten Jahreszeit, denn eigentlich haben wir uns gut verstanden.«

»Wenn sie friert, brauchst du ihr ja nur einen Pullover zu stricken«, sagte Francis feixend.

Das Katzenkind lag inzwischen zusammengerollt am Bauch seiner aufrecht sitzenden schnurrenden Mutter, während der Hund sich schwanzwedelnd in der Nähe hielt.

Chantal murrte: »Manchmal bist du wirklich blöd, Francis. Ameisen tragen keine Pullover.«

»Und sie können auch nicht schwimmen. Du trinkst jeden Tag Tee, in dem irgendein Insekt verendet ist!«

67

Als er das Klopfen an der oberen Außentür hörte, dachte Thomas, sein Mieter habe den Schlüssel vergessen. Er machte auf und hatte schon einen Scherz auf den Lippen, doch es war nicht Romain, der an der Schwelle stand. Emma war gekommen.

»Guten Tag, ich bin Romains Freundin. Sind Sie Dr. Sellac?«

Er brachte nur ein Nicken zustande.

»Wir sind verabredet. Wissen Sie noch?«

Wieder stimmte er mit einem Nicken zu, der reinste Wackeldackel.

»Vielen Dank, dass Sie mir ein wenig Ihrer Zeit schenken.«

Thomas war völlig aus dem Gleis geworfen. Er war auf einen Anruf gefasst gewesen. Auch der wäre schon nicht leicht zu bewältigen gewesen, aber er hätte es geschafft. Er hatte an seiner Stimme und seiner Diktion gearbeitet, sich Fragen ausgedacht und Bausteine für die Antworten darauf. Er hatte sich auch von Pauline beraten lassen und sogar von Francis. Trainiert, gecoacht und mit eisernem Willen. Ein Hochleistungssportler für einen Anruf.

Nach dem Mittagessen war seine Spannung stetig gestiegen. Er hatte sich möglichst viel beschäftigt, um nicht ständig an den heranrückenden Termin zu denken, was ihn jedoch nicht davon abgehalten hatte, immer häufiger auf die Uhr zu sehen. Er hatte schon geahnt, dass das Gespräch schwierig werden könnte. Er wusste, dass es die reinste Theatervorstellung war, wenn er mit seiner Tochter sprach und sich dabei benahm, als wäre sie ihm völlig unbekannt. Ein Stück, bei dem sie weder erfahren durfte, was vor der Vorstellung hinter dem Vorhang passiert war, noch, wer der Autor war. Und jetzt stand sie einfach vor ihm, in Fleisch und Blut. Sie machte alle seine Pläne zunichte. Das machen Kinder häufig.

Für Thomas war alles anders, jetzt, wo er seine Arztnummer direkt vor dieser besonderen Zuschauerin abziehen musste. Jetzt war es mit einer gut trainierten Stimme nicht mehr getan. Jetzt musste er eine Seiltänzernummer zeigen, bei der Emma in ihrem Zuschauersessel weder von der Dünne des Seils etwas ahnen durfte noch von der Tiefe des Abgrunds darunter.

»Wollten Sie mich nicht anrufen?«

»Da Romain wieder nach Hause wollte, dachte ich, es wäre netter, wenn wir uns persönlich träfen. Ich freue mich, Sie kennenzulernen.«

»Ich auch …«

»Ihre Stimme klingt irgendwie komisch. Sind Sie erkältet? Also falls Sie krank sind, ich kenne da einen hervorragenden Arzt!«

Sie lachte. Das Lachen, das sie lachte, wenn sie sich ihrer selbst nicht sicher war und einen guten Eindruck machen wollte. In diesem Augenblick traf auch Romain oben auf dem Treppenabsatz ein.

»Guten Tag, Monsieur. Ich sehe, sie hat nicht einmal gewartet, bis ich da war, sondern Sie gleich gestört. Ich nehme an, Sie haben sich schon bekannt gemacht?«

»Schon geschehen!«, antwortete Emma.

»Raub ihm nicht zu viel Zeit!«

Die beiden jungen Leute küssten sich, genau vor Thomas' Nase, er sah es in einer Art Großaufnahme. Das Seil des Seiltänzers war wirklich sehr dünn, und der Boden des Abgrunds war mit zugespitzten Pfählen übersät.

Während sie hineingingen, sah Emma Thomas von der Seite an.

»Sind wir uns schon einmal irgendwo begegnet? Irgendwoher kenne ich Ihr Gesicht …«

»Ich glaube nicht.«

»Vielleicht ein Vortrag an der Schwesternschule?«

»Nein, wirklich nicht. Gehen wir doch in mein Büro, da haben wir es gemütlicher.«

Als sie sich setzten, kam es Thomas in den Sinn, dass genau über ihnen das Zimmer mit all den Kindheitserinnerungen seiner Gesprächspartnerin lag. Bloß nicht daran denken.

»Wir haben also die Aufgabe, einen der verschiedenen Aspekte der medizinischen Praxis darzustellen. Viele entscheiden sich für niedergelassene Ärzte, für in Gemeinschaftspraxen oder Krankenhäusern tätige Ärzte, für Notärzte oder so, aber als mir Romain erzählte, dass Sie in Konfliktgebieten gearbeitet haben, fand ich das sofort viel interessanter. Zumal mich das auch persönlich anspricht …«

Thomas wagte sie kaum anzuschauen. Monatelang hatte er gefürchtet, sie könne ihn erkennen, und deshalb jede persönliche Gegenüberstellung peinlichst vermieden. Ihm war, als würde Emma, sobald sie ihm in die Augen sähe, alles erraten, was er ihr nicht sagen konnte. Jetzt gab es keinen Baum, keine Zimmerpflanze, keinen Pfeiler, um sich dahinter zu verstecken, und weder Spiegelungen noch Schattenrisse. Es war ein direkter Kontakt.

Emma faltete einen Zettel mit Fragen auseinander.

»Es stört Sie doch nicht, wenn ich das Gespräch mit meinem Handy aufnehme?«

»Nein, gar nicht.«

Von allen surrealen Situationen, die Thomas je erlebt hatte, war diese bei Weitem die schlimmste. Zwei Personen unterhalten sich. Für die eine ist es eine eher belanglose Begegnung. Für die andere geht es um einen wichtigen Teil des Lebens. Ein schwindelerregender Unterschied. Und während Thomas' Hirn kurz vor einer Implosion stand, spielten Emmas Finger abwesend mit ihrem Schal.

»Erste Frage: In welchem Alter haben Sie beschlossen, Arzt zu werden?«

Thomas hatte diese Frage vorausgeahnt und sich eine banale, aber überzeugend vorgetragene Antwort vorgenommen, so in der Art: »Man beschließt nicht, sich in einen solchen Beruf zu stürzen, es ist der Beruf, der einen wählt.« Armer Tropf. Angesichts seiner Tochter konnte er sich mit solchen vorgefertigten Floskeln nicht mehr begnügen.

»Ich weiß nicht mehr, wie alt ich genau war, aber ich erinnere mich noch sehr genau an den Augenblick. Bei einem großen Familienmittagessen stürzte meine Großmutter auf der Treppe unserer Terrasse und brach sich den Oberschenkelhals – damals wusste ich noch nicht, was das ist. Der sonnige Tag verwandelte sich plötzlich in eine Tragödie. Zum ersten Mal sah ich diese sonst so starke und fröhliche Frau auf der Erde liegen und vor Schmerzen und Leid weinen, während die anderen Erwachsenen sie hilflos umringten … Es wühlt mich jetzt noch auf. Ich hätte alles gegeben, um ihr Leid zu lindern. Mit aller Kraft wünschte ich mir diese Fähigkeit. Es war mir unerträglich, nichts gegen ihren Schmerz tun zu können. Es schien ihr besser zu gehen, als ihr ein Kerl in einem weißen Kittel, der bald darauf gekommen war, die Hand hielt. Ich glaube, da hat alles angefangen.«

Emma betrachtete ihn jetzt etwas ernsthafter. Thomas hatte Angst, sie könne sich an ihre erste Begegnung erinnern.

»Zweite Frage: Wann haben Sie beschlossen, an humanitären Einsätzen teilzunehmen?«

Eine Sturmbö erhob sich über dem Abgrund, und der Seiltänzer hatte alle Mühe, das Gleichgewicht zu halten. Sie hatte ihn gerade gefragt, warum er fortgegangen war. An diese Frage knüpfte sich unweigerlich eine andere: Wie hatte er die Kraft gefunden, ihre Mutter zu verlassen? Thomas riss sich mit nahezu übermenschlicher Anstrengung zusammen, um sich auf den rein technischen Aspekt der Frage zu konzentrieren. Das Emotionale versuchte er zu verscheuchen wie damals die Meute wilder Hunde.

»Viele meiner Studienkollegen betrachteten die Medizin zunächst als einen hervorragenden Beruf. Ich hingegen war wahrscheinlich ein bisschen naiv, doch mir ging es darum, denen zu helfen, die am meisten litten. Reportagen über Bevölkerungsgruppen, die unter bewaffneten Konflikten leiden, haben mich immer schon fassungslos gemacht. Ich konnte mir einfach nicht vorstellen hierzubleiben, wo man nur an irgendeinem Hahn drehen muss, um an Trinkwasser zu gelangen, wo man sich überlegen kann, in welchem Geschäft man seine Lebensmittel kauft, weil es alles im Überfluss gibt, und dabei zu wissen, was anderswo geschah. Ich hätte es nicht ertragen, ein so komfortables Leben zu führen, während andere so gut wie gar keins hatten. Ich war gerade erst Anfang zwanzig und dachte, wenn ich bliebe, würde ich nur dazu da sein, Impfungen zu verabreichen, deren Wirksamkeit vor allem in Bezug auf die Bankkonten der Hersteller bewiesen ist, oder Leuten, die ihre inneren Befindlichkeiten weit weniger beachten würden, wenn sie echte Probleme hätten, Beruhigungsmittel zu verschreiben. Deshalb bin ich, ohne recht zu wissen, worauf ich mich einließ, dorthin gegangen, wo niemand hinwollte, weil es dort so furchtbar war.«

So hellsichtig hatte Thomas seinen Lebensweg noch nie beschrieben. Seine Worte entfalteten bei Emma eine solche Wirkung, dass sie ihre dritte Frage abwandelte.

»Wohin sind Sie beim ersten Mal gegangen?«

»Nach Afrika. Acht Monate im Norden von Nigeria, in der Nähe der Grenze zu Kamerun. Ein Flüchtlingslager mit Einwohnern aus fünf verschiedenen Ländern. Mehr als sechstausend Menschen waren darin eingepfercht. Und wir waren nur etwa dreißig Helfer. Wir hatten mehr als fünf Todesfälle pro Tag. Anfangs half ich den Soldaten jede Nacht dabei, die Gräber auszuheben. Am Ende wurden die Massengräber von Bulldozern zugeschoben, damit sich keine Krankheiten ausbreiteten.«

»Waren Sie darauf vorbereitet, sich dem auszusetzen? Ich meine, hat Ihnen Ihr Wunsch zu helfen genug Kraft gegeben, um das zu ertragen?«

Diese Frage stand nicht auf der Liste.

»Ich habe bis zum Ende meines Einsatzes durchgehalten. Aber ich kann nicht behaupten, dass ich unversehrt daraus hervorgegangen wäre.«

»Waren Sie nicht versucht aufzuhören und zurückzukehren, um ärztliche Atteste für Schüler auszustellen und Grippemittel zu verschreiben?«

»Das hätte mir mein Gewissen nicht erlaubt. Jedenfalls habe ich das lange geglaubt. Jetzt in der Rückschau muss ich zugeben, dass auch ein Gutteil Stolz in meinem Verhalten lag. Ich hatte alles aufgegeben, um fortzugehen. Ich hatte Menschen verlassen, die ich liebte, und laut kundgetan, ich hätte mich verpflichtet, die Witwen und Waisen zu retten. Ich konnte also nicht ein Jahr später zurückkehren und all meinen Idealen, die ich vorher so stolz verkündet hatte, abgeschworen haben. In seinen Zwanzigern fällt es einem nicht so leicht, zu seinen Schwächen zu stehen.«

»Ist es möglich, wieder ein normales Leben zu führen, nachdem man solche Erfahrungen gemacht hat?«

»Nicht ganz. Du hast eine andere Weltsicht und andere Prioritäten …«

Emma griff wieder zu ihrer Liste.

»Bitte entschuldigen Sie, ich weiß, meine Fragen sind ein wenig kindisch angesichts dessen, was Sie mir erzählen, aber ich muss auch an meine Hausarbeit denken.«

»Kein Problem.«

»Was muss man Ihrer Meinung nach mitbringen, wenn man als Arzt an humanitären Einsätzen teilnehmen will?«

Jetzt lächelte Thomas ein echtes Lächeln.

»Eine ordentliche Portion Unbesonnenheit, tonnenweise Idealismus und das Fehlen einer ernsthaften Bindung.«

»Wie lange haben Sie in Krisengebieten gearbeitet?«

»Fast zwanzig Jahre.«

»Was war der Grund dafür, dass Sie aufgehört haben?«

Die erste Antwort, die Thomas einfiel, bestand aus nur zwei Buchstaben: Du.

Das Seil unter dem Seiltänzer war knapp davor zu reißen. Doch es wäre unfair gewesen, Emma die Verantwortung für seine Rückkehr aufzubürden. Die wahre Antwort lag tiefer. Und im Angesicht seiner Tochter war Thomas bereit, sie ins Auge zu fassen.

»Ich hatte nichts mehr zu geben.«

Sein Blick irrte ins Leere ab.

»Doktor, ich will Ihnen kein Unbehagen verursachen, es geht hier nur um ein Referat, und ich habe den Eindruck, dass Sie aufgewühlt sind von meinen Fragen.«

»Nein, Emma, mach weiter. Ich möchte dir gern helfen. Meine Erfahrung soll dir nützen. Vor allem, wenn du dich für Heilkunde interessierst. Sag, aus welchen Gründen möchtest du Menschen pflegen?«

»Ich? Ich habe keine Lust, mein Leben mit nutzlosen Tätigkeiten zu verbringen. Ich wollte Lehrerin werden, und dann Köchin, um nützlich zu sein, aber sobald ich begriffen hatte, was Medizin bedeutet, war es der einzige Bereich, der mich interessierte. Ich bin nicht talentiert genug für ein Medizinstudium, deshalb werde ich Krankenschwester, und das ist mir sehr recht. Mein Vater meint, ich sei dafür wie geschaffen, und meine Mutter sagt, dass sie sich nicht über meinen Entschluss wundert …«

»Das sagen dein *Vater* und deine Mutter?«

Gerade hatte jemand dem Seiltänzer eine Kugel ins Bein geschossen. Er schwankte. Es wäre nett gewesen, jetzt von Vögeln gerettet zu werden. Aber Vögel sind nicht für die Rettung von Seiltänzern zuständig. Seiltänzer müssen durchhalten oder abstürzen. Das Wagnis bestehen oder sterben.

»Darf ich Ihnen eine letzte Frage stellen?«

Als er sich vorzustellen versucht hatte, wie ihre Unterhaltung verlaufen würde, hatte Thomas nicht vorausgeahnt, wie sich die bloße Gegenwart seiner Tochter auf ihn auswirken würde. Er hatte ihre Fähigkeit, ihn zur Wahrheit zu drängen, weit unterschätzt, und das galt auch für die damit verbundenen Risiken. Aber was hatte das jetzt zu bedeuten? Vielleicht war es sogar besser so, aus mindestens zwei Gründen. Wenn er ihr offen und ehrlich antwortete, half er ihr – und sogar sich selbst, da er seinen Gefühlen auf den Grund gehen musste. Emma und Thomas waren beide nicht darauf gefasst gewesen, doch sie hatten sich jetzt auf einen Gedankenaustausch eingelassen, der es ihnen beiden ermöglichen würde, sich weiterzuentwickeln, weil sie sich gegenseitig eine genaue Selbsterforschung abverlangten. Die perfekte Formel für eine echte Begegnung.

Anfangs hatte Thomas befürchtet, das Gespräch würde sich zu sehr in die Länge ziehen und er sich womöglich durch unbedachte Äußerungen verraten. Doch jetzt fürchtete er, das Gespräch könne vorzeitig enden. Ob er nun ihr Vater war oder ein völlig Fremder, Thomas führte mit dieser jungen Frau ein absolut aufrichtiges Gespräch.

»Frag mich alles, was du willst. Aber lass mich dir vorher bitte auch eine Frage stellen. Denkst du auch daran, bei humanitären Einsätzen mitzumachen?«

»Ich habe Lust dazu. Ihre Sicht auf das Leben ähnelt meiner eigenen sehr, aber andererseits denke ich auch, wenn ein so standfester Mann wie Sie durch sein Engagement derart erschüttert wird, sollte ich mir vielleicht weniger schwere Aufgaben suchen. Was meinen Sie? Seien Sie bitte offen zu mir. Wenn ich Ihre Schülerin wäre, was würden Sie mir raten?«

Wenn ich Ihre Schülerin wäre … Warum nicht: Wenn ich Ihre Tochter wäre?

»Du bist weit standfester und vernünftiger, als ich in deinem Alter war. Und heute gehen die Hilfsorganisationen mit ihrem Personal vorsichtiger um als zu meiner Zeit. Lass dich von meinen Ängsten und meiner Erschöpfung nicht abschrecken. Ich habe meine Grenzen. Tu, wonach dir ist.«

»Bedauern Sie es, all die Jahre fort gewesen zu sein?«

»Du kannst dir gar nicht vorstellen, wie sehr es mich aufwühlt, darüber zu sprechen, vor allem mit dir, die ich so wenig kenne. Doch trotz allem habe ich es keine Sekunde lang bedauert. Ohne mein Engagement hätte ich nie erfahren, wie viel das Leben wert ist.«

Emma neigte leicht den Kopf, als wäre sie verwirrt und wollte es nicht zeigen. Sie senkte den Blick und biss sich auf die Lippen.

»Haben dich meine Antworten zum Nachdenken gebracht?«

»Ja, sehr. Eigentlich bin ich ja nur wegen einer Hausarbeit gekommen. Und dann lerne ich Sie kennen. Plötzlich habe ich nicht mehr das Gefühl, meine Zeit zu vergeuden. Ich lerne etwas, ich spüre etwas. Mir ist, als würde ich Sie kennen.«

»Du hast nicht die geringste Ahnung, wen du vor dir hast, Emma.« Thomas spürte, wie seine Gefühle in ihm aufwallten. Und um ihnen zu entgehen, fragte er: »Was war noch deine letzte Frage? Ach ja, stimmt, wir haben noch nicht über das Gehalt gesprochen …«

»Was das angeht, da dürften mir die Angaben genügen, die im Internet zu finden sind. Meine Frage wäre persönlicher, wenn Sie nichts dagegen haben.«

»Falls dir meine Erfahrungen nützen können, nur zu.«

»Haben Ihre Einsätze im Ausland Ihr Familienleben belastet?«

Jetzt sah sich der Seiltänzer gezwungen, innerhalb der Zeit zu antworten, die sein Sturz dauerte – denn jetzt hatte er den Halt verloren.

Thomas atmete tief aus und versuchte dann, in seinem Innern klarzusehen.

»Im Laufe dieser Jahre habe ich enorm viele Leute kennengelernt. Das gilt sogar für dieses Heim hier. Patienten, Menschen, die ihrem Schicksal verloren gegenüberstehen, Pflegepersonal … Auch wenn man es eigentlich nicht darf, man schließt diese Menschen ins Herz. Ich habe sehr feste Bindungen an die Menschen, mit denen ich zusammengelebt habe, besonders in den letzten Jahren in Indien.«

Er schwieg kurz.

»Deine Frage ist komplex. Wenn du wissen willst, ob mich mein Fortgehen daran gehindert hat zu lieben, dann lautet die Antwort: Nein. Ganz im Gegenteil. Wenn du gemeint hast, ob es mich daran gehindert hat, eine Familie im klassischen Sinne zu gründen, dann lautet die Antwort: Ja. Denn wenn ich auch zu mehreren Familien gehöre, so habe ich doch keine eigene.«

Emma stellte sehr nachdenklich ihr Aufnahmegerät ab.

»Ich habe alles, was ich brauche. Sogar viel mehr. Vielen Dank für Ihre Offenheit.«

Thomas fragte sie geradeheraus: »Ist dir Romain wichtig?«

Sie blickte zu ihm auf, wirkte jedoch nicht schockiert.

»Ja.«

»Hast du das Gefühl, es ist ernst und er könnte der Richtige sein?«

»Ja, immer mehr.«

»Dann möchte ich es mir herausnehmen, dir einen Rat zu geben, Emma. Frag dich, ob du, um im Ausland Menschen zu helfen, bereit wärest, Romain nie wiederzusehen. Wenn du diese Frage sofort bejahen kannst, dann geh fort, denn sonst wirst du ihm früher oder später vorwerfen, er hätte dich daran gehindert. Aber wenn du den leisesten Zweifel hast, dann bleib bei ihm. Schafft euch ein Heim. Helft euch gegenseitig. Liebt euch. Widme dich diesem Ziel. Es ist nicht feige, sondern weise, auf eine Belastungsprobe zu verzichten, für die man nicht geschaffen ist. Schäm dich nie dafür, ein Hindernis zu umgehen, das dich zerstören könnte. Und sei ganz beruhigt, dein Wunsch, Menschen zu heilen und sie zu unterstützen, wird überall von Nutzen sein, denn auch wenn mancher Schmerz am anderen Ende der Welt augenfälliger ist, Menschen brauchen überall Hilfe. Such dir den Kampf aus, den du kämpfen willst. Das ist das sicherste Mittel, ihn zu gewinnen. Und vergiss über dem Kämpfen nicht dich selbst. Glückliche Menschen lindern viel mehr Leid als einsame Menschen.«

68

Hallo? Verzeihen Sie bitte, dass ich störe, aber bin ich mit Mademoiselle Choplin verbunden?«

»Doktor, das hier ist ein Handy. Also gehe auf jeden Fall ich dran, es sei denn, mein Handy wurde mir gestohlen.«

»Woher wissen Sie, wer Sie anruft?«

»Sie sind in der Liste meiner Kontakte.«

»Eine Zauberin! Sie sind eine Zauberin! Ich wüsste nicht, wie ich zurechtkäme, wenn ich Sie nicht kennen würde.«

»Wenn Sie mich nicht kennen würden, wären Sie keiner meiner Kontakte, und ich wäre gar nicht erst drangegangen.«

»Tut mir leid, dass ich so spät anrufe ...«

»Macht gar nichts. Ich bin gerade beim Bügeln. Théo schläft. Mir fallen auch bald die Augen zu. Wenn Sie einen lauten Schrei hören, habe ich das Bügeleisen mit dem Telefon verwechselt. Au Backe!«

»Das ist mein erster Anruf von meinem Handy aus.«

»Aber Sie werden jetzt nicht wie Francis Maman zu mir sagen wollen?«

»Nein, bestimmt nicht.«

»Das bedeutet also ...«

Thomas unterbrach sie: »Ich habe Emma gesehen.«

»Ich dachte, Sie wollten heute Abend gar nicht in die Stadt gehen.«

»Sie ist zu mir gekommen. Sie hat nicht vorher angerufen. Sie stand mit einem Mal vor der Tür.«

»Wo Sie doch Überraschungen so sehr lieben ... Wie ist es gelaufen?«

»Sie hat mir ihre Fragen gestellt. Ich habe es zwar nicht hinbekommen, ihr meine vorbereiteten Antworten zu servieren, aber es war trotzdem gut. Danach waren wir beide ziemlich durcheinander. Es hat mich wirklich bis zum Grund aufgewühlt, und es ist einiges an die Oberfläche gestiegen ...«

»Wow! Der Steinzeitmensch lässt sich also dazu herbei, von seinen Gefühlen zu sprechen? Werden Sie von jemandem bedroht? Bleibt Ihnen nur noch eine Stunde zu leben? Und dann rufen Sie mich an? Welche Ehre!«

»Sie reden völligen Unsinn, ich verstehe kein Wort.«

»Ihre Stimme klingt so merkwürdig, Doktor. Geht es Ihnen gut?«

»Jedenfalls besser, seit ich Ihre Flasche mit Ich-weiß-nicht-was für die Crêpes gefunden habe.«

»Sie haben getrunken?!«

»Es ist noch ein bisschen übrig. Aber den Rum habe ich ausgetrunken. Das macht nichts, weil Sie sowieso nichts damit anzufangen wussten. Und damit das klar ist: Ich verbiete Ihnen, mit Männern zu schlafen oder eine Niere auf dem Schwarzmarkt anzubieten, um eine neue Flasche zu kaufen. Ich werde sie ersetzen.«

»Ich kann es kaum glauben! Sie haben getrunken! Ausgerechnet Sie!«

»Helden betrinken sich, wenn sie unglücklich sind.«

»Sind Sie unglücklich? Sie haben doch gerade gesagt, das Gespräch mit Emma ist gut gelaufen.«

»Stellen Sie sich doch mal vor, Sie reden eine Stunde lang mit der Tochter, die Sie nicht haben aufwachsen sehen und die nicht weiß, wer Sie in Wirklichkeit sind, und in dem Gespräch sagen Sie ihr Dinge, die Sie noch niemandem gestanden haben –

nicht mal sich selbst –, aber Sie können ihr nicht sagen, was sie Ihnen bedeutet. Ein Albtraum! Sie war da, sie hörte mir zu, und ich konnte ihr mit keinem Wort sagen, was sie für mich ist.«

»Doktor, wenn Sie noch was brauchen, hinter den Konservenbüchsen steht eine Flasche Cognac. Ich glaube, sogar guter. Es war das Abschiedsgeschenk der Gemeinde für Ihren Vorgänger, aber der war schon weg, als die Flasche gebracht wurde.«

»Ich will nicht mehr trinken, Pauline. Nie mehr.«

Als Pauline hörte, wie Thomas dies schleppend und irgendwie nuschelnd sagte, hatte sie alle Mühe, ihr Lachen zu unterdrücken.

Er machte ein seltsames Geräusch und fuhr fort: »Es ist so weit, ich werde sagen können, dass ich ein echter Alkoholiker war, ein elender Kerl, der all seine Freunde für einen Schluck Schnaps verraten hätte. Es hat drei Stunden gedauert. Aber es ist vorbei. Ich habe beschlossen, damit aufzuhören. Ich werde kämpfen. Ich sage es Ihnen von Angesicht zu Angesicht …«

»Doktor, wir sind am Telefon.«

»Das ist mir wurscht. Ich schwöre es Ihnen, ich werde aus diesem Loch wieder herauskommen. Es wird dauern, aber ich weiß, ich werde es schaffen. Und bitte, Pauline, auch wenn ich Sie anflehe, selbst wenn ich auf Knien um Alkohol bitte, bleiben Sie hart.«

Jetzt prustete sie doch los.

»Doktor, es tut mir wirklich leid, aber ich kann jetzt nicht kommen und Sie zu Bett bringen. Ich muss bei Théo bleiben.«

»Warum wollen Sie mich ins Bett bringen? Verworfenes Geschöpf! Lüsterne Krankenschwester! Stecken Sie mit Francis unter einer Decke?«

»Doktor, hören Sie: Sie müssen sich ausruhen. Legen Sie sich hin, schlafen Sie sich aus, und morgen komme ich so früh wie möglich, sobald ich Théo weggebracht habe.«

»Ja, Madame. Geben Sie meinem Sohn einen Kuss von mir.«

Pauline hörte etwas zu Boden fallen und dann die aufgeregte Stimme des Doktors, der schrie: »Was ist nur in sie gefahren? Hilfe, die Katze greift mich an!«

69

Sie dachten doch, dass diese Leute Monate brauchen würden ...«

»Ich hätte darauf gewettet. Ich verstehe das nicht.«

Noch einmal überflog Thomas das behördliche Schreiben, um sicherzugehen, dass ihm keine Einzelheit entgangen war.

»Sie bitten mich nicht einmal um eine Stellungnahme oder einen Betriebsbericht. Dabei bin doch vorerst noch ich der Direktor hier!«

»Woher kommt die Frau, die hier die Inspektorin spielen soll?«

»Anscheinend aus dem städtischen Sozialamt.«

»Wie finden Sie das Ganze?«

»Ich weiß auch nicht, Pauline. Dass sie jemanden schicken, bedeutet vermutlich, dass die Kritik des Exdirektors offene Ohren gefunden hat. Der Gedanke, das Heim zu schließen, liegt denen wohl nicht völlig fern.«

»Ist Ihnen klar, was für ein Schock das für die Heimbewohner wäre? Ein Trauma für jeden Einzelnen von ihnen. Warum haben die es eigentlich so auf uns abgesehen? Wir stören doch hier niemanden. Wir sind zwischen einem Schrottplatz und einer zerfallenen Fabrik eingeklemmt – ein wunderbares Symbol! Bis hierher wagen sich die Leute nicht mal im Auto ...«

»Wir kosten Geld, Pauline, und wenn ich das Klima, das ich nach meiner Rückkehr erlebe, richtig einschätze, dann versucht hier jeder, wo immer es möglich ist, noch ein bisschen mehr herauszuschlagen.«

Pauline zuckte müde die Schultern.

»Wie dem auch sei, ich muss mich jetzt um die Morgentoilette kümmern, ich bin schon spät dran.«

Sie entfernte sich durch den Gang, doch an der Ecke blieb sie noch einmal stehen.

»Wissen Sie, Doktor, dass ich meinen Job verlöre und gehen müsste, wäre noch nicht einmal das Schlimmste für mich. Ich mag diesen Ort. Und vor allem mag ich, was ich hier erlebe. Inzwischen hänge ich an den Heimbewohnern. Ich höre ihnen gern zu, wenn sie ihre Dummheiten erzählen. Ich mag es, wie sie sich kabbeln und doch sehr besorgt umeinander sind. Ich mag es, dass mein Sohn allen Fragen stellt, und ich höre ihn gern laut lachen, wenn er draußen mit dem Hund spielt. Und ich mag es auch sehr, wenn wir beide am Flussufer sitzen. Es ist sicherlich dumm, aber ich fühle mich hier ein bisschen wie in der Familie, die ich nicht habe gründen können.«

Thomas machte einige Schritte auf sie zu.

»Das verstehe ich. Auch ich habe viel zu verlieren. Ich war nicht auf das gefasst, was ich hier gefunden habe. Es wäre furchtbar für mich, nicht mehr im Team mit Ihnen zu arbeiten. Sie würden mir alle fehlen, sogar Michael und Romain, die ich hier eigentlich gar nicht unterbringen darf. Aber zum Glück müssen wir ja noch nicht die Koffer packen. Es ist nur ein Besuch zu Inspektionszwecken. Es erinnert mich übrigens an einen ähnlichen Fall in einem kleinen Lager in Südostasien. Da hatten wir auch so ein Problem …«

»Was ist damals passiert?«

»Sie wollten uns umsiedeln, um die Logistik der Nahrungsmittellieferungen zu vereinfachen. Sie schickten Kontrolleure, die aber letzten Endes beschlossen, uns da zu belassen, wo wir waren.«

»Warum?«

»Weil wir ihnen weisgemacht hatten, drei Viertel der Flüchtlinge seien nicht transportfähig beziehungsweise hochansteckend.«

Eine Art Leuchten ging durch Paulines Augen.

70

Pauline und Michael arbeiteten im künftigen Gemüsegarten. Jeder hatte an einem Ende des abgesteckten Beets angefangen und arbeitete sich eifrig umgrabend voran. Hélène, in ihren Mantel gekuschelt und den Schal halb über das Gesicht gewickelt, saß in einem Gartenstuhl und leistete ihnen Gesellschaft, wobei sie gleichzeitig die ringsum spielenden Kätzchen beaufsichtigen konnte.

»Ein Glück, dass der Boden so feucht ist«, bemerkte Pauline. »Sonst käme ich nie zwei Spaten tief rein. Dazu hätte ich nicht die Kraft. Und Sie, Michael, kommen Sie zurecht?«

Der antwortete, ohne seine Arbeit zu unterbrechen: »Die Renovierung des Pförtnerhäuschens hat mich in Form gebracht. Wenn Sie müde sind, Madame Pauline, hören Sie auf, ich mache den Rest.«

Pauline strich sich mit dem Handrücken eine Strähne aus dem Gesicht.

»Bitte, hören Sie auf mit diesem ›Madame‹. Wenn Sie mich so nennen, fühle ich mich, als wäre ich eine achtzigjährige Dame oder aber eine Puffmutter.«

»Ich werde nächstes Jahr achtzig«, griff Hélène das Stichwort auf. »Aber ehrlich, ich wäre lieber in Ihrem Alter und Betreiberin eines Bordells.«

»Haben Ihre Kinder Sie diesen Monat noch nicht besucht?«, erkundigte sich Pauline.

»Sie müssen jedes Wochenende auf der Baustelle nach dem

Rechten sehen. Die Arbeiten gehen gut voran. Mit ein wenig Glück feiere ich meinen Achtzigsten bei ihnen.«

Pauline verkniff sich jeden Kommentar und stieß den Spaten in die Erde.

Beim ersten Schuss sprang Attila wie ein Hase davon, und die Kätzchen stoben in alle Richtungen.

Nachdem sie sich vom Schock erholt hatte, schimpfte Hélène: »Wieder Francis mit seiner Donnerbüchse … Er jagt allen nur Angst ein. Was wäre denn gewesen, wenn die Katzen, der Hund und ich im selben Moment einen Herzinfarkt bekommen hätten?«

Thomas kam aus dem Heimgebäude und ging zielbewusst auf den Obstgarten zu. Er lief zwischen den entlaubten Bäumen durch und traf Francis an seinem üblichen Schießstand an. Doch er war nicht allein: Romain und Théo standen neben ihm. Der Kleine war furchtbar aufgeregt, und das galt eigentlich auch für den Großen.

»Guten Tag, meine Herren!«, rief Thomas. Und sagte dann, an Romain gewandt: »Ich habe gesehen, wie Sie mit Théo aus dem Haus gingen, und als ich den Schuss hörte, hatte ich Angst, Sie beide wären im Visier gewesen.«

»Wir haben Monsieur Lanzac getroffen, der sich gerade aufs Schießen vorbereitete. Er bot mir an, es auch einmal zu versuchen. Das habe ich immer schon mal tun wollen …«

»Und ich habe auch Lust darauf!«, krähte Théo.

Francis beruhigte Thomas: »Keine Sorge, ich bin daran gewöhnt, junge Leute auszubilden, und was die Sicherheitsanweisungen angeht, lasse ich nie mit mir spaßen.«

Und damit wandte er sich wieder an Romain und erklärte weiter.

»Das hier ist der Ladehebel. Und das die Sicherung …«

Eins fiel Thomas sofort auf. Monsieur Lanzac mochte ein

alter Mann sein, aber seiner Handhabung der Waffe war das nicht anzumerken. Die äußerst präzisen und sicheren Bewegungen standen in krassem Gegensatz zu seinem sonstigen Opi-Gehabe. Ohne das geringste Zittern glitten seine Finger von einem Teil der Waffe zum nächsten.

Nachdem Francis seine Erklärungen beendet hatte, reichte er die Waffe Romain.

»Richte den Lauf niemals auf etwas anderes als das Ziel oder den Boden. Ziel auf die Dose rechts. Die linke ist für Théo. Ihr dürft jeder eine Patrone verschießen.«

Der junge Mann nickte und hob das Gewehr an die Schulter.

»Stell deine Füße so hin, dass du sicher stehst. Der hintere muss diagonal zum vorderen stehen. Atme ruhig. Du hast kein Spielzeug in der Hand. Dieses Gewehr kann einen Menschen auf sechshundert Meter Entfernung töten.«

Romain zielte gewissenhaft.

»Den Kolben zwischen deine Wange und die Schulter, als würdest du die Hand deiner Freundin halten wollen, wenn sie dich streichelt.«

Thomas staunte über diesen Vergleich.

»Jetzt das Ziel anvisieren. Du justierst nach, du hältst den Atem an und du betätigst den Abzug.«

»Okay.«

Romain konzentrierte sich unter den Blicken der drei anderen, die sich im Hintergrund hielten.

Kaum hörte man den Schuss, da flog auch schon scheppernd die Dose um.

»Bravo, junger Mann! Nicht schlecht für einen ersten Schuss. Denn das war doch dein erstes Mal, oder?«

»Als ich klein war, habe ich auf der Kirmes …«

»Kinderkram zählt nicht! Du weißt schon, was ich meine …«

Francis zwinkerte Romain nachdrücklich zu. »Willkommen in der Welt der Männer. Und jetzt gib mir die Waffe zurück und hol dir die Dose als Souvenir.«

Stolz machte sich Romain auf den Weg zum Erdhügel. Thomas hatte den starken Eindruck, dass der junge Mann bei Francis' Männlichkeitsfloskel errötet war. Ihm selbst wäre es im selben Alter auch so gegangen, obwohl er damals schon unwissentlich Vater gewesen war.

Vorsichtig, um seinen Rücken zu schonen, ging der Oberst in die Hocke, um auf einer Höhe mit Théo zu sein.

»So, mein Junge, ich lasse dich jetzt schießen, aber du musst mir versprechen, dich ganz genau an meine Anweisungen zu halten. Haben wir uns verstanden?«

Der Kleine nickte und ließ dabei die Waffe nicht aus den Augen. Dann streckte er die Hände danach aus.

»Du bist der jüngste Schütze, den ich je ausgebildet habe«, bemerkte Francis. »Deine Mutter wird wahrscheinlich nicht so begeistert davon sein, dass du ein solches Gerät in die Hand nimmst, aber besser du machst es jetzt unter Anleitung eines Profis als irgendwann später mit irgendwelchen Dummköpfen. Schlimmstenfalls streicht sie mir die Zitronenkekse.«

Thomas trat näher.

»Sind Sie sicher, dass keine Gefahr besteht?«

»Für wen halten Sie mich, Doc? Er riskiert lediglich eine Erinnerung an sein erstes Mal.«

»Wenn Sie ihm schlüpfrige Anspielungen ersparen könnten …«

Als Théo die Waffe berührte, weiteten sich seine Augen.

»Nimm es ruhig. Es ist noch nicht geladen.«

Der Kleine hätte das Gewehr fast fallen lassen, so schwer war es für ihn.

»Hat ein ganz schönes Gewicht, oder?«

Théo nickte, spannte aber alle Kräfte an, um sich der Aufgabe gewachsen zu zeigen.

»Jetzt mach es wie Romain und leg es an die Schulter.«

Der Oberst half ihm ein wenig, indem er den Lauf leicht stützte.

Thomas beobachtete die Szene mit halb zärtlichem, halb klinischem Blick. Ein alter Mann brachte einem kleinen Mann etwas bei. Ersterer wollte etwas weitergeben, Letzterer etwas lernen. In diesem Augenblick herrschte zwischen den beiden ein bemerkenswertes Verhältnis von Vertrauen und gegenseitiger Aufmerksamkeit. Wie zwischen einem Vater und einem Sohn. Dabei gab es zwischen dem Oberst und Théo nicht die geringste verwandtschaftliche Verbindung.

Romain kam zurück und hielt die Dose wie eine Trophäe hoch.

»Gut getroffen, finden Sie nicht?«

»Gute Arbeit, da gibt's nichts zu meckern«, bestätigte der Oberst.

Dann wandte sich der ehemalige Soldat an Théo: »Jetzt, wo dein Kollege nach seinem ersten Mal« – Augenzwinkern Richtung Thomas, der seufzte – »das Spielfeld verlassen hat, sind wir an der Reihe! Du weißt ja, Théo: Du legst den Kolben an die Wange und hältst ihn da fest. Du zielst, hältst den Atem an und schießt.«

Der Kleine zielte bereits.

»Ich werde es für dich laden«, kündigte der Oberst an und ging sogleich geschickt zu Werke.

Théos Ungeduld war mit Händen zu greifen.

»Immer sachte, junger Mann«, dämpfte ihn Francis. »Nur keine Hast. Das ist eine Waffe. Waffen sind gefährlich. Weißt du, dass der Doktor hier schon einmal eine Kugel in den Schenkel bekommen hat?«

Nur eine Information solchen Kalibers konnte Théos Blick von seinem Ziel abwenden. Jetzt sah er Thomas voller Bewunderung an.

»Starr mich nicht so an, Théo«, sagte dieser. »Es reicht, wenn deine Mutter mich für einen Helden hält … Du brauchst dir nur zu sagen, dass auch ich mal so eine Erstklässler-Larve war und du mich sicher vom Fußballfeld gejagt hättest, weil ich so schlecht spielte.«

»Stimmt das?«, fragte Romain. »Haben Sie wirklich eine Kugel abbekommen?«

Der Oberst antwortete an Thomas' Stelle: »Er hätte draufgehen können! Wenn die Oberschenkelschlagader getroffen worden wäre, wär's aus mit ihm gewesen! Er tut zwar so, als könnte er kein Wässerchen trüben, aber dieser Kerl ist ein Abenteurer. Er kannte keine Gefahr und ließ sich auf völlig verrückte Risiken ein. Als er unschuldigen Menschen über die Grenze half, geriet er unter Maschinengewehrbeschuss.«

»So ein Quatsch!«

»Haben Sie eine Kugel in den Oberschenkel bekommen, ja oder nein?«

»Ich habe eine Kugel abbekommen, aber es war eher ein Unfall. Die Umstände waren alles andere als heroisch.«

Der Oberst hörte auf zu lachen, als er die Waffe entsicherte.

»So, Théo, das ist kein Scherz mehr. Diesmal ist es ernst.«

Der Junge ließ sich Zeit und kniff immer wieder die Augen zusammen, während der Oberst den Lauf stützte, um ihm beim Zielen zu helfen.

»Gib dir Mühe, Théo. Das ist meine allerletzte Patrone. Und ich freue mich, dass du sie verschießt.«

Théo bekam kein Nasenbluten, aber Francis kamen die Tränen.

71

Sie müssen enger zusammenrücken, sonst kommen nicht alle mit aufs Bild«, rief Romain der Gruppe zu.

An Attila lag es nicht. Er saß brav zu Füßen seines Herrn und spitzte die Ohren.

»Kann man das Heim hinter uns auch gut erkennen?«, fragte Thomas.

»Das ist nicht das Problem. Aber Ihre Freunde sehen auf dem Foto, das Sie mir gezeigt haben, zehnmal fröhlicher aus als Sie.«

Thomas ermunterte die Heimbewohner: »Bitte, es ist ja nur ein Foto. Versuchen Sie, an etwas Erfreuliches zu denken!«

Théo, der darauf bestanden hatte, dass auch seine von der Kugel durchbohrte Konservendose mit aufs Bild kam, sagte kennerhaft: »Man muss ›Scheibenkleister‹ sagen.«

Pauline, die dicht neben Thomas stand, flüsterte ihm zu: »Wenn ich fröhlich grinsen will, brauche ich nur an Sie zu denken …«

»Sie machen sich schon wieder über mich lustig.«

»Ich werde noch auf meinem Totenbett Tränen lachen über das Gesicht, das Sie gemacht haben, als ich Sie an dem Morgen nach Ihrem Rausch weckte. Sie sahen vielleicht aus, als Sie auf dem Gang lagen, halb angezogen und mit der schlafenden Katze auf Ihrem Rücken …«

»Und ich soll mitleidlos sein?«

»Verzeihung, es tut mir wirklich schrecklich leid!«, sagte Pauline und lachte schon wieder.

»Doktor, entschuldigen Sie bitte, aber was Sie da zeigen, ist wirklich kein Lächeln«, rügte Romain. »So schaffen wir das nie. Und die Dame im braunen Mantel …«

Thomas drehte sich nach ihr um.

»Chantal, bitte …«

»Ich hasse Fotos«, knurrte die alte Dame. »Sobald sie erst mal jemand hat, weiß man nie, was er damit macht. Ich habe in einer Fernsehreportage gesehen, dass es Leute gibt, die sie als Titelfotos an Modezeitschriften verkaufen und den Fotografierten keinen Cent dafür zahlen.«

Francis prustete los.

»Die Modezeitschrift, auf deren Titelseite du bist, kaufe ich sofort! Aber bei deinem Faltengesicht ist es wohl eher eine Heimwerkerzeitschrift! Und im Extrateil ›Fassadenausbesserung‹ wärst du dann auf dem ›Vorher‹-Foto!«

»Es sei denn, sie nehmen dich für das Extraheft ›Pudel mit blauem Krönchen‹«, setzte Jean-Michel noch einen drauf.

Chantal erdolchte die beiden Männer mit Blicken.

»Hören Sie nicht auf sie, Chantal«, begütigte Thomas. »Die wollen Sie bloß ärgern. Niemand wird Ihr Foto stehlen. Wenn Sie schön lächeln, dann sage ich Ihnen die Antwort auf die Millionen-Frage, versprochen.«

Alle sahen Thomas an, genau in dem Moment, in dem Romain auf den Auslöser drückte.

»Wissen Sie die Lösung wirklich?«, fragte Françoise eifrig.

»Machen Sie wirklich keine Witze, Doc?«

Auch Hélène setzte ihm zu:

»Beinhart und doch betörend schön, sieben Buchstaben?«

»Die Antwort fiel mir während Michaels Gesangsvortrag ein. Und dann hat mich seine Stimme auf so viele andere Gedanken gebracht, dass ich sie darüber wieder vergessen habe.«

»Sagen Sie mir die Antwort, bitte«, flehte Chantal. »Nur mir allein, ganz leise ins Ohr, die anderen haben die Sendung ja gar nicht gesehen.«

»Aber wir wollen die Lösung trotzdem wissen«, protestierte Jean-Michel.

»Wenn nicht deinetwegen die Sicherungen rausgeflogen wären, wüssten wir sie schon«, gab Chantal wütend zurück.

»Erst mal lächeln Sie«, sagte Thomas fest. »Danach sage ich sie Ihnen.«

»Das ist üble Erpressung!«, empörte sich Francis.

»Sagen Sie mal, Sie sind ja wirklich knallhart im Verhandeln«, raunte Pauline Thomas zu. »Ich frage mich, ob Sie mich bei dem Autokauf nicht doch übers Ohr gehauen haben.«

Romain fotografierte noch einmal.

»Also Doktor, wenn Ihnen dann Ihr Gesicht nicht gefällt, ich kann nichts dafür!«, rief er.

»Bitte entschuldigen Sie, Romain. Aber jetzt geben wir uns bitte alle Mühe.«

Das dritte Foto glückte.

»Wunderschön!«, erklärte Romain. »Sie sind alle sehr gut getroffen.«

»Sie können stolz auf sich sein«, bemerkte Pauline heiter. »Mittels Erpressung alten Leuten, einem Kind, einem Flüchtling und einem Hund ein Lächeln abzwingen, auf ewig gebannt von einem jungen Kerl, den Sie völlig illegalerweise als Mieter aufgenommen haben, und das Ganze, um bei Ihren indischen Freunden Eindruck zu schinden … Wahrlich, was für ein Held.«

»Nicht zu vergessen die durchgeknallte Krankenschwester, die gegenüber der Schuldirektorin einen völlig Fremden als Vater ihres Sohnes ausgibt …«

»Wir sind echt fantastisch, finden Sie nicht?«

Thomas und Pauline brachen in ein völlig unanständiges Gelächter aus, dann ging Thomas zu Romain.

»Vielen Dank für Ihre Hilfe. Nutze ich Sie über Gebühr aus, wenn ich Sie bitte, mir dabei zu helfen, das Foto per Mail an meinen Freund zu schicken?«

Romain deutete mit dem Kinn auf das Grüppchen hinter Thomas.

»Ich will Ihnen ja gern helfen, aber ich glaube, die wollen erst eine Antwort ...«

Thomas wandte sich um und sah, wie finster entschlossen seine Schützlinge wirkten.

»Wie reizend, die reinste Verbrecherbande! Ihnen fehlen bloß noch Baseballschläger und ein paar Harleys.«

»Wir wollen es wissen!«, sagte Chantal streng. »Sieben Buchstaben, keiner mehr und keiner weniger.«

Thomas gehorchte.

»Die Erleuchtung kam mir, als uns Michael eine Opernarie vorsang. Da fiel es mir wie Schuppen von den Augen. Es ist der Schmelz! Beinhart auf dem Zahn, doch der Schmelz von Michaels Stimme ist betörend schön.«

Schweigen. In der Ferne ein Vogelschrei. Und dann sagte Théo:

»Was? Eine Million für dieses blöde Rätsel? Dann bin ich Milliardär, denn solche kenn ich zu Tausenden. Wisst ihr, was Toto sagt, wenn er einem Schlumpf mit einem brennenden Knallfrosch im Hintern begegnet?«

Pauline hielt ihrem Sohn hastig den Mund zu.

»Das will hier niemand wissen, mein Großer. Wirklich niemand. Nie.«

»Aber ja doch, es interessiert mich sogar sehr!«, mischte sich Francis ein.

72

Diesmal hatte Thomas Pauline kommen hören. Vielleicht, weil der Wind nachgelassen hatte, vielleicht aber auch, weil er auf ihr Kommen gehofft und die Ohren gespitzt hatte. Er rückte auf der Bank am Flussufer zur Seite, um ihr Platz zu machen.

»Für den späten Nachmittag ist Regen angesagt«, verkündete Pauline.

»Regen bringt Segen.«

»Ich habe den Eindruck, die Katzen treiben sich hier nicht mehr so oft herum …«

»Wenn die Katze nicht am Fluss ist, tanzen die Mäuse am Ufer …«

»Schon gut, ich habe verstanden, wir spielen heute das Sprichwörter-Spiel. Jetzt müssen Sie mir ein Stichwort geben.«

Thomas merkte, dass seine Antworten auch als reserviert hätten aufgefasst werden können, dabei war er sehr glücklich darüber, dass Pauline neben ihm saß.

»Es ist nett von Ihnen, dass Sie gekommen sind, ich freue mich darüber.«

»Der Krug geht so lange zum Fluss, bis ich aufbrechen muss.«

»Das kann doch wirklich keiner verstehen.«

»Jeder redet, wie er's versteht. Jetzt sind wir quitt.«

»Ist es Ihnen gelungen, mit ihnen darüber zu sprechen?«

»Wer langsam reitet, kommt am weitesten.«

Pauline sprang auf und hob triumphierend die Arme.

»Ich habe gewonnen! Drei zu zwei!«

Sie begann um die Bank herumzulaufen, verneigte sich vor einer imaginären Menge und rief: »Eine fantastische Runde von Mademoiselle Choplin, die das legendäre ›Früchtchen‹ geschlagen hat …«

»Es reicht, Pauline, die Botschaft ist angekommen, setzen Sie sich wieder hin.«

»Doktor, von jetzt an werden Sie für jeden Satz mit weniger als vier Wörtern bestraft. Es wird Zeit, dass Monsieur Cro-Magnon kommunizieren lernt.«

Er dachte einen Moment lang nach und sagte dann wohl artikuliert: »War es Ihnen möglich, den Heimbewohnern den Besuch der Inspektorin vom Sozialamt anzukündigen und Erstere psychologisch darauf vorzubereiten?«

Pauline tat so, als müsste sie sich eine Träne wegwischen.

»Das ist zu schön, fast wie ein Gedicht. Der Steinzeitmensch hat gerade die Poesie erfunden!«

»Pauline.«

»Verzeihung, Doktor. Hier der Bericht von Schwester Choplin. Ich habe vereinbarungsgemäß mit jedem Einzelnen von ihnen gesprochen, unter vier Augen und während der Morgentoilette.«

»Wie haben sie reagiert?«

»Ich finde, sie haben sehr viel Verantwortungsgefühl … und sind entschlossen, sich nichts gefallen zu lassen. Natürlich wollen sie nicht weg. Sie haben Vorschläge gemacht.«

»Wir sollten nicht zulassen, dass sie Dummheiten machen.«

»Zuhören sollten wir ihnen trotzdem. Vielleicht gibt es wertvolle Anregungen.«

»Ich wage mir kaum auszumalen, welche …«

Wie eine Katze, die mit einem Korken am Faden spielt, versuchte Pauline den Weidenzweig über ihrem Kopf zu erhaschen.

»Als ich heute Morgen kam, wirkten Sie besorgt. Sie haben

heute zwar schon zweimal gelächelt, aber es kam nicht von Herzen. Probleme?«

»Sie beobachten die Menschen.«

»Vor allem Sie.«

Diese offene Antwort entwaffnete Thomas.

»Ich habe erfahren, dass jemand, den ich in Indien kannte, gestorben ist«, gestand er. »Ein alter Mann, der ein seltsames Leben hinter sich hatte. Er hat viele gewaltsame Auseinandersetzungen überstanden und wurde schließlich von einer Infektion besiegt.«

»Das tut mir leid. Und ich gehe Ihnen auch noch mit meinen Sprichwörtern auf den Senkel …«

»Der Tod ist der Führer der Lebenden. Das ist ein indisches Sprichwort. Drei zu drei. Ich habe aufgeholt.«

»Sie haben wirklich ein Problem.«

»Jedes Mal wenn ein Mensch, den ich kannte, stirbt, frage ich mich nach seinem Lebenslauf und danach, was wir daraus lernen können.«

»Sie könnten auch von den Lebenden etwas lernen.«

»Das stimmt.«

»Und welche Lehre haben Sie aus dem Leben dieses indischen Herrn gezogen?«

»Paranjay, er hieß Paranjay. Wenn ich aus dem Wenigen, was ich über ihn weiß, einen Schluss ziehen sollte, dann den, dass die gefährlichsten Prüfungen nicht unbedingt die sind, die bestens geeignet wären, uns umzubringen. So nahe stand ich ihm auch wieder nicht, aber ich weiß, dass den Menschen dort jetzt traurig zumute ist. Es ist eine sehr eng verschweißte kleine Gemeinschaft. Sie kümmern sich um ihre Alten.«

»Genau wie wir hier.«

»Dort käme niemand auf die Idee, seine Eltern in ein Altenheim zu stecken.«

»Meinen Sie, unsere Heimbewohner hätten Grund zur Klage?«

»Nein, und das verdanken sie Ihnen.«

»Sie haben auch Ihren Anteil daran. Ich finde, dass die Atmosphäre immer besser wird. Alle wirken glücklicher. Sogar Romain scheint diesen Ort liebgewonnen zu haben.«

»Umso besser.«

»Und Sie?«

»Wie? Ich?«

»Haben Sie diesen Ort liebgewonnen?«

»Ich will ehrlich sein, Pauline: Ich weiß nicht recht, wo ich stehe. Ich bin nach Frankreich zurückgekehrt, um meine Tochter kennenzulernen, und Sie wissen ja nur zu genau, was bisher dabei herausgekommen ist. Ich kenne sie, beobachte sie, ich habe sogar mit ihr gesprochen. Aber ich weiß nicht, wohin mich das führen wird. Ich war Emma noch nie so nah wie bei ihrem Besuch, aber seither habe ich den Eindruck, mich von ihr zu entfernen. Es ist praktisch unmöglich geworden, sie zu beschatten. Sie ist überall in meiner engsten Umgebung, in Form ihres Spielzeugs, ihres Freundes und meiner Gedanken, aber sie bleibt unerreichbar.«

Thomas holte tief Luft.

»Ich weiß nicht, ob es eine gemeinsame Zukunft mit ihr geben wird. Vielleicht bin ich zu spät gekommen oder nicht auf die richtige Weise. Ihre Geschichte und wie sie mich jetzt wahrnimmt, hindern mich daran, ihr die Wahrheit zu sagen. Ich habe das Gefühl, in einer Sackgasse zu stecken. Und wozu wären solche Geständnisse auch jetzt noch nütze? Man kann die Vergangenheit nicht neu schreiben. Und deshalb frage ich mich, wozu das alles gut war.«

»Bedauern Sie, dass Sie nach Frankreich zurückgekehrt sind?«

»Die Gründe, die mich bewogen haben, Ambar zu verlassen, haben nicht gehalten, was sie versprochen hatten. Dafür habe ich hier etwas gefunden, womit ich nicht gerechnet hatte. Was Sie mir neulich auf dem Gang sagten, hat mich zum Nachdenken gebracht. Auch ich lebe gern mit Ihnen zusammen, mit Ihnen allen. Als ich hierherkam, träumte ich in den ersten Wochen oft davon, ich würde im Dorf aufwachen und könnte hinausgehen zu den Freunden, die ich dort hatte. Und es ist kein Verrat an diesen Freunden, wenn ich heute sage, dass ich glücklich bin, hier aufzuwachen, sogar im Flur und mit einer Katze auf dem Rücken. Ich glaube, ich wusste es zwar nicht, aber mir fehlte, was ich hier empfinde.«

»Doktor, in meinem Berufsleben habe ich nie jemanden an Hunger oder Durst oder einer Kugel sterben sehen, aber viele, die ich kannte, sind an der Lieblosigkeit der anderen gestorben.«

73

Als sie vor dem Zimmer von Françoise angekommen waren, wandte sich Thomas ein letztes Mal an die Inspektorin: »Ich muss Sie warnen, Madame. Sie werden hier alten Menschen begegnen, deren Leben nicht einfach ist. Bei manchen von ihnen hängt es am seidenen Faden. Ich bin ja erst kürzlich hierhergekommen, und es war für mich bewegend zu sehen, wie schwach sie sind. Eigentlich erleben sie hier ihre letzten glücklichen Momente, ein Umzug wäre für sie der sichere Tod. Ich spreche nicht als Heimleiter zu Ihnen, sondern als Arzt.«

»Um das zu beurteilen, bin ich ja hier. Wir sind keine Ungeheuer.«

Thomas setzte eine Leichenbittermiene auf und öffnete die Tür.

Madame Quenon hatte ihre Rolle gut vorbereitet. Sie lag stocksteif auf ihrem Bett, die Decke bis zum Kinn hochgezogen. Ihr Teint war leichenblass – dank der Mithilfe und der Schminktäschchen von Pauline und Chantal.

Thomas näherte sich ihr auf Zehenspitzen und gab der Inspektorin dann einen Wink, ihm zu folgen.

»Sie haben Glück, sie ist bei Bewusstsein«, sagte er leise.

Dann beugte er sich zu Françoise' Ohr hinunter und brüllte: »Madame Quenon! Sie haben Besuch!«

Die ehemalige Grundschullehrerin, die sich jetzt vorübergehend taub stellen musste, bewies ungeheure Selbstbeherrschung und zuckte nur ganz leicht zusammen. Alles war perfekt:

der verlorene Blick, die müden Gesten, der kränklich-schwache Atem.

Mit fadendünner Stimme fragte sie: »Kommt mich ein Kind besuchen?«

»Sie war Grundschullehrerin«, flüsterte Thomas der Besucherin zu.

»Guten Tag, Madame«, schrie die Inspektorin, so laut sie konnte.

»Ein Mädchen? Wie schön! Hast du mir ein Bild gemalt?«

»Sie ist nicht mehr ganz klar im Kopf«, kommentierte Thomas leise. »Aber sie hat heute immerhin einen guten Tag.«

»Komm her, Kleine, und gib Omi Françoise ein Küsschen.«

Die Inspektorin versteifte sich. Thomas ermunterte sie mit einer Handbewegung.

»Sie würden sie glücklich machen, Madame. Sie sind doch vom Sozialamt. Niemand weiß besser als Sie, wie empfänglich Menschen in einer Notlage für affektive Zuwendung sind.«

Widerwillig und vom Leichenteint der armen Alten abgeschreckt küsste die Besucherin Françoise mit spitzen Lippen auf die Wange und zog sich dann hastig zurück.

»Jocelyne, bist du's? Hast du deine Hausaufgaben gemacht?«

Thomas zog die Inspektorin zur Tür.

»Jetzt müssen wir sie allein lassen, denn nach starken Gefühlsbewegungen wird sie manchmal aggressiv.«

»Aber Sie haben doch gerade gesagt, sie würde sich freuen, wenn ich sie küsse!«

»Ja, natürlich. Aber bevor sie Freude empfindet, macht sie erst eine Art Trotzphase durch. Erst nach ihren unkontrollierten Wutausbrüchen fällt ihr wieder ein, was sie Positives erlebt hat. Keine Sorge, Madame, Ihre so großzügige und freundliche Geste wird nicht verschwendet gewesen sein.«

Als sie ins nächste Zimmer traten, war Hélène gerade dabei, mit ihrer Plüschkatze zu schimpfen.

»Du warst sehr böse. Ich werde dir die Ohren abschneiden, du freches Tier!«

Um das Bild ein wenig abzurunden, trug Madame Trémélio alle Kleidungsstücke auf links.

»Was hat sie?«, fragte die Inspektorin mitleidig.

»Das wüssten wir auch gern. Bei so alten Patienten nimmt sich niemand mehr die Zeit für eine echte Diagnose. Allenfalls versucht man das Fortschreiten des Übels zu hemmen, das ihren Geist zerstört. Hier zeigt übrigens Mademoiselle Choplin besonderen Einsatz, denn sie spielt mit den Heimbewohnern regelmäßig Scrabble. Nur darf Madame Trémélio leider nicht mehr mitspielen.«

»Warum nicht?«

»Sie isst die Buchstaben auf. Sie hat sich sogar schon einen Darmverschluss zugezogen, mit einem W.«

»Die Arme.«

Als Thomas die Tür hinter ihnen schloss, hörte man noch, wie Hélène ihrem Stoffkater drohte, ihm den dicken Band von »Ich liebe meinen Chef« über den Schädel zu ziehen.

Als Nächster wurde Jean-Michel vorgestellt, der zum wachsenden Unbehagen der Inspektorin in der Unterhose auf dem Boden saß, mit dem Gesicht zur Wand, die er wie irre fixierte. Er hatte Socken über die Hände gezogen und sang leise – und falsch – Melodien, die mit Michaels Gesängen nichts gemein hatten.

»Und woran leidet dieser Mann?«

»Ja, Monsieur Ferreira ist ein ganz besonderer Fall. So etwas habe ich nie zuvor erlebt. Wenn man ihn bittet, mit dem Singen aufzuhören, damit man ihn füttern oder mit ihm sprechen kann, zerkratzt er sich das Gesicht. Und zwar bis aufs Blut. Wie Sie selbst feststellen können, ist es uns schon seit einigen Wochen gelungen, ihn daran zu hindern, sodass sein Gesicht jetzt fast wieder menschlich aussieht.«

»Das ist ja furchtbar ...«

»Es gibt trotz allem auch schöne Momente. Manchmal singen die Krankenschwester oder ich mit ihm. Und dann weint er vor Freude. Möchten Sie es ausprobieren? Es ist unvergesslich.«

»Das glaube ich gern, aber nein danke. Ich habe nicht allzu viel Zeit, und ich habe keine Ahnung, was er singt.«

Die Inspektorin ließ kurz den Blick durchs Zimmer wandern und war dann aufbruchsbereit.

Im nächsten Zimmer hatte sich Francis mit der Kulisse alle Mühe gegeben. Er lag auf seinem Bett, und das schien in einer Intensivstation zu stehen. Denn er war durch Schläuche und Kabel mit allen möglichen geheimnisvollen Apparaten verbunden. All das war mit den alten Aquariumschläuchen hingezaubert worden, die noch aus den Zeiten der Kinderkrippe vorhanden waren. Sogar die ehemalige Luftpumpe erfüllte eine Funktion und sorgte für ein passendes Hintergrundgeräusch. Pauline, die mit den Verbänden des Kranken herumhantierte, sah auf.

»Guten Tag, Madame, bitte entschuldigen Sie, dass ich Sie noch nicht begrüßt habe, aber heute ist bei Monsieur Lanzac Verbandswechseltag.«

»Machen Sie sich keine Gedanken. Ich sehe ja, dass Sie zu tun haben. Aber sagen Sie, Doktor, sollte dieser Herr nicht besser in einem Krankenhaus liegen? Sie sind ja hier eigentlich kein Pflegeheim ...«

»Das ist uns bewusst, aber er war ja nicht immer schon in dieser Verfassung. Wir versuchen, ihm den letzten Wunsch zu erfüllen, den er geäußert hat. Er flehte uns an, sein Leben mit dem Blick auf den Garten beschließen zu dürfen, der für ihn eine solche Quelle des Glücks gewesen ist.«

Francis schreckte aus einer Lethargie auf und brüllte: »Hampelmann! Schlampe!«

Die Inspektorin wich entsetzt zurück. Thomas, scheinbar aus der Fassung gebracht, erklärte: »Außerdem leidet er noch am Tourette-Syndrom.«

»O Gott …«

»Angesichts seines Zustands ist das nicht so schlimm. Wir haben uns schließlich daran gewöhnt, und die anderen sind sowieso taub.«

Als Thomas die Tür schloss, schrie Francis noch: »Schwanzträger! Hure!«

Als sie vor der letzten Tür standen, wirkte die Inspektorin eher unruhig. Thomas war im Grunde genauso nervös.

»Sie haben nur fünf Heimbewohner, nicht wahr?«

»Ja, wir haben es bald geschafft. Chantal ist die Letzte. Bitte verzeihen Sie die indiskrete Frage: Aber haben Sie Ihre Impfungen regelmäßig auffrischen lassen?«

»Warum fragen Sie mich das?«

»Man kann nie vorsichtig genug sein.«

Als Thomas nach der Klinke griff, hielt ihn die Frau zurück: »Ich bin nicht sicher, ob meine Hepatitisimpfung noch wirksam ist.«

»Ach, das ist ja nicht das Schlimmste. Bleiben Sie hinter mir und regen Sie sich vor allem nicht auf. Chantal ist ein wenig speziell …«

Die Angestellte des Sozialamts wich einige Schritte zurück. Thomas entdeckte in ihren Augen etwas, das panischer Angst glich.

Er öffnete die Tür, als würde er einen Theatervorhang aufziehen – nur hatte das Szenenbild nichts mit dem zugrunde liegenden Stück zu tun. Selbst Thomas musste einen Fluchtimpuls unterdrücken, als er Chantal mitten in ihrem Zimmer stehen sah, völlig von erdverkrusteten Kartoffelsäcken bedeckt. Unter dem Jutegewebe war nichts von ihr zu erkennen, weder ihr Gesicht noch die Umrisse ihres Körpers, man erblickte nur eine groteske Gestalt, aus der ein knochiger Arm herausragte und ein Souvenirglöckchen aus den Alpen schwenkte.

»Flieht!«, knarrte Chantal mit Grabesstimme. »Versiegelt diese verfluchte Tür und überlasst mich meinem düsteren Geschick.«

Reflexartig hielt sich die Inspektorin die Hand vor den Mund. Weder sie noch Thomas wagten, die Schwelle zu übertreten.

»Flieht!«, wiederholte Chantal mit dieser rauen, heiseren Stimme. »Ich habe einen Fernseher und Knäckebrot, ich werde überleben.«

Sie schwenkte heftig ihr Glöckchen und machte einen Schritt auf sie zu.

Die Inspektorin stieß einen Schreckensschrei aus, und Thomas schloss hastig die Tür.

»Was hat sie? Lepra?«

»Eine sehr seltene Form, die zum Glück nicht annähernd so virulent ist wie die, die im Mittelalter wütete.«

»Aber ich dachte, so etwas gäbe es nicht mehr!«

»Es ist ein bisschen so wie mit den alten Gemüsesorten, da dachte man auch, sie seien ausgestorben …«

»Aber sie müsste unter Quarantäne gestellt werden.«

»Das wäre unnötig, die Kartoffelsäcke sind erschreckender als ihre Krankheit.«

Im Bewusstsein, dass ihr Besuch und damit ihr Leidensweg beendet war, kam die Inspektorin wieder zu geistigen Kräften.

»Wissen Sie, Doktor, ich kann gar nicht begreifen, warum der frühere Direktor einen solchen Bericht verfasst hat.«

»Ich auch nicht. Wahrscheinlich eine Art Rache an dieser zu anstrengenden Umgebung.«

»Ja, vielleicht haben Sie recht. Ganz unter uns gesagt, die Stadt plant eine Neubebauung dieses Viertels. Der Bürgermeister möchte es auf diese Weise wieder mit Leben füllen. Die Fabrik und die benachbarten Parzellen sollen bald verkauft werden.«

»Ach, darum geht es also!«

»Die Stadtplanungsbehörde möchte dieses Gebäude, das der Gemeinde gehört, und auch die angrenzenden Grundstücke an die Investoren verkaufen.«

»Dreckige Schlampe! Armselige Laus!«, hörten sie Francis schreien.

Die Inspektorin bewegte sich rückwärts auf den Ausgang zu und fügte hinzu: »Aber machen Sie sich keine Sorgen, ich werde in meinem Bericht dafür sorgen, dass man Sie in Ruhe lässt.«

»Vielen Dank, Madame. Ich möchte Ihnen wirklich im Namen der Heimbewohner danken. Auch wenn sie es nicht ahnen, dank Ihnen wird die Sonne über ihren letzten Lenzen scheinen.«

»Sie können sich auf mich verlassen. Alles Gute, Doktor. Von Herzen.«

Als die arme Frau Thomas abschließend die Hand schütteln wollte, hörte man einen Knall, und dann gingen alle Lichter aus.

»Das ist bestimmt Monsieur Ferreira«, erklärte Thomas. »Er verschafft sich immer mal wieder einen elektrischen Schlag. Verzeihung, aber ich muss Sie jetzt verlassen.«

Die Inspektorin entfloh nur zu gern.

74

Die kleine Theatertruppe kam nicht dazu, ihren jüngsten Erfolg auszukosten, denn Frankenstein war tatsächlich vom Blitz getroffen worden.

Als der Rettungswagen kam, war Jean-Michel bewusstlos, und Thomas, der seinen Puls zu schwach fand, hatte ihm bereits eine Herzmassage verabreicht. Zum ersten Mal seit seiner Rückkehr nach Frankreich hatte er sein Notfallköfferchen gebraucht.

Als die Sanitäter den Verletzten aus seinem Zimmer holten, standen alle übrigen Heimbewohner in der Eingangshalle und bildeten ein trauriges Spalier. Chantal hielt Hélènes Arm, um sie zu stützen, Erstere immer noch in ihren Kartoffelsäcken, Letztere noch in ihrer auf links gedrehten Kleidung. Als der reglose Körper an ihr vorbeigetragen wurde, musste Hélène den Blick abwenden. Alles, was sie den noch nicht lange zurückliegenden Verlust von Madame Berzha erneut durchleben ließ, ging über ihre Kräfte. Françoise, deren Teint noch blasser war als ihre Schminke, und Francis klammerten sich regelrecht aneinander, so hart war der Schlag für sie. Der Anblick ihres Freundes, reglos und mit der Sauerstoffmaske auf dem Gesicht, war außerordentlich schmerzhaft. Beide wussten: Wer in seinem beziehungsweise in ihrem Alter fortging, um im Krankenhaus behandelt zu werden, ging oft für immer fort.

Als die Bahre an Chantal vorbeigetragen wurde, streichelte sie Jean-Michels Hand und fragte den Notarzt: »Wird er es schaffen?«

»Das lässt sich noch nicht sagen. Aber machen Sie sich keine Sorgen, wir kümmern uns um ihn.«

Monsieur Ferreiras Hand fühlte sich noch warm an, das beruhigte Chantal. Wenn die Heizung noch läuft, ist auch noch wer im Körper. Menschen, die gehen, stellen die Heizung aus.

Alle gingen bis auf die Straße hinaus, um den Verwundeten zum Krankenwagen zu begleiten. Auch der riesige Teddybär an der Fassade wirkte im Blaulicht sehr besorgt. Mit einem metallischen Klicken ließen die Sanitäter die Trage einrasten. Pauline war wahrscheinlich diejenige, auf deren Gesicht sich die Sorge am deutlichsten abzeichnete.

»Was ist nur in ihn gefahren?«, fragte sie Thomas.

Der nahm ihr Gesicht sanft zwischen die Hände und zwang sie, ihn anzusehen.

»Pauline, ich fahre mit. Ich lasse ihn nicht im Stich. Ich vertraue Ihnen das Haus an. Werden Sie das mit Théo hinkriegen?«

»Kein Problem. Passen Sie auf ihn auf. Ich kümmere mich um alle hier.«

Thomas kletterte in den Krankenwagen und neben die Trage.

»Ich gebe Ihnen so bald wie möglich Bescheid.«

Der Rettungswagen fuhr in dem Moment an, als Michael zu der Gruppe auf der Straße trat. Alle drängten sich aneinander. Als Thomas sie durch das Rückfenster kleiner werden sah, fühlte er sich an das Dorf erinnert, das er im Rückfenster des Wagens, mit dem er zum Flughafen gebracht worden war, hatte zurückfallen sehen. Und außerdem empfand er etwas, das er noch nie zuvor empfunden hatte.

75

Als das Taxi vor dem Heim hielt, war es schon lange dunkel. Anders als sonst war die Eingangshalle trotz der späten Stunde noch hell erleuchtet. Kaum war Thomas ausgestiegen, stürzte ihm Pauline auch schon entgegen.

»Und?«

»Er hat das Bewusstsein wiedererlangt und mich erkannt. Das ist ein gutes Zeichen. Dann ist er eingeschlafen, und als ich ging, waren der Puls und der Blutdruck gut. Der Kardiologe sagte, er müsse ein starkes Herz haben, denn sonst hätte ihn schon ein einziger seiner Stromschläge getötet. Und wie geht es hier? Wie reagieren die anderen?«

»Alle warten auf Sie. Ich habe Ihnen einen Imbiss bereitgestellt, aber ich nehme an, Sie haben gar keinen Appetit…«

»Wie nett von Ihnen, Pauline. Ich sterbe vor Hunger, aber darum kümmern wir uns später.«

Pauline hatte nicht übertrieben. Im Wohnzimmer waren alle versammelt, sogar Michael und Romain. In angstvollem Schweigen waren sechs Augenpaare auf ihn gerichtet. Sieben, wenn man Attila mitzählte.

»Lebt er noch?«, fragte Chantal ohne Umschweife.

»Ja. Es geht ihm so gut, wie es ihm nur gehen kann nach dem, was er hinter sich hat.«

Thomas berichtete in allen Einzelheiten von ihrer Ankunft in der Notaufnahme und zählte sämtliche vorgenommenen Untersuchungen auf. Vor allem, um die Heimbewohner zu beruhigen. Auch wenn diese nicht unbedingt alles richtig einschätzen konnten, so wurde ihnen doch klar, dass alles getan wurde, um Monsieur Ferreira zu helfen.

»Wie Sie wissen, habe ich Erfahrung mit solchen Notfällen«, erinnerte Thomas, »und ich kann Ihnen versichern, dass Jean-Michel großes Glück hatte, so rasch und so gut behandelt zu werden. In den meisten Städten, in denen ich auf den verschiedenen Kontinenten gearbeitet habe, hätte er nicht einmal ein Viertel der Ausstattung und des Know-hows vorgefunden. Es ist zwar unmöglich zu sagen, wie sich sein Zustand entwickeln wird, aber Sie dürfen sicher sein, dass es kaum Orte gibt, an denen er bessere Chancen hätte.«

»Hat er von uns gesprochen, als er zu Bewusstsein kam?«, fragte Françoise.

»Nein, aber das dürfen Sie ihm nicht übel nehmen. Er hat mich wiedererkannt, weil ich direkt vor seinen Augen stand. Das Wenige, was er sagte, betraf seine Frau, ich soll sie benachrichtigen.«

»Doktor«, sagte Hélène, »wir müssen Ihnen im Zusammenhang mit Jean-Michel etwas beichten.«

Sie sah die anderen kurz fragend an, und sie nickten ihr aufmunternd zu.

»Wir fühlen uns für das verantwortlich, was ihm zugestoßen ist.«

Thomas hob abwehrend die Hand.

»Sie brauchen sich wirklich keine Schuldgefühle einzureden. Sie haben nichts damit zu tun. Keiner von Ihnen.«

»Doch«, sagte Françoise, »wir haben alle etwas damit zu tun.«

Jetzt ergriff Hélène wieder das Wort.

»Sie erinnern sich sicher, dass er sehr viele Süßigkeiten aß …«

»Natürlich, und ich habe ihn gebeten, damit aufzuhören.«

»Er hat aber damit weitergemacht und sogar noch mehr gegessen als vorher«, bemerkte Francis.

»Wie das?«

»Jedes Mal wenn wir in den Supermarkt kamen, kauften wir ihm etwas Süßes und behaupteten, wir wollten es für uns selbst. Aber wir haben alles ihm gegeben.«

Thomas wechselte einen Blick mit Pauline, die offenbar nichts davon gewusst hatte.

»Warum haben Sie das getan? Sie wussten doch, dass es für ihn gefährlich war, wenn Sie ihn noch in dieser Naschsucht bestärkten.«

»Wir haben es nicht getan, damit er krank wird, Doc, sondern um ihm zu helfen.«

»Wie können Sie glauben, Sie würden jemandem helfen, indem Sie seinen Blutzuckerspiegel durcheinanderbringen? Das ist Selbstmord, vor allem in seinem Alter! Wollte er etwa sterben?«

»Nein, Thomas«, sagte Hélène sanft. »Aber er wollte wieder mit seiner Frau zusammen sein. Dafür war er zu allem bereit. Er wollte genau wie sie Diabetes haben, damit er in dieselbe Abteilung käme. Ich habe sie früher, vor der Amputation, manchmal gesehen. Sie heißt Marianne, und ich kann Ihnen sagen, man brauchte die beiden nicht lange zusammen zu sehen, um zu begreifen, dass sie sich wirklich lieben.«

»Wenn sie da war, wirkte Jean-Michel ganz einfach dreißig Jahre jünger«, bestätigte Chantal.

Thomas war verblüfft.

»Er hat alles Mögliche unternommen, um ihr näher zu sein«, erklärte Françoise. »Er hat Dutzende von Anträgen ausgefüllt, Briefe geschrieben, angeboten, dafür zu zahlen, aber Liebe ist kein Kriterium für die Leute, die über das Schicksal alter

Menschen entscheiden. Ihr Vorgänger hat ihm nicht geholfen. Deshalb hat es sich Jean-Michel in den Kopf gesetzt, genauso krank zu werden wie seine Frau, damit er zu ihr kann. Und dann hat er sich methodisch und mit Fleiß dazu gezwungen, dieses süße Zeug zu essen.«

»Aber Himmel noch mal, warum haben Sie nicht mit mir oder mit Pauline darüber gesprochen?«

»Jean-Michel hat es uns verboten«, antwortete Françoise. »Es war sein letzter Trumpf. Sie hatten ihn gebeten, sich nicht mehr mit Süßem vollzustopfen, und Pauline passte auf.«

»Und jetzt, wo es zur Tragödie gekommen ist«, fragte Francis, »was können wir tun, um ihm zu helfen?«

»Halten Sie sich fit, überlassen Sie sich nicht trüben Gedanken. Was immer geschieht, er wird Sie brauchen. Und später werden wir alle uns mal richtig aussprechen.«

Thomas wandte sich an Madame Trémélio: »Hélène, bei unserem ersten Gespräch haben Sie etwas gesagt, das mir sehr zu denken gegeben hat. Sie sagten: In dem Augenblick, in dem die Menschen nichts mehr erwarten, gehen sie fort. Sie bleiben, solange sie noch etwas zu tun haben. Sie stehen alle hier vor mir, und ich möchte wissen, was Sie vom Leben erhoffen, wirklich. Hélène, ich weiß, Sie hoffen darauf, zu Ihren Kindern ziehen zu können, und ich weiß sogar, dass Sie davon träumen, die Katzen mitnehmen zu können. Gerade habe ich entdeckt, was sich Jean-Michel wünscht. Françoise, Chantal, Francis, auch wir müssen darüber sprechen. Was immer Sie für Ziele haben, wenn Sie sie allein ansteuern, werden Sie nicht weit kommen. Aber gemeinsam ist die Strecke meistens zu schaffen. Das weiß ich, weil Sie es mir gezeigt haben.«

76

»Danke, Romain. Wirklich nett von Ihnen, dass Sie einen Umweg gemacht haben, um mich hier abzusetzen.«

»Kein Problem.«

Thomas hatte sich zum ersten Mal in den Wagen seines Mieters gesetzt. Eine Möglichkeit, ein weiteres Element aus Emmas Alltag kennenzulernen. Er saß da, wo gewöhnlich seine Tochter saß. Sicher hatte sie Stunden damit zugebracht, dem jungen Mann beim Fahren zuzuschauen, und zwar genau aus diesem Blickwinkel. Wenn der knallgelbe kleine Plüschkanarienvogel auf dem Armaturenbrett hätte sprechen können – was er wohl zu erzählen gehabt hätte?

Thomas bemerkte, dass Romain in seinem Beisein braver fuhr, als wenn er mit seiner Freundin durch die Stadt heizte. Hätte Thomas einen weniger ernsten Anlass für diese Fahrt gehabt, dann hätte er die Ironie der Situation genossen.

»Wissen Sie, dass Emma pausenlos von Ihnen spricht?«, fragte Romain und warf ihm einen raschen Seitenblick zu.

»Wirklich?«

»Sie haben enormen Eindruck auf sie gemacht. Ich weiß ja nicht, worüber Sie gesprochen haben, aber seit dieser Begegnung denkt sie sehr viel über ihre Zukunft nach.«

»Ich hoffe, ich war ihr von Nutzen.«

»Sie hat mir angeboten, dass ich das Gespräch lesen darf, und ich bin schon ganz gespannt darauf.«

»Dann sagen Sie mir doch bitte hinterher, wie Sie es finden.«

Romain nickte.

Thomas fuhr fort: »Weiß Emma, dass Sie Musik machen?«

Romain war überrascht von dieser Frage und dachte nach.

»Jetzt erst wird mir klar, dass sie es nicht weiß. Als Kind und Jugendlicher habe ich jahrelang Gitarrenunterricht genommen, aber nach dem Abi habe ich damit aufgehört. Seither hatte ich keine Gelegenheit mehr dazu. Als ich die Gitarre in der Wohnung fand, habe ich wieder ein paar Akkorde geklampft. Es macht mir Spaß, es entspannt mich und weckt angenehme Erinnerungen.«

»Der Heimbewohnerin unter Ihnen gefällt es sehr.«

»Im Ernst? Stört es sie nicht, dass ich abends spiele?«

»Im Allgemeinen ist sie nachts besonders empfänglich für die vom Himmel – oder von der Wohnung über ihr – gesandten Klänge.«

Romain versuchte, die entspannte Atmosphäre zu nutzen, und fragte: »Doktor, da gibt es etwas, was mich wundert … Aber ich will auf keinen Fall indiskret sein.«

»Sagen Sie es mir.«

»Der Wagen der Krankenschwester gehört doch Ihnen?«

»Genau.«

»Aber sie fährt die ganze Zeit darin herum …«

»Das ist eine lange Geschichte. Ich überlasse ihn ihr, weil sie ihn braucht, um nach Hause zu kommen. Ich wohne ja im Heim.«

Romain, der sich darüber freute, persönlichere Themen ansprechen zu dürfen, wagte sich noch weiter vor.

»Da gibt es noch etwas, das ich Sie gern fragen würde.«

»Nur zu.«

»Würde es Sie stören, wenn ich Emma hin und wieder in meine Wohnung einladen würde? Für ein Abendessen unter Verliebten …«

Thomas' Geist reagierte sofort wie ein Maiskorn, das man in siedendes Fett wirft. Plopp! In einem Sekundenbruchteil sah er die beiden möglichen Antworten vor sich: Entweder er untersagte ihm schlicht und einfach, seine Freundin einzuladen – eine Reaktion, die ein zu autoritäres und völlig unangemessenes Bild von ihm selbst zeichnen würde –, oder er gab die Erlaubnis unter der Bedingung, dass sie nie auch nur ein einziges Kleidungsstück ablegten.

Er stellte sich vor, wie sie im Parka, mit Handschuhen und Sturmmütze im Kerzenschein ihre Spaghetti aßen. Versuchen Sie doch mal, mit einem Popcorn anstelle des Hirns zu denken.

»Romain, Sie sind in Ihrer Wohnung zu Hause. Laden Sie Ihre Freundin ein, wann immer Sie möchten.«

»Danke, Monsieur.«

Als sie vor dem Krankenhaus ankamen, nahm Thomas die Tasche mit Jean-Michels Sachen vom Rücksitz und stieg aus.

»Nochmals danke fürs Herbringen. Ich wünsche Ihnen einen schönen Tag. Bis heute Abend.«

Bis heute Abend… Im normalen Leben sagt man das zu Menschen, die einem nahestehen.

»Grüßen Sie Monsieur Ferreira von mir!«

»Mach ich gern!«

77

Wie fühlen Sie sich?«

Jean-Michel streckte Thomas seine runzeligen Hände entgegen, und der nahm sie in seine.

»Ich freue mich so, Sie zu sehen, Doktor. Endlich ein vertrautes Gesicht.«

»Sie sehen schon besser aus als gestern.«

»Prima. Ich kann mich an nichts erinnern. Ich weiß noch, dass ich die Birne herausgedreht habe, dann kam ein starker Blitz und dann gar nichts mehr. Diesmal hatte der elektrische Schlag nicht die übliche Wirkung. Irgendetwas hat nicht gestimmt mit der Elektrizität …«

»Sie hatten sehr viel Glück. Sie hätten sterben können. Sie müssen mir versprechen, es nie wieder zu versuchen.«

»Nicht mal mit Batterien?«

»Nicht mal mit einem Sonnenkollektor. Gar nicht. Unter keinen Umständen.«

Thomas rückte einen Stuhl heran und setzte sich ans Bett des glücklich Davongekommenen.

»Ich soll Sie von allen grüßen. Sogar von Romain. Chantal hat mir ausdrücklich aufgetragen, Sie zu umarmen.«

»Wie nett von ihnen allen. Bitte umarmen Sie sie herzlich von mir zurück. Sie fehlen mir. Sicher habe ich allen Sorgen gemacht. Würden Sie sich bitte in meinem Namen bei ihnen entschuldigen?«

»Ich habe weder Ihre Frau noch Ihren Sohn benachrichtigt.

Ich habe es auf meine Kappe genommen, sie noch nicht zu beunruhigen und erst einmal abzuwarten.«

»Das war gut.«

Monsieur Ferreira war anders. Vielleicht lag es am Licht im Krankenzimmer, vielleicht auch daran, dass er ein blassgrünes Patientenhemd trug. Aber das war es nicht allein. Wer genau hinschaute, erkannte, dass er ein bisschen weniger distanziert war. Seine Gesten waren spontaner, weniger getragen. Und das galt sogar für seine Äußerungen.

Thomas hob kurz die Tasche hoch.

»Ich habe Ihnen ein paar Sachen mitgebracht.«

»Wie liebenswürdig von Ihnen, danke, aber ich werde sie nicht brauchen. Ich bleibe nicht. Ich fühle mich schon viel besser.«

»Darüber können weder Sie noch ich entscheiden. Ihre Ärzte warten noch auf einige Untersuchungsergebnisse. Vielleicht halten sie es für besser, Sie noch ein paar Tage zur Beobachtung hierzubehalten, insbesondere wegen Ihres Blutdrucks und Ihres Herzens. Aber ich habe eben schon Ihre Blutwerte anschauen dürfen …«

»Und?«

»Sie werden sich freuen: Ihr Zuckerwert ist katastrophal. Für Ihre Überzuckerung bekommen Sie den Preis und den Glückwunsch der Jury.«

Jean-Michel wusste nicht, wie er reagieren sollte.

»Warum sollte ich mich über so schlechte Werte freuen?«

»Sie brauchen mir nichts mehr vorzumachen. Ich weiß Bescheid. Die anderen haben mir alles erzählt. Von den Süßigkeiten und dem Diabetes, den Sie bekommen wollten, um wieder bei Ihrer Frau zu sein.«

Jean-Michels Gesichtsausdruck wandelte sich schlagartig. Von dem eines respektablen Erwachsenen, der Verblüffung vortäuscht, zu dem eines kleinen Jungen, der beim Lügen erwischt wird.

»Ich hatte ihnen doch verboten, darüber zu sprechen«, verteidigte er sich.

»Sie hatten Angst, Sie zu verlieren, und sie fühlen sich schuldig. Sie haben mir das Geheimnis nur anvertraut, um Sie zu retten. In ihrem Alter kennt man sich mit Blutwerten hinreichend aus, um zu wissen, dass zu viel Zucker auch den Blutdruck erhöht.«

»Und jetzt sind Sie böse auf mich …«

»Warum sollte ich? Weil Sie sich aus Liebe in Gefahr brachten? In diesen Dingen kann ich niemandem Lektionen erteilen. Aber warum haben Sie nicht mit mir darüber gesprochen?«

Monsieur Ferreira seufzte.

»Alle Versuche sind gescheitert, Sie können nichts mehr für mich tun.«

»Sie wissen nicht, was ich für Sie tun kann.«

»Der ehemalige Direktor …«

»Ich bin nicht der ehemalige Direktor.«

»Das ist uns allen schon aufgefallen, so viel kann ich Ihnen versichern.«

Jean-Michel senkte den Blick und zerknüllte die Decke in seinen Händen.

»Doktor, haben Sie schon einmal geliebt? Haben Sie jemanden schon einmal so ins Herz geschlossen, dass Sie, wenn er nicht in Ihrer Nähe ist, nicht mehr Sie selbst sind? Ich spreche nicht von der Liebe, die man schenkt oder empfängt, sondern von der, die man ohne Pflicht, ohne Bewusstsein einfach instinktiv austauscht. Marianne hat mich erwählt, sie hat mich mit meinen Fehlern akzeptiert, und wir waren miteinander glücklich, bis ihre Krankheit sie mir entriss. Mit ihr zusammen kann ich ich selbst sein. Ohne sie bin ich dazu nicht fähig. Das ist die Liebe, die ich meine. Ich habe meine Eltern geliebt, wir lieben unseren Sohn, aber mit ihr ist es etwas anderes. Stundenlang schweigend mit ihr dazusitzen gibt mir Kraft. Und wenn ich nur davon spreche, beginne ich zu zittern.«

Zum Beweis streckte er die Hand aus, bevor er fortfuhr: »Ich habe mich nie vor dem Altwerden gefürchtet, aber der Gedanke, fern von ihr oder, schlimmer noch, ohne sie leben zu müssen, hat mich schon immer in Panik versetzt. Seit ich weiß, dass es sie gibt, schwächt es mich, wenn ich sie nicht in meiner Nähe spüre. Wir haben ein gemeinsames Leben hinter uns, in dem wir uns nie enttäuscht oder verraten haben. Doch meine Zuneigung zu ihr braucht kein Treuekärtchen. Ich habe mich nicht an sie gewöhnt, ich genieße sie jeden Tag aufs Neue. Ich liebe, was sie ist, ganz unabhängig von der vergehenden Zeit. Ihren Charakter, ihre verrückten Einfälle, das, was wir schaffen, indem wir uns gegenseitig Mut machen. Wenn ich ihr heute begegnen würde, würde ich mich in sie verlieben wie am ersten Tag.«

»Das ist sicher ein wunderbares Gefühl, aber ich kenne es nicht.«

»Es ist ein wunderbares Gefühl, ohne das Sie nicht mehr leben können, wenn Sie es einmal erfahren haben. Mit einem Mal hat Ihr Leben ganz andere Referenzen, ganz andere Bezüge. Alles erscheint Ihnen fade, müßig, oberflächlich und abgeschmackt. Unglaublich, wie viel Zeit Sie gewinnen, sobald Sie wissen, für wen Sie leben wollen. Mit einem Schlag wissen Sie, wer Sie sind, und nichts und niemand mehr kann Sie von dem ablenken, was wirklich zählt. Ihr Leben bekommt einen Sinn. Und nur das, was ihm dienen kann, findet noch Gnade vor Ihren Augen. Alles andere ist unwichtig. Als Marianne krank wurde, habe ich alles getan, um bei ihr zu bleiben. Leider hat uns das Leben schlimme Entscheidungen aufgezwungen. Ich wollte die beste medizinische Versorgung für sie, aber in unserer Gegend gab es keine entsprechenden Spezialisten. Und wenn sich ihr Zustand gebessert hätte, hätte sie zu mir kommen sollen, dieses Heim schien uns die beste Lösung zu sein. Deshalb habe ich diesen Spagat gemacht. Wir telefonieren fast jeden Tag. Ich schreibe ihr jede Woche. Ich besuche sie jeden Monat. Aber ich denke jede Sekunde an sie.«

»Ich bewundere Ihre Empfindungen. So etwas ist wahrscheinlich sehr selten. Aber dass Sie sich krank machen, ist keine Lösung. Ich werde nachdenken, nachfragen und mich bemühen. Verlassen Sie sich darauf, ich werde mein Möglichstes tun.«

»Danke, Doktor. Aber vergessen Sie nicht, die Zeit drängt.«

»Ein Grund mehr dafür, dass Sie sich nicht weiter vergiften. Bleiben Sie aufrecht. Nur die Lebenden können etwas ändern.«

Thomas öffnete die Tasche.

»Ich habe Ihnen einen Zeitvertreib mitgebracht.«

Er holte das kleine pastellfarbene Märchenschloss aus Plastik hervor.

»Das ist für Sie, Jean-Michel. Ich schenke es Ihnen mit sämtlichen Figuren bis auf den Prinzen, den der Hund gefressen hat.«

»Aber Doktor …«

»Keine Widerrede. Ich bin zu alt zum Spielen, aber Sie, Sie sind so verliebt, dass Sie in Ihrem Zimmer Dummheiten mit dem Stromkabel machen und sich mit Süßigkeiten vollstopfen, Sie sind genau im richtigen Alter.«

78

»Guten Abend, Madame, guten Abend, Monsieur. Einen Tisch für zwei?«

»Ja bitte.«

»Bitte folgen Sie mir.«

Pauline, die sich sehr über diesen Abend freute, ließ den Blick genießerisch durch den Saal wandern.

»Ein wirklich nettes Restaurant. Von wem haben Sie die Adresse?«

»Dadurch, dass ich Emma überallhin gefolgt bin, habe ich nach und nach jeden Winkel der Innenstadt kennengelernt. Und dieses Lokal hat mir auf Anhieb gefallen.«

Der Kellner brachte sie zu einem Tisch auf einer kleinen Galerie mit Blick auf die Straße. Thomas wartete, bis Pauline Platz genommen hatte, bevor er sich setzte. Sie registrierte es, kommentierte es jedoch nicht. Zum ersten Mal musste sich Thomas weder verstecken noch auf der Hut sein. Er brauchte niemanden auszuspähen. An diesem Abend ging es nur um die Gesellschaft der jungen Frau, die ihm gegenübersaß. Aber wer war sie heute Abend? Eine Kollegin? Eine Freundin? Eine hübsche Junggesellin, die er zum ersten Mal nicht in ihrer Dienstkleidung sah? Wahrscheinlich von allem ein bisschen. Er hatte schon so lange keine Frau mehr zum Abendessen eingeladen, dass er sich nicht mehr an das letzte Mal erinnern konnte.

»Möchten Sie einen Aperitif?«, fragte der Kellner.

»Warum nicht? Pauline, was möchten Sie?«

»Einen Kir, bitte.«

Danach raunte sie Thomas zu: »Den trank immer meine Großmutter. Ich werde ihn auf ihr Wohl trinken, sie hat mich großgezogen.«

»Und für Sie, Monsieur?«

»Einen Apfelsaft, bitte.«

Der Kellner notierte es, ohne mit der Wimper zu zucken, und verschwand.

»Sind Sie immer noch dabei, nach Ihrem Rausch zu entgiften?«

»Sie haben eine spitze Zunge! Auch bei mir ist es eine Familientradition. Mein Vater bestellte immer einen, wenn wir auswärts aßen. Er vertrug keinen Alkohol. Wenn er einen in einem Whiskyglas servierten Apfelsaft trank, sah es so aus, als würde er einen Malt schlürfen, und der gute Eindruck blieb gewahrt.«

»Im Ernst?«

»Absolut. Meine Schwester und ich haben diese Gewohnheit übernommen. Es ist sogar eine unserer wenigen Gemeinsamkeiten.«

Obwohl ihr eine so gute Gelegenheit geboten wurde, verzichtete Pauline darauf, haarige Themen anzusprechen, wo doch der Abend so schön zu werden versprach.

»Dieses Hemd steht Ihnen wirklich gut. Es sieht edel aus und bringt Ihre breiten Schultern zur Geltung.«

Sie lächelte geradezu funkelnd. Thomas mobilisierte seine sämtlichen mentalen Kräfte, damit nichts von den Emotionen, die seinen überforderten Geist überfluteten, nach außen drang. Manche galoppierten wie Vollblüter, andere hüpften wie Ziegen, eine lag sogar auf dem Rücken und stellte sich tot, während sie darauf wartete, dass die Gefahr vorüberging.

Da er so hartnäckig schwieg, fügte Pauline hastig hinzu:

»Keine Sorge, ich werde mich nicht auf Sie stürzen. Man muss gegenseitig Komplimente machen dürfen, ohne gleich der sexuellen Belästigung bezichtigt zu werden.«

»Das stimmt. Vielen Dank.«

Thomas warf sich sofort seine mangelnde Schlagfertigkeit vor. Er hätte die Gelegenheit nutzen und ihr sagen sollen, dass ihr Kleid ihr wunderbar stand und dass ihr offenes Haar sie noch reizvoller aussehen ließ, aber das hätte sie für einen zu deutlichen Wink mit dem Zaunpfahl halten können, zumal sie auch noch so ein hübsches Dekolleté hatte. Er hätte so gern die passenden Worte gefunden, um ihr gerecht zu werden, ohne zudringlich zu wirken. Aber er war begabter für den Umgang mit offenen Knochenbrüchen als für den mit jungen Frauen. Und im Augenblick hatte er so betrachtet Pech, Pauline hatte sich nichts gebrochen. Armer Thomas. Selbst ein Anfänger im Mannsein wie Romain kam besser zurecht als er.

Pauline blätterte in der Karte.

»Sie können sich gar nicht vorstellen, wie sehr ich mich über Ihre Einladung freue. Ich bin schon seit Jahren nicht mehr mit einem Mann ins Restaurant gegangen.«

»Ich freue mich, mit Ihnen hier zu sein.«

»Warum haben Sie mich gerade heute Abend eingeladen, mitten in der Woche? Bitte glauben Sie nicht, ich wollte Ihre Initiative kleinreden, aber mir scheint, die Tatsache, dass Ihr Mieter Emma heute in seiner Junggesellenbude empfängt, hat Ihre Zeitplanung beeinflusst …«

»Ich wollte Sie sowieso und auf jeden Fall einladen.«

»Es schmälert auch in keiner Weise die Freude, die Sie mir machen. Übrigens glaube ich, Romain wird sich wohler fühlen, wenn er Sie nicht in der Nähe weiß.«

»Warum?«

Pauline zwinkerte ihm zu.

»Tun Sie nicht so unschuldig, Sie wissen es genau. Junge Männer haben ihre älteren Geschlechtsgenossen lieber nicht im Nacken, wenn sie gerade den Don Juan geben.«

»Ich denke lieber gar nicht daran …«

»Das ist etwas, das ich schon immer seltsam fand. Sie würden sicher ganz anders reagieren, wenn Sie Romains und nicht Emmas Vater wären. Warum haben die Männer so viel Angst, wenn ihre Töchter sich amüsieren, während sie eher stolz sind, wenn ihre Söhne sich eine gute Zeit machen?«

»Weil sie genau wissen, was ihresgleichen umtreibt.«

»Sie sollten uns darüber ein paar Informationen geben, damit könnten Sie uns grausame Enttäuschungen ersparen. Frau weiß nie, wie sie mit Ihresgleichen umgehen soll.«

»Wir sind weniger anständig …«

»Die Erklärung greift ein bisschen kurz. Auch wir können perfekt Verliebtheit vorspiegeln, um unsere Ziele zu erreichen. Nehmen wir zum Beispiel meinen ersten Flirt. Das Anziehendste an ihm war für mich sein Motorroller. Zu Hause hatte ich sehr wenig Spaß, und er war für mich ein Passierschein ins Land der Freiheit und des Ausgehens mit Freunden. Der Passierschein hatte übrigens wunderschöne Augen. Aber keine Sorge, meine jugendliche Käuflichkeit wurde hart bestraft. Ich trug einen Fluch davon. Die Männer danach, in die ich ehrlich verliebt war, erwiesen sich samt und sonders als psychologisch hoffnungslose Fälle. Ganz einfach: Ich hatte nur Umgang mit Exzentrikern aller Färbungen. Ein Abo auf Lebenszeit! Einer von ihnen hatte nur Lust auf mich, wenn ich als Chinesin verkleidet war, und dann, nach einem Jahr, hatte er sein Coming-out mit einem sehr hübschen Spanier. Das hat mich erschüttert, und ich habe mir sehr viele Fragen gestellt. Schließlich dachte ich, ich gäbe wirklich eine schlechte Asiatin ab … Ein anderer war krankhaft eifersüchtig und überwachte mich überall. Einmal hat er zwei Stunden mit einem Fernglas im Riesenrad verbracht, weil ich mit einem anderen Mann auf der Kirmes war. Dieser Idiot glaubte mir nicht, als ich ihm sagte, dass ich mit meinem Bruder da war – dabei stimmte es. Er dachte, wir stünden kurz vor der Trennung, als Antoine und ich uns vor einem Schießstand kabbelten, weil er mir alle Luftballons wegknallte! Wir haben uns ausgerechnet, dass dieser Blödmann damals mindestens vierzig Runden lang in seiner Gondel geblieben ist, um uns zu beobachten. Wahrscheinlich ist ein ganzer Monatslohn draufgegangen! Dann war ich zwei Jahre lang mit jemandem zusammen, der alles tat, um so auszusehen wie Albator. Ich erspare Ihnen eine Beschreibung der Frisuren und der Kleidungsstücke … Ich folgte ihm immer mit zwei Metern Abstand, weil ich mich derart für ihn schämte. Ich hatte ein echtes Talent, die Schlimmsten anzuziehen! Ich weiß auch nicht, warum, aber wenn man jung ist und sagt, dass man Krankenschwester ist, dann hat das eine seltsame Wirkung auf die Jungs.«

»Was für ein Glück, dass wir kein Paar sind, sonst könnte ich Ihnen unterstellen, Sie seien nur an meinem Auto interessiert, und Sie würden mir sicher vorwerfen, dass ich Emma mit einem Fernglas beobachte …«

»Ganz zu schweigen von Ihrem Hang, sich am Telefon als Pinguin auszugeben …«

»Und Théos Vater?«

»Ich dachte, mit ihm wäre es etwas Ernsthaftes. Ich hätte gleich Unrat wittern sollen. Denn Fakt ist, dass er nie versucht hat, seinen Charakter zu verschleiern. Von Anfang an war er immer zu Scherzen aufgelegt, aber nie dazu, mal im Haushalt zu helfen. Und das hat sich nicht geändert. Ich war es, die ihn schließlich nicht mehr ertrug. Er blieb sich treu, bis ich mit meiner Geduld am Ende war. Ich hatte nicht vorgehabt, ein

Kind von ihm zu bekommen, aber es ist einfach passiert. Er war wirklich sehr speziell. Konnte einem stundenlang hinterherlaufen und Komplimente ins Ohr flüstern, um dann in drei Minuten mit allem fertig zu werden. So etwas kann man nicht mehr als Sex bezeichnen, nur noch als Einspritzung.«

Thomas wurde blutrot, und Pauline brach in Lachen aus.

»Théo ist kein Retorten-, sondern ein Injektionsbaby!«

Sie hatte nicht bemerkt, dass der Kellner wieder am Tisch stand. Vermutlich hatte er einen Teil ihrer Worte gehört, denn er wirkte genauso verlegen wie Thomas. Möglichst unauffällig stellte er die Getränke auf den Tisch und machte, dass er davonkam.

»Seltsam«, bemerkte Pauline. »Die Kerle machen pausenlos Witze über den Sex, aber sobald ein Mädel Tacheles redet, sind alle weg. Die Männer erröten, stottern und schlagen die Augen nieder. Im Grunde haben sie wohl Angst davor.«

»Da der Mensch noch nicht ausgestorben ist, haben wir wohl mehr Lust als Angst. Leben Sie seit der Trennung von ihm allein?«

»Das Interesse der Männer an mir sinkt beträchtlich, sobald sie erfahren, dass ich alleinerziehende Mutter bin. Es gibt schon wenige Männer, die sich um die Kinder kümmern, die sie selbst gemacht haben, aber noch weniger, die sich um die Kinder kümmern wollen, die andere gezeugt haben … Ich komme allmählich in ein Alter, in dem solche Fragen nicht lange offen bleiben. Wer sich Frauen meiner Art nähert, will es wissen, und das Urteil ist immer schon im Pistolenlauf. Hat frau ein Kind, macht sie das auf einen Schlag zwanzig Jahre älter. Hat sie keins, macht es sie verdächtig … Aber das war jetzt genug von mir. Und Sie, Doktor, welche Art Verehrer waren Sie, bevor Sie sich mit dem menschlichen Elend in seiner schlimmsten Form vermählten?«

»Die Frau, mit der ich am längsten zusammengelebt habe, war Emmas Mutter. Wir verstanden uns sehr gut. Ich hatte nicht die Zeit, mir eine gemeinsame Zukunft mit ihr vorzustellen, aber ich denke, es hätte klappen können. Ich glaube, damals kreiste ich zu sehr um das, was ich machte, als dass ich noch die Muße gehabt hätte, meine Gefühle richtig einzuschätzen. Ich war nicht besonders schlau.«

»Und seither?«

»Nichts, was das Erinnern lohnt … Es ist nicht so einfach, darüber zu sprechen. Ich bin nicht daran gewöhnt.«

»Ich auch nicht. Meine besten Freundinnen sind alle Sitzengelassene oder Geschiedene, also tischen wir uns nicht den ganzen Abend lang unsere Niederlagen auf.«

Der Kellner kehrte auf Zehenspitzen zurück.

»Haben Sie schon gewählt?«

»Für mich bitte das Doradenfilet mit Basilikumpesto und Ratatouille.«

»Für mich das Gleiche«, schloss sich Thomas an, ohne auch nur einen Blick auf die Karte geworfen zu haben.

»Sie hätten ein anderes Gericht nehmen sollen. Dann hätten wir jeder beim anderen probieren können.«

»Ich bin nicht mehr daran gewöhnt, mir im Restaurant ein Essen auszusuchen. Ich verstehe nichts davon. Und im Grunde ist es mir auch egal. Außerdem hasse ich es, wenn andere auf meinem Teller herumstochern.«

»Jetzt weiß ich, warum ich dachte, Sie hätten Ähnlichkeit mit Attila! Wuff! Geh bloß nicht an meinen Fressnapf!«

Der Kellner hüstelte, um an seine Anwesenheit zu erinnern.

»Und was möchten Sie trinken?«

»Was empfehlen Sie uns?«, fragte Thomas.

»Ein Saint-Véran würde sehr gut passen.«

»Wir vertrauen auf Ihr Urteil.«

Sobald der Kellner weg war, beugte sich Pauline über den Tisch.

»Aber Sie wollen uns doch nicht betrunken machen, Doktor?«

»Was unterstellen Sie mir? Außerdem, da wir gerade bei den Geständnissen sind: Ich muss Ihnen sagen, dass ich nüchtern viel unternehmungslustiger bin.«

Diesmal war es Pauline, die errötete.

Während des Essens sprachen sie über Thomas' Einsätze, Théo, die Heimbewohner und die Art Mann, die Pauline gern kennengelernt hätte. Mehrmals hatte Thomas das Gefühl, dass der Märchenprinz, dessen Auftauchen noch ausstand, Ähnlichkeit mit ihm selbst haben könne. Weil er wirklich dem Porträt entsprach, das sie da gerade zeichnete, oder weil Pauline dafür sorgte, dass ihre »Vorlieben« an einige seiner Züge erinnerten? Oder aber weil er selbst hoffte, in die Rolle dieses Märchenprinzen schlüpfen zu können? Zu viele Fragen. Ein Männerhirn wird niemals ausreichen, alle Probleme zu lösen, die die Frauen aufwerfen.

Beim Dessert lachten sie über ihre jeweiligen schlimmsten Erlebnisse. Thomas jubilierte geradezu, als er erzählte, wie er fast in einem von Rebellen vergifteten Brunnen krepiert wäre und einmal nahezu zwei Liter Blut verloren hatte, nachdem er in einem Zelt mit einem Wiesel gekämpft hatte.

Pauline erinnerte sich belustigt daran, dass sie am Abend ihres fünfundzwanzigsten Geburtstags sitzengelassen worden war. Begeistert beschrieb sie, wie sie rasend vor Zorn ihren nagelneuen Ex mit den Geschenken bombardiert hatte, die er ihr während ihrer Beziehung gemacht hatte und die sie noch eine Stunde zuvor liebevollst abgestaubt hatte. Diese Geschenke, die wütend vom dritten Stock hinuntergeschleudert wurden, während er vor dem Gebäude seinen Motorroller startete, verwandelten sich in Geschosse für Dummköpfe. Man sollte sich die Geschenke, die man macht, immer als Munition vorstellen, man weiß nie, wie sich die Lage entwickelt. Wenn der Typ, der auf seinem Feuerstuhl zu entfliehen hoffte, rechtzeitig solche Überlegungen angestellt hätte, wäre er nie darauf verfallen, das etwa drei Kilo schwere Keramik-Lama zu kaufen, das sein Rücklicht zerschmetterte. Nach diesem ersten ballistischen Erfolg hatte Pauline einen erneuten Angriff unternommen und seinen Helm mit einer grässlichen Schneekugel getroffen, die jedoch an der harten Schale zerschellte.

Thomas und Pauline lieferten sich einen Wettstreit im Auspacken düsterer Geheimnisse, der den erfahrensten Psychiater in höchstes Staunen versetzt und ihn dann zur Aufgabe seines Berufs bewogen hätte. Der hervorragende Burgunder war keineswegs unschuldig an diesem fröhlichen Revue-passieren-Lassen weniger glorreicher Momente.

Pauline wischte sich eine Lachträne ab.

»Ist es Ihnen schon aufgefallen?«, fragte sie in nachdenklichem Ton. »Bei Ihren schrecklichen Pannen ging es um Leben und Tod, bei meinen hingegen reimt sich nur Herz auf Schmerz.«

»Sie haben viele Menschen geliebt, ich hatte dazu nie den nötigen Mut. Mit Abstand betrachtet habe ich den Eindruck, dass es gefährlicher ist, sein Herz zu riskieren als sein Leben.«

Diese Bemerkung verwirrte Pauline; um abzulenken, sah sie auf die Uhr.

»Wie schade, es ist schon spät, und ich muss Théo vor elf abholen …«

»Sie sparen Zeit, wenn Sie direkt hinfahren und mich nicht erst zurück zum Heim bringen. Ich gehe zu Fuß nach Hause. Ich habe es wirklich nicht eilig, dort anzukommen …«

»Fürchtet der Papa so sehr um sein Mädchen?«

»Nein, ich fürchte nicht um sie. Aber ich habe solche Angst, dass sie vom Leben – oder von Romain – enttäuscht werden könnte …«

»Ich verstehe, dass Sie sich um Emma sorgen. Ich sorge mich auch um Théo. Nicht auf dieselbe Weise natürlich, aber ich werde immer von Ängsten verfolgt. Das ist das traurige Los der Eltern!«

Pauline schwieg kurz und sagte dann weniger fröhlich: »Ich wünschte, ich hätte einen Vater gehabt, der sich so um mich gesorgt hätte wie Sie um Ihre Tochter.«

Sie wagte es nicht, ihn anzusehen, doch brachte es schließlich fertig zu sagen: »Wissen Sie, Doktor, Sie sind unbeholfen, Sie ziehen sich unvorteilhaft an, Sie sind so wenig angepasst an unsere Welt, als wären Sie gerade vom Mars gekommen, aber Sie beeindrucken mich. Wenn ich all das sehe, was Sie tun, was Sie versuchen, was Sie erhoffen, dann denke ich, die Menschen, die Ihnen wichtig sind, haben enorm viel Glück.«

Wieder wurden alle möglichen Emotionen in Thomas freigesetzt. Diesmal galoppierten zwar noch einige, aber viele kletterten auf Bäume und wiegten sich in den Ästen, während andere Eier legten oder unter lächerlichem Geschrei Höhlen scharrten.

»Ihr Kleid steht Ihnen wunderbar.« Mehr konnte er nicht antworten. Gar nicht so einfach, ein Mann zu sein.

Auf dem Weg zum Auto kamen sie über den Platz vor der Krankenpflegeschule. Thomas streichelte über die in die Rinde geschnitzte kleine Katze, die er nicht mehr so häufig sah und die ihm fehlte.

79

Mein lieber Kishan,

ich hoffe, es geht dir gut und der Ausbau zur Vergrößerung deines Hauses verläuft nach deinen Wünschen. Es ist sicher schwer, Höhlungen in den Fels zu schlagen, aber wenigstens sind diese Wände dann stabil! Es beeindruckt mich, dass deine Söhne, die doch noch so jung sind, dir helfen. Ihnen und dir wünsche ich guten Mut!

Ausnahmsweise habe auch ich dir etwas zu erzählen. Monsieur Ferreira ist endlich aus dem Krankenhaus entlassen worden. Er wurde von allen ungeduldig erwartet. Er war kaum über die Schwelle der Haustür gekommen, da rannte Chantal – die Heimbewohnerin, die ganz klein ist und manchmal seltsame Dinge tut – auf ihn zu, umarmte ihn und drückte ihn fest an sich. Als sie sich so an ihn schmiegte, sie so winzig und er so groß, sah sie aus wie ein kleines Mädchen. Das Überraschendste aber ist, dass Jean-Michel sich nicht rührte oder wehrte, Chantal durfte ihn so lange umarmen, wie sie wollte.

Pauline hatte besonders viele Zitronenkekse gebacken. Die Heimbewohner saßen im Salon und redeten stundenlang miteinander, als hätten sie sich seit Monaten nicht gesehen. Sie waren so froh, zusammen zu sein. Nachdem sie das Schlimmste befürchtet hatten, waren sie doch wieder vollständig versammelt. Ich glaube, für jeden hat Jean-Michels Rückkehr eine Art Sieg über den Tod bedeutet. Das erinnert mich daran, wie Amrish in eine Geröllawine geriet, als die Aufschüttung für die große Straße abrutschte, und wie durch ein Wunder überlebte. Weißt du noch? Das Fest, das wir bei Sonnenuntergang spontan feierten? So ähnlich war es auch hier, nur wurde hier weniger hoch gehüpft und weniger Alkohol getrunken.

An dem Abend, als Monsieur Ferreira zurückkam, hat sich niemand zum Fernsehen auf sein Zimmer zurückgezogen, und als Pauline nach Hause wollte und zu ihrem Sohn, haben sich alle mit einem Wangenküsschen von ihr verabschiedet. Ich auch, notgedrungen. Das war das erste Mal. Ich glaube, ich bin rot geworden, aber zum Glück warst du nicht da und konntest mich auslachen.

Wenn ich schreibe, ›zum Glück warst du nicht da‹, darfst du das nicht ernst nehmen. Alles wäre viel schöner, wenn du und die Deinen hier wären. Ich will dir ein Geheimnis verraten, mein Freund. Jede Nacht träume ich von einem Märchenland, in dem dein Dorf direkt neben unserem Heim läge. Ein magischer Ort, der die beiden Welten, in denen ich mich am rechten Platz fühle, miteinander vereinen würde. Ich glaube, es würde dir gefallen, in unserem Flüsschen hier zu fischen, auch wenn es verglichen mit dem Neelum winzig ist. So könnte ich von einem Mikrokosmos zum anderen gehen und in der Nähe derer leben, die mir so wichtig sind, von meiner Tochter bis zu deinen Kindern, von meinen etwas verrückten Alten bis hin zu dir, der du auch ein wenig verrückt bist. Ich würde dir auch gern Pauline vorstellen. Ich glaube, sie würde sich gut mit Jaya verstehen. Ich kann mir denken, was dein Vater sagen würde, und ich höre schon seine Stimme, die uns befiehlt zu heiraten!

Ich werde dir nie genug dafür danken können, dass du mich ermutigt hast, nach Frankreich zurückzugehen. Auch wenn nichts so verläuft wie geplant, ist alles bestens. Du siehst, ich schließe mich immer mehr eurer Philosophie an. Es tut mir nicht mehr weh, dass ich Ambar verlassen habe, denn ich weiß, dass ich dorthin zurückkehren werde. Du bist jeden Tag bei mir.

Grüß alle im Dorf von mir. Ich gehe jetzt schlafen, und du stehst bald auf. Ich denke an euch.

Dein Bruder Thomas

80

Pauline schob das Marmeladenglas weg, bevor Jean-Michel danach greifen konnte.

»Sie dürfen nicht.«

»Nicht mal ein bisschen?«

»Nein.«

»Nicht um krank zu werden, sondern weil sie gut schmeckt!«

»Es hat keinen Zweck«, mischte sich Thomas ein. »Sie machen eine zucker- und elektrizitätsfreie Diät.«

Chantal und Françoise kicherten, Francis verzichtete aus Solidarität mit Jean-Michel ebenfalls auf die Marmelade. Hélène sog mit geschlossenen Augen den Duft ihres Tees ein.

Pauline stellte sich an das Kopfende des Tischs und fragte mit plötzlich strengerer Miene: »Wo ich Sie alle so schön beisammen habe, wüsste ich gern, wer von Ihnen den glänzenden Einfall hatte, meinem Sohn zu raten, er solle Sie als seine Sammlung Außerirdischer mit schrecklichen Krankheiten ausgeben, um auf diese Weise an das Geld seiner Klassenkameraden heranzukommen. Er stand kurz davor, einen Handel mit Fotos aufzuziehen, und dachte bereits daran, seine Mitschüler in Bussen herankarren zu lassen und Sie dann gegen Geld wie Jahrmarktsattraktionen vorzuführen.«

Alle stellten sich taub.

»Ich erwarte eine Antwort … Francis?«

Der Oberst empörte sich mit dem Nachdruck eines beleidigten Ehrenmanns.

»Ich werde wirklich zu Unrecht beschuldigt! Dass man mir eine solche Schande ins Gesicht schleudert. Mögen sich die Legionen der auf dem Felde der Ungerechtigkeit gefallenen Unschuldigen aus ihren Gräbern erheben, um für mich zu zeugen! Zunächst mal, warum ausgerechnet ich? Warum wird bei jeder Dummheit vermutet, dass ich dahinterstecke?«

»Blablabla«, murmelte Jean-Michel.

»Nun ja, Sie geben einen idealen Verdächtigen ab …«, bemerkte Françoise. »Nebenher bemerkt schleudert man Ihnen die Schande nicht ins Gesicht, sondern versucht, Sie damit zu bedecken. Es ist die Anklage, die man ins Gesicht schleudert.«

»Tatsächlich?«

»Ehrenwort einer Grundschullehrerin.«

»Wenn Sie ein hieb- und stichfestes Alibi hätten, würde es Sie vielleicht reinwaschen …«, mischte sich Hélène ein.

»Aber ein Alibi hilft in solchen Fällen gar nicht!«, gab Francis gereizt zurück. »Wir kennen weder den Tag noch die Stunde noch den Ort der Tat!«

»Sie leugnen also nicht«, fuhr Hélène fort, »dass die von Pauline behaupteten Fakten stimmen. Das ist schon fast ein Geständnis …«

Francis verschluckte sich vor Zorn und versprühte Toastbröckchen, während Thomas den Kopf senkte, damit ihn niemand lachen sah.

Jean-Michel hob den Zeigefinger und erklärte feierlich: »Es war der Oberst, der den Mord beging, und zwar in der Küche und mit einem idiotischen Einfall.«

»Sie können hier ja gern schlaumeiern«, schimpfte Pauline, »aber wenn sich die oder der Betreffende nicht stellt, bekommen Sie alle mindestens zwei Wochen lang keine Kekse mehr. Und wenn das nicht reicht, nehme ich vorerst keinen von Ihnen mehr mit in den Supermarkt.«

»Die Karre gehört immerhin mir«, knurrte Thomas.

»Ich meine es ernst«, beharrte Pauline. »Ich will nicht, dass Sie meinem Sohn weiterhin Ihre verrückten Ideen in den Kopf setzen. Er hat selbst schon genug davon, vor allem dank Ihrer inspirierenden Gesellschaft hier.«

Angesichts dieser ernst gemeinten Drohung wurde langsam eine Hand gehoben. Chantal bekannte sich kleinlaut schuldig: »Na schön. Ich gestehe. Ich war's. Ich wollte, dass der Kleine sich ein bisschen Taschengeld verdienen konnte, indem er uns als eine Familie von Monstern ausgab. Ich hätte wieder eine Leprakranke spielen können, ich liebe es. Zumal ich bis jetzt nie etwas mit diesem blöden Glöckchen anzufangen wusste …«

Francis zeigte anklagend mit dem Zeigefinger auf die Schuldige.

»Wenn ich bedenke, dass ich deinetwegen fast verurteilt worden wäre …«

»Das wäre immerhin ein Ausgleich für all die Male gewesen, wo du ungeschoren davongekommen bist. Zum Beispiel bei der Sache mit meiner Perücke …«

Der Oberst nahm sofort wieder die Haltung des mit Schmutz beworfenen Ehrenmannes ein.

»Und wieder werde ich beschuldigt! Die reinste Hexenjagd!«

»Hexen mit Perücken …«, witzelte Jean-Michel.

Thomas legte seine Hand auf Chantals.

»Bitte lassen Sie ihn mit dieser Sache in Ruhe. Er war es nicht. Ich war's.«

Obwohl dieser Satz nicht an alle gerichtet war, hatte ihn doch jeder genau gehört.

»Sie haben mir meine Perücke stibitzt?«, fragte Chantal fassungslos.

»Es tut mir sehr leid. Ich hatte sonst nichts zur Hand, womit ich mich unkenntlich machen konnte …«

An Pauline gewandt versuchte Thomas sich zu rechtfertigen: »Es war an dem Abend, als ich Emmas Handtasche in Célines Garten abgelegt habe. Es war sehr riskant …«

Allgemeine Verblüffung.

»Sie sind mit meiner Perücke aus dem Haus gegangen?«

»Ja. Bitte verzeihen Sie mir.«

»Auf die Straße?«

»Ja. Und ich bin auch mit ihr Bus gefahren.«

»Sie sind mit meiner Perücke Bus gefahren?«

»Ich hatte sie noch nicht auf, sie war in einer Tüte. Ich habe sie erst aufgesetzt, als ich ganz in der Nähe des Ortes war, den ich aufsuchen musste.«

»Also wirklich, Doc, Sie hätten Ihren Streich doch früher gestehen können! Dass Sie sich als Frau verkleiden, geht mich nichts an – niemand verurteilt Sie, und jeder soll mit seinem Körper machen, was er will –, aber Sie hätten mir diese Verleumdungen ersparen können!«

»Ich verkleide mich nicht als Frau, ich habe nur das, was ich hier fand, benutzt, damit ich nicht identifiziert werden konnte.«

»Also wenn Sie sich gern als Dame kleiden, dann könnte ich Ihnen eins meiner alten Kleider überlassen«, bot Françoise an. »Sie sind schlanker als ich, und es würde Ihnen sicher sehr gut stehen.«

»Verdammt noch mal, ich will kein Kleid! Ich will mich nur dafür entschuldigen, dass ich Chantals Perücke ausgeliehen habe, um mich zu verkleiden.«

»Das ist keine Verkleidung, das sind meine Haare! Kommen Sie bloß nicht auf den Gedanken, sich mein Gebiss zu leihen, damit man Ihren Mund nicht erkennt!«

Francis fragte schmunzelnd: »Haben Sie sich das bei den Indianern abgeschaut?«

»Was?«

»Sich überall Federn hinzustecken und die Skalps der anderen zu klauen?«

»Francis, ich habe mich auch nicht über Sie lustig gemacht, als Sie von allen beschuldigt wurden, Sie könnten also ein bisschen …«

»Das stimmt, Doc. Sie waren immer fair. Tut mir leid.«

Pauline verfolgte das Geschehen mit unverhohlener Freude.

»Wenn Sie sich sehen könnten … Letzten Endes ist es gar nicht so abwegig, diesen Ort zur Besichtigung freizugeben und Sie als eine Bande von Durchgeknallten vorzuführen. Angesichts Ihrer Leistungen müssten wir ein Vermögen machen können.«

»Ist alles wieder gut, ist die Strafe aufgehoben?«, fragte Chantal. »Keine Keksperre?«

»Das sehen wir noch.«

Jean-Michel sagte würdig: »Ein eingestandener Fehler ist schon halb verziehen. Wir hätten also mindestens ein Anrecht auf eine halbe Ration …«

Alle gaben ihre Kommentare ab. Pauline nutzte die Gelegenheit, beugte sich zu Thomas hinunter und sagte leise: »Sagen Sie mal, Doktor, vor einigen Wochen ist einer meiner Lippenstifte verschwunden. Das waren wohl nicht zufällig Sie?«

»Pauline, bitte, übertreiben Sie nicht.«

»Immerhin haben Sie mich als durchgeknallte Krankenschwester bezeichnet, ganz zu schweigen davon, dass ich meine Niere nicht auf dem Schwarzmarkt anbieten durfte, Sie machen sich auch ganz schön über mich lustig …«

»Ich bitte Sie, ich war doch betrunken.«

»Ich weiß, gestern noch habe ich mit der Katze darüber gesprochen. Sie trauert dem schönen großen Heizkissen nach, das so gut nach Alkohol roch. Sagen Sie mir, Monsieur Sellac, wenn Sie mir dergleichen mit besoffenem Kopf um die Ohren hauen und nüchtern am unternehmungslustigsten sind, worauf muss ich mich dann gefasst machen?«

Sie zwinkerte ihm zu. Und wieder verwandelte sich Thomas' Hirn augenblicklich in einen Zoo. Manche Gefühle schwangen sich von den Bäumen, andere flöhten sich im Sonnenschein, und manche sprangen von sehr hohen Felsen, obwohl gar kein Wasser unter ihnen war.

81

Thomas ging durch den Flur auf sein Büro zu, als jemand leise rief: »Doktor!«

Er drehte sich um. Madame Quenon hatte an ihrer halb offenen Zimmertür nach ihm Ausschau gehalten. Er ging zu ihr zurück.

»Françoise, wenn es um dieses Kleid geht, das Sie mir schenken wollen, nicht nötig, vielen Dank!«

»Haben Sie ihn letzte Nacht gehört?«

»Sie wissen doch, dass ich Michael von meiner Wohnung aus nicht hören kann.«

Françoise schüttelte den Kopf und zeigte auf die Wohnung über ihnen. Thomas begriff.

»Ah! Sie meinen Romain und seine Gitarre! Auch davon habe ich nichts gehört. In letzter Zeit schlafe ich wie ein Stein.«

»Er hat nicht gespielt. Er kam spät zurück und war sehr laut. Er hat auf irgendetwas eingeschlagen. Mehrmals. Einen Moment lang war es so heftig, dass ich dachte, er würde sich mit jemandem prügeln. Und als es aufhörte, hätte ich schwören können, dass er stöhnte … Und eben habe ich wieder Stöhnen gehört.«

Thomas sah auf seine Uhr.

»Sind Sie sicher?«

»Ganz sicher.«

Thomas ging durch die Eingangshalle zur Tür. Er sah auf die Straße hinaus und kam wieder zurück.

»Sein Wagen steht noch da. Er ist nicht zur Arbeit gefahren. Bleiben Sie hier, ich sehe oben nach.«

Getreu seiner Methode klopfte er erst sachte und dann etwas lauter.

»Romain, sind Sie da?«

Keine Reaktion. Er klopfte nun ziemlich heftig.

»Monsieur Mory, ist alles in Ordnung? Bitte antworten Sie mir! Hier ist Doktor Sellac.«

Zögernd legte Thomas die Hand auf die Klinke. War es möglich, dass sich Françoise alles nur eingebildet und Romain einfach nur einen Tag Urlaub hatte? Dann würde er ihn womöglich aufwecken. Andererseits konnte er sich auch nicht vorstellen, einfach abzuwarten, bis Romain endlich auftauchte und er beruhigt sein konnte. Er machte sich wirklich Sorgen.

Es gab nur eine Möglichkeit, sich Klarheit zu verschaffen: hineingehen. Notfalls musste er den Schlüssel zu der Wohnung aus seinem Büro holen. Doch das war nicht nötig, die Tür war nicht abgeschlossen.

In der Wohnung herrschte ungewöhnliche Unordnung. Doch kaum hatte Thomas einen Schritt ins Wohnzimmer gemacht, da sah er auch schon durch die Schlafzimmertür den quer über dem Bett liegenden Körper. Da lag Romain, leblos, mit verrenkt wirkenden Gliedern und herabhängendem Kopf. Thomas stürzte zu ihm. Auf dem Nachttisch stand eine Flasche Wodka neben leeren Schlaftablettenpackungen.

Zitternd überprüfte Thomas die Vitalfunktionen. Das Herz schlug noch. Und als er ein Lid anhob, stöhnte Romain. Thomas atmete auf: Romain lag nicht im Koma.

»Aber was hast du nur angestellt?«, knurrte er, ohne eine Antwort zu erwarten.

Er richtete den Körper auf, damit das Blut aus dem Kopf

fließen konnte, dann rannte er aus der Wohnung und die Treppe hinunter, auf der Suche nach Pauline.

Die half gerade Francis beim Bettenmachen. Thomas versuchte, sie ganz ruhig anzusprechen: »Hätten Sie einen Moment Zeit für mich?«

»Wir sind fast fertig, dann komme ich.«

»Tut mir leid, Pauline, ich brauche Sie jetzt gleich.«

An seinem Ton erkannte sie, dass die Lage ernst sein musste, und entschuldigte sich bei Monsieur Lanzac. Thomas zog sie mit sich die Treppe hinauf.

»Warum wollen wir nach oben?«, fragte sie erstaunt. »Was ist los?«

»Romain hat versucht, sich umzubringen.«

82

Pauline betrachtete die Tablettenschachtel und sah dann im Bettzeug und unter dem Bett nach.

»Wenn wir annehmen, dass die Blisterpackung voll war, hat er höchstens acht genommen. Ein Glück, dass der Wirkstoff nicht so hoch dosiert ist. Soll ich den Rettungswagen rufen?«

»Nicht nötig. Wir beide müssten damit zurechtkommen. Er ist jetzt schon fast wieder bei Bewusstsein.«

Thomas hob Romain hoch und nahm ihn dann in die Arme.

»Was haben Sie vor?«

»Ich bringe ihn unter die Dusche.«

»Wenn Sie ihn zu rasch aufrichten, fängt er vielleicht an zu kotzen.«

»In meinen zwanzig Jahren als Arzt bin ich öfter angekotzt als fotografiert worden.«

Als sie in das kleine Badezimmer kamen und gegen den Türrahmen stießen, schimpfte Romain undeutlich.

»Helfen Sie mir, ihn auszuziehen.«

Zu zweit zogen sie Romain bis auf die Unterhose aus und legten ihn in die Duschtasse.

»Ganz schön schwer, der Junge.«

Thomas griff nach dem Duschkopf und drehte den Kaltwasserhahn auf. Romain zuckte zusammen, als die ersten eiskalten Tropfen auf sein Gesicht fielen.

»Romain, hören Sie mich?«

Thomas drehte den Hahn weiter auf und steckte die Dusche

dann in die Halterung, damit ein gleichmäßiger Strahl auf Romain niederging. Der gestikulierte wild unter diesem Regen. Thomas sah ihn forschend an. Pauline war überrascht und bewegt von dem Eifer, mit dem Thomas den jungen Mann aufzuwecken versuchte. Weil er an derartige Notsituationen gewöhnt war oder weil er unbedingt wissen wollte, was den Verehrer seiner Tochter zu einer solchen Tat getrieben hatte?

Als Romain sich umzudrehen versuchte, ging Thomas, ohne zu zögern, unter den Duschstrahl, um zu verhindern, dass Romain sich an der Kachelwand stieß. Dass er selbst dabei vom kalten Wasser durchweicht wurde, schien ihm nichts auszumachen.

»Romain, machen Sie die Augen auf und sehen Sie mich an.«

Thomas nahm Romains Handgelenk, um den Puls zu fühlen, und versuchte seine Aufmerksamkeit mit einigen kurzen Pfiffen zu wecken. Romain hob die Lider.

»Gut. Sehr gut. Atmen Sie langsam und lassen Sie mich nicht los.«

Thomas drehte jetzt auch den Warmwasserhahn auf.

»Versuchen Sie sich nicht zu bewegen, ich bin ja da.«

»Sie hätten mich krepieren lassen sollen …«, stöhnte Romain.

»Ganz sicher nicht. Dafür gibt es nie einen hinreichenden Grund.«

Wasser geriet in Romains Mund. Er spuckte es aus und hustete. Um ihn zu stabilisieren, kniete sich Thomas in die Duschtasse und drückte ihn an sich. Romain leistete keinen Widerstand. Er ließ alles mit sich machen. Thomas sprach dicht an seinem Ohr.

»Was ist geschehen?«

»Ich habe alles kaputtgemacht.«

Pauline sah dieser Szene hilflos zu. Romain begann zu

schluchzen. Thomas richtete ihn auf, damit er freier atmen konnte.

»Romain, atmen Sie ruhig und gleichmäßig, alles ist gut. Sagen Sie mir, was Sie in einen solchen Zustand versetzt hat.«

»Es geht um Emma. Ich habe Scheiße gebaut. Ich habe es mir mit Emma verdorben.«

Pauline begegnete Thomas' Blick. So hatte sie ihn noch nie gesehen.

»Doktor …«

»Bitte lassen Sie uns allein. Machen Sie sich keine Sorgen.«

»Sie werden doch nicht …«

»Nein, keine Sorge, ich werde ihn weder umbringen noch mich als Frau verkleiden.«

»Wenn Sie mich brauchen, ich warte unten.«

Thomas antwortete nicht.

83

Thomas verspürte den Drang, ihm eine zu kleben. Mehrmals.

Die beiden Männer saßen sich an Romains Tisch gegenüber. Thomas triefend und sein Mieter, ein Handtuch über den Schultern, zitternd.

»Warum, verdammt noch mal, warum?«

»Ich weiß auch nicht. Es ist einfach so passiert. Ich muss allerdings sagen, dass die andere eine Klassefrau war und mich ganz schön angeheizt hat.«

Nur mit Mühe konnte Thomas seinen Zorn beherrschen. Romains Untreue hatte viele seiner Hoffnungen zerstört.

»Wie hat Emma davon erfahren?«

»Eine ihrer Freundinnen aus der Krankenpflegeschule war auch auf der Party und hat ihr alles erzählt.«

Romain ließ den Kopf zwischen die Hände sinken.

»Ich habe versucht, sie anzurufen, um ihr alles zu erklären, aber sie geht nicht dran. Ihren Freundinnen hat sie gesagt, sie wolle nie wieder über mich sprechen. Es ist aus.«

»Kleiner Idiot.«

Romain sah überrascht auf.

»Sie brauchen mich ja jetzt nicht unbedingt zu beleidigen. Normalerweise rettet man den Leuten nicht das Leben, um dann auf ihnen herumzutrampeln.«

»Ist dir eigentlich klar, was du da zerstörst? Und das bloß, weil dir die Hormone durchgegangen sind.«

»Ich hätte Sie ja gern an meiner Stelle gesehen …«

»Ich war auch mal so alt wie du, und ich bin genauso ausgestattet. Aber ich hatte etwas anderes im Kopf, als mich auf irgendwelchen Partys, bei denen sowieso nie viel Gutes herauskommt, zum Narren zu machen,.«

»Nur zu, sprechen Sie sich aus. Servieren Sie mir die Mär vom weisen Alten und dem kleinen Wichser. Ich weiß nicht, in welcher Welt Sie gelebt haben, Doktor, aber hier geschehen solche Dinge tagtäglich. Ich sage nicht, dass ich richtig gehandelt habe, aber ich bin nicht der Einzige. Und wenn Emma mich nicht mehr will, dann eben nicht. Wenn sie mir nicht verzeihen will, dann eben nicht. Davon geht die Welt nicht unter.«

»Du wolltest dich immerhin umbringen.«

»Na und? Ich kann tun, was ich will!«

Romain schlug mit der Faust auf den Tisch, der schon von seinen nächtlichen Wutanfällen gezeichnet war. Nachdem er seinem Zorn auf diese Weise Luft gemacht hatte, brach er weinend über der Tischplatte zusammen.

Thomas verschob seinen Stuhl, um neben ihm zu sitzen.

»Tut mir leid, ich wollte dich nicht verletzen. Ich kann mir vorstellen, dass die Situation für dich fürchterlich ist, aber für mich ist sie auch nicht einfach. Es erinnert mich ein wenig an meine eigene Geschichte. Man hofft immer, dass die Jüngeren nicht dieselben Fehler machen … Ich mag euch beide sehr, ihr seid ein schönes Paar.«

»Vielleicht«, sagte Romain bitter, »aber es ist aus. Das Pärchen ist unterwegs explodiert.«

Thomas war versucht, ihm die Hand auf die Schulter zu legen, doch er beherrschte sich.

»Sie ist zornig, sie fühlt sich verraten. Klar. Versetz dich in ihre Lage. Aber nach einiger Zeit wird sie es vielleicht relativieren können …«

»Sie kennen Emma nicht.«

»Ein bisschen schon.«

»Wenn sie etwas beschließt, dann bleibt sie dabei.«

»Du hast recht, aber sie ist auch sehr liebevoll, und sie hängt an dir.«

»Sie wird mich ersetzen. Und das kann ich verstehen.«

»Nicht unbedingt. Es ist ihr ernst mit eurer Beziehung.«

»Woher wissen Sie das?«

»Sie hat es mir gesagt. Dass du ihr immer wichtiger wurdest.«

Diese Information traf den jungen Mann wie ein Faustschlag.

»Hat sie Ihnen sonst noch was anvertraut?«

»Eigentlich nicht, aber ich habe euch beide beobachtet …«

Thomas brach ab, um sich nicht zu verraten.

»Sie haben recht, ich bin wirklich ein kleiner Idiot. Beim nächsten Mal mache ich es richtig.«

»Bevor du dich zerstörst, versuch lieber, euch zu retten.«

84

Ob sie nun unser eigen Fleisch und Blut sind oder nicht, wir machen uns immer Sorgen um unsere Kleinen«, erklärte Jean-Michel. »Letzten Endes wird jeder von uns auf irgendeine Weise Kinder gehabt haben.«

»Auch Chantal?«, fragte Thomas erstaunt.

»Sie hatte, als sie sehr jung war, eine Tochter, die aber von einer Krankheit hinweggerafft wurde. Ich weiß nicht, von welcher. Sie hat nur einmal darüber gesprochen. Ich glaube, das Foto auf ihrer Kommode ist von dieser Tochter.«

Thomas, dem Romains Tat über den Kopf wuchs, hatte sich an die beiden einzigen »Väter« gewandt, die er gut genug kannte, um offen mit ihnen zu sprechen. Er brauchte Antworten. Und Francis und Jean-Michel war angesichts seiner Miene auch nicht nach Scherzen zumute. Bei sehr wenigen Themen bleiben auch Männer ernsthaft.

»Wissen Sie, Doc, wenn einer meiner Rekruten in der Lage des Jungen gewesen wäre, hätte ich ihm geraten, sich zu entschuldigen. Das ist die Basis. Wenn die Leute um Verzeihung bitten, dann seltener aus Gewissensgründen als aus dem Bedürfnis heraus, eine Situation zu retten. Menschen handeln nicht gern gegen ihren Stolz. Sie brauchen einen sehr wichtigen Grund, ihn zum Schweigen zu bringen, normalerweise opfern sie ihm alles. Nur die weniger Dummen begreifen, dass der Stolz nie der Verbündete des Glücks ist. Je wichtiger ihnen die Frau oder der Mann ist, die oder den sie verletzt haben, desto eher sind sie bereit, ihre Eigenliebe zu unterdrücken, um die Zukunft zu retten. Wenn Romain sie wirklich liebt, wird er etwas tun, und ich wette mit Ihnen, dass die Kleine sich freuen wird, von ihm zu hören.«

Jean-Michel nickte zustimmend.

»Ich habe nur einen Sohn, Doktor. Ich habe versucht, ihm alles beizubringen, was ich wusste. Aber dass ein Kind Ihr Kind ist, heißt nicht, dass es so reagiert wie Sie. Mein Sohn ist viel intelligenter als ich, aber mit den Frauen hat er immer nur Mist gebaut. Er braucht nur irgendeinen hübschen Busen zu sehen, und schon setzt sein Verstand aus. Ich glaube, er leidet darunter. Wir müssen hoffen, dass Romain die richtige Entscheidung trifft. Ihre Lage ist nicht einfach. Alles, was Sie für diesen jungen Mann getan haben, haben Sie getan, um Ihrer Tochter zu helfen, nicht wahr?«

»Ich wollte ihn nie zum Werkzeug machen.«

»Dann müssen Sie ihm sagen, was Sie denken, als wäre er Ihr Sohn, und das, was er tut, akzeptieren, als wäre er ein Freund.«

85

Kaum hatte Thomas die Mauer zur Fabrik passiert, da bellte Attila los und rannte ihm entgegen. Der Hund wurde immer schneller, bei seinen kraftvollen Sätzen hoben sich die Lefzen und ließen die blitzenden Reißzähne sehen. Thomas wusste genau, dass der Hund die freundschaftlichsten Absichten hatte, dennoch musste er sich sehr beherrschen, um nicht der Panik und den schrecklichen Bildern nachzugeben, die ihn immer noch verfolgten. Mit einem gewissen Stolz klammerte er sich an den Gedanken, dass die Katzen, die doch diese enthusiastische Begrüßung inzwischen kannten, nicht so stoisch standhielten wie er, sondern in alle Richtungen flohen und erst zurückkehrten, wenn sich Attila beruhigt hatte. Der Hund, vom eigenen Schwung fortgerissen, streifte ihn im Vorbeirasen, machte kehrt und umsprang ihn begeistert. Thomas hob die Hände wie ein vom Feind umstellter Soldat. Als die Aufregung des Hundes nachließ, wagte er es und streichelte ihm unbeholfen den Rücken, sehr zu seiner eigenen Freude. Warum auch sollte er sich dieses schlichte Vergnügen eines über sich selbst errungenen kleinen Sieges nicht gönnen?

»Bei jedem anderen Hund, der so wie du auf mich zugestürmt wäre, hätte ich einen tödlichen Herzinfarkt erlitten …«

Michael erschien auf der Schwelle des Torhauses.

»Monsieur Sellac! Welch schöne Überraschung! Kommen Sie herein, ich habe gerade ein neues Regal gebaut, schauen Sie es sich an.«

In wenigen Wochen hatte der ehemalige Wachmann weit mehr geschafft, als das Pförtnerhäuschen nur zu reinigen, er hatte es völlig renoviert. Nachdem er Wände und Decken gestrichen hatte, hatte er die sanitären Anlagen und die elektrischen Leitungen in Ordnung gebracht, in dem kleinen Hinterzimmer, das nun als Schlafzimmer diente, ein richtiges Bett aufgestellt und dann die Wände mit einer ganzen Reihe von Regalen und Schränken bestückt, die er aus alten Brettern und Möbelstücken gebastelt hatte. Michael legte einen ungeheuren Erfindungsgeist an den Tag. Wenn man es mit seinem vorherigen Rattenloch verglich, lebte er jetzt in einem Vier-Sterne-Hotel.

»Hier sind Sie doch besser untergebracht, nicht wahr?«

»Ganz sicher, nur nicht was die Akustik angeht. Wenn ich singen möchte, gehe ich manchmal noch in den Bunker hinunter.«

»Es bleibt doch dabei, und Sie essen morgen Abend mit uns?«

»Sehr gern.«

»Haben Sie über Ihre Rückkehr nach Côte d'Ivoire nachgedacht?«

»Ich denke die ganze Zeit darüber nach, aber ich will nichts überstürzen. Im Augenblick fehlt mir sowieso das nötige Geld. Ich habe große Sehnsucht nach meiner Familie, aber ich will nicht mit leeren Händen kommen …«

»Wie meinen Sie das?«

»Nachdem ich so lange fort war, möchte ich ihnen etwas mitbringen, worüber sie sich freuen. Ich weiß, dass meine Mutter über nichts glücklicher und stolzer wäre, als wenn ich mit einer Stelle oder doch zumindest mit einem echten Projekt zurückkäme. Dann wüsste sie, dass ihre Opfer nicht vergebens waren. Ich glaube, ich werde wieder anfangen, etwas zu lernen.«

»Wunderbar!«

»Dann kehre ich nicht zurück, um Hilfe zu suchen, sondern um zu zeigen, dass ich mir selbst helfen kann.«

»Ein sehr guter Gedanke. Ihre Mutter wird sehr glücklich sein. In welche Richtung gehen denn Ihre Ausbildungswünsche?«

»Ich weiß noch nicht genau. Vielleicht Kochen oder der medizinische Bereich. Wenn ich Sie und Madame Pauline arbeiten sehe, denke ich, dass Sie schöne Berufe haben.«

»Warum nicht? Nur zu! Sie sind jung und haben Potenzial. Wenn Sie Hilfe brauchen, können Sie auf mich zählen.«

»Danke, Doktor.«

Attila apportierte Thomas einen Ball, doch der war noch nicht so weit, dass er ihm ins Maul gegriffen hätte, um ihm das Spielzeug abzunehmen …

»Michael, ich möchte Ihnen gern eine Frage stellen. Bitte antworten Sie mir ganz offen.«

»Die Wahrheit, nichts als die Wahrheit.«

»Haben Sie schon etwas anderes gesungen als Opernarien?«

»Welche Art Musik meinen Sie?«

»Ich weiß noch nicht, aber ich möchte jemanden überraschen, und ich weiß, dass es keinen besseren Interpreten gibt als Sie.«

»Danke, das ist nett von Ihnen. Manchmal singe ich Chansons, aber nur sehr selten … Geht es um einen Geburtstag?«

»Fast. Wären Sie bereit, mir diesen riesigen Gefallen zu tun?«

»Für Sie würde ich alles tun, Doktor. Ich hoffe nur, ich bin auch dazu imstande.«

»Dass Sie dazu bereit sind, freut mich enorm. Sie brauchen nur Sie selbst zu sein, dann wird alles perfekt.«

86

Herein!«

Thomas öffnete die Tür und streckte den Kopf in die Wohnung seines Mieters.

»Immer noch keine Antwort?«

»Sie hat sogar ihren Anrufbeantworter abgeschaltet …«

Romain bot einen erbarmungswürdigen Anblick. Seit mehr als einer Woche schlich er durch die Wohnung und verließ sie nur, um zur Arbeit zu gehen. Damit er nicht die ganze Zeit allein über seinem Unglück brütete, besuchte ihn Thomas hin und wieder und aß regelmäßig mit ihm zu Abend.

»Doktor, sie vertraut Ihnen … Könnten Sie sie anrufen und mit ihr reden? Ihnen würde sie zuhören. Bitte …«

»Glauben Sie mir, es tut mir wirklich leid, aber das kann ich nicht, aus vielen Gründen … Es ist eine Sache zwischen Ihnen beiden.«

Romain seufzte.

»Vielleicht sollte ich am Eingang der Schule auf sie warten?«

»Davon würde ich Ihnen abraten. Es ist riskant, vor allem in der Öffentlichkeit. Wenn sie das Gefühl hat, man stellt ihr eine Falle, könnte sie heftig reagieren. Zwingen Sie ihr nichts auf.«

»Dann ist es hoffnungslos. Vielleicht ist sie längst zu etwas anderem übergegangen, und ich sollte es auch tun. Wir werden nicht die Ersten und nicht die Letzten sein, denen so etwas zustößt …«

»Das Scheitern der anderen wird Ihren Schmerz nicht lange

lindern. Fehlt sie Ihnen denn nicht? Ist Ihnen Emma so unwichtig, dass Sie die Flinte so schnell ins Korn werfen wollen?«

»Sie gibt mir keine Chance, die Sache in Ordnung zu bringen.«

»Als Sie sich zum ersten Mal begegnet sind, wer von Ihnen beiden ist auf den anderen zugegangen?«

Romain dachte einen Augenblick lang nach.

»Ich.«

»Was an Emma hat Sie angezogen? War sie eine ›Klassefrau‹ wie die Frau von neulich Abend? Stellen Sie sich Fragen. Fühlen Sie sich frei genug, um alle Möglichkeiten in Betracht zu ziehen. Kann das junge Mädchen auf der Party, um dessentwillen Sie den Kopf verloren haben, Ihre Frau werden? Können Sie sich vorstellen, dass Sie später Ihren Angehörigen erzählen, Sie seien von einem derart heftigen Blitz getroffen worden, dass Ihre Vergangenheit ausgelöscht gewesen sei und Ihnen nur noch dieser eine Weg zum Glück offen gestanden habe?«

»Machen Sie Witze? Es war rein körperlich …«

Romain errötete, als ihm klar wurde, dass er nicht mit einem gleichaltrigen Kumpel sprach.

»Als Sie Emma zum allerersten Mal bemerkten, was ist Ihnen da aufgefallen?«

Die Antwort kam wie aus der Pistole geschossen: »Ihr Lachen. Bevor ich sie sah, hörte ich sie. Es war auf einer Party. Bei so etwas kann offenbar doch auch etwas Gutes herauskommen … Ich stand mit ein paar anderen zusammen und redete mit ihnen, da hörte ich dieses Lachen. Es kam aus dem Bauch, es war ansteckend, und sinnlich war es auch. Ich hatte sofort Lust, ihr näherzukommen.«

»Und was gefiel Ihnen als Nächstes?«

Jetzt ließ sich Romain Zeit zum Nachdenken.

»Ich mochte ihren Charakter, die Freundlichkeit, zu der sie

fähig ist, obwohl sie auch sehr erbarmungslos sein kann. Bei einem unserer ersten Dates erzählte sie mir, ein sogenannter Schulfreund auf dem Gymnasium hätte mir ihr geflirtet, um sie auszunutzen und bei ihr abschreiben zu können, sodass er selbst nicht arbeiten musste. Aus Nützlichkeitserwägungen heraus hatte er ihr Gefühle vorgespielt. Darüber war sie immer noch ganz empört. Und sie sagte einen Satz, den ich nie vergessen werde: ›Ich hasse es, wenn man mir etwas stiehlt, das ich gern gegeben hätte.‹ Das ist ihre Sicht auf das Leben. Mit ihrem ach so schüchternen Blick kann sie einem derart starke Sachen ins Gesicht sagen … Alles, was ich an ihr entdeckte, ging mir zu Herzen. Ich habe Emma nie etwas sagen hören, wovon sie nicht überzeugt war. Sie ist tausendmal mehr wert als ich. Was geschehen ist, ist übrigens der Beweis dafür …«

»Sie haben den ersten Schritt getan, aber sie hat die Annäherung zugelassen. Wenn sie so ist, wie Sie sie beschrieben haben, muss das bedeuten, dass Sie ihren Wertvorstellungen entsprechen.«

»So war es wahrscheinlich auch bis neulich abends …«

»Dann müssen Sie ihr jetzt beweisen, dass es nur ein Fehltritt war.«

»Aber wie? Sie weigert sich, mit mir zu sprechen oder mich auch nur anzuhören!«

»Aha, weil sich heute keine einfache Lösung bietet, sind Sie bereit, alles hinzuwerfen und von dieser Beziehung nur Reue und Schuldgefühle zurückzubehalten?«

»Ich nehme an, auch eine solche Sache kann man schließlich vergessen …«

»Romain, ich habe einige Jahre mehr als Sie auf dem Buckel. Es gibt zwei Sorten Menschen. Einerseits die, denen es wurscht ist, weil sie sich ohnehin nie schuldig fühlen. Die vergessen leicht. Es gibt aber auch die, die nicht nur für sich selbst leben, die ein wenig auf ihre Mitmenschen achten, weil ihnen klar ist, dass sie allein nicht viel wert sind. Und diese Menschen vergessen nie.«

»Und Sie glauben, ich gehöre zur zweiten Kategorie?«

»Zweifeln Sie daran?«

»Nach dem, was ich getan habe, natürlich.«

»Wir machen alle Fehler, Romain. Willkommen im Leben.«

»Was haben Sie erlebt, dass Sie so etwas sagen?«

»Ich habe nie jemanden betrogen, Romain. Aber unter uns gesagt, es wäre mir lieber gewesen. Dann hätte ich wenigstens, wie Sie jetzt, die Chance gehabt, es wiedergutzumachen. Ich habe viel Schlimmeres getan. Ich habe jemanden im Stich gelassen. Ich habe eine Frau sitzenlassen. Und zwar genau in dem Augenblick, als sie mich brauchte. Sie hat sich ein neues Leben aufgebaut, das ist jetzt alles Vergangenheit, aber ich bleibe mit meiner Reue zurück, denn genau wie Sie gehöre ich nicht zu denen, die darauf pfeifen. Man sucht sich nicht aus, wer man sein will. So ist das. Man muss mit dem Menschen leben lernen, der man ist. Für mich ist es zu spät. Es ist nichts mehr zu retten. Sie haben noch die Zeit dazu. Soll ich Ihnen das sagen, was Sie auf keinen Fall hören wollen?«

»Selbst wenn Sie schnell sprechen, das kann dauern …«

»Vielleicht ist Ihre Beziehung mit Emma zu Ende. Vielleicht haben Sie das Ende des Wegs erreicht, den Sie gemeinsam zurücklegen konnten. Aber so darf Ihre Beziehung nicht enden.«

»Das klingt sehr hübsch, aber was kann ich tun?«

»Wenn Sie ihr ganz kurz etwas ins Ohr sagen dürften, was würden Sie sagen?«

»Wie meinen Sie das?«

»Was würden Sie, wenn Sie nur für einen einzigen Satz Zeit hätten, ihr aus tiefstem Herzensgrund und von ganzer Seele sagen?«

»Ich weiß auch nicht … Ich würde ihr sagen, dass ich eine Dummheit gemacht habe, dass es nichts Ernstes war, dass ich nicht wusste, was ich tat, dass sie das tollste Mädchen ist, das ich je kennengelernt habe. Ich würde sie um Verzeihung bitten …«

»Zu lang, kürzen Sie es auf das Wesentliche.«

»Ich bin sehr böse auf mich, ich träume davon, dass wir neu beginnen, und ich hoffe, dass mein Fehler unserem Neuanfang auch eine neue Qualität gibt …«

»Zu banal. Romain, was will sie hören, und was könnten Sie ihr notfalls nur mit den Augen sagen, ohne zu lügen?«

»Dass es mir leidtut und dass ich sie liebe.«

Die beiden Männer sahen sich eine Zeitlang an.

»Vielleicht haben wir noch eine Chance, mein Junge.«

»Ich weiß nicht, wie ich ihr das sagen und ihr dabei in die Augen sehen soll, bevor sie mir meine aussticht.«

»Romain, vertrauen Sie mir?«

»Glauben Sie, ich hätte Ihnen das alles gesagt, wenn ich es nicht täte?«

»Keine Angst vor schlichten Worten. Heißt das Ja?«

»Ja, ich vertraue Ihnen.«

»Dann nehmen Sie Ihre Gitarre und üben Sie Tag und Nacht.«

87

Brauchen Sie es für ein Spiel?«, erkundigte sich Chantal.

»Nein, es ist sehr ernst«, antwortete Thomas.

»Wieso glauben Sie, wir würden uns mit Liedern besser auskennen als Sie?«, fragte Jean-Michel.

»Ich habe zwanzig Jahre lang gewissermaßen getrennt von der Kultur gelebt. Die Musik, die ich am häufigsten hörte, das waren Nationalhymnen, Totenglöckchen und Martinshörner …«

»Stimmt, sehr romantisch ist das nicht …«, räumte Francis ein.

Pauline kam mit einem Tablett dampfender Tassen aus der Küche und stellte jedem eine hin. Sie hatte sich noch nicht an dem Gespräch beteiligt.

»Ich liebe ja die Chansons von der Piaf«, erklärte Françoise. »Sie sagen mir etwas. Sie bewegen mich. Jeder kann seine eigenen Tragödien darin erkennen.«

»Mir wäre lieber, man würde darin ein wenig Hoffnung erkennen. *Non, je ne regrette rien* wäre jetzt wirklich nicht sehr passend …«

»Und irgendwas von Sinatra?«, schlug Francis vor.

»Wunderbar, aber an welchen Song denken Sie? Wir suchen ein Lied, nicht einen Künstler.«

Jeder durchkämmte sein Gedächtnis, doch niemandem fiel ein passendes Lied ein.

»Ich hab's!«, rief Jean-Michel. »*When a man loves a woman.* Ein absoluter Hit!«

»Nicht schlecht«, lobte Thomas. »Gar nicht schlecht. Hören es die jungen Leute heute denn noch?«

»Es ist zeitlos!«, schwärmte Jean-Michel.

»Sie könnten auch etwas von Barry White nehmen«, meinte Francis. »Seine Stimme, sein Groove … Wie viele hab ich nicht mit Barry White rumgekriegt!«

»Es geht hier nicht ums Anbaggern«, erinnerte Hélène. »Wir wollen Emotion, keine Erregung.«

Nachdem Pauline alle mit Tee versorgt hatte, setzte sie sich mit an den Tisch.

»Darf ich auch etwas dazu sagen?«

»Natürlich!«, ermunterte sie Thomas.

»Ich weiß nicht, inwieweit der eine oder andere von Ihnen in seinem Leben schon betrogen worden ist, aber ich, ich bin darin wirklich erfahren.«

Paulines Stimme war weniger forsch als sonst und leiser. Traurig lächelnd fuhr sie fort: »Gedemütigt und betrogen, sogar in meinem eigenen Schlafzimmer, während ich im Raum nebenan das Abendessen vorbereitete … Sie dürften schwerlich eine bessere Expertin auf diesem Gebiet finden als mich. Ich war zornig, ich wollte sie umbringen – was ich beim Dritten übrigens auch versucht habe, aber es ist mir nicht gelungen, und ich musste auch noch meine Ersparnisse herausrücken, damit er seine Anzeige zurückzog. Man ließ mich jedes Mal auf andere Weise sitzen, aber das Gefühl tief in meinem Innern war immer dasselbe. Der Schmerz, zurückgewiesen zu werden, die Angst vor der Einsamkeit, der Eindruck, ich sei bloß ein vom Wind verwehtes klebriges Stück Papier, das immer wieder an den Schuhen fremder Männer hängen bleibt, die es dann alle irgendwann abstreifen. Nach jeder dieser Beziehungen, die gegen meinen Willen endeten, war ich noch tiefer im Loch. Einmal allerdings, ein einziges Mal, habe ich einem Mann nachgetrauert, obwohl er mich verlassen hat. Noch heute kommt es vor, dass ich an ihn denke und mich frage, wie mein Leben wohl aussähe, wenn wir zusammengeblieben wären. Er hat mich wegen einer anderen Frau verlassen, aus einer Laune heraus. Er hat mir nie erklärt, warum. Ich glaube, das ist eigentlich das Schlimmste daran. Wochenlang habe ich gehofft, er käme zurück. Ich träumte, er würde mir sagen, er hätte sich geirrt. Ich hätte ihm nur zu gern verziehen. Die menschliche Rasse wäre längst ausgestorben, wenn die Frauen nicht verzeihen könnten!«

In schönster Eintracht stimmten ihr Hélène, Françoise und Chantal mit absolut synchronem Nicken zu.

Pauline fuhr fort: »Diese natürlich naive Hoffnung auf seine Rückkehr habe ich noch lange gehegt. Ich wünschte mir nicht einmal, dass er mich anflehte, ihm eine zweite Chance zu geben. In meiner Dummheit einer verliebten Frau, die immer an sich gezweifelt hatte, war ich fast so weit zu hoffen, er würde *mir* eine zweite Chance geben. Und dann hörte ich eines Tages ein Lied. Ich kann mich noch genau an den Augenblick erinnern. Ich sehe die Szene vor mir. Damals arbeitete ich im Krankenhaus. Ich war gerade im Zimmer einer Patientin, da kam dieses Lied im Fernsehen. Ich war nicht darauf gefasst, wir sprachen von etwas anderem, doch der Text riss mich aus diesem Augenblick, schob alles beiseite, was meine Gedanken beschäftigte, und hallte durch mein tiefstes Inneres. Das Lied wühlte mich auf. Am liebsten hätte ich mich versteckt, um in Ruhe zu weinen, aber mehr noch wollte ich es zu Ende hören. Es befreite die Gefühle, die ich jahrelang zurückgehalten hatte. An jenem Tag hörte ich, was ich in meinen Träumen von diesem Mann gesagt bekam und was mir nie ein Mann sagen wird. *When I was your man*. Ein Kerl bereut all die Dinge, die er nicht für die Frau seines Herzens getan hat, als es noch möglich war. Ihr Blumen kaufen, mit ihr tanzen, ihr zuhören … Inzwischen habe ich mit diesem Mann abgeschlossen. Aber das Lied berührt mich immer noch so stark. Wenn ich Sie wäre, würde ich es damit versuchen. Alle Männer sollten es auswendig lernen, um zu wissen, was sie tun sollten, solange noch Zeit dazu ist, damit sie es nie zu singen brauchen.«

88

An diesem bewölkten Tag war es noch früher dunkel geworden. Zwei Fahrzeuge. Zwei Teams. Ein Plan, noch verrückter als die vorherigen. Auch riskanter.

In Romains Wagen die Männer. In dem Wagen, den Pauline fuhr, die Frauen. Es gab keinen besonderen Grund für diese Aufteilung, sie hatte sich ganz natürlich ergeben. Tausende Jahre Zivilisation können bestimmte Atavismen nicht auslöschen.

Weil Romain so nervös war, hatte Thomas das Steuer übernommen – obwohl er selbst auch nicht viel ruhiger war. Er fuhr voraus. Als sie sich dem Stadtzentrum näherten, brachten ihn mehrere Überholversuche Paulines auf den Gedanken, sie wolle ihm ein Rennen liefern.

»Und wenn es nicht zu dem Treffen kommt?«

»Das ist nicht Ihr Problem, Romain. Atmen Sie. Alles wird gut gehen. Wir liefern Ihnen Emma, und dann sind Sie an der Reihe.«

Auf der Rückbank saß, eingequetscht zwischen Jean-Michel und Francis, Michael. Für diesen besonderen Anlass hatten ihm die Mädels einen Anzug aus halbwegs passenden Kleidungsstücken verschiedenster Leihgeber zusammengestellt. Der Tenor trug also Thomas' einziges Hemd, Monsieur Ferreiras Sonntagsjacke, eine Hose von Romain und die Ausgehschuhe des Obersts. Diese Zusammenstellung verlieh ihm ein großartiges Auftreten. Dennoch konnte Thomas im Rückspiegel erkennen, dass sein Sänger nicht in bester Verfassung war.

»Michael, entspannen Sie sich.«

»Leicht gesagt. Wenn ich nicht Ihretwegen hier säße, wäre ich schon aus dem fahrenden Auto gesprungen.«

Francis und Jean-Michel wechselten einen Blick. Welchen von ihnen beiden würde Michael mit in sein Verderben reißen?

»Ist Ihnen klar, dass ich noch nie vor Publikum gesungen habe? Nicht einmal vor meiner Mutter. Nicht einmal vor Ihnen! Und jetzt soll ich es mitten auf der Straße tun!«

Francis versuchte, Michaels Ängste zu beschwichtigen: »Wir sind doch da, ganz in deiner Nähe, du wirst nicht allein sein. Und wenn dir die Menschenmenge Angst macht, brauchst du bloß die Augen zu schließen. Das habe ich auch mal gemacht, als ich im Innenhof eines Schlosses eine Rede vor dem General und dem gesamten Regiment halten musste. Ich hatte vielleicht Schiss bei dem Gedanken, vor den ganzen hohen Tieren herumzustottern ... Also hab ich die Rollläden runtergelassen! Und als ich sie irgendwann wieder hochzog, merkte ich, dass ich mich, ohne es zu merken, gedreht und meinen Text in Richtung des Kesselhauses aufgesagt hatte. Seltsamerweise hat mich nie jemand darauf angesprochen ...«

»Und das soll ihn jetzt beruhigen?«, fragte Jean-Michel belustigt.

Sobald die Wagen geparkt waren, fanden sich die beiden Grüppchen auf dem Bürgersteig zusammen. Chantal ging zu Romain.

»Zieh nicht so ein Gesicht, Kleiner, wir sind alle da und helfen dir! Betrachte diesen Abend nicht als Prüfung, sondern als Chance. Also wenn mir ein schöner junger Mann wie du ein Ständchen bringen würde, dann würde ich dir gehören, das schwör ich dir, wo und wann immer du wolltest!«

Hélène mischte sich ein: »Chantal, erschrecken Sie ihn nicht.

Er soll alles vergessen, vor allem uns. Romain, Sie dürfen nur noch an Ihre Liebste denken. Ich bin sicher, sie wird Ihre Geste zu schätzen wissen.«

»Ich habe Angst.«

Hélène beugte sich vor und raunte ihm ins Ohr:

»Das heißt wohl, dass Sie sie lieben … Ein schöneres Argument kann es in den Augen einer jungen Frau nicht geben.«

Françoise versuchte Michaels Anzug in Ordnung zu bringen, doch der Sänger zappelte unruhig herum.

»Große Künstler haben immer Lampenfieber, bevor sie auf die Bühne müssen«, flüsterte sie ihm zu. »Ich weiß noch, was ich empfand, als ich Sie das erste Mal hörte. Wenn ich nur daran denke, bekomme ich wieder Gänsehaut. Sie müssen sich jetzt nicht auf Ihre Ängste konzentrieren, Michael, sondern auf die Wirkung, die Sie auf die Menschen haben werden, die Sie heute Abend hören. Diese Menschen haben Glück. Wissen Sie, viele große Talente wurden bei ihren Auftritten auf der Straße entdeckt. Aber soweit ich weiß, hat sich keiner von ihnen für eine so schöne Sache eingesetzt wie Sie heute Abend.«

»Sie sind wirklich sehr nett, Madame Quenon. Dennoch fürchte ich, dass ich es nicht schaffe. Wir haben nicht genug geprobt …«

»Ich habe Sie doch eben gehört. Ich kann Ihnen versichern, jede einzelne Frau wird hoffen, dass Sie für sie singen. Und nur eine muss davon überzeugt werden.«

Thomas überprüfte sein Handy und fragte Pauline: »Ist Ihr Akku auch zu hundert Prozent aufgeladen?«

»O Gott, wie dumm! Das hab ich vergessen, bestimmt ist er gleich leer …«

Thomas geriet sofort in Panik.

»Ist Ihnen klar …«

»Dass Sie mit den Nerven am Ende sind, ja. Entspannen Sie

sich, Doktor. Natürlich ist mein Handy komplett aufgeladen. Sie haben mich heute mindestens zwanzigmal darum gebeten.«

»Seien Sie mir nicht böse, ich bin nervös.«

»Das sind wir alle.«

Und dann fügte sie leiser hinzu: »Ich kann mir vorstellen, was Sie empfinden. Ich weiß, was heute Abend für Sie auf dem Spiel steht.«

»Vor allem für die beiden.«

»Wir tun, was wir können.«

»Sie rufen mich an, sobald Sie sie sehen.«

»Zu Befehl. Und ich werde die kleine Katze am Baum von Ihnen grüßen und kraulen.«

»Danke.«

Wie ein Sportler kurz vor dem Marathon holte Thomas tief Luft und atmete dann tief aus, um sich zu entspannen.

»Jetzt ist es so weit.«

Jeder scharte sein Grüppchen um sich, alle waren bereit, die Operation beginnen zu lassen.

»Pauline?«

»Wenn Sie mich wieder fragen wollen, ob ich mein Handy aufgeladen habe, schlage ich Sie.«

»Was immer heute Abend geschieht, ich möchte Ihnen Folgendes sagen: Wenn ich das Glück gehabt hätte, Sie früher kennenzulernen, hätte ich nicht erst, nachdem ich Sie verloren hätte, gemerkt, was Sie wert sind.«

»Danke. Soll ich Ihnen den Satz sagen, den Sie auf keinen Fall hören wollen?«

»Aber was …«

»Diese Therapie hat mir ein großer Arzt beigebracht. Ich lese in Ihren Gedanken wie in einem offenen Buch. Sie hören nur noch meine Stimme, und das ist mir sehr recht. Sie wollen auf keinen Fall hören, dass Ihr Leben hinter Ihnen liegt, dass

Sie verbraucht sind, dass Sie niemanden mehr verführen können, dass Sie Ihre Chance vertan haben und der schlimmstmögliche Partner sind und außerdem ein unfähiger Vater, der selbst die Falle gebaut hat, in der wir heute Abend womöglich alle untergehen.«

Thomas erstarrte. In dem Zoo, der ihm als Hirn diente, rannten sämtliche Tiere laut schreiend und aufgeregt in alle Richtungen.

»Keine Sorge, Doktor. Nichts von alledem stimmt, und sollte sich jemand erdreisten, es Ihnen zu sagen, würde ich ihn eigenhändig niederschlagen.«

89

Der Ort war strategisch günstig gelegen, und Thomas hatte ihn sorgfältig ausgesucht. Wohin auch immer Emma heute Abend gehen wollte, sie würde höchstwahrscheinlich über diese Kreuzung kommen.

»Romain, setzen Sie sich, und Michael, bitte stellen Sie sich da hin. Wenn meine Vorausberechnungen stimmen, wird die junge Dame aus der Straße genau gegenüber kommen.«

Thomas überprüfte noch einmal die Aufstellung. Francis, der an einer Ecke der Kreuzung postiert war, hob den Daumen zum Zeichen, dass die Künstler perfekt platziert waren. Neben ihm stand Jean-Michel und beobachtete bereits die Umgebung.

Michael stand da wie am Rande eines Abgrunds, vor dem ihm schwindelte, und vermied es, nach vorn zu sehen.

»Wie können Sie so sicher sein, dass sie von dort kommt?«, fragte Romain erstaunt.

»Ich habe den Stadtplan studiert, und ob sie nun zu den Einkaufspassagen will oder zu ihrer Bushaltestelle …«

Thomas brach ab, als er merkte, dass Romain ihn komisch ansah. Hatte er zu viel gesagt?

»Das ist sehr seltsam, dass Sie gerade auf diesen Ort gekommen sind, denn just in diesem Viertel geht sie oft mit ihren Freundinnen etwas trinken. So ein Zufall …«

Thomas seufzte innerlich und erinnerte sich an das, was Darsheel über den Zufall gesagt hatte.

Sein Handy klingelte.

»Ja, Pauline?«

»Sie ist gerade aus der Schule gekommen. Wir sind alle an den strategisch wichtigen Punkten ihres Wegs postiert. Die arme Kleine, wenn Sie sie sehen könnten … Sie sieht so erschöpft aus mit ihrem traurigen Gesicht. Kaum noch wiederzuerkennen.«

»Sind Sie denn wenigstens sicher, dass sie es ist?«

»Für wen halten Sie mich? Sie hätten es verdient, dass ich Ihnen ein x-beliebiges Mädchen anschleppe. Kümmern Sie sich um Ihr Team, ich kümmer mich um meins. Mädels gegen Jungs. Danach zählen wir die Punkte.«

»Sie sind verrückt. Wir bleiben in Sprechverbindung.«

»Sie redet jetzt mit einem anderen Mädchen, aber schon an ihrer Haltung ist zu erkennen, dass sie versucht, das Gespräch kurz zu halten und wegzukommen. Und wie sieht es bei Ihnen aus? Was machen unsere Künstler?«

»Sie haben beide eine Heidenangst, aber aus verschiedenen Gründen.«

»Sie riskieren ja auch viel. Achtung! Jetzt hat Emma sich von ihrer Schulkameradin verabschiedet. Sie überquert den Platz. Teufel auch, die wirken alle so jung! Ich kann kaum glauben, dass sie in einem Jahr denselben Beruf ausüben werden wie ich. Sie kommen einem vor wie Kinder. Aber vielleicht sehe ich ja auch aus wie eine Omi …«

Pauline fasste sich wieder.

»Doktor?«

»Ja?«

»Vergessen Sie, was ich gerade gesagt habe.«

»Schon geschehen.«

»Lügner.«

Michael sang sich ein. Nur wenige Passanten bemerkten diesen Hünen und den Gitarristen, der neben ihm saß. Romain schlug irgendwelche Akkorde an, um die Finger zu lockern, und Michael sang leise vor sich hin. Eine absolute Kakophonie. Wenn sie versucht hätten, auf diese Weise ein bisschen Geld einzunehmen, wäre nicht viel dabei herausgekommen. Doch das machte nichts. Wenn es so weit wäre, würde es bei ihrer Darbietung um viel mehr als nur um Geld gehen.

Wieder drang Paulines Stimme an Thomas' Ohr.

»Emma nimmt die Rue Colomb. Sie kommt bei Chantal vorbei. Alles läuft gut. Nein, warten Sie, sie scheint zu zögern. Sie bleibt stehen. Aber was tut sie nur?«

»Nimmt sie einen anderen Weg?«

»Nein, Chantal hat sie angesprochen. Jetzt greift sie nach ihrem Handgelenk. Sie spricht mit ihr. Und wieso betastet sie jetzt Emmas Hände? … Guter Gott! Es sieht aus, als wollte Chantal ihr aus der Hand lesen!«

»Keine Improvisation, hatten wir gesagt!«

»Machen Sie sich keine Gedanken. Ich kann ja eingreifen. Ich hoffe nur, sie steckt sie nicht mit Lepra an!«

»Sie sind in der Tat ein schwerer Fall, wir stecken mitten in einer schwierigen Situation, und Sie machen noch Witze!«

»Ich weiß, viele Leute beneiden mich um diese Himmelsgabe. In manchen Ländern werde ich als Gottheit verehrt. Hatten Sie nie Lust, mich zu verehren?«

Thomas konnte nicht anders, er lächelte.

»Alles gut«, fuhr Pauline fort. »Emma hat sich losgemacht und geht in die richtige Richtung weiter.«

Thomas atmete erleichtert auf und gab den beiden Jungs ein Zeichen, dass vorerst alles nach Plan lief.

Dank Pauline, die ihm alles beschrieb, verfolgte er den Weg seiner Tochter in Echtzeit. Emma kam an Hélène vorbei, dann an Françoise – um genau 19 Uhr 19, was Françoise als gutes Zeichen auslegte.

Jean-Michel, der größer war als Francis, entdeckte sie entsprechend als Erster. Er winkte heftig, und sein Komplize eilte ihm zu Hilfe, wohl in der Angst, Jean-Michels Winken sei nicht deutlich genug.

Gleichzeitig sagte Pauline am Handy: »Sie müssten sie jetzt jeden Augenblick auftauchen sehen.«

»Vielen Dank! Wir legen jetzt auf und drücken die Daumen.«

»Den Jungs viel Glück. Und Ihnen auch, Thomas.«

Damit unterbrach Pauline das Gespräch.

»Michael, Romain, in ein paar Sekunden sind Sie dran. Ich gebe Ihnen das Startsignal. Atmen Sie tief durch und geben Sie alles.«

Thomas zog sich hinter die Ecke eines Schaufensters zurück. Als er Emma an der Kreuzung auftauchen sah, gab er das Zeichen.

90

Romain begann mit einem Gitarrenakkord, der viel gefühlvoller war als die, die er beim Üben gespielt hatte. Er gab die Melodie vor, und Michael fiel ein. Seine Tenorstimme zog sich über den Bürgersteig wie eine Goldstaubspur über den Abendhimmel. Mit geschlossenen Augen sang er im Licht der Schaufenster und der Straßenlaternen. Die beiden Männer hatten knapp drei Minuten, um eine Sackgasse in ein Feld voller Möglichkeiten zu verwandeln.

Eine Geschichte von einem Bett, das zu groß war für den, der von nun an allein darin schlief. Das Geständnis eines Mannes, der jedes Mal litt, wenn er den Namen der Frau hörte, die nicht mehr seine Gefährtin war. Und er war selbst schuld daran.

Die ersten Passanten drehten sich neugierig nach ihnen um. Einige blieben schon stehen. Emma kam näher, war aber noch zu weit entfernt. Thomas beobachtete sie so angespannt wie damals, als er ihr folgte, um sie kennenzulernen. Doch heute Abend wollte er nicht mehr über sie erfahren, er wollte sehen, welches Urteil sie fällen würde. Er hatte nicht vor, sie zu beeinflussen. Er wollte sich nicht einmischen, er wollte nur dafür sorgen, dass sie die Wahl hatte. Sollte sie vorübergehen, ohne etwas zu bemerken, würde er sicher das Risiko eingehen und sie zurückhalten, damit sie die Musiker genauer betrachtete. Es würde keine Sekunde zu verlieren sein, denn eine so schöne Gelegenheit würde sich nie wieder bieten. Danach würde sein

Leben sicher schwieriger sein, denn so viel Einmischung war nicht mehr allein durch normales Wohlwollen zu erklären. Für solche Mühen musste man echte Gründe anführen können. Aber was machte das schon. Er war nicht seinetwegen hier, er kämpfte für die beiden. Für Emma und Romain.

Während Thomas die Szene betrachtete, wurde ihm klar, dass er dasselbe getan hätte, wenn seine Tochter die Beziehung in Gefahr gebracht hätte. Heute Abend wollte er dem Schicksal nicht ins Handwerk pfuschen, um Emmas Interessen zu dienen. Heute ging es ihm vor allem darum, einem jungen Paar, dessen Beziehung er nicht aus Dummheit zerbrechen sehen wollte, eine zweite Chance zu geben.

Michael und Romain waren wunderbar. Immer mehr Schau- und Hörlustige blieben stehen. Thomas hatte richtig vermutet. Niemand war besser imstande, dieses Lied mit derart viel Gefühl zu singen, als Michael. Im Augenblick war er die ideale Stimme für Romain.

Der zu jung und zu dumm war, um sich klarzumachen, was er angestellt hatte.

Emma hielt inne. Reagierte sie auf den Text in derselben Weise wie Pauline vor ihr? Sie schien nach dem Ursprung der Musik zu suchen und näherte sich dem Grüppchen, das sich um die beiden Künstler geschart hatte. Sie stellte sich auf die Zehenspitzen und versuchte, sie zu sehen.

Francis, der Angst hatte, sie würde Romain nicht erkennen, kam hastig herbei und schlängelte sich neben ihr durch, um ihr unauffällig einen Weg durch die Menschen zu bahnen. Wie magnetisch angezogen von dem Text, der Stimme und der Musik folgte ihm Emma. Die Schönheit des Gesangs schien einen eigenen Raum zu schaffen, so weit die Stimme trug. Die Gespräche verstummten, die Leute hoben den Blick von ihren Smartphones. Es kamen immer mehr. Thomas verließ seinen

Beobachtungsposten und näherte sich dem Ort des Geschehens.

Emma sah Michael an, der, mit geschlossenen Augen und Fäusten, immer noch sang. Vor ihr standen zwei Menschen und versperrten ihr die Sicht auf den Gitarristen, der wirklich ziemlich gut spielte. Francis zupfte einen von ihnen am Ärmel und verschaffte ihr auf diese Weise einen besseren Blick.

Thomas kam genau in dem Augenblick an, in dem seine Tochter Romain erkannte. Er sah sie zusammenzucken. Sie versuchte nicht zu fliehen. Sie wich nicht einmal zurück. Sie stand einfach da und sah ihn an.

Michaels Stimme hatte sie angezogen. Vielleicht würde es Romain trotz allem gelingen, sie zum Bleiben zu bewegen.

Das Lied ging zu Ende. Die Leute klatschten sehr laut. Die Heimbewohner hatten sich unter das inzwischen zu stattlicher Größe angewachsene Publikum gemischt und daher wenig von diesem magischen Moment verpasst.

Michael öffnete die Augen. Er stand nicht vor einem Kesselhaus, sondern vor einem begeistert klatschenden Publikum. Aus Angst, die Frau zu erschrecken, die er zurückerobern wollte, blieb Romain sitzen. Er sah sie kaum an. Doch seinen Augen gelang es, ohne jede Lüge die einzigen Worte zu sagen, die sie darin zu lesen hoffte.

Thomas wurde es beklommen ums Herz. Er hatte oft wegen der Kinder anderer geweint, doch noch nie mit so viel Inbrunst wie um diese Kinder, die ein wenig seine waren. Schließlich stand der Gitarrist doch auf. Die übrigen Zuhörer begannen sich zu zerstreuen, Emma aber stand wie angewurzelt. Doch wider alles Erwarten war nicht sie diejenige, die von Romain zuerst umarmt wurde. Zuallererst wandte er sich Michael zu und drückte ihn an sich. Thomas wich zurück, er wollte verschwinden. Er konnte nur noch hoffen, dass Emma sich von

Romain in die Arme nehmen ließ und dass sie dann nicht den Blick heben und fliehen, sondern die Lider senken würde, damit ihre Wunden zu heilen beginnen konnten.

Schon konnte Thomas sie nicht mehr sehen, er war zu weit entfernt, es waren zu viele Menschen zwischen ihnen. Vielleicht würde irgendwann der Tag kommen, an dem er nicht jedes Mal verschwinden musste, wenn seine Tochter einen großen Augenblick erlebte.

Es war eigentlich nicht geplant gewesen, dass Francis nach der Vorstellung herumging und Geld sammelte.

91

Als Pauline die Augen entdeckte, die sie von der anderen Seite der Fensterscheibe her aus der Dunkelheit anstarrten, ließ sie erschrocken den Salat fallen, den sie gerade über der Spüle trockenschwenkte.

»Théo, bitte lass die Katze rein. Sie hat mir schon wieder einen Schrecken eingejagt.«

Ausnahmsweise gehorchte der Junge voller Eifer.

»Ich geh schon!«

Seit dem Abend, an dem alle zu der Begegnung zwischen Romain und Emma beigetragen hatten, hatte sich im Heim etwas verändert. Die Gruppe hatte einstimmig beschlossen, das von Francis gesammelte Geld für die Reise zu stiften, die Michael vorbereitete.

Inzwischen verbrachten die Heimbewohner ihre Abende nicht mehr vor dem Fernseher, und wenn sie es doch einmal taten, dann meistens, um sich gemeinsam eine Sendung anzuschauen. Françoise fand es sehr amüsant, dass Chantal Gefallen an Francis' Serien zu finden begann. Das sei ein »größerer Kulturschock« und Vorzeichen kommender Umwälzungen. Alle fürchteten schon den Augenblick, in dem der Oberst bei den Varietésendungen mitsingen würde, die der liebenswerten glöckchenschwingenden Leprakranken so gefielen …

Meistens fanden sie sich am frühen Abend vor der Anlieferung der Essenstabletts im Wohnzimmer zusammen und lasen oder unterhielten sich vor dem gemeinsamen Abendessen.

Jean-Michel schrieb hier seine Briefe an Marianne, und Hélène hatte angefangen, einen Pullover für Théo zu stricken, sehr zur Freude der Kätzchen, die auf das herabfallende Wollknäuel warteten. Es kam auch immer häufiger vor, dass Pauline mit Théo ins Heim zurückkehrte, nachdem sie ihn abgeholt hatte. Niemand beklagte sich darüber, sie freuten sich ganz im Gegenteil über die Gesellschaft des Kleinen, zumal seine Mutter weit besseres Essen kochte als das, was ihnen angeliefert wurde.

Thomas klappte den Bericht der Inspektorin zu und neigte den Kopf vorsichtig von links nach rechts, um seinen Nacken zu entspannen.

»Müssen wir uns Sorgen machen?«, fragte Pauline.

»Eigentlich nicht. Diese nette Frau schützt uns mit allen Kräften. Ich schäme mich fast dafür, dass wir sie dermaßen hereingelegt haben. Wie versprochen empfiehlt sie, das Heim so zu belassen, wie es ist. Aber in Anbetracht der Beschreibungen, die sie von uns geliefert hat, rechne ich damit, dass jede Sekunde ein Hubschrauber über uns kreist, um Spezialeinheiten abzusetzen, die uns dann in einem Hochsicherheitstrakt unter Quarantäne stellen.«

Chantal hob den Blick von ihrer Klatschzeitschrift und fragte: »Sie meinen da, wo dieses Wesen von Roswell lebt?«

»Genau«, antwortete Jean-Michel. »In der Wohnung gleich über Elvis und gegenüber von Marilyns Tür.«

Sein Kätzchen im Arm, setzte sich Théo an den Tisch. Danach versuchte er das Tierchen neben sich zu setzen.

»Keine Tiere beim Essen!«, schimpfte Pauline.

»Warum nicht?«, fragte Théo weinerlich.

»Das ist unhygienisch.«

Worauf Francis knurrte: »Jean-Michel isst auch mit uns … Und der ist immerhin ein Jean-Michel! Hat jemand daran gedacht, ihm seine Wurmkur zu verabreichen?«

Hélène lenkte ab und fragte Théo: »Wie hast du dein Katerchen genannt? Es ist sehr hübsch. Das einzige völlig Schwarze im ganzen Wurf. Wie willst du es nennen? Rabenschwarz? Pech und Schwefel?«

»Und warum nicht Eierkohle, Lakritz, Überraschungsei, wo wir schon dabei sind?«, spottete Jean-Michel.

Théo drückte das Tier an sich und verkündete sehr ernst: »Das ist Geheimagent Z33. Er ist unhörbar, kann im Dunkeln sehen und auf Bäume klettern. Er braucht keine Uhr, um genau zu wissen, wann er sein Futter bekommt, und er errät vom anderen Ende des Obstgartens her, dass Maman Fisch kocht. Er ist wirklich ein Superspion!«

Pauline setzte sich für einen Moment in den Sessel neben dem ihres Vorgesetzten.

»In zehn Minuten ist das Essen fertig.«

»Sie sind die gute Fee dieses Hauses.«

Pauline betrachtete ihn.

»Sie wirken entspannter, seit Romain sich wieder mit Ihrer Tochter trifft. Die beiden sind heute Abend zusammen, nicht wahr?«

»Wenn Sie so etwas sagen, bekomme ich immer Angst. Irgendwann verplappern Sie sich noch, wenn Romain dabei ist. Aber um Ihre Frage zu beantworten: Ja, sie sind zusammen, und ich freue mich, dass sie immer mehr Zeit miteinander verbringen.«

»Gestern habe ich sie von Weitem gesehen, sie scheint wieder ein bisschen aufgeblüht zu sein seit dem Mal, als ich sie aus der Schule kommen sah …«

Thomas antwortete nicht. Denn jetzt war er es, der aus dem Dunkel der Nacht von einem Augenpaar angestarrt wurde. Diesmal waren es keine Katzenaugen. Vor der Terrassentür stand Michael, er wirkte verstört. Thomas sprang auf und öffnete die Tür.

»Michael, ist alles in Ordnung?«

Attila tobte herein und stürzte sogleich Richtung Théo samt Essen und Geheimagent.

»Sie sind wiedergekommen«, sagte Michael tonlos. »Die Vandalenbande ...«

»Kommen Sie erst einmal herein und setzen Sie sich. Hier sind Sie in Sicherheit.«

Er nahm ihn am Arm und führte ihn zu einem Sessel. Michael ließ sich darauffallen. Die Heimbewohner ließen alles stehen und liegen und umringten ihn mitfühlend.

»Ich habe mich im Pförtnerhäuschen verbarrikadiert. Attila sprang wie wild herum. Sie haben ein paar Fensterscheiben eingeworfen ...«

»Sie sind doch hoffentlich nicht verletzt?«, fragte Françoise und musterte seine Kleidung.

Doch Michael hörte sie nicht. Er saß da wie gelähmt, mit vor Angst geweiteten Pupillen.

»Ich gehe hinunter in den Bunker ...«

»Weichen Sie vor denen nicht zurück«, riet Francis. »Diese Lumpen machen sich Ihre Angst nur zunutze.«

»Sie haben gesagt, sie würden zurückkommen und Feuer legen ...«

Francis und Thomas sahen sich an. Jean-Michel erklärte mit fester Stimme: »Das lassen wir nicht zu.«

»Monsieur Ferreira hat recht«, bekräftigte Thomas. »Heute Nacht schlafen Sie hier, und morgen organisieren wir uns.«

92

Und ich fand die indisch-pakistanische Grenze gefährlich ...«

»Gewalt gibt es überall, wo Menschen leben, Doc.«

Vom Pförtnerhaus aus, in dem keinerlei Licht brannte, überwachten Thomas, Francis und Jean-Michel die Fabrikeinfahrt, während Michael im Hinterzimmer Attila zu beruhigen versuchte. Der Hund war genauso fertig mit den Nerven wie sein Herr. Die Männer hatten den Tag damit verbracht, sich aufs Schlimmste vorzubereiten. Mit Einbruch der Dunkelheit hatte sich ein wenig Furcht in ihren Kampfgeist geschlichen.

Die Scheinwerfer tauchten den Vorplatz in ein grelles kaltes Licht. Auf der Zufahrt vom Fabriktor zum Pförtnerhaus hatten Michaels Komplizen allerlei Hindernisse aufgestellt, um die Angreifer ein wenig aufzuhalten. Im Häuschen selbst hatten sie alles aufgehäuft, was als Waffe, Schild oder Geschoss dienen konnte. In äußerster Gefahr blieb ihnen immer noch das Klofenster, durch das sie sich in das Labyrinth der Werkstätten dahinter zurückziehen konnten. Diese Möglichkeit hatten alle in Betracht gezogen, auch wenn sie von niemandem zur Sprache gebracht worden war.

Jean-Michel spähte durch die zerbrochene Fensterscheibe.

»Dieser Anblick erinnert mich an einen Western. Eine Handvoll Bauern versucht eine Hazienda gegen eine Bande gewissenloser Diebe zu verteidigen, die sich das Land aneignen wollen. Als Waffen gegen die brutalen Verbrecher haben sie nur Mistgabeln und Knüppel. Die Frauen haben sich in die benachbarte

Kapelle geflüchtet, und die Kavallerie weigert sich, sie in dieser Gegend, die nicht zu ihrem Dienstbereich gehört, zu verteidigen. Ganz wie bei uns …«

»Bitte erzähl nur weiter, wenn es ein Happy End gibt«, unterbrach ihn Francis.

»Dann rede ich wohl lieber nicht weiter … Aber ihr sollt noch wissen, dass diese bescheidenen Bauern für den ganzen Westen zu legendären Helden wurden und dass ihr Opfer dem ganzen Land die Kraft gab, sich zu befreien.«

»Du kennst nicht zufällig eine Version, in der die Bauern den Schurken eine hübsche Abreibung verpassen?«

»Nein, keine einzige.«

»Dann vielen Dank für deine Unterstützung, Jean-Michel.«

Thomas steckte den Kopf in Michaels Schlafzimmer. Der junge Mann saß auf dem Bett und versuchte, ruhig und entschlossen zu wirken, doch seine Furcht war trotz allem sichtbar. Attila hatte ihm die Schnauze auf den Schenkel gelegt.

»Wie fühlen Sie sich?«

»Ich hätte weniger Angst, wenn ich mit offenen Augen vor zehntausend Menschen singen müsste.«

»Ich werde Sie bei passender Gelegenheit daran erinnern. Sie hätten im Heim bleiben sollen.«

»Und Sie allein kämpfen lassen, um diesen Ort, den ich eigentlich bewachen müsste, zu verteidigen?«

Thomas ließ das Thema fallen.

»Haben Sie wirklich gar keine Ahnung, wie viele es waren?«, fragte er.

»Ich war in Panik. Ich dachte gar nicht daran, sie zu zählen, aber es waren mindestens zehn.«

»Wie in meinem Western!«, bemerkte Jean-Michel.

Francis reagierte leicht sauer: »Schade, dass wir nicht früher von diesem Angriff wussten, sonst hätten wir uns Sombreros kaufen können wie die von den Bauern in deinem Film. Als Kind hatte ich mal einen großen. Meine Eltern hatten ihn von einer Amerikareise mitgebracht. Ich sah damit ganz schön gefährlich aus. Keine Ahnung, wie ich heute damit wirken würde …«

Jean-Michel bemerkte nachdenklich: »Einmal haben wir unserem Sohn zu Weihnachten ein Pu-der-Bär-Kostüm geschenkt. Ich hatte es vorher anprobiert.«

»Im Ernst? Du willst, als Pu-der-Bär verkleidet, eine Hazienda verteidigen? Das ist vielleicht wirklich der beste Weg, zu einer Legende des Wilden Westens zu werden …«

Jean-Michel wehrte die Kritik mit einer verächtlichen Handbewegung ab. Thomas zog plötzlich seine »Waffe« und übte sich im Zielen. Francis beobachtete ihn belustigt.

»Unser Pazifist hat sich also eine von Théos Pistolen ausgeliehen …«

»Von Weitem ist überhaupt nicht zu erkennen, dass man damit nur Wasser schießen kann«, verteidigte sich Thomas. »Sehen Sie doch sich selbst an! Mit Ihrem Gewehr ohne Munition!«

Francis trat einen Schritt auf ihn zu und flüsterte: »Ich will Ihnen ein Geheimnis verraten, mein Junge: Nicht die Waffe macht den Mann.«

Jeder konzentrierte sich wieder schweigend auf die Überwachung. Die Zeit verging langsam. Schließlich murmelte Francis, den Vorplatz immer noch fest im Blick behaltend: »Doc, erinnern Sie sich an den Abend, an dem Sie uns fragten, was wir noch vom Leben erwarten?«

»Natürlich.«

»Seither geht mir Ihre Frage durch den Kopf. Und letzten Endes glaube ich, Sie waren es, auf den ich noch hoffte. Auf die große Reise zu gehen, ohne Sie kennengelernt zu haben, wäre schade gewesen. Ich habe noch nie jemanden erlebt, der sich derart in aussichtslose Pläne verrennt, aber es gefällt mir wirklich. Falls mir diese kleinen Idioten meine schöne neue Brücke im Mund zerbrechen, helfen Sie mir dann beim Ausfüllen des Krankenkassenformulars?«

»Verzeihen Sie, meine Herren«, unterbrach ihn Jean-Michel, »aber ich sehe da Bewegungen am Zaun.«

Ein Motorrad war gerade vor dem Tor abgestellt worden. Francis kniff die Augen zusammen und sagte knapp: »Gentlemen, unsere Gäste sind da.«

93

Dem ersten Motorrad folgten sehr bald noch ein halbes Dutzend weitere. Die Bande stieg ab. Ihre jungen, sportlichen Mitglieder hatten wenig Mühe, über den Zaun zu klettern. Sie lachten voller Vorfreude.

»Ich habe neun gezählt«, sagte Thomas leise.

»Wir müssen herausfinden, wer der Anführer ist«, murmelte Francis. »Wenn wir den neutralisieren können, verlieren die anderen die Orientierung und werden geschwächt.«

Die Horde arbeitete sich über den Vorplatz und machte sich über die lächerlichen Hindernisse lustig, die man ihnen in den Weg gestellt hatte. Mit ein paar Fußtritten beförderten sie die Blech- und Drahtkonstruktionen zur Seite. Drei von ihnen schleiften ein imposantes Stück Metall weg.

»Diese kleinen Lumpen!«, knurrte Jean-Michel. »Schauen Sie nur, wie mühelos sie es wegtransportieren! Wenn man bedenkt, wie wir geschuftet haben, um es herzuschaffen.«

Das Schleifen des Metalls über den Beton hallte durch die Nacht. Attila begann zu bellen.

»Bist du da, du Nachtwächter?«, rief einer der Vandalen.

Stille.

»Ach, du antwortest nicht? Immerhin macht dein Hund das Maul auf! Sollte er mutiger sein als du?«

»Schwarzer Schal, Jeansjacke. Wahrscheinlich der Anführer. Behalten Sie ihn im Auge!«, raunte Francis seinen Kameraden zu.

Einer der Jugendlichen hob eine Eisenstange an und ließ sie zum Spaß über den Boden schleifen. Attila bellte erbost.

»Wir haben dir doch gesagt, dass wir wiederkommen würden. Wir haben Wort gehalten. Wir haben dir versprochen, Feuer zu legen, und da werden wir auch Wort halten! Wenn du nicht wie eine Ratte in ihrem Loch verbrennen willst, dann rate ich dir, abzuhauen und uns diesen Platz zu überlassen!«

»Hau ab!«, schrie ein anderer Junge mit schriller Stimme.

Francis wandte sich an seine Verbündeten: »Ich gehe jetzt raus. Greifen Sie erst ein, wenn ich am Boden bin. Verstanden?«

Der Oberst wartete die Antwort nicht ab. Er schob sein Gewehr unter den Mantel und öffnete die Tür. Seine Umrisse zeichneten sich im Licht der Scheinwerfer ab.

Gemessenen, aber entschiedenen Schritts begab er sich auf den Vorplatz. Die von den Scheinwerfern geblendeten Angreifer erkannten nicht sofort, dass es sich nicht um ihr übliches Opfer handelte.

»Da bist du ja, du Nachtwächter.«

»Meine Herren, Sie befinden sich auf einem privaten Grundstück, das ist Hausfriedensbruch. Wenn Sie keine Probleme wollen, gehen Sie, und zwar sofort.«

»Schaut ihn euch an! Sie haben uns Terminator geschickt. Wo ist der andere Wächter? Vor Angst gestorben?«

Die anderen feixten.

»Wir wollen doch Ärger vermeiden. Sie haben hier nichts zu suchen. Gehen Sie nach Hause.«

Francis ging mit gleichmäßigen Schritten weiter. Das Gegenlicht ermöglichte es ihm, jung und einschüchternd zu wirken. Er zwang sich zu einem festeren und sichereren Gang als sonst.

Hinter dem Anführer zündete einer der jungen Männer den Docht einer mit einer Flüssigkeit gefüllten Flasche an. Francis hatte so etwas schon Hunderte von Malen beim Training gesehen. Thomas auch, bei Aufständen. Der Oberst änderte weder seine Richtung noch seine Haltung.

Der ziemlich aufgeregte Junge warf seinen Molotowcocktail schräg nach vorn, ziemlich dicht neben Francis. Die Explosion erleuchtete die Nacht und wurde von dem Hurrageschrei der Bande und dem noch heftigeren Bellen Attilas begrüßt. Der Oberst spürte die Wärme an seiner Wange.

»Bravo, meine Herren«, sagte er anerkennend. »Hübsches Feuerwerk. Und jetzt packen wir alles wieder ein und verschwinden, bevor etwas kaputtgeht.«

Francis war nur noch wenige Meter vom Anführer entfernt, doch dank der Scheinwerfer sah er immer noch anders aus als in Wirklichkeit. Er ging weiter auf den Anführer zu, der sich keineswegs bedroht fühlte.

»Du glaubst, du könntest uns aufhalten?«, sagte dieser frech. »Ganz allein? Du hast mehr Schneid als der andere …«

Francis war seinem Ziel jetzt nahe genug. Mit einer raschen Bewegung schlug er seinen Mantel zurück, holte das Gewehr heraus und richtete es auf das Gesicht des Kleingangsters.

»Ich sage es nicht noch mal, mein Junge. Du und dein fröhlicher Club kleiner Spitzbuben, ihr verschwindet jetzt.«

Völlig überrascht hob der junge Mann sofort die Hände.

»Immer sachte! Reg dich nicht auf! Du schießt mir eine Kugel in den Kopf, und dann? Dann machen dich meine Jungs zu Hackfleisch.«

»Lass mich raten … Du bist so'n ganz Harter? Ja? Du wettest darauf, dass ich nicht schießen kann oder dass du so unbesiegbar bist, dass dir eine Kugel nichts ausmacht? Und was deine Hampelmänner angeht, glaubst du wirklich, die kämpfen noch für dich, wenn dein Hirn eine Landkarte auf den Boden malt?«

Mit sicherer Hand lud Francis sein leeres Gewehr und legte auf seinen Gegner an. Seine Hände zitterten nicht. Der Typ hingegen machte einen Schritt rückwärts.

»Überleg es dir gut«, knurrte Francis. »Für dich ist das wohl alles nur ein Spiel? Du gewinnst, weil du gegen die Regeln spielst, aber jetzt habe ich den Joker in der Hand … Verschwinde, und lass dich hier nie wieder sehen!«

Plötzlich zerriss Michaels Stimme die Nacht: »Attila! Nein!«

Der Hund hatte sich freikämpfen können. Er schoss aus dem Pförtnerhaus und auf die Eindringlinge zu.

Die Bande geriet in Panik und rannte Richtung Tor. Nur ihr Anführer und Francis blieben unbeweglich stehen. Attila legte noch an Tempo zu und warf sich auf das erste Opfer, das er erwischen konnte. Seine Reißzähne gruben sich in die Hose des fliehenden Gauners, der panisch mit der Eisenstange um sich schlug. Er drehte sich um die eigene Achse, damit der Schlag umso heftiger würde. Attila jaulte auf vor Schmerz. Unter der Wucht des Schlags lockerte er seinen Biss und flog wie ein kaputter Hampelmann über den Boden.

Michael stürzte aus dem Pförtnerhaus, dicht gefolgt von Thomas und Jean-Michel. Francis bohrte sofort den Lauf seines Gewehrs in die Wange des Bandenführers.

»Kleiner Scheißer. Ich weiß auch nicht, warum ich dir keine Kugel verpasse. Du würdest wahrscheinlich kaum wem fehlen. Hau ab. Wenn ich dich hier je wiedersehe, bist du ein Toter ohne Bewährung.«

Der Ganove machte, dass er davonkam, und folgte seinen Komplizen.

94

Thomas trug den Hund durch die Dunkelheit zum Heim. Das sonst so lebhafte Tier war nur noch eine reglose Masse in seinen Armen. Michael ging verzweifelt neben ihm her und streichelte das blutverklebte Fell. Als Pauline sie kommen sah, öffnete sie die Terrassentür und lief ihnen entgegen.

»Wir haben eine Explosion gehört. Was ist passiert?«

Und dann, als sie den Verletzten sah: »Mein Gott! Der arme Hund!«

»Außer Attila sind alle unversehrt davongekommen. Wir legen ihn auf den Esstisch. Er verliert sehr viel Blut.«

Im Wohnzimmer waren die Frauen, hin- und hergerissen zwischen ihrer Sorge und dem Wunsch einzugreifen, völlig außer sich. Bei der Explosion hatte Pauline Chantal sogar davon abhalten müssen, sich ihrerseits in den Kampf zu stürzen. Auch Romain war da.

»Mist. Attila …«

»Sind Sie schon zurück?«, fragte Thomas.

»Ich bin gerade angekommen. Auf dem Heimweg ist mir eine Horde Motorradfahrer begegnet, die fuhren wie die Irren.«

»Und deshalb sind wir hier.«

Vorsichtig legte Thomas den Hund auf den von der Tischdecke befreiten Tisch.

Als auch Jean-Michel und Francis in den heimatlichen Hafen einliefen, wurden sie sogleich von Hélène, Françoise und Chantal in Empfang genommen, die sie in die Sessel nötigten und mit Getränken versorgten. Romain schob die Stühle vom Tisch weg, die Thomas beim Verarzten hätten stören können.

»Sie hätten mir sagen sollen, dass Sie sich prügeln wollten. Ich hätte Ihnen gern geholfen.«

»Sie haben auch so genug Sorgen, Sie brauchen sich nicht in solche barbarischen Auseinandersetzungen ziehen zu lassen. Wenn Sie mir helfen wollen, gehen Sie rauf in meine Wohnung. In dem Schrank gleich hinter der Wohnungstür rechts finden Sie ein Notfallköfferchen mit einem roten Kreuz darauf. Bringen Sie es mir, bitte.«

»Okay.«

Dann wandte sich Thomas an Pauline.

»Pauline, bitte bringen Sie mir Handtücher und Kompressen.«

Der Hund atmete zu hektisch. An seiner Flanke klaffte eine lange Wunde.

»Bitte sagen Sie mir, dass er überlebt«, bat Michael.

»Dafür geben wir alles. Er blutet zwar stark, aber ich glaube nicht, dass eine Arterie verletzt ist. Michael, hören Sie auf, die Hände zu ringen. Setzen Sie sich in seine Nähe und bleiben Sie bei ihm. Er muss Sie in seiner Nähe spüren. Er braucht Sie. Er hat Angst. Sprechen Sie mit ihm. Beruhigen Sie ihn.«

Pauline kam aus seinem Büro zurück, beladen mit allem, was sie hatte finden können, darunter auch einem Riesenpaket Windeln.

»Nicht gerade ideal als Kompressen, aber etwas anderes habe ich nicht.«

»Wir kommen schon damit zurecht. Säubern wir erst mal die Wunde, um zu sehen, wie tief sie ist. Wir werden sie sicher nähen müssen.«

»Ich helfe Ihnen.«

Jetzt merkte Pauline, dass Thomas überall Blut von Attila hatte.

»Sind Sie selbst unverletzt?«

»Danke, ja, alles bestens.«

Endlich kam Romain mit dem Köfferchen. Auch er wirkte verstört.

Fast eine Stunde lang kümmerte sich Thomas um den Hund, säuberte, desinfizierte und bereitete das Nähen vor. Pauline hatte Attila Spritzen gegeben, um ihm Schmerzen zu ersparen und den Kreislauf stabil zu halten. Die Dosis des Entzündungshemmers für Menschen hatte sie auf sein Gewicht abgestimmt. Das Schmerzmittel wirkte auch beruhigend, Attila ließ das Nähen ohne größere Gegenwehr über sich ergehen.

Michael konnte den Anblick der Wunde nicht ertragen und konzentrierte sich auf die halb geschlossenen Augen seines Gefährten.

»Ich bin da. Ich lasse dich nicht im Stich. Alles wird wieder gut.«

Er wagte es nicht, das Tier an sich zu drücken, obwohl er nichts lieber getan hätte. Stattdessen ließ er seine Hände durch Attilas Fell gleiten und tastete nach seiner Wärme und den Atembewegungen. Er wäre hundertmal lieber selbst verletzt worden, als seinen Hund so daliegen zu sehen.

Als Thomas den letzten Faden abgeschnitten hatte, murmelte er seinem vierbeinigen Patienten zu: »So, mein Junge, ich habe ja schon alle möglichen Verletzungen bei allen möglichen Menschen behandelt, aber du bist mein erster Hund, und ich wäre ziemlich stolz, wenn du auch ein bisschen dank meiner Hilfe davonkämst. Also tu mir den Gefallen, halt aus und kämpf um dein Leben. Ich kenne da einen, der bangt um dich …«

Diesmal hatte die Geste, mit der Thomas den Hund streichelte, nichts Unbeholfenes an sich.

Als es spät wurde und Pauline den Heimbewohnern vorschlug, zu Bett zu gehen, weigerten sich alle kategorisch. Sie wollten lieber bleiben und beobachteten in andächtiger Stille Thomas und Attila.

Der Hund war erschöpft.

»Wir geben ihm noch eine Spritze«, kündigte Thomas an. »Ich habe alles getan, was möglich war. Er ist jung und kräftig. Er hat die besten Chancen davonzukommen. Jetzt muss er sich erholen. Ich wache heute Nacht bei ihm.«

Michael richtete sich auf.

»Ich bleibe auch hier. Das schulde ich ihm. Ich habe ihn ja nicht einmal schützen können.«

»Michael, machen Sie sich keine Vorwürfe. Wir sagen uns alle einmal, dass wir unseren Pflichten gegenüber denen, die wir lieben, nicht gewachsen waren … Sie haben getan, was Sie konnten.«

Und damit begann eine denkwürdige Nacht.

95

Sie kamen gegen zwei Uhr morgens. Als hätten sie die verzweifelte Lage eines Nahestehenden gespürt. Die Katzen ließen Thomas keine Wahl. Sie stellten sich laut miauend auf die Hinterbeine und lehnten sich an die Terrassentür, bis er sie öffnete.

Im Wohnzimmer brannten nur noch die Leselämpchen, der Raum lag im Halbdunkel. Alle waren auf ihren Sesseln oder dem Sofa eingeschlafen. Selbst Pauline hatte nicht mehr gegen ihre Müdigkeit ankämpfen können, ihre Stirn lag auf ihrem Ellenbogen. Jean-Michel und Françoise schnarchten. Romain war in seine Wohnung hinaufgegangen, er wollte am nächsten Morgen auf der Arbeit nicht allzu unausgeschlafen sein. Michael war Kopf an Kopf mit seinem regelmäßig atmenden Hund eingeschlafen.

Kaum hatten die Katzen die Tür passiert, trabten sie im Gänsemarsch auf den Verletzten zu. Die Katzenmutter sprang auf den Tisch, Geheimagent Z33 und zwei weitere ihrer Jungen taten es ihr nach. Der Rest der Familie umkreiste mit steil aufgerichtetem Schwanz den Tisch. Nur die Katzenmutter näherte sich dem Hund, sie schnupperte an seiner Nase und dann über seinen ganzen Körper, bis sie die Wunde gefunden hatte. Sie leckte eifrig, um dann wieder zu Attilas Kopf zurückzukehren. Wie eine Sphinx legte sie sich davor und begann zu schnurren, als wollte sie ihm ein Wiegenlied singen.

Diese Solidarität über alle naturgegebenen Klüfte hinweg war ein seltsames Schauspiel. Die Katze ging mit diesem sogenannten natürlichen Feind so liebevoll um wie mit einem ihrer Jungen. Sie schenkte ihm ihre Gegenwart und ihre instinktive Zuwendung, damit er sich besser fühlte. Vermutlich ist die Erfahrung von Schmerz eine der universellsten Gemeinsamkeiten überhaupt. Genauso wie der Wunsch, dass die geliebten Wesen überleben. Viele behaupten, Tiere wüssten nicht, dass sie eines Tages sterben müssen. Der Anblick dieser Katze jedoch, die einem Hund zu helfen versuchte, legte zumindest die Vermutung nahe, dass der Wert des Lebens den Tieren immer noch weit bewusster ist als manchen unserer Artgenossen.

»Sie sind niedlich«, murmelte Francis, der ein Auge geöffnet und dieses bewegende Bild gesehen hatte. »Menschen tun für ihresgleichen oft weniger ... Soll ich auf Attila aufpassen, damit Sie sich ausruhen können?«

»Vielen Dank, Monsieur Lanzac. Ich möchte zwar nicht schlafen, aber wenn Sie mich für zehn Minuten ablösen würden, damit ich unter die Dusche gehen kann, würde ich nicht Nein sagen. Dieses ganze eingetrocknete Blut ...«

»Nur zu, Doc. Ich übernehme die nächste Schicht.«

»Danke.«

Thomas verließ das Wohnzimmer und schlich auf Zehenspitzen die Treppe hinauf. Allmählich spürte er seine Müdigkeit. Als er an seiner Wohnungstür ankam, wurde er zu seiner Überraschung von Romain erwartet. Der saß auf dem Fußboden, erstaunlich wach.

»Was machen Sie hier? Ich dachte, Sie schlafen ...«

»Ich denke, wir müssen miteinander reden, Doktor.«

»Gern, aber ich schlage vor, wir tun das morgen. Der Abend war schon ziemlich lang.«

»Ich möchte nicht bis morgen warten.«

Sein ungewöhnlich kühler Ton machte Thomas nervös.

»Ein Problem mit Emma?«

»Nein. Mit Ihnen.«

Romain drückte Thomas' Wohnungstür auf und zeigte auf das Zimmer, in dem Emmas Sachen waren. Thomas wurde blass.

»Sie hatten den Wandschrank gleich rechts gemeint, aber in meiner Eile habe ich ihn mit der Tür verwechselt. Tut mir leid. Ich war ziemlich überrascht, als ich diese Sammlung entdeckte. Die Dinge kamen mir sofort vertraut vor. Und als ich meine eigene Handschrift auf einem der Kartons entdeckte, die ich mit Emma gepackt habe, wurde mir alles klar …«

Romain holte tief Luft und sagte scharf: »Ich weiß nicht, ob Sie ein armer Irrer sind oder ein perverser Fetischist, aber eins ist sicher: Als Lügner schlagen Sie alle Rekorde. Sie haben mich schön reingelegt, Doktor. Ich weiß nicht, warum Sie uns auf dem Kieker haben, meine Freundin und mich, aber ich schwöre Ihnen, Sie werden es mir sagen.«

Der erste Satz, der Thomas durch den Kopf ging, war die indische Devise: »Nur die Wahrheit siegt.«

96

Die beiden Männer kreisten in der Wohnung wie Panther in einem Käfig. Es wirkte fast so, als würde der jüngere den älteren vor sich hertreiben. Jedes Mal wenn Romain an dem Zimmer mit Emmas Erinnerungsstücken vorbeikam, juckte es ihn heftig in den Fäusten.

Er konnte sich nur schwer beherrschen, er platzte fast vor Zorn, zumal er beim Warten an Thomas' Türschwelle viel Zeit gehabt hatte, die erschreckendsten Theorien über seinen Fund zu entwickeln. Und nun bombardierte er Thomas mit so vielen empörten Fragen, dass dieser weder Ansätze zu einer Antwort noch Erklärungsversuche herausbringen konnte. Seit Beginn ihrer Auseinandersetzung war der junge Mann mindestens zweimal versucht gewesen, ihn an die Wand zu pressen, das hatte Thomas deutlich gespürt.

Thomas hatte beschlossen, von Anfang an die Karten auf den Tisch zu legen, doch als er gestand, dass Emma seine Tochter war, wollte ihm Romain nicht glauben. Nach so vielen Lügen konnte ihn keine noch so mächtige Wahrheit überzeugen. Um diesen Verfolgungswahn Romains zu beschwichtigen, musste Thomas ihm die Fotos zeigen, die Kishan ihm geschenkt hatte, die Mails zwischen Kishan und ihm, ja er musste ihm sogar von ihrem Ausflug zum Trödelmarkt erzählen.

Romain stand unter Schock. Alles, was er in den vergangenen Monaten erlebt hatte, sei es mit seiner Freundin oder hier im Heim, war mit einem Mal aufs Brutalste infrage gestellt. Jedes

Ereignis, jede Tatsache war nun unter einem anderen Blickwinkel zu betrachten und damit suspekt. Romain zweifelte an allem. Jeder Satz, jede ausgestreckte Hand war für ihn nur noch Teil eines zynisch erdachten perfekten Manipulations-Mechanismus, den er entdeckt zu haben glaubte, und das machte ihn fertig.

»Warum haben Sie mir das angetan?«, fragte er immer wieder.

»Es ging nicht um dich, Romain. Als ich dich am ersten Abend auftauchen sah, warst du nur der Freund der jungen Frau, die ich so gern kennenlernen wollte. Und dann lernte ich dich näher kennen.«

»Sie haben mich in diese Wohnung gelockt, um mich unter Kontrolle zu haben. Es war eine Falle.«

»Das stimmt nicht. Ich setzte darauf, dass Emma mehr in meine Nähe kommen würde, wenn du hier wohnen würdest. Du bist ihr wichtig.«

»Wenn ich an all Ihre Sonntagsreden denke, Ihre Lehren … Sie sind mir ein feiner alter weiser Mann!«

»Ich war nicht sehr geschickt, aber ich war immer ehrlich.«

»Und Ihre Nummer bei Ihrem Treffen mit Emma? Was haben Sie ihr vorgelogen, dass sie derart fasziniert von Ihnen ist?«

»Ich habe sie nicht belogen. Im Gegenteil. Du kannst meine Hefte lesen, du wirst sehen, ich habe weiter nichts gemacht, ich habe nur versucht, sie kennenzulernen, sie zu schützen und ihr zu helfen.«

»Ich scheiße auf Ihre Hefte! Emma ist keine Laborratte, die man beobachtet!«

»Romain, bitte. Ich verstehe, was du empfindest, aber …«

»Nein, das verstehen Sie nicht! Außerdem hatten Sie auch noch die Stirn, mir zu erzählen, Sie hätten nie jemanden betrogen! Und ich habe Ihnen auch noch geglaubt!«

Romain wandte sich ab und erstickte etwas, das wie ein Schluchzen klang. Als er sich wieder zu Thomas herumdrehte, war sein Blick nicht nur voller Zorn, sondern auch voller Trauer.

»Wissen Sie, was für mich am schlimmsten ist?«

»Sag es mir.«

»Ich habe Ihnen vertraut! Ich habe auf Sie gehört. Ich bin Ihnen blind gefolgt. Ich will Ihnen noch was sagen: Ich verstand, dass Emma so fasziniert von Ihnen ist. Manchmal habe ich mir sogar gewünscht, mein Vater wäre so wie Sie! Sie können zufrieden mit sich sein, Sie haben mich schön reingelegt. Sie widern mich an!«

»Romain, von dem Augenblick an, als ich dich wirklich kennenlernte, als ich wusste, wer und wie du bist, habe ich für dich getan, was ich konnte. Hat dir das, was ich dir geraten oder was ich für dich getan habe, irgendwelche Probleme eingetragen?«

»Keins. Nur dass mir jetzt klar wird, dass alles nur ein Lügengespinst war, um mich für Ihre Pläne mit Ihrer Tochter einzuspannen.«

»Da irrst du dich. Emma weiß nicht einmal, dass es mich gibt.«

»Nun, dann wird es Zeit, dass sie es erfährt. Wir schaffen endlich Ordnung. Ihre Lügen werden jetzt auf Sie zurückschlagen, dafür sorge ich!«

»Nein, bitte nicht! Tu das nicht.«

»Warum nicht?«

»Das wird mir wehtun, aber das ist nicht das Schlimmste. Sie würde dann wahrscheinlich am meisten leiden. Ich sagte es dir ja, ich zähle nicht mehr, aber sie … Bedenk doch, dass sie den Mann, dessen Namen sie trägt, als ihren Vater betrachtet. Du würdest eine Familie zerstören …«

»Auch alles nur Lügen, um mich einzuwickeln.«

»Romain, ich will dir etwas versprechen: Wenn du das Geheimnis bewahrst, verschwinde ich. Du wirst nie wieder von mir hören. Ich gehe zurück nach Indien oder sonst wohin, und du machst, was du willst, aber ich flehe dich an, sag Emma nichts. Ich habe in ihrem Leben nie eine Rolle gespielt. Ich will nicht nur dieses Debakel sein.«

Thomas war am Ende seiner Kräfte, er lehnte sich an die Wand und verbarg in einer Geste der Verzweiflung das Gesicht in den Händen wie hinter einem Schild. Er kniff mit aller Kraft die Augen zusammen, er wollte nichts mehr sehen, nichts mehr hören und schon gar nichts mehr fühlen. In seiner Erschöpfung hätte er schlicht alles darum gegeben, wenn er die Zeit um ein paar Minuten hätte dehnen können, um wieder zu Atem zu kommen, seine Orientierung wiederzufinden und aus diesem Albtraum zu erwachen. Was konnte er Romain sonst noch sagen?

Ein dumpfes Geräusch zwang ihn, die Augen zu öffnen und sich der Realität zu stellen. Romain war nicht mehr da. Thomas hoffte aus tiefster Seele, dass das Geräusch, das er gehört hatte, nicht das der Haustür gewesen war. Plötzlich sprang auf der Straße ein Motor an. Romain fuhr weg. Thomas stockte das Blut in den Adern. Er rannte los, doch als er atemlos draußen ankam, war Romains Auto nur noch ein kleiner Punkt in der Dunkelheit.

97

Scheußlicher Abend. Stimmt's, Doc?«

Thomas, der noch hilflos mitten auf der Straße stand, fuhr herum und entdeckte Francis, der auf den Eingangsstufen des Seniorenheims saß.

»Außerdem wette ich, dass Sie Ihren Schlüssel nicht mitgenommen haben«, fügte der Oberst hinzu. »Wenn ich nicht wäre, säßen Sie jetzt ganz allein hier draußen fest. Wir haben Erfolg auf der ganzen Linie …«

»Sie haben alles mit angehört?«

»Ich darf Sie daran erinnern, dass ich gerade Wache hatte, Horchen ist Teil der Aufgabe. Geht's? Halten Sie's aus?«

»Was soll ich sonst tun? Wie geht's dem Hund?«

»Er schläft. Witzig, sein Atemrhythmus hat sich an den von Michael und der Katze angepasst. Die drei sind absolut synchron. Dazu gäbe es sicher was zu forschen.«

Thomas setzte sich neben Monsieur Lanzac und fuhr sich seufzend mit der Hand durchs Haar.

»Wenn ich einer Ihrer Rekruten wäre, welchen Rat würden Sie mir geben?«

»Ich gebe Ihnen diese Antwort nicht gern, aber: Ich habe nicht die geringste Ahnung.«

»Ist die Lage so ernst?«

»Sie sind der Arzt.«

»Machen Sie sich das mal klar! Er ist womöglich auf dem Weg zu Emma, um ihr alles zu erzählen …«

»Ich glaube nicht, dass er das tun wird. Aber in Ihrem Zustand ist es besser, wenn Sie diese Angst noch haben.«

»Warum wünschen Sie mir eine so grausame Gemütsverfassung?«

»Solange Sie sich noch um das sorgen, was er mit Ihrer Tochter tun wird, werden Sie überleben. Das wäre immerhin schon gewonnen. Angst um sich selbst zerstört einen, aber Angst um die Menschen, die man liebt, verleiht großen Mut.«

»Es ist furchtbar. Den Leuten beim Leben zuzusehen und sich zu sagen, dass man mit ihnen nichts zu schaffen hat. Feststellen müssen, dass man trotz all der Liebe, die man ihnen schenkt, nicht viel für sie tun kann ...«

»Ich nehme an, alle Eltern empfinden so etwas früher oder später.«

»Das habe ich empfunden, als ich heute Abend an Emma dachte.«

»Das empfinde ich jetzt Ihnen gegenüber. Wissen Sie, Doc, seit Sie hier angekommen sind, sehe ich, wie Sie sich fragen, was eigentlich ›Papa‹ bedeutet. Und indem ich Ihnen zusah, habe ich vielleicht eine Antwort gefunden. Ich glaube, Vater sein bedeutet alles geben, ohne abzurechnen, alles sagen, ohne zu lügen, und es hinnehmen, dass die Menschen, denen Sie dies schenken, damit etwas anderes machen, als Sie gehofft haben.«

»Sie sind wunderbar väterlich, auch ohne Patronen.«

»Wissen Sie was, Doc? Man sollte den jungen Leuten gegenüber nie vom Ende sprechen, man sollte sie das Leben entdecken lassen, ohne ihnen etwas zu sagen. Geben wir ihnen die Chance, sich überraschen zu lassen: von der Liebe, von der Gewalttätigkeit der Menschen, von dem, was jedes Alter bietet und jedes Alter kostet, und sogar vom Tod. Man sollte das Leben lieber als eine Odyssee betrachten und nicht als Reiseplan, auf dem man die Pflichtorte abhakt. Wir sind ihnen nur im Weg, wir lehren sie unsere Ängste, wir zeigen ihnen unser Scheitern, wir erteilen ihnen andauernd Lektionen. Und wir sind unfähig, unsere Freuden und Hoffnungen mit ihnen zu teilen, die doch eigentlich alles rechtfertigen.«

»Wenn wir ihnen nichts sagen, werden sie immer bei null anfangen müssen. Dann gäbe es nie einen Fortschritt.«

»Doch, Sie werden schon sehen. Die Jungen werden es besser machen. Jedes Mal wenn ein begabterer Mensch als wir die Arena betritt, wird er weiterkommen und kämpfen, bis er seine Ketten abgeworfen hat. Jemand Schlaueren als uns zu finden dürfte doch nicht schwerfallen, oder?«

Der Oberst sog die winterliche Nachtluft ein.

»Wir haben diesen Tag hinter uns gebracht. Dennoch wird niemand eine Medaille oder einen Wochenendurlaub bekommen.«

»Danke, Francis.«

»Keine Ursache, Sohnemann. Sag mal, du willst doch nicht wirklich verschwinden?«

»Wenn es nötig ist, bin ich dazu bereit.«

»Alle wären traurig, wenn du gingst, aber es gibt eine, die würde es umbringen …«

Die beiden Männer sahen sich in die Augen.

»Seit du hier bist, ist Pauline nicht mehr dieselbe. Vorher machte sie ihre Arbeit; jetzt lebt sie. Und du bist daran schuld. Wohin immer du gehst, sei kein Idiot, nimm sie mit.«

»Aber …«

»Jetzt komm mir bitte nicht mit dem alten Lied ›Ich bin zu alt‹ oder ›Ich tauge nichts‹. Es gibt kein richtiges Alter, um den anderen zu begegnen, sei es nun mittels seines Scheiterns oder seiner Erfolge.«

Thomas senkte den Blick.

»Glauben Sie, Pauline würde …«

»Jahre des Studiums, und dann derart dumm! Unmöglich! Bei der hast du wirklich einen Stein im Brett, das dürfte inzwischen selbst den Katzen klar sein.«

Der Oberst holte wieder tief Luft, doch jetzt verzog er das Gesicht.

»Was stinkt denn hier wie eine tote Ratte?«

»Das bin wahrscheinlich ich … Da Romain mich da oben abgepasst hat, bin ich nicht mal zum Duschen gekommen …«

»Dann würde ich vorschlagen, du wäschst dich im Fluss, denn auch ich habe den Schlüssel vergessen, als ich rausging. Wir haben uns beide ausgeschlossen wie die Grünschnäbel. So ein Pech! Wenn ich mir jetzt die Grippe hole – wem soll ich sie dann anhängen?«

98

An den Tagen darauf war Thomas nur noch ein Schatten seiner selbst. Er versuchte zwar, normal zu wirken, doch er konnte niemandem etwas vormachen. Jedes Mal wenn das Telefon klingelte, stürzte er hin. Und kam jedes Mal mit düsterer Miene und verschlossenem Gesicht zurück. Sein Handy war immer eingeschaltet und Tag und Nacht in seiner Nähe, er fürchtete und erhoffte zugleich einen Anruf von Romain oder, schlimmer noch, von Emma.

Sein Mieter war nicht mehr in die Wohnung zurückgekehrt. Er war verschwunden und hatte alle seine Sachen zurückgelassen. Thomas hatte sich derart um ihn gesorgt, dass er in allen Krankenhäusern und der Leichenhalle nach ihm gefragt hatte. Doch Romain war anscheinend an einen anderen Ort geflohen. Manchmal öffnete Thomas seine Wohnungstür und sah sich von der Schwelle aus, die er nicht zu übertreten wagte, um. Der Kaffeebecher auf der Spüle, die Kleidungsstücke auf der Rückenlehne des Stuhls, das ungemachte Bett, auf dem das Kopfkissen noch den Eindruck seines Kopfes zeigte, die aufgeschlagene Computerzeitschrift auf dem Tisch. Spuren seines Alltags, als würde er jeden Moment zurückkehren, obwohl er vermutlich niemals zurückkommen würde.

Die Heimbewohner lieferten sich einen edlen Wettstreit, um die Atmosphäre zu entspannen, doch nichts half. Selbst der Wettbewerb um die schlimmsten Blutergebnisse, der sonst immer so lustig war, hatte ihm nur ein schwaches Lächeln entlockt. Chantal hatte in der Kategorie Triglyceride gewonnen, doch beim Cholesterin war sie von Françoise vernichtend geschlagen worden. Bei den Blutzuckerwerten hinkte Jean-Michel hinterher, was ein gutes Zeichen war. Doch am schlimmsten krank von allen war paradoxerweise eindeutig der Doktor.

Attila kam langsam wieder zu Kräften und begann zu laufen. Pauline wechselte jeden Morgen seine Verbände. Théo hatte ihm ein Bild gemalt, das jetzt über seiner Decke hing. Um den Hund zum Essen zu ermuntern, ging der Junge, sobald ihm seine Mutter den Rücken kehrte, immer wieder auf alle viere hinunter und aß aus dem Fressnapf.

Wenn es gerade nicht regnete, kümmerte sich Michael um die Reha seines Hundes, indem er mit ihm im Garten spazieren ging. Langsam schritten sie Seite an Seite einher, und Michael sprach ihm unablässig gut zu. Die Katzen waren nie sehr weit, und manchmal wurden sie auch von Jean-Michel begleitet. Der war sehr stolz, dass er schneller laufen konnte als der Hund, und erzählte es überall herum. Dennoch hoffte er in seinem tiefsten Innern, dass es nicht mehr lange so sein würde. Man muss seinen Gegner lieben, um gegen ihn unterliegen zu wollen.

Ein einziges Mal hatten Thomas und Pauline auf der Bank am Flussufer gesessen. Aber sie hatten dabei kein Wort gewechselt. Pauline hätte viel auf dem Herzen gehabt, doch sie zog es vor, das Schweigen zu respektieren, in das Thomas sich eingeschlossen hatte. Alles, was sie für ihn tun konnte, war, bei ihm zu sitzen und ihm das Geschenk ihrer treuen Anwesenheit zu machen. Wenn sie doch bloß hätte schnurren können …

Heute Abend saß Thomas allein auf der Bank. Seine Stimmung glich dem Himmel, dunkle Wolken, so weit das Auge reichte. Trotz allem, was er in den vergangenen Monaten erlebt hatte, trotz all seinen Mühen war er immer noch in denselben

Ängsten und Zweifeln gefangen. Seit dem tragischen Abend, an dem Romain alles entdeckt hatte, hatte Thomas nicht einmal mehr die Kraft gehabt, Kishan zu schreiben. Die Tage, an denen ihm das Glück aus nächster Nähe zu winken schien, waren ganz entschieden vorbei.

Als er hinter sich eine Bewegung wahrnahm, machte er sich auf Paulines Ankunft gefasst. Er richtete sich unauffällig auf, um nicht allzu niedergeschlagen zu wirken. Er war entschlossen, dieses Mal liebenswürdiger zu der Frau zu sein, die ihm ihre unerschütterliche Unterstützung schenkte.

»Störe ich?«

Das war nicht Paulines Stimme. Thomas wandte sich um. In einigen Metern Entfernung stand Romain.

»Monsieur Lanzac hat mir gesagt, dass Sie hier sind«, fügte er hinzu.

Thomas versuchte sich trotz seiner Überraschung so natürlich wie möglich zu verhalten.

»Wie geht es dir?«

»Besser als neulich Abend.«

Und, nach einer Pause: »Ich musste mir Klarheit verschaffen.«

»Kann ich mir denken.«

Mit einer Handbewegung bot ihm Thomas den Platz neben sich an. Romain trat langsam näher, und Thomas hätte nicht zu sagen gewusst, ob diese Zögerlichkeit Schüchternheit ausdrückte oder den Wunsch, auf Distanz zu bleiben. Schließlich setzte sich Romain, achtete dabei jedoch auf den größtmöglichen Abstand zu Thomas.

»Romain, ich habe Angst vor dem, was du mir sagen wirst. In gewisser Weise hängt ein bisschen mein Leben davon ab. Es tut mir leid, dass die Dinge sich so entwickelt haben. Ich will ehrlich sein: Ich wusste immer, dass ich dir früher oder später die Wahrheit hätte sagen wollen, aber ich weiß nicht, ob ich den Mut aufgebracht hätte …«

»Ich habe Emma nichts gesagt, und ich werde ihr nichts sagen.«

Diese Ankündigung wirkte in Thomas' Brust wie eine auf einen Staudamm geworfene Bombe. Es grollte in seinem Innern wie bei einem Erdbeben, und dann brach der Deich. Ein viel zu lange aufgestauter Wasserlauf riss Schutt und Schmerzen mit sich. Viele Ängste wurden durch die Bruchstelle gespült, sie verteilten sich in den Tälern und zerrannen in der Landschaft. Doch es waren nicht alle.

»Soll ich verschwinden?«

»Nein.«

Thomas wandte sich Romain zu.

»Was soll ich dann tun?«

»An den Tagen danach, als mein Zorn sich abgekühlt hatte, habe ich mich gefragt, was ich an Ihrer Stelle getan hätte. Wenn ich in Ihrem Alter entdeckt hätte, dass ich ein Kind zurückgelassen habe. Ich habe tagelang versucht, es mir vorzustellen, aber es gelang mir nicht. Ich bin anders als Sie, vor allem weil ich Emma heute um keiner Sache, auch nicht der besten willen verlassen würde. Und ich will Sie gleich beruhigen: Soweit ich weiß, ist Ihre Tochter nicht schwanger! Ich glaube, ich kann Ihre Situation nicht wirklich begreifen, weil ich gar nicht alles hätte auf mich nehmen können, was Sie in diese Situation gebracht hat. Ihre letzten Sätze neulich abends haben mir vieles klargemacht: ›Ich habe in ihrem Leben nie eine Rolle gespielt. Ich will nicht nur dieses Debakel sein.‹ Das hat mir eingeleuchtet.«

»Und deshalb bist du zurückgekommen?«

»Unter anderem. Ich weiß immer noch nicht genau, woran ich bin … Aber Sie widern mich nicht mehr an.«

»Danke.«

»Als ich eben ankam, wollten Madame Quenon und die Krankenschwester unbedingt mit mir sprechen. Sie sagten mir, sie wären von Anfang an in Ihre Pläne eingeweiht gewesen und hätten bei manchen Aktionen sogar mitgewirkt – auf dem Flohmarkt, als Sie uns verfolgten und sogar um mich in diese Wohnung zu locken. Die beiden versicherten mir, sie hätten Sie nie bei Ihren Inszenierungen unterstützt, wenn sie Ihre Beweggründe nicht richtig gefunden hätten. Besonders Pauline hat darauf beharrt. Sie war wirklich rührend. Die beiden sind Ihnen ja in keiner Weise verpflichtet. Und da habe ich mir gesagt, wenn so verschiedene Menschen, die mir persönlich liebenswert erscheinen, Ihnen so viel Vertrauen schenken können, dann war es vielleicht auch nicht falsch, Ihnen meins zu schenken …«

Um seine Gefühle in Schach zu halten, sah Thomas in die Ferne.

Und Romain fügte hinzu: »Ich weiß nicht, wie Sie es mit Emma halten wollen. Vielleicht wird sie nie wissen, wer Sie wirklich sind. Aber auch wenn Sie nicht den Titel haben, so können Sie doch seine Aufgaben übernehmen. Werden Sie ihr Freund. Ich helfe Ihnen.«

»Danke, Romain. Vielen Dank. Ich bitte dich um Verzeihung dafür, dass ich zu feige war, dir früher die Wahrheit zu sagen. Ich kam zurück, um meine Tochter kennenzulernen, und bin dabei vielleicht einem Sohn begegnet.«

Romain streckte ihm die Hand entgegen, und Thomas ergriff sie, ohne zu zögern.

Francis hatte recht: Die jungen Leute machen es oft besser als wir. Die beiden Männer schüttelten sich lange die Hand. Und die Hindus wissen es, ein Händedruck kann viele Dinge heilen.

»Übrigens, Doktor, diese schreckliche Kastratenstimme, die mich wegen der Annonce angerufen hat, wer war das?«

99

Thomas legte befriedigt auf. Dieses weitere lange Gespräch mit den Ärzten von Madame Ferreira ließ endlich eine Lösung näher rücken, die sie wieder mit ihrem Mann vereinen würde.

Als es an seiner Bürotür klopfte, freute er sich schon darauf, Pauline die gute Nachricht zu verkünden.

»Herein!«

Doch Paulines besorgter Gesichtsausdruck dämpfte seinen Enthusiasmus augenblicklich.

»Sie machen ja ein Gesicht … Ein Problem?«

»Eine Dame möchte mit Ihnen sprechen. Nicht dieselbe Inspektorin wie beim letzten Mal. Die jetzt wirkt weniger naiv …«

»Mist! Ich hätte es mir ja denken können. Der erste Bericht stört ihre Pläne, also schicken sie uns eine Gegengutachterin …«

Pauline wedelte mit den Händen, damit er leiser sprach.

»Was sollen wir bloß tun?«, fragte sie leise. »Sie hat bestimmt schon Jean-Michel und Françoise bemerkt, die putzmunter im Wohnzimmer sitzen, ganz zu schweigen von Hélène, die draußen mit dem Hund spielt …«

»Bringen Sie sie herein, ich spreche mit ihr.«

»Doktor, ich bin beim Volltanken auf 38,10 gekommen. Das ist kein gutes Vorzeichen …«

»Den Fluch der Zapfsäule lassen wir mal außen vor. Wir können ohnehin nichts tun, nur verhandeln. Wir werden sie doch nicht umbringen und im Obstgarten verbuddeln.«

»Ich weiß genau, wie Francis darüber denkt …«

»Pauline! Die Inspektorin wartet. Und je länger sie wartet, desto mehr bemerkt sie …«

»Guter Gott! Ja, Sie haben recht!«

Pauline machte sich rasch davon, und Thomas nutzte die Gelegenheit, um seinen Schreibtisch umzuräumen. Er stellte das Foto seiner indischen Freunde gut sichtbar hin, um mit diesem humanitären Anstrich sein Image aufzubessern, aber auch und vor allem – obwohl er den Aberglauben gerade noch von sich gewiesen hatte – als Glücksbringer.

Pauline erschien an der Tür.

»Hier entlang, Madame. Der Herr Direktor kann Sie jetzt empfangen.«

Thomas stand zur Begrüßung auf und feilte bereits an einem besonders liebenswürdigen Satz.

»Willkommen, Madame. Ich stehe unseren Partnern immer zur Verfügung.«

Doch als er die Besucherin sah, erstarb ihm das Wort im Munde. Die Dame reichte ihm mit strahlendem Lächeln die Hand.

»Freut mich sehr, Doktor Sellac.«

Thomas wirkte wie betäubt, als er Pauline dankte, diese hatte seine Verwirrung gleich gespürt und fragte sich im Hinausgehen, was nun schon wieder los war. Thomas schloss hastig die Tür hinter ihr, um keine Situation entstehen zu lassen, die alles noch komplizierter gemacht hätte.

»Céline …«

»Thomas.«

»Wie hast du …«

»Emma wollte, dass ich ihre Hausarbeit kritisch durchlas. Und der Name des Arztes, ›der zwanzig Jahre bei den Ärmsten der Armen verbracht hat‹, weckte sofort Erinnerungen …«

»Damit hätte ich im Leben nicht gerechnet …«

»Ich auch nicht, schon gar nicht nach all den Jahren. Was treibst du hier in dieser Gegend? Hat dich der Zufall hergeführt? Das kann ich mir bei dir eigentlich nicht vorstellen.«

Thomas, völlig überwältigt von diesen erdbebenhaften Überraschungen und Gefühlswallungen, versuchte sich der Pflicht zu einer Antwort zu entziehen, indem er ihr zunächst einen Platz anbot. Amüsiert bemerkte sie, dass er für sich selbst den unbequemsten Stuhl reserviert hatte, damit seine Besucher im Sessel sitzen konnten.

»Du kannst es immer noch nicht ertragen, es bequemer als andere zu haben.«

»Die Schuldgefühle des Überlebenden. Wahrscheinlich schleppe ich das noch aus einem früheren Leben mit mir herum …«

Er betrachtete die Frau, die er seit so langer Zeit nicht mehr gesehen hatte, und dann nur ein einziges Mal als Scherenschnitt. Ein paar Fältchen in den Augenwinkeln, die Kleidung in gedeckteren Farben als früher, doch sie hatte immer noch diesen Blick und diese zugleich lebhaften und präzisen Gesten. Einen Augenblick lang überließ er sich ganz der Freude, sie wiederzusehen. Mit einem erleichterten Seufzer murmelte er: »Es tut gut, dich zu sehen. Eine tolle Überraschung.«

»Du hast doch Überraschungen immer gehasst …«

»Diese nicht.«

»Du hast dich nicht sehr verändert«, sagte sie. »Wenn ich dir auf der Straße begegnet wäre, hätte ich dich sicher erkannt. Du siehst aus, als ginge es dir gut.«

»Du auch. Dein Haar ist kürzer …«

»Wenn das wirklich alles ist, was dir auffällt, bist du eine Null im Erkennen von Unterschieden. Es sei denn, du hättest lügen gelernt.«

Sie wechselten ein verständnisinniges Lächeln. Das erste seit ihrer Trennung.

»Als ich in Emmas Hausarbeit auf deinen Namen stieß, brauchte ich einige Sekunden, um es zu realisieren. Es war seltsam, ihn geschrieben zu sehen. Ich war mehr daran gewöhnt, ihn zu hören, statt ihn schwarz auf weiß zu sehen. Das erschüttert einen ein bisschen, es ist offizieller und distanzierter. Als ich ihn las, war das wie das Klicken eines Mechanismus, der einen Geheimgang freigibt. Eine Wand gleitet zur Seite, und man betritt ein längst vergessenes verborgenes Zimmer ...«

»Ganz staubig und mit Skeletten im Schrank?«

»Nein, ich muss sogar sagen: Ich hätte nicht erwartet, dass alles so gut aufgeräumt und geschützt sein würde. Das Zimmer war nicht zugemauert, die Tür war nur geschlossen. Dabei war ich davon überzeugt, dass ich nie wieder von dir hören würde.«

»Weiß Emma, dass du ...«

»Sie weiß gar nichts von meinem Besuch hier. Übrigens zweifelte ich selbst heute Morgen noch daran, dass ich kommen würde. Ich dachte die ganze Zeit an dich und an uns. Und als ich dann einkaufen ging, packte mich der Wunsch ...«

»Das war gut.«

»Wie lange hättest du noch gewartet, bevor du dich bei mir gemeldet hättest?«

»Ich bin gleich am ersten Abend zu dir gegangen, zu dir nach Hause.«

»Waren wir nicht da?«

Wenn Céline von ihrem Leben sprach, sagte sie »wir«. Er sagte immer nur »ich«.

»Doch. Ihr wart zu Hause. Ich habe euch von der Straße aus beobachtet. Doch ich hatte zu viel mit mir selbst auszumachen, um mich dir präsentieren zu können. Ich konnte mir nicht vorstellen, nach so langer Zeit einfach überraschend bei euch aufzutauchen.«

»Vor allem, nachdem du so viele Jahre kein Lebenszeichen von dir gegeben hattest …«

»Ich weiß. Es kann mein Verhalten nicht wiedergutmachen, aber ich bitte dich um Verzeihung. Ich habe mich wirklich idiotisch benommen. Erst war ich zu blöd zu erkennen, was ich verlor, indem ich dich verließ, und dann schämte ich mich zu sehr, um eine Kontaktaufnahme zu wagen.«

»Thomas, jetzt ist nicht mehr damals. Ich lebe mein Leben, ich bin zu etwas anderem übergegangen. Ohne Bitterkeit.«

»Für mich ist damals immer noch ein bisschen jetzt, und ich kann es mir immer noch nicht verzeihen.«

»Es war natürlich nicht leicht für mich, dass du fortgingst. Ehrlich gesagt, wenn ich mir erlaube, wirklich daran zurückzudenken, dann glaube ich, dass ich dich geliebt habe. Es stimmt, ich war sehr unglücklich.«

»Tut mir leid.«

»Ich empfand Schmerz, aber wenig Zorn. Du hast mich nicht um einer anderen Frau willen verlassen. Ich hatte im Vergleich zu dem Grund für dein Fortgehen einfach zu wenig Gewicht. Inzwischen habe ich erfahren, dass aus unleidlichen jungen Idealisten oft anständige Männer werden …«

»Diese Weisheit …«

»Unmittelbar nachdem du mich verlassen hattest, hätte ich sicher nicht so hochherzige Reden gehalten. Wann bist du übrigens zurückgekommen?«

»Im September.«

»Heimweh?«

»Ich bin im tiefsten Indien Benjamin Trodet in die Arme gelaufen. Die Welt ist klein. Erinnerst du dich noch an ihn? Er hatte immer etwas zu verkaufen, auch wenn es ihm gar nicht gehörte. Kurzum, er war es, der mir enthüllte, dass du, kurz nachdem ich weggegangen war, eine Tochter bekommen hast …«

»Und du dachtest, sie wäre von dir?«

Thomas erbleichte.

»Etwa nicht?«

Célines Augen blitzten, während sie ihn kurz auf die Folter spannte.

»Doch. Sie ist dein letztes Geschenk.«

»Hast du versucht, es mir mitzuteilen?«

»Nein. Ein Kind hatte zwar nicht auf meinem Plan gestanden, aber ich wollte es behalten. Sie kam im richtigen Moment. Ein Tritt in den Hintern. Sie zwang mich, erwachsen zu werden, obwohl doch ich die Mutter war! Ich nehme an, die Tatsache, dass ich ihretwegen kämpfen musste, half mir, die Altlasten in meinem Leben zu vergessen. Du wolltest weg. Jeder von uns hat letzten Endes so gelebt, wie es ihm entsprach. Auch wenn es getrennt war.«

»Ich hätte da sein und dir bei Emmas Erziehung helfen müssen …«

»Thomas, hör auf, dir Vorwürfe zu machen. Ich wette, du hast dich schon im Kindergarten wegen deiner Vergangenheit gegrämt! Ich erlebte einige schwere Tage. Aber nicht nur. Ich habe mit Emma auch viele fantastische Augenblicke erlebt. Sie hatte nur mich, und ich hatte nur sie. Wir haben ihre ersten Lebensjahre mit einer Intensität durchlebt, die uns noch heute verbindet. Was hätte ich tun sollen? Hätte ich dich in Afrika suchen und zu mir zurückbeordern sollen? Ich kenne dein Pflichtbewusstsein, du wärst sofort zurückgekommen. Dann hätten wir mit meinem Babybäuchlein eine hübsche Hochzeit gefeiert und danach ein Häuschen gekauft. Wie lange hättest du es in einem solchen Leben ausgehalten? Du gehörtest damals nicht zu den Sesshaften. Du warst nicht in der Verfassung, eine

Familie zu gründen. Du verbotest es dir, glücklich zu sein. Immer bereit, in der ersten Linie zu stehen, überall und immer, als hättest du es dir verübelt, unter einem glücklicheren Stern geboren zu sein als andere. Also habe ich dich, auch wenn es nicht einfach war, ziehen lassen. Hast du Kinder?«

»Nein. Keins ... Außer Emma. Weiß sie Bescheid?«

»Ich habe ihr nie verschwiegen, dass Jérémie nicht ihr leiblicher Vater ist, aber sie weiß nur sehr wenig über dich und hat nie versucht, mehr zu erfahren. Es hat ihr nie an Liebe und Zuwendung gefehlt, und darauf kommt es an. Jérémie ist weiß Gott nicht vollkommen, aber er war immer für sie da, für mich übrigens auch.«

»Jérémie Lavergne, der Mann, der den Müll rausbringt und dich um die Taille fasst.«

»Mit vollem Recht, er ist seit mehr als fünfzehn Jahren mit mir verheiratet.«

»Muss man so lange warten, bevor man deinen Müll rausbringen darf?«

Céline bemerkte plötzlich das Mäppchen auf seinem Schreibtisch.

»Aber das gehört doch mir!«

»Erkennst du es?«

»Natürlich! Du hast es mir geklaut!«

»Ich habe es immer bei mir gehabt.«

»Soll ich das als Botschaft auffassen?«

»Ich weiß nicht. Jetzt ist nicht mehr damals.«

»Aber was ist jetzt? Da du zurückgekehrt bist, um Emma kennenzulernen, was erhoffst du dir in Bezug auf sie?«

»Ich habe ehrlich gesagt keine Ahnung. Ich möchte sie nicht verstören. Ich will weder dir noch Jérémie Probleme verursachen. Wenn du mit fast zwanzig Jahren Verspätung ankommst, hältst du den Mund und beschränkst dich aufs Zusehen.«

»Eure Begegnung hat sie sehr zum Nachdenken gebracht. Du hast ihr sehr schöne Dinge über deinen Beruf und über das Leben gesagt.«

»Vielleicht bin ich nur zurückgekommen, um dieses Gespräch mit ihr zu führen. So wollte es mein Schicksal. Sie scheint mir ein feines Mädchen zu sein.«

»Sie ähnelt dir in vielen Punkten.«

»Tatsächlich?«

»Dieses Kategorische, Idealistische … Was sich in dieser Welt der Kompromisse schlecht ausleben lässt. Sie wird es schwer haben, ihren Platz zu finden. Schon als es nur um das Praktikum im Frühjahr ging, hatte sie sehr hohe Ansprüche. Willst du länger hierbleiben?«

»Ich weiß noch nicht.«

»Gibt es eine Frau in deinem Leben?«

»Ich glaube, ja, aber ich bin irgendwie sehr zögerlich.«

»Du wirst doch nicht …«

Radau auf dem Gang unterbrach sie. Dann Francis' erstickte Stimme: »Nutte! Titte!«

»Na, sag mal, bei dir ist es ja nicht gerade langweilig!«

»Ein Heimbewohner, er hält dich für eine Inspektorin des Sozialamts und tut deshalb so, als litte er am Tourette-Syndrom.«

»Warum auch nicht? Soll ich jetzt antworten und ebenfalls Schimpfwörter brüllen?«

»Nein, bitte nicht. Es ist so schon schwierig genug …«

»Schade. Ich hätte gern laut irgendwelchen Unsinn herausgeschrien. Das ist sicher sehr befreiend.«

Und dann fragte Céline in ernsterem Ton: »Warum kommst du nicht in nächster Zeit mal abends zum Essen? Ich kann dir noch ein Kind vorstellen – auch wenn es nicht von dir ist, einen Sohn –, und ich bin sicher, dass du dich gut mit Jérémie verstehen würdest.«

»Glaubst du, dass …«

»Nun gib nicht wieder den verklemmten Studenten. Du bist doch nicht zurückgekehrt, um wie ein Dieb wieder davonzuschleichen …«

»Gut getroffen. Auch wenn es wehtut.«

»Komm, das wird mich freuen.«

»Wie willst du das deinem Mann erklären?«

»Ich hatte ein Leben vor ihm. Er hat mir sogar sehr großzügig geholfen, damit zurechtzukommen. Also könnte ich dich doch, ohne ihm gleich zu sagen, dass du der Vater seines Kindes bist, als einen sehr guten Schulfreund vorstellen. Wäre das für dich in Ordnung?«

»Absolut!«

»Abschaum! Arschloch!«

»Jetzt gehe ich lieber, sonst finde ich noch Gefallen an diesem Spiel.«

Vom Gang her war ein Röcheln und das Klingeln eines Glöckchens zu hören.

»Und was war das?«

»Eine Leprakranke mit einem Reisesouvenir aus den Alpen, die dich, sobald du aus der Tür kommst, mit Ansteckungsabsichten verfolgen wird. Aber sie ist ungefährlich.«

»Na, wenn du es sagst … Hier ist meine Karte. Ruf mich an.«

»Versprochen.«

Thomas stand als Erster auf. Céline sagte sich, dass er das schon immer getan habe. Immer bereit, als Erster die Zelte abzubrechen, vielleicht aus Angst, klebenzubleiben und sich gefangen zu fühlen, vielleicht auch um fortzugehen, bevor er verlassen werden konnte. Eines Tages würden sie darüber sprechen. Sie lächelte ihm zu.

»Ich bin wirklich sehr froh, dich wiederzusehen. Manchmal macht einem das Leben hübsche Geschenke.«

Er zögerte, doch diesmal wich er nicht zurück. Er nahm sie in die Arme. Céline und Thomas blieben einen Moment lang schweigend in dieser Umarmung stehen. Jeder malte sich dabei aus, wie das Leben mit dem anderen hätte sein können. Auch wenn viel Zeit vergangen war, sie besaßen zwei gemeinsame Schätze: die Erinnerung an eine glückliche Lebensphase und eine Tochter.

Er sagte leise: »Ich wäre wahrscheinlich kein erstklassiger Ehemann gewesen, aber ich werde versuchen, ein annehmbarer Freund zu sein.«

Und sie sagte sich, dass wieder er es gewesen sei, der das Schweigen als Erster gebrochen hatte. Selbst den Emotionen Einhalt gebieten, um zu verhindern, dass ein anderer sie einem wegnimmt.

»Mann, Freund, mit meiner Tochter befreundeter Arzt, was auch immer, es ist mir egal. Du bist da. Und was du bist, hat mir gefehlt. Bitte bleib.«

Es klopfte an der Tür. Thomas wollte erst Herein sagen, nachdem Céline und er auseinandergetreten wären, doch Pauline öffnete schon die Tür. Als sie die beiden in enger Umarmung sah, blieb sie stocksteif stehen. Thomas war die Sache viel peinlicher als Céline, die an Paulines Blick deren Gefühle für ihren Chef erkannte.

»Pauline, ich möchte Ihnen Céline vorstellen, die Mutter …«

Pauline wäre fast ohnmächtig geworden nach dieser schwindelerregenden emotionalen Achterbahnfahrt.

»Metze! Fotze!« Francis' Stimme war schon ganz nah. Das Glöckchen und das Stöhnen auch.

»Ich verlasse euch«, sagte Céline. »Ich hoffe, ich sehe euch wieder. Alle beide.«

Im Hinausgehen flüsterte sie Pauline zu: »Er ist ein feiner Kerl. Aber lassen Sie ihn nicht seine Hemden oder Ihre Schuhe aussuchen und zwingen Sie ihn dazu, Sie zu duzen. Verklemmt, wie er ist, wartet er damit sonst vielleicht bis zur goldenen Hochzeit.«

Dann fügte sie, an Thomas gewandt, hinzu: »Ich erwarte deinen Anruf. Versuch, nicht zu trödeln.«

»Darf ich dich heute Abend anrufen?«

»Sehr gern.«

Céline war schon an der Tür, als sie sich noch einmal umdrehte: »Übrigens, du darfst das Mäppchen behalten.«

Sie verschwand im Gang. Thomas hörte sie aufschreien, als sie plötzlich direkt vor Chantal stand, die sich mit ihren Kartoffelsäcken ausstaffiert hatte und ihr wie ein Zombie die Arme entgegenstreckte.

100

Es würde bald dunkel werden, die Luft war ein wenig kühl. Der untere Teil der Sonne verschwand schon hinter den Bergen im Westen. Die Wolken filterten ihre Strahlen, die einen Fächer himmlischen Lichts ausbreiteten. Der Boden war noch vom nachmittäglichen Regenguss feucht und ließ einen leichten Geruch nach Erde aufsteigen.

Kishan und Thomas saßen vorn auf dem Felsvorsprung und genossen diesen Augenblick. Unter ihnen schärfte Kailash sein Werkzeug auf dem Schleifstein. Rekha versuchte, ihre ungehorsamen Hühner zusammenzutreiben. Die Kinder und Hunde des Dorfes waren größer geworden, aber sie spielten immer noch Fangen. Aus einer gewissen Entfernung erscheint einem das Leben als beruhigender Anblick, auch an Orten, an denen es tagtäglich auf dem Spiel steht.

»Ich wusste, dass du wiederkommen würdest.«

»Ich habe es wirklich gehofft.«

»Etwas an dir hat sich verändert.«

»Sagst du das wegen des Fotos, auf dem ich einen Hund umarme?«

»Nicht nur. Es hat dir gutgetan, in deine Heimat zurückzukehren. Du bist gelassener geworden.«

»Ich glaube nicht, dass es an der Rückkehr an sich liegt, eher an dem, was ich in den letzten Monaten erlebt habe. All diese Begegnungen, die Schrecken und auch die Hoffnungen … Gestern im Flugzeug habe ich deutlich gespürt, dass ich jetzt anders bin, aber ich frage mich, warum. Vielleicht weil ich nicht allein zu euch zurückkehre? Wahrscheinlich. Aber da ist noch etwas anderes. Ich habe keine Angst mehr vor dem Leben. Ich bange nur noch um die Menschen, die ich liebe. Gegenüber dem Leben ist man machtlos. Doch für die Menschen, die einem wichtig sind, kann man enorm viel tun.«

»Pass auf, sonst redest du noch wie mein Vater!«

»Ich habe ihn oft um seine Philosophie beneidet, und dich um deinen Mut … Eure Geisteshaltung war immer bei mir.«

Kishan zog sein Schweizer Messer aus der Tasche und zeigte es Thomas.

»Das hier war auch immer bei mir.«

»Ich habe euer Foto jeden Morgen in mein Büro mitgenommen und abends wieder hinauf in meine Wohnung.«

Auf der anderen Seite des Gebüschs hörte man Lachen auf dem Pfad. Kishans und Jayas drei Kinder hatten gewettet, wer als Erster oben bei den Männern sein würde.

»Schau sie dir an, die kleinen Teufel! Nicht mal außer Atem sind sie nach diesem Aufstieg.«

Fröhlich rannten die Kinder auf sie zu. Dann nahmen sie Thomas und Kishan in die Mitte und rempelten sie dabei rücksichtslos an. Daran konnten auch die Vorhaltungen ihres Vaters nichts ändern. Sie waren nicht zur Steinbank gekommen, um den Sonnenuntergang zu bewundern, sie wollten einfach nur möglichst nah bei den »Großen« sein. Warum auch hätten sie sich für den Sonnenuntergang interessieren sollen? Morgen gäbe es wieder einen und übermorgen auch, und so würde es an jedem Tag sein, bis ans Ende aller Zeiten. Man muss ein bisschen älter werden, um die Kostbarkeit des Augenblicks zu begreifen und zu wissen, dass er nie wiederkommt.

Kishans Jüngster, der mit seinem Randplatz nicht zufrieden war, kletterte seinem Vater auf den Schoß, schmiegte sich an ihn und blickte mit leisem Triumph auf seine Brüder hinunter. Dann legte er dem Papa die Ärmchen um den Hals. Und starrte Thomas aus nächster Nähe mit seinen schönen dunklen Augen an, ohne jede Verlegenheit, wie es nur Kinder zu tun vermögen. Um ihn vor den Racheakten der großen Brüder zu schützen, legte Kishan wie einen Schild die Hände auf den Rücken seines Sohnes. Doch damit begnügte er sich nicht. Er spreizte, die Handflächen dicht an sein Kind gepresst, alle Finger so weit wie möglich. Thomas kannte diese Geste von Pauline, wenn sie ihren Sohn liebevoll umarmte und es sich dieser, erschöpft oder abgelenkt, gefallen ließ. Er hatte begriffen, dass sie ihre Hand nicht nur so sehr spreizte, um ihn festzuhalten, sondern auch um ihn zu spüren. Die Finger ausstrecken wie Wurzeln oder Lianen, um Liebe zu verströmen und dieses an sich gedrückte Leben zu spüren. Jedes Fingerglied strecken, um alles zu erfassen und kein Stückchen auszulassen. Wer betet und bewundert, legt die Hände eng zusammen, doch wer liebt, öffnet sie. Das tun alle Wesen auf die eine oder andere Weise. Thomas hatte noch keine Gelegenheit dazu gehabt.

Wieder klangen Stimmen vom Pfad herauf und kündigten weitere nahende Besucher an. Kishan sagte leise: »Da kommen Pauline und Emma.«

»Bitte, verplapper dich nur nicht mit dem, was ich dir anvertraut habe.«

Kishan lachte laut auf und murmelte dann: »Welchen Satz soll ich jetzt auf keinen Fall brüllen? ›Schau, da kommen deine Frau und deine Tochter!‹«

»Toll. Eine so lange Reise, um sich das anhören zu müssen. Also ehrlich …«

»Hast du deiner Tochter wirklich nichts gesagt?«

»Es war mir unmöglich.«

»Wirst du ihr nie etwas sagen?«

»Entscheidend ist nicht, dass sie weiß, wer ich bin, sondern dass sie sich auf mich verlassen kann und dass ich das Glück habe, ihr Leben mitzuerleben. Ohne es zu wissen, war sie es, die mich dazu brachte, vertraute Bahnen zu verlassen und etwas zu riskieren. Sie gab mir die Kraft, am helllichten Tage zu leben. Meine Tochter war der Funke, der mich aus meiner Dunkelheit geführt hat.«

»Du bist wirklich ein erstaunlicher Mensch, Thomas Sellac. Mein Vater sagt, dass Emma eine sehr gute Krankenschwester ist. Sie hat seine Wunde noch besser versorgt als du.«

»Manchmal sind die Jungen besser als wir.«

Emma und Pauline hatten das kleine Plateau erreicht. Sie unterhielten sich angeregt.

»Das ist aber hoch!«, rief Emma.

»Aber die Aussicht belohnt alle Mühen«, antwortete Thomas und wies mit einer weit ausholenden Geste auf das Tal.

Er stand auf und ging auf Pauline zu.

»Ist das der Aussichtspunkt, von dem du mir erzählt hast?«, fragte sie.

»Ja. Dass du jetzt hier bist, bedeutet mir sehr viel. Ich habe mir angesichts dieser Landschaft so viele Fragen gestellt … Und ich glaube, du bist die Antwort.«

Ausnahmsweise verschlug es Pauline die Sprache. Sie verschränkte ihre Finger mit seinen und kniff die Augen zusammen, um den Sonnenuntergang betrachten zu können.

»Während du hier die Aussicht genossen hast«, sagte sie nach einer Weile, »habe ich im Heim angerufen. Die Verbindung war hervorragend.«

»Alles in Ordnung?«

»Francis macht sich einen Spaß daraus, unsere Vertreter zur Verzweiflung zu treiben. Jean-Michel hat es sich in den Kopf gesetzt, vor der Ankunft seiner Frau das Zimmer von Madame

Berzha neu zu streichen. Und Françoise geht davon aus, dass die Ersatzmannschaft nicht bis zu unserer Rückkehr durchhält.«

»Beim nächsten Telefonat werde ich Francis bitten, seinen Eifer ein wenig zu dämpfen. Und Théo?«

»Dem könnte es nicht besser gehen. Er ist der König der Welt! Er hat sich nicht einmal dazu herbeigelassen, mit mir zu sprechen, seine Majestät spielte nämlich gerade mit dem Hund. Er lebt mit einer Gang von Großeltern zusammen, die nach seiner Pfeife tanzen. Niemand sorgt mehr dafür, dass er sich wäscht, genug Gemüse isst und seine Hausaufgaben macht. Ich werde es nicht leicht haben, wenn wir zurück sind.«

»Verlass dich auf mich, ich helfe dir.«

»Du hättest hören sollen, wie Emma sich mit Romain unterhielt! Die beiden waren so süß! Am Ende wandte sie sich von mir ab, um ihm zuzuraunen, dass sie ihn liebe.«

»Soll sie diese Zeit genießen. In ein paar Jahren wird er sie als durchgeknallte Krankenschwester beschimpfen. Ich kenne jemanden, dem das passiert ist.«

Emma war den Felsen noch weiter hinaufgeklettert. Die beiden Älteren von Kishan standen neben ihr; sie sahen, wie Emma den Sonnenuntergang bewunderte, und schienen ihn nun auch für sich zu entdecken. Die letzten Sonnenstrahlen erhellten Emmas junges Gesicht. Sie strahlte im wahrsten Sinne des Wortes. In Ambar hatte Emma einen anderen Gang und ein anderes Lächeln. Sie näherte sich dem Wesentlichen des Lebens und war glücklich darüber. Zum ersten Mal konnte Thomas, ohne sich verstecken zu müssen, beobachten, wie seine Tochter eine besonders wichtige Lebensphase durchmachte. Jetzt konnte er ihr offen dabei zusehen. In gewisser Weise fand er gerade seinen Platz in ihrem Leben.

Pauline küsste ihn auf die Wange und flüsterte: »Du beobachtest sie wie ein stolzer Vater …«

Als das letzte Tageslicht erlosch, machten sich Kishan, Emma und die Kinder auf den Rückweg. Pauline blieb noch bei Thomas. Sie setzten sich auf die Steinbank. Thomas streichelte den Felsen.

»Weißt du, noch vor wenigen Monaten habe ich genau hier gesessen, allein. Und heute Abend bin ich mit dir hier am selben Ort und freue mich, dass Emma uns begleitet. Hélène behauptet, man würde sich immer an die Umgebung erinnern, in der man etwas erfährt, was das eigene Leben verändert. Ich saß da, wo du jetzt sitzt, als Kishan mir sagte, dass ich eine Tochter habe, und mir die Fotos schenkte. Ich kann mich an alles erinnern, an jeden Stein, an die Stimme Ishas, die an ihrem Feuer sang, an den Wind und an die Glutfunken, die durch die Nacht tanzten.«

Pauline kuschelte sich an ihn, ein bisschen wegen der Kühle, aber vor allem weil sie ihn spüren wollte. Sie legte ihm den Kopf auf die Schulter und nahm seinen Arm zwischen die Hände. Dann flüsterte sie ihm etwas ins Ohr. Thomas rührte sich nicht. Sie gestand ihm, dass sie am liebsten ihr ganzes Leben mit ihm verbringen wolle. Er ließ sich von ihren Worten überrollen. Sie waren keine winzigen Soldaten mehr, die eine Festung stürmten, sondern Verbündete, die zur Unterstützung der sehnsüchtig wartenden Truppen heraneilten. Pauline erklärte ihm außerdem, trotz seines Widerstands werde sie ihm eine neue Uhr und Poloshirts in seiner Größe schenken. Zudem bat sie ihn, sich weiterer Kommentare zur Höhe der Absätze zu enthalten, die Emma jetzt und in Zukunft tragen würde.

Sie küsste ihn flüchtig auf den Hals. Es war dunkel geworden. Einer nach dem anderen schienen die Sterne auf. Beide wollten, dass dieser Moment nie endete. Thomas genoss den Anblick und das Gefühl, das Paulines Hände auf seinem Arm in ihm auslösten.

Pauline seufzte. Und sagte heiter, ja, er werde diesen Ort sicher nie vergessen. Dann verkündete sie ihm, sie seien nicht zu zweit auf dieser Bank, denn in wenigen Monaten würden sie jemanden haben, für den sie hoffen, für den sie etwas aufbauen, dem sie alles zeigen würden, was es an Schönem auf dieser Welt und an ihren Bewohnern gäbe, jemanden, den man auch vor den Gefahren des Lebens warnen und beschützen müsse. Ein kleines Wesen, um das sie bangen würden.

Zum ersten Mal in seinem Leben stand Thomas nicht als Erster auf.

ENDE

Zum guten Schluss …

Fast 4 Uhr morgens. In den letzten Tagen bin ich wegen der Schlusskapitel kaum aus meinem Loch gekommen. Das Fenster des Arbeitszimmers steht weit offen. Der Tag ist noch nicht angebrochen. Es ist dunkel und ein wenig frisch. Von Stille umgeben atme ich die Luft in tiefen Zügen. So tief wie selten. Um so tief durchatmen zu können, muss ich ein Buch beendet haben.

Gleich werde ich meine Hände zu beiden Seiten der Tastatur ablegen, schön flach, und durchatmen, richtig durchatmen. Aber vorher möchte ich Ihnen schreiben. Das schulde ich Ihnen. Danke, dass Sie mir bis zu diesen Seiten gefolgt sind. Meine Worte existieren nur dank Ihnen. Ihre Erwartungen und Ihre Gefühle sind mein Antrieb. Ich hoffe, Sie hatten eine schöne Zeit mit diesem Buch. Ich liebe es, mir etwas auszumalen, zu lachen, zu spüren, und das mit der verrückten Hoffnung, es könne auf Sie die gleiche Wirkung haben wie auf mich. Ich fühle mich wohl mit Ihnen. Eigentlich möchte ich nicht, dass Sie mich auf Ihren Nachttisch legen oder in Ihre Tasche stecken. Ich will nicht weggeräumt werden! Ich möchte nicht, dass Sie weggehen. Aber ich weiß, dass Sie es müssen. Sie haben Ihr Leben, Ihre Pflichten und auch noch anderes, was Sie gern tun möchten.

Am liebsten würde ich, wenn es möglich wäre, jetzt, jetzt gleich, auf die menschenleere Straße hinausgehen – zu Ihnen. Sie säßen auf einer Bank, vielleicht in dem kleinen Park, in dem wir uns gern treffen, und ich würde mich neben Sie setzen. Wir kennen uns schließlich schon ein bisschen. Wir würden miteinander sprechen wie Thomas mit Pauline am Flussufer oder mit Kishan auf dem Felsen. Hin und wieder würden wir schweigen. Auch Schweigen kann viel bedeuten. Wir würden den Sonnenaufgang betrachten. Mein Ziel ist es, bei den Menschen zu leben, deren Herz im selben Rhythmus schlägt wie meins.

Dieses Buch ist aus einem überwältigenden Gefühl heraus entstanden, das mich vor einigen Jahren überfiel. Wenn Sie mögen, erzähle ich es Ihnen. Zuallererst muss ich Ihnen sagen, dass ich nie Angst vorm Fliegen hatte. Ich bin mit so ziemlich jeder Art Fluggerät so ziemlich überallhin geflogen. Die Dreharbeiten zwangen mich dazu, und ich hatte oft Glück. Wir wären fast in der Nähe des Grand Canyon abgestürzt, wir haben stundenlang an Hubschraubern gehangen … Pascale und ich erlebten über dem Ural einen so heftigen Blitzschlag, dass das Funkgerät verschmorte – alle hatten so viel Angst, dass sie ihr Essen nicht anrührten. Es war herrlich, ich habe auch noch die Essenstabletts meiner Frau und meiner Freunde geleert! All das nur, um Ihnen zu sagen, dass ich wirklich keine Flugangst kannte.

Und dann hob ich eines Tages zu einem klitzekleinen Flug nach London ab und stand die Angst meines Lebens aus. Dabei lief alles bestens. Auf dem Rückflug war es noch schlimmer. Seither beschleunigt sich mein Herzschlag bei jedem Start, jeder Landung, jeder Turbulenz, dann klammere ich mich unauffällig an die Armlehnen und versuche die Angst einzudämmen, die sich in mir ausbreitet. Auf jenem Flug hatte sich meine glückliche Sorglosigkeit schlagartig in eine Art unkontrollierbarer Panik verwandelt.

Eins nämlich hatte sich in meinem Leben verändert: Meine Frau hatte mir jemanden geschenkt, um den ich bangte. Wir hatten unser erstes Kind bekommen. Die Wirkung verzehnfachte sich noch, als das Schwesterchen kam. Allein die Tatsache, mich von ihnen zu entfernen, machte mich krank. Im Flugzeug war alles noch schlimmer, weil ich selbst beim besten Willen nicht imstande war, aus eigenen Kräften umzukehren.

Jedes Mal betete ich zu allen erdenklichen Göttern, damit sie mich leben ließen und ich nach Hause zurückkehren konnte. Meine Angehörigen wiedersehen, sie berühren, etwas für sie tun konnte. Bei jedem Aufbruch prüfte ich unnachsichtig mein Gewissen und versuchte, den himmlischen Richter über meine Strafsache davon zu überzeugen, dass ich zwar unzählige Sünden begangen hätte, doch dass mein Überlebenswille nur auf dem Wunsch beruhe, dem reinsten Teil meines Lebens zu dienen: meinen Kleinen. Ich glaube, für seine Kinder tut man das Schönste. Sie sind es, die uns mit unserem Eigentlichen in Verbindung bringen. Weil sie die Zukunft sind, weil wir für sie verantwortlich sind, weil wir durch sie alles neu lernen.

Ich liebe meine Angehörigen, ich liebe das Lieben, ich bete meine Frau an, doch vor allem wollte ich heimkehren, um für meine Kleinen da zu sein. Ich wollte auf dieser Erde bleiben, um sie zu schützen und ihnen zu helfen, ihren Platz zu finden. Und etwas egoistischer wünschte ich mir das Glück, sie aufwachsen zu sehen. Auch wenn man viel Trara darum macht, Leben zeugen ist leicht. Danach erst wird es ernst.

Während dieser ersten angstvollen Flüge war ich zu sehr mit meiner eigenen Panik befasst, um noch Augen für andere zu haben. Doch nach und nach fand ich die Kraft, meine Mitmenschen zu beobachten. Es sind viele, die sich im Flugzeug fürchten. Ich sehe, wie sie ihre Augen schließen, wie ihre Hände nach einem Halt suchen, ihre Finger sich verkrampfen. Ihre Lippen bewegen sich und murmeln flehentliche oder beruhigende Worte. Schließlich wagte ich es, mit diesen Menschen zu sprechen.

Zuallermeist war es nicht die Angst vor dem Tod, die sie umtrieb. In vielen Fällen war es die große Angst, nicht mehr für die da sein zu können, die ihnen wichtig waren. Sie wollten die nicht im Stich lassen, die weniger gut durchkämen, wenn sie selbst nicht davonkämen. Im Allgemeinen tritt dieses Gefühl gegenüber Kindern auf, aber nicht nur. Eltern, Freunde oder Angehörige, die Probleme haben, anfällig oder behindert sind – unser Beschützerinstinkt kann sich jedem gegenüber äußern. Mir ist bewusst geworden, dass wir viele sind, die um jemanden bangen.

Es ist, jeden Augenblick, Belastung, Druck, Verantwortung, Angst und Schrecken. Aber auch Ehre, Glück, Erfüllung und ein wunderbarer Antrieb. Seit ich das verstanden habe, bete ich nicht mehr. Ich hoffe.

Hinzu kommt eine zweite Erfahrung, die ich jedoch viel früher gemacht habe. Als würde unser Gedächtnis frühere Erlebnisse aufbewahren und uns erst dann an sie erinnern, wenn wir sie auch verstehen können.

Als junger Praktikant am Filmset habe ich einen Produktionsleiter erlebt, der ein völliger Idiot war. Anstandshalber möchte ich hier seinen Namen verschweigen. Ein aufgedrehter harter kleiner Mann, der immer irgendwelche Befehle bellte und Lektionen erteilte, an die er sich selbst nicht hielt. Alle hassten ihn, auch wenn er immerhin dafür sorgte, dass niemand zu spät kam, was beim Drehen eines Films wirklich wichtig ist. Eines Abends sah ich ihn auf dem Parkplatz des Studios, seine Frau holte ihn ab, und ein kleiner Knirps sprang aus dem Wagen und lief mit ausgestreckten Armen auf ihn zu. Damals dachte ich, man müsse wirklich so unschuldig sein wie dieser niedliche kleine Junge, um einen solchen Dummkopf zu mögen. Und dann sah ich, wie er sich hinkniete und sein Kind in die Arme nahm. Er war nicht mehr derselbe Mann. Eine echte Verwandlung. Er bewegte sich anders. Er war weniger steif, plötzlich zugewandt und mit Gesten, deren Sanftheit ich ihm nie zugetraut hätte. Er hatte sich auf Augenhöhe mit seinem Kind begeben, hörte ihm zu. Er hatte nichts mehr mit dem Mistkerl gemein, der uns das Leben schwer machte. Er hat mich zwar nicht davon überzeugen können, dass seine Arbeitsweise richtig war, aber er hat mich immerhin gelehrt, dass man niemanden je wirklich kennt, solange man nicht weiß, für wen er niederkniet – in jeder Hinsicht.

Mir gefällt der Gedanke sehr, dass ich der Sohn all jener bin, die mehr wissen als ich und die mir aus ehrlichem Herzen ein wenig von ihrem Wissen mitgeben. Und mir gefällt der Gedanke, eine Art Vater für jene zu sein, an die ich etwas weitergeben kann. Es ist keine Frage der Herkunft oder des Alters, sondern der Einstellung. Wenn Sie auf einem einsamen Gebirgspfad jemand Unbekanntem begegnen, der von da kommt, wo Sie hinwollen, wird er Ihnen vielleicht nichts sagen und denken, Sie sollen halt allein zurechtkommen. Ein anderer würde Sie vielleicht vor Wölfen warnen, die ein Stück weiter herumstreichen, vor einem Wespennest, einem Abgrund – oder einem Küchenverkäufer, der die unglaublichsten Angebote macht. Immer alles selbstlos teilen, was man gelernt hat. Dann ist das Leben viel interessanter. Ich weiß nicht, wie es Ihnen geht, aber ich fühle mich manchmal verloren. Es kommt immer der Moment, in dem wir selbst die Unwissenden sind, die die Wissenden anschauen und hoffen, dass sie uns sagen, wie man überlebt. Und wir alle haben Kinder, leibliche oder nicht, denen wir helfen können. Manchmal sind die Alten die Neulinge, und die Jungen können uns auf die Sprünge helfen. Es gibt so viele mögliche Kombinationen, so viele unterschiedliche Leben. Wozu leben, wenn man sich gegenseitig nichts erzählt? Ich kann mich mit dem Gedanken nicht anfreunden, dass etwas

Wesentliches, das wir gelernt haben, nur einmal von Nutzen ist und mit uns stirbt. Es gibt bestimmt jemanden, der die Antworten auf die Fragen kennt, die Sie sich stellen. Finden Sie ihn.

Ich möchte dieses Buch also all jenen widmen, die sich um die Menschen sorgen, die sie lieben. Ich verneige mich vor denen, die, um es zu schaffen, ihre Müdigkeit, ihre eigenen Interessen und Grenzen vergessen und allen möglichen Quatsch zu machen bereit sind, aber alles aus Zuneigung. Ich versuche dieser noblen Bruder- und Schwesternschaft anzugehören – vor allem, wenn es um das Quatschmachen geht. Ich möchte diese Geschichte den Menschen widmen, die ihre Kinder aufziehen und sie im Sinne des Wortes nach oben führen. Ich möchte auch an jene denken, die Fehler gemacht haben, zu spät gekommen sind, die nicht gewusst haben, wie, oder die Angst gehabt haben. Es ist nie zu spät zum Geben. Suchen Sie sich Ihren Platz, sagen Sie etwas, tun Sie etwas, versuchen Sie alles. Es gibt kein größeres Glück als die Begegnung.

Genau wie Sie bange auch ich um viele Menschen. Und einige bangen um mich. Diesen Menschen will ich meinen Dank aussprechen. Dank jenen, die den Weg mit mir gemeinsam gehen. Dank jenen, die mich vor Fehlern bewahren, die mich aufklären oder vor dem Abgrund warnen. Dank jenen, die mir die Wahrheit sagen, auch wenn sie mir vielleicht gerade nicht passt. Darunter sind viele Nahestehende, aber auch viele Fremde, die mir bei einer Begegnung, durch einen Blick oder eine persönliche Mitteilung Antworten geben. Und ich muss hier von Ihnen sprechen, von all dem, was Sie mir erzählen, von den Klischees, die Sie zerschlagen, den Leben, zu denen Sie mir Zugang gewähren, von allem, was Sie beweisen, ohne es auch nur zu merken. Meine Bücher sind nur kleine Dinge, aber auch sie geben uns die Gelegenheit zu einer Begegnung.

Als besonderes Beispiel hierfür möchte ich vier Frauen danken, die mir, bevor wir uns näher kennenlernten, die Ehre erwiesen und mir als Leserinnen entgegenkamen. Dank an Régine Riefolo für ihre bemerkenswerten Indienkenntnisse und ihren wohlwollenden Blick. Dank an Alexandra Morlot für ihre ganze Welt und ihre Geduld. Dank an Pauline Choplin, die ich auf einem Fest kennenlernte und die sich das Recht erwarb, in einem meiner Bücher als Figur aufzutreten. Du rührst mich nicht nur als talentierte junge Schauspielerin, sondern auch als die Frau, zu der du gerade wirst. Es war mir eine große Freude, deinen Namen zu verwenden. Gib deiner Mutter einen Kuss von mir, mein größter Traum ist es, mit meinen Worten auszulösen, was sie mit ihrem außergewöhnlichen Talent als Musikerin und Organistin bewirkt. Sophie-Véronique, meine Familie und ich verdanken Ihnen Tränen des Glücks.

Wenn Sie Zeit und Gelegenheit haben, hören Sie sich Bruno Mars' herrlichen Song *When I Was Your Man* an. Ich weiß nicht, was man erlebt haben muss, um so etwas zu schreiben, aber ich bin voller Bewunderung. Es ist eine Gabe, den Schmerz zu einem überwältigend schönen Hoffnungsträger zu machen.

Ich möchte auch Christel Henon und Lilian Eche danken, deren Talent als Filmproduzenten mich schon so weit gebracht hat. Es ist etwas Besonderes für mich, wieder ans Set zurückzukehren, vor allem mit meinen Geschichten und so feinen, klugen und humanen Menschen wie ihnen.

Dank den Leserinnen und Lesern, den Buchhändlern und Bibliothekaren, die mich jeden Tag unterstützen, die den Menschen in ihrer Umgebung von mir erzählen und mich ihnen empfehlen. Dank allen, die mir das ungeheure Geschenk machen, sich auf meine Geschichten zu freuen.

Natürlich darf ich Pascale nicht vergessen, meine andere Hälfte, die Frau, der ich das Glück verdanke, nicht allein zu bangen.

Auch unseren Kindern danke ich, die ohne Angst ins Flugzeug steigen, von zu hohen Felsen springen, die allen möglichen Unsinn machen und die man längst nicht mehr immer an der Hand halten muss.

Dir, meiner Tochter, ich habe oft an dich gedacht, als ich Emma erfand. Jeden Tag ermesse ich, wie schön es ist, dich zu beobachten, ohne mich verstecken zu müssen. Du bist *Mon Petit Sourire*.

Dir, meinem Sohn, weil mir ein großer Teil meines Lebens fehlen würde, wenn ich nicht das Glück hätte, dich zu kennen.

Macht es besser als wir. Das wird so schwer nicht sein.

Bevor ich die Hände zu beiden Seiten der Tastatur ablege, schön flach, und richtig durchatme, möchte ich mich endlich an Sie wenden, die Sie diese Seiten lesen. Ich weiß nicht, wo Sie sind, aber ich bin Ihnen nah. Mein Leben liegt, wie das Buch, in Ihren Händen. Ohne Sie bin ich nichts, doch ist das nicht der Hauptgrund dafür, dass ich alles tun will, um weiterhin für Sie da zu sein. Meine Motivation ist keine kommerzielle. Ich beginne Sie zu kennen, und ich glaube, ich beginne Sie auch ins Herz zu schließen. Wenn Sie wüssten, wie oft Ihre Gesichter, Ihre Namen, Ihre Gespräche in mir sind … Man hat Angst, aber auch Lust. Wir sind vielleicht nichts Besonderes, aber wir lieben mit aller Kraft. Wir sind freundlich, aber wer zu weit geht, muss auch mit einem kleinen Tritt von uns rechnen. Ist das Leben nicht schön?

Tun Sie mir einen Gefallen. Trotz allem, was ich eben noch gesagt habe: Legen Sie das Buch weg. Gehen Sie zu denen, die Sie lieben. Nehmen Sie sie in die Arme. Drücken Sie sie an sich und spreizen Sie sorgfältig die Finger, damit nichts von der Energie verloren geht, die zwischen Ihnen fließt. Vergessen Sie mich.

Ich werde Sie nie vergessen.

Ich umarme Sie.
Gilles

PS: Hélène Trémélios Kinder haben ihr Haus fertig gebaut und darin tatsächlich ein schönes Zimmer für sie vorgesehen. Hélène wird mit ihren Kindern, ihren Enkeln und ihren Katzen zusammenleben. Manchmal gibt es auch gute Nachrichten. In den Büchern wie im Leben.

www.gilles-legardinier.com

Gilles Legardinier

Gilles Legardinier wurde 1965 in Paris geboren und arbeitete lange Jahre in der Kinobranche. Mit seinen wunderbar weisen und charmanten romantischen Komödien feiert er in seinem Heimatland sensationelle Erfolge und gilt inzwischen als einer der meistgelesenen Autoren Frankreichs.

GOLDMANN
Lesen erleben